Oliver Storz

Die Nebelkinder

Roman

Hoffmann und Campe

CIP-Kurztitelaufnahme der Deutschen Bibliothek

Storz, Oliver:
Die Nebelkinder: Roman / Oliver Storz. – 1. Aufl. – Hamburg:
Hoffmann und Campe, 1986
ISBN 3-455-07493-6

Lektorat: Jutta Siegmund-Schultze
Schutzumschlaggestaltung: Werner Rebhuhn
Gesetzt aus der Palatino-Antiqua
Satz: Utesch Satztechnik GmbH, Hamburg
Druck und Bindung: Mohndruck, Gütersloh
Printed in Germany

Die Stadt

Damals war immer Sommer. Immer schob der Wind lange Weizenwogen über die Ebene nach Nordosten. Kam man durch den Hochwald aus dem Schwäbischen herüber, liefen sie in schräger Dünung vor einem her über die Frankenhöhe hinweg in den Himmel. An klaren Tagen sah man zwischen den Waldenburger und den Ellwanger Bergen jede Ortschaft, fand aber nirgends die Kreisstadt, nach der die Gegend hieß. Wer damals neu anreiste ins Solstetter Land, wunderte sich. Er sah die Stadt nicht, bis er fast in ihr angekommen war. Er hörte vielleicht, wenn der Wind drehte und kurzfristig gegen die Oströmung des Korns strich, die Glocken von Sankt Martin, Sankt Katharina, Sankt Urban wie aus einer fernen Schlucht heraufläuten und wußte sich also in überraschender Nähe Stadt, die sich hartnäckig verbarg bis zuletzt.

Die Solstetter saßen seit neun Jahrhunderten tief in einem Talkessel der Muhr, die es als ein bescheidener Neckarzufluß im hohenlohischen Muschelkalk seit dem Diluvium nicht weiter gebracht hatte als zu einer schmal eingesägten, eng gewundenen Rinne. Dort drunten lag Solstett, und weil zum Liegen kein Platz war, klammerte sich die Stadt an die Talwände, vielfältig verstäubert in Terrassen- und Stützmauersystemen, die so kompliziert waren wie die Besitz- und Nutzungsverhältnisse ihrer Bürger an der salzhaltigen

Quelle im Talboden. Das Salz hatte sie reich gemacht. Um den Solquell herum, den sie nicht aus den Augen lassen wollten, hatten sie ihre Häuser und Stadtburgen gebaut, waren dabei bald ins Steile geraten beiderseits des Flusses, hatten sich Generation für Generation immer umständlicher übereinander an die Hänge gesetzt, denn weiter hinaus ins Tal oder hinauf in die Ebene wollte keiner, und seinem Nachbarn traute jeder um so lieber, je knapper er ihn in der Nähe wußte. Von Terrassen aus führten sie Aufsicht über einander und wurden immer reicher. Wo das Übereinander als Wohnprinzip herrschte, raste der Fortschritt. Jeder mußte es um ein Stück weiter bringen als sein Untersasse, und alle zusammen brachten es zu einer mächtigen Bollwerkmauer um sich herum, und als sie sich ganz dicht und uneinnehmbar gemacht hatten, war ihnen mit dem Wohlstand auch ein Gefühl gewachsen: der Stolz. Und der wuchs ihnen nun heftiger als ihre Konten. Mit dem wußten sie nicht, wohin, denn keiner sah sie in ihrem Kessel, und sich gegenseitig bewundern machte ihnen wenig Lust in der Enge.

Sie waren längst eine freie Reichsstadt und Handelsmacht mit eigener Währung und Verfassung, und gerne hätten sie sich ausgebreitet gewußt im Offenen, weithin sichtbar mit ihren Türmen und Prachtfassaden als eine Zierde des von ihnen beherrschten Landstrichs zwischen den Schwaben und den Franken. Aber Figur machen in der Welt ist eine Sache, unterdessen daheim in Nachteil geraten aber eine schlechtere. Es wollte keiner hinauf vor dem andern. Und so blieben alle unten. Das Salz und das Mißtrauen hielten sie im Talgrund, den sie aber von Malern und Kartenstechern gegen gutes Honorar hochstülpen ließen zu einem Hügel über der Ebene, so daß wenigstens auf Prunkbildern und Landkarten festgehalten war, wie sie sich sahen im Sinne einer höheren Wirklichkeit: beherrschend als hohe Stadt. Doch änderte Kunst nicht die niedrige Wirklichkeit, daß sie drunten saßen.

Wie stets, aus verhohlenem Stolz entsteht Tugend. Die Solstetter schrieben sich ihren Stolz irgendwann gut als Bescheidenheit und machten eine Mentalität daraus. Sie genügten sich angeblich selbst und wollten oben in der Welt niemandem gefallen außer höchstens ganz oben Gott, und sie bewachten weiter das Salz und sich untereinander so lange, bis ihnen der Sinn für anderes Wohnen als in Treppenformen gedrängt abhanden gekommen war auch in späterer Zeit, als man im Neckartal reichere Salzvorkommen entdeckte und sich die Solstetter Saline nicht mehr lohnte. Da hatten sie Handelsfirmen und Handwerksmonopole weit im Land herum und hockten immer noch aufeinander im Engen. Anders als über Stufen und Stiegen war ihnen Regsamkeit nicht mehr denkbar. Sie waren ein Treppenvolk.

Durch Treppengassen trug man den Täufling zur Kirche, den Verstorbenen zum Friedhof. Auf Stiegen geschahen die ersten Küsse, über einen Stufenberg stiegen die Brautpaare zur Kirche. Es gab nur ein Hinauf oder Hinab. Treppen, Treppen. Jenseits von Anlässen befand sich der Solstetter in Eile, denn jeder Gang hatte seine eigene Ungeduld in sich, droben oder drunten zu enden. Müßiggang war nicht möglich, die Solstetter Beine konnten ihn nicht, die Solstetter Lungen kannten ihn nicht, denn bergwärts keuchte man, talwärts trabte man, die Solstetter Seele war entweder eilig oder sie erlosch. »G'schwind« war das bevorzugte Adverb ihrer Sprache. Das fügten sie gewohnheitsmäßig jedem Satz ein. Sie mußten g'schwind aufs Standesamt, um zu heiraten, g'schwind auf den Friedhof, um der Toten zu gedenken, es ging ihnen das Leben geschwind in allen Sachen. Daß so eine Stadt immer reicher wird, geschieht fast von selbst.

Für Gottes- und Eigenlob hatten sie das Münster von Sankt Martin gebaut gegen alle Geländelogik und ein Kunststück mit ihm vorgeführt für alle Zeiten, indem es eigentlich keinen Platz gab dafür am Steilhang, es aber trotzdem dastand auf einem mächtigen Treppenvorbau, prachtvoll im Schimmer seiner Sandsteinquader, ein Himmelstor das romanische Portal, zu dem es sich über die geschwungene Freitreppe emporsteigen ließ in der Erwartung, mindestens in den Vorhof der Ewigkeit zu gelangen. Trat man aber zum Chorausgang wieder hinaus, ging der Hang in steilen Obstgärten weiter nach oben. Nicht einmal der Turm reichte über die Talkante. Erlösungen konnte sich diese Stadt nicht bauen, sie stieß immer an sich selber an und zuletzt, bei äußerster Anstrengung, an einen Obst- oder Waldhang.

Muß eine Sehnsucht nach Größe so im Niedrigen wachsen, richtet sie sich irgendwann nach innen und treibt spirituell aus. Früh und mit Inbrunst waren sie evangelisch geworden und hatten sich Wohnungen eingerichtet in dem Gefühl, in der Enge wenigstens inwendig dem Herrn ein Stück näher zu wohnen als andere Reichsstädte in breiteren Tälern, das weltoffene Heilbronn, das eitle Ulm. Dem Solstetter Innendrang genügte aber Kirchenfrömmigkeit nicht. Im Mystischen wollte er sich schadlos halten für soviel Gefangenschaft. Es gediehen im Talnebel reichlich Spintisiererei und Geisterwesen. Der oder jener brütete über Büchern und Nachtgedanken und dachte sich Gott und die Welt zurecht nach eigenem Kopf so schlau und ausdauernd, wie er tagsüber im Kontor gerechnet, in der Amtsstube geregelt hatte, und kalkulierte den Weltgeist nicht ungenauer als die Preise. Es gab Humanisten und Pietisten, Freidenker und Anarchisten, Völkische und Visionäre auf eigene Faust. Was aber die verschiedenen Grüppchen, so streng sie sich auch auseinander hielten, einte, war die gemeinsame Fähigkeit, das magisch Geschaute im nüchternen Tagesgeschäft überraschend praktisch anzuwenden, beispielsweise der Buchhändler Schrempp, der im Jahre 1933 die sich erst unsicher in der Macht einrichtende lokale Parteiobrigkeit und den Stadtpfarrer Glockengast gleichermaßen verblüffte mit einem Posten probeweise gedruckter Ansichtskarten. Da ging hinter dem Chor von Sankt Martin groß als Strahlensonne das Hakenkreuz auf. Nun stellte sich heraus, daß der Theologe ihn für einen Heidnisch-Völkischen, der Kreisleiter ihn für einen antinationalen Pietisten gehalten hatte. Er war aber beides oder eben einfach ein Solstetter, und es gab fortan Sankt Martin mit und ohne nationalen Sonnenaufgang zu kaufen. Die Pietisten hatten überhaupt viel Nationales hier, die Freidenker manches Pietistische, die Visionäre etwas von allem, und dies kochte zusammen im Dunstkessel der Muhr. Aber findige Handwerker, schlaue Geschäftsleute, verwaltungsgewandte Beamte blieben sie alle.

Als die Stadt durch Napoleon unter königlich-württembergische Verwaltungsmacht geraten war, hatten die Solstetter ihren reichsstädtischen Stolz noch tiefer in sich hineingenommen und ihn dort fortentwickelt zu einer Seelenspezialität, die anderswo nicht zu finden war: zu demütigem Trotz. Dem war nicht beizukommen von den neuen Staatsbeamten, Juristen, Notaren, Magistern aus dem Neckarraum. Keine fünf Generationen dauerte es, bis die fremde Obrigkeit stadtrepublikanisch fühlte. Sie blieb in der Treppenstadt, auch wenn ihre Amtszeit ausgelaufen war. Manche machten Verse, das Gemüt war ihnen dunstig geworden im Kessel. Es blühte auf den Terrassen über dem Fluß eine Kulturschicht auf von Honoratiorentum und Handelsaristokratie. An Abenden im Sommer musizierte und sang es aus Fenstern und Gärten in fast südlicher Heiterkeit. Es mochte einem Angst werden, sie könnten am nächsten Tag das Rechnen, das Regieren, den eiligen Gang verlernt haben, was aber zuverlässig nie der Fall war. Sie rechneten weiter, in Zahlen und Noten gleich geschickt. Noten und Zahlen, Theater nicht. Durchreisende und Komödianten taten sich schwer, Fuß fassen konnte kein Szeneriedirektor aus Stuttgart oder Nürnberg. Man mochte fremde Imaginationen von Stil und Größe nicht. Man hatte diesbezüglich seine eigenen Sehnsüchte, Dramen, Seelenkammerspiele. Auch politische Parteien gediehen nicht sonderlich in einer Stadt, die sich inwendig noch als ihr eigener Staat erlebte. Das Vaterländische hat man den Solstettern in drei nationalen Kriegen, die anderswo im Reich als heilig galten, immer erst auch als das Solstettische einreden müssen, bevor sie mittaten. Sie waren stadtrepublikanische Träumer. Ein Licht von früher lag immer über ihren Dächern, schon damals.

Als Fremder mochte man vor dem Münster von Sankt Martin stehen und staunen, woher sie die Kraft genommen hatten, einen solch kühnen Baugedanken durchzusetzen gegen die Enge ihres Tals, bis man begriff: Ihre Vorfahren mußten all ihre Mühsal und Himmelssehnsucht zusammengenommen haben und die der nachfolgenden Generationen im Vorgriff dazu, um den Traum, der sich durch Jahrhunderte in ihrer Seele geregt hatte, wenigstens als ein Bausteinmodell hinzustellen ins Sichtbare: Inmitten ihrer Treppen und Stiegen sollte die Treppe der Treppen beginnen, die hinaufführte zum Berg Zion. In diesem Bild wäre die drangvolle Niederung der Solstetter aufgehoben im allgemeinen Jammertal, in dem der Mensch wandelt auf Erden, es gäbe aber einen Weg hinauf, und der beginne in Solstett. Sie bauten eine Kirche und behaupteten damit, bei ihnen stiegen die Engel auf und nieder zwischen Gemüsemarkt und Paradies. Darin fanden die Solstetter ihren Frieden. Und wirklich: Geriet man gegen Abend unter die Westseite des Münsters, wenn der Treppenberg wie eine graue Woge über den Platz hereinkam und in den steigenden Schatten sich oben das Schiff zu heben schien, dann war einem zum Niederknien. Dem echten Solstetter aber immer ein bißchen mehr vor sich selbst als vor höheren Mächten.

Im Jahre 1937, als Dr. Heinrich Abel zuzog, hatten wir zwölftausend Einwohner und neununddreißig Weinstuben, die Brauereiwirtschaften und Bierausschänke nicht gerechnet. Es gab eine öffentliche Badeanstalt, die modernen hygienischen Ansprüchen nicht mehr genügte, dafür aber ein unverhältnismäßig großes, nagelneues Krankenhaus, das in seinen technischen Einrichtungen den letzten medizinischen Erkenntnissen Rechnung trug. Dies hielten die Skeptiker in Hinterzimmern spezieller Weinstuben für ein dunkles Zeichen: »Das ist natürlich für den Kriegsfall. Wenn man Lazarette braucht.« Wenn aber in Solstett damals, wie die Zahlen sagen, eine Weinstube auf rund dreihundert Bürger kam, so mag man veranschlagen, daß auf dreihundert Bürger wiederum ein Skeptiker kam, im Jahre 1937.

Einer von ihnen war Dr. Abel, vielmehr er wäre es gewesen, hätte er damals schon an Skeptikertischen, etwa beim Stiefelbeck oder in der »Rose« verkehrt. Er war aber noch nicht eingeführt dort, weil frisch zugezogen am Ort, bestellt zum Oberarzt der Chirurgischen Abteilung am Kreiskrankenhaus. Ein unbeschriebenes Blatt. Der Mann trug sich zivil, ohne Hakenkreuz am Revers, zurückhaltend. Den deutschen Gruß vermied er zwanglos, wenn es sich machen ließ, und es ließ sich im Solstett der Vorkriegsjahre meistens machen, wenn einer in Kauf nahm, daß hinter ihm ein gewisses Sinnieren herlief, wes Geistes Kind und welcher Herren Diener er inwendig sein mochte. Dieser Dr. Abel hielt es nicht mit den Nazis in Solstett, die den Ton angaben, aber noch nicht so genau wußten, wie man das machte. Dieser Dr. Abel, Ende Dreißig damals, war ein Einzelgänger, das war klar, es sei denn, er wäre ein besonders raffinierter Spitzel und Aushorcher gewesen. Er würde sich im Lauf der Zeit fast wie von selbst an den stillen Tischen der Skeptiker finden, wenn er echt war.

Kein Mensch in ganz astreinen Verhältnissen freilich. Hatte von irgendwoher einen kleinen Sohn mitgebracht, aber keine Mutter dazu. Nach ein paar Wochen, die er mit dem Kleinen im Hotel »Lamm« gewohnt hatte, war eine Hausdame nachgekommen, aus München, hatte man gehört. Die lebten nun zu dritt, familiengleich in einer der neuen Wohnungen, die am südlichen Stadtrand, wo das Tal breiter wurde, durch Renovierung und Ausbau eines alten reichsstädtischen Zollhauses gewonnen worden waren. Die schienen da zu leben wie Mann und Frau und Kind. Nur anders. Man sah da nicht hinein, doch hatte man von Frau Zuber, die einmal die Woche zum Putzen hinging, gehört, daß das Schlafzimmer des Doktors und das der Hausdame weitestmöglich auseinander lagen in der großen Wohnung. Man hatte auch gehört, es gebe ein Zimmer darin nur mit Büchern an allen Wänden bis unter die Decke. Nicht nur Medizin und Naturwissenschaften, auch reichlich Schöngeistiges, vielleicht sogar Sachen dabei, die andernorts öffentlich verbrannt worden waren, weil undeutsch. Und der Doktor habe bei nicht ganz geschlossener Eßzimmertür, während die Zuberin den Flur kehrte, über die Bomber der deutschen Luftwaffe, die dem Franco in Spanien gegen die Kommunisten halfen, ganz leise gesagt: »Da üben sie...« Sonst aber schien er ein anständiger Mensch zu sein. Nach kurzer Zeit wurde er gerühmt als guter Kollege und glänzender Operateur, persönlich nicht leicht zugänglich, politisch zurückhaltend, aber unbedenklich: all dies dem Urteil des

Chefarztes Dr. Riebensam zufolge, der als Jagdnachbar des Kreisleiters gelegentlich geselligen Umgang hatte mit der Macht. Mit wem aber hatte Dr. Abel Umgang?

Die Langobardin

Irene Nessel, Juniorchefin im Hotel »Lamm« am Markt, dem besten Haus am Ort, kannte den Dr. Abel. Wie gut, wußte niemand. Immerhin hatte er dort gewohnt die erste Zeit, doch stand mit Irene Nessel keiner in Solstett so, daß er sie nach dem Fremden hätte fragen können. Sie war eine dunkle Langobardin. Der alte Nessel hatte sich seine Frau vor vierzig Jahren aus Mailand mitgebracht, wo er im Grandhotel gelernt hatte. Irenes Mutter war nicht alt geworden im Flußnebel der Muhr. Irene, einziges Kind, machte seit ihrem einundzwanzigsten Jahr den Hotelbetrieb, und der Alte, schlagflüssig und grämlich, ließ ihr das Sagen, solange er ohne Vorhaltungen seine zwei Liter Roten am Tag bekam. Irene war am Ort früher als eine hochmütige Dornröschenschönheit gehandelt worden, die keinen Solstetter Handwerkers- oder Kaufmannssohn nehmen würde, war später mit respektvoller Schadenfreude im Gerede als schwermütige Schönheit nach einem leichtfertig geschlossenen, überstürzt gelösten Verlöbnis mit einem Hauptmann der damals im Aufbau befindlichen Luftwaffe, die einen Flugplatz plante in der Solstetter Ebene. Was aber wirklich mit dem Fliegerhauptmann gewesen war, wußte niemand außer Irene Nessel selbst.

Als sie den Doktor kennenlernte, war sie achtundzwanzig. Es war im August '37, ein schwüler Abend, kurz vor dem Dunkelwerden. Die Stadt lag leer unter den ersten Böen eines Gewitters, das über die Ellwanger Berge hereinzog. Noch kein Tropfen fiel. Irene sah vom Speisesaal im Parterre hinaus auf den Markt, sah den Mann über den windigen Platz auf das Hotel zukommen, an einer Hand den Buben, in der anderen einen Koffer. Er wollte ein Zimmer mit zwei Betten, für den schmächtigen, weißblonden Kleinen ein Omelett und für sich ein Glas Wein und eine Brasil. Er saß im fast leeren Speisesaal und rauchte und lächelte verlegen, als das Kind fragte, ob denn nun auch bald die Mama käme, und sagte etwas Leises darauf und blickte lange auf das schlechte Fresko über der Theke, auf dem der Solstetter Magistrat den Kaiser Maximilian II. untertänigst empfing. Als der Bub über seinem Omelett fast einschlief, brachte er ihn hinauf ins Zimmer, und die beiden wirkten sehr einsam in der altdeutschen Pracht des Hotels, so daß Irene Nessel ganz warm wurde von einem Gefühl trauriger Kollegialität, denn auch sie war einsam, wenn auch nicht fremd am Ort.

Sie war zwei Jahre allein gewesen mit dem von Wein und Senilität kindischen Vater. Seit dem Fliegerhauptmann hatte sie die Finger von Männern gelassen, nicht einmal mehr mit netten Durchreisenden am Abend geflirtet. Sie wollte für sich sein trotz gelegentlicher Angst, sie könnte es bleiben für immer. Sie wußte so gut wie nichts von Männern. Sie war eine junge Gans gewesen, als sie dem Vater für eine Nacht die Schlüssel zur Fürstensuite abgeschwatzt hatte, damasttapezierten Renaissanceräumen, in denen Maximilian II. seiner lieben Stadt Solstett die Ehre zweier Übernachtungen angetan hatte. Und auch da, wo sie etwas hätte erfahren können, im kaiserlichen Bett unterm Baldachin, hatte der Flieger ihr nach kurzer Ablenkung durch Körperliches von der Notwendigkeit einer starken Bomberflotte für den Fortbestand des Reiches gesprochen, worauf die Langobardin in ihr plötzlich die Bürgerstochter überwältigt hatte und sie den Luftstrategen, der sprachlos war, ganz schnell hinaussetzte morgens um zwei in die Einsamkeit des Marktes und die blaugraue Uniformjacke hinterherwarf. Vielleicht aus Rache hatte der dann später tatsächlich maßgeblichen Anteil an der Planung des Fliegerhorsts, und wie höhnische Grüße von ihm kamen immer wieder junge Offiziere herüber ins »Lamm« nach Solstett, soffen und stellten den Bedienungen nach, doch hat sich keiner was getraut bei Irene, denn sie konnte eine zornige Schönheit sein.

Und nun Dr. med. Heinrich Abel also mit seinem achtjährigen Sohn und keiner Frau. Die war nicht tot. Die war nur anderswo mit einem anderen. Mehr war zuerst auch für Irene nicht zu erfahren. Es hätte dies aber für Solstetter Begriffe gereicht, um dem Mann eine dunkle Vergangenheit blanko voranzustellen. Für Irene aber bedeutete es, daß das Leben mit Abel mehr getan hatte als mit allen Männern, die ihr hier herum geläufig waren. Mochte Abels Vergangenheit dunkel sein oder nicht, windig war sie in jedem Fall, denn in den letzten Jahren war er Schiffsarzt gewesen auf Mittelmeerrouten, zuletzt wahrhaftig auf der Hapag-Linie zwischen Hamburg und New York. Dies erwähnte er aber nicht als etwas, das ihm eine Weltläufigkeit bescheinigen sollte, es kam eher heraus als Verlegenheit, als handle es sich um einen leichtfertig genommenen Urlaub. Das Kind habe schließlich bezahlen müssen für seine Reisen, sei die drei Jahre nach der Trennung der Eltern herumgeschoben worden von Tante zu Tante, und dies sei nicht gerecht. Irenes Frage, warum denn die Mutter nicht habe bleiben können, ließ Abel nicht gelten. »Sie hat noch dringender weg müssen als ich. Sie fehlt entschuldigt«, sagte er, und er sagte es abschließend. Er wünschte in dieser Richtung nicht zu diskutieren, er wünschte die Schuld sich ganz allein. Einer, der sich vorgenommen hatte, mit niemandem darüber zu reden, es aber nun ausgerechnet bei Irene Nessel nicht fertigbrachte, den Mund zu halten.

Sie war nie sicher, ob für sie bestimmt war, was er ihr sagte. Oft meinte sie, er spreche zu ihr nur wie zu einer Frau, die ihm der Zufall als Stellvertreterin der anderen bestellt hatte, die weit weg war, in Cincinnati, Ohio, der Werkzeugmacherstadt, zusammen mit einem Verleger, der dort als Buchhalter in einer Rasierklingenfabrik untergekommen war. Mit dieser Frau konnte Abel nicht mehr sprechen. So sprach er mit Irene, und wenn Irene sich fragte, wohin das führen würde, wollte sie lieber keine Antwort.

Der Mann gefiel ihr. Ihr gefiel, daß sich ein Mann schuldig fühlte an einem Kind in einer Zeit, in der sogar die Solstetter Bourgeois an Theken und Tischen vorwiegend vom Marschtritt der Geschichte sprachen, und daß Späne fielen, wo gehobelt werde. Es gefiel ihr, wie Abel sie anschaute: nicht als ein weitgereister Doktor herab auf eine südlich ausgefallene Kleinstadtbeauté im Gaststättengewerbe, auch kein Jägerblick auf mögliche Beute, überhaupt von keiner Höhe männlicher Überlegenheit herab, doch auch nicht aus devoten Kavaliersaugen, sozusagen unter die Röcke. Es war ein Blick auf gleicher Höhe. Dieser Dr. Abel nahm sie offenbar ganz für das, als was sie gelten wollte: eine Dame. Dafür allein hätte Irene ihn fast schon lieben mögen.

Es kamen drei Spätsommerwochen, die sie später als »diese merkwürdige Situation« bezeichnete, in blinder Unbescheidenheit auch als ihre »einzige glückliche Zeit mit Abel«. Sie meinte die Vorgeschichte der Liebe und kam sich tragisch zu kurz gekommen dabei vor, als ob nicht jede Liebe ihr reinstes Glück vor der Erfüllung hätte, vor der ersten Möglichkeit einer Enttäuschung also. Drei Wochen, der Himmel rittersporn-blau über dem Tal, kühle Tage. Der Fluß brachte gegen Abend Vergoldungen von Brücken und Wehren zustande. Und noch kein Wort zwischen Abel und Irene, das mehr hätte beanspruchen wollen als des anderen Ohr.

Abel versah seinen Dienst im Krankenhaus. Der Kleine ging zur Schule, beide wohnten im Hotel Lamm, umsorgt von Irene auf eine Weise, die sie für unauffällig halten mochte, auch wenn beim Personal längst herum war, die Chefin laufe dem Doktor nach, oder allenfalls, weil sie die Chefin war und eine Langobardin, schreite sie ihm nach. Es war die Frist, bevor Vater und Sohn in nach Solstetter Begriffen freilich nur halbwegs geordnete Verhältnisse einrückten: in eine Wohnung im alten Zollhaus am südlichen Stadtrand und unter die Obhut der Hausdame aus München, einer großen, stämmigen Frau, Irmtraud Penzberger, Tierarztwitwe, Loden, Strickkleid, Jägerhut.

Drei schöne Wochen, es war nichts. Nichts, was Irene Freundinnen hätte erzählen können, hätte sie Freundinnen gehabt. Nur Abend für Abend im verlassenen Speisesaal das fleckige Goldbraun der Tischlampe, Abels Zigarrenrauch darin, seine Hand im Lichtkreis auf der Tischdecke, er selbst meist zurückgelehnt im Schatten. Das Kind schlief dann schon. Irene hatte es tagsüber, wenn es aus der Schule zurück war, versorgt, das Abendessen von Vater und Sohn von der Theke her beaufsichtigt und dann, solange Abel dem Buben oben im Zimmer gute Nacht sagte, Wein und Zigarren bereitgestellt, einen Jagst- oder Taubertäler Riesling meist, und stets die »Tropenglut« von Barbarino. Dann seine Stimme. Allein daß er sprach, unangestrengt sprach in einer Zeit ewiger Stimmübertreibung. Auch in Solstett hatten sich die Männer in diesen Jahren den Ton fortwährender Wichtigkeit und Dringlichkeit angewöhnt, der aus Lautsprechern und Kundgebungssälen drang. Von Stammtischen, aus Cafés und Wirtshäusern, aus Behördenzimmern und Schulstuben kamen nur noch überanstrengte Stimmen, lächerlich und bedrohlich in einem. Stets zu laut, immer bemüht zu Schwur oder Beweis, als ob noch in Vereinsnebenzimmern der Ornithologen und Wanderfreunde jedermann Zeugnis abzulegen hätte von irgendeiner Durchdrungenheit. Nur Abels Stimme hatte nichts vor mit einem. Er sprach in Mittellage mit Zeit zu sorgfältiger Artikulation und einer kaum mehr bemerkbaren süddeutschen Färbung, oberschwäbische Bodenseegegend vielleicht, oder auch vom württembergischen Donaulauf. Die Stimme und seine Hände, die breit und starkadrig wie Bauernhände waren und nicht der Vorstellung von Operateursfertigkeit entsprachen – darauf, wenn jemals überhaupt, mochte sie Vertrauen wenden, einen Mann betreffend. Abels Mischung aus Weltmeerwind und Stallwärme, seine Nähe würde niemals Enge bedeuten, wohl aber Verlaß. Bei ihm hätte die Solstetter Langobardin sich daheim fühlen können, wäre er nicht selbst ein Entwurzelter gewesen.

Manchmal sah sie ihn in der Stadt, folgte ihm ein Stück, genoß es, ihn so völlig für sich zu sehen bei Männereinkäufen: Zeitungen, Zigarren und – was wollte er im Mayschen Blumenladen, für wen kaufte er Blumen? Sie war froh, als er ohne Blumen herauskam, ein wenig beschämt, daß eine Chefin, siebzehn Angestellte, achtundvierzig Betten, eine erwachsene Frau, voller Angst war, ein Hotelgast könnte Blumen kaufen für eine andere. Zurück im »Lamm« fand sie an der Rezeption einen Rosenstrauß vor, abgegeben vom Laufmädchen des Mayschen Blumengeschäfts, im Auftrag eines Herrn, kein Name.

Immer wieder beobachtete sie ihn von ferne in seiner nicht unfreundlichen Introvertiertheit, doch war er überraschend gegenwärtig, wenn er den Annäherungen Solstetter Bürgersdamen ausweichen mußte, die ihn einfangen wollten für ihre Teetische. Einmal lauerte ihm die Witwe Vollmer, die ihn immer als Renommiergast ihres Speisehauses gewinnen wollte, vor dem Friedschen Tabakgeschäft auf. Er entkam ihr zum Schaufenster der Buchhandlung Schrempp, das aber vollstand mit Werken des Volkstumsdichters Kolbenheyer, es drehte ihn förmlich wieder weg und weiter in den Eingang von Schilly-Herrenmoden.

Ein anderes Mal sah sie ihn von der Kappschen Apotheke aus über den Markt zur Münstergasse wandern. Da trug die HJ eine Fahne vorbei, Passanten hatten stehenzubleiben, zu grüßen. Er fand sich in der Reihe der gehorsam den Arm Hebenden, kehrte jäh um und strebte zurück über den Platz, eine fast noch jugendliche Figur, den Kopf gesenkt wie unter starkem Gegenwind.

Darüber mußte nicht mehr gesprochen werden von ihr aus, und auch er schien sich nicht vergewissern zu müssen. Eines Abends sagte er, als knüpfe er an längst erzielte Übereinstimmungen an: »Manchmal machen die Sachen, da verraten sie mehr über sich, als ihnen selber klar ist. Sie haben ein neues Lager errichtet. In Buchenwald.«

»Wo ist das?«

»In der Nähe von Weimar, auf dem Ettersberg. Schöne Gegend. Goethe ging da oft spazieren. Da ist jetzt ein Konzentrationslager.«

»Sie meinen nicht, die setzen das bewußt als eine Art Zeichen?«

»Nein. Ich glaube, so etwas widerfährt ihnen eher. Aber es ist die Wahrheit über sie.«

»Sie sehen das alles mit solcher Klarheit. Sie müssen sehr einsam sein.«

»Ich hätte es niemand gesagt, der nicht auch einsam ist, Irene. Vertrauen ist nur noch unter Einsamen.«

»Warum sind Sie nicht ins Ausland gegangen, wie Ihre Frau?«

»Anna ging mit einem Mann, der raus mußte, ein jüdischer Verleger. Er bekam Asyl in Amerika. Ich habe kein Anrecht auf Asyl. Ich bin ›arisch‹, auch kein

Kommunist, habe mich nie öffentlich betätigt. Ich habe nichts vorzuweisen an Bedrängnis.«

Der Glockenschlag, das Brunnenrauschen über dem Markt. Aus der unteren Stadt als letzte Nachhut der Taggeräusche ein später Spaziergänger, der geduldig seinem Hund pfiff.

Irene war glücklich über sein Vertrauen. Aber er sollte die Idylle kleiner Städte nicht überschätzen. Er war zu lange in der Großstadt gewesen, zu lange auf dem Meer. Er wußte nicht, wie neugierig die Enge macht. Was wußte er von ihr? Hatte er gemerkt, daß sie von Tag zu Tag ungeduldiger auf den Abend wartete, obwohl da nichts geschah, außer daß die Lamm-Chefin, wenn das Personal längst schlief, im Speisesaal über Gebühr lange am Tisch eines Hotelgastes verweilte? Ahnte er, daß die frischen Blumen, die sie ihm ins Zimmer stellte, nur ein Vorwand waren, sich da heimlich aufzuhalten im Tagesrest seiner nächtlichen Anwesenheit? Sie roch ihn im Zigarrenaroma der Tweedjacke, die er am Vorabend getragen hatte und die noch über einer Stuhllehne hing, sie gab vor, dem Zimmermädchen hinterherräumen zu müssen im Bad, und war doch auf nichts anderes aus als in seinem Kamm ein Haar zu finden, eines der dunklen, glatt gebürsteten über der Stirn oder eines aus der grauen Kräuselung im Nacken. Sie erschrak darüber, wie heftig dieser Mann in ihrem Leben vorkam.

Und natürlich fand sie eines Tages das Bild. Als sie es in Händen hielt, wußte sie, daß sie insgeheim nichts anderes gesucht hatte bei all ihren heimlichen Backfischvisiten in seinem Zimmer. Es fiel ihr in die Hand, lag etwas zerknickt im Falz der schönen, ledernen Hotelschreibmappe mit dem golden eingeprägten Lamm. Er hatte geschrieben und sie angesehen dabei.

Es mußte Hanna sein, Abels Frau. Ein Porträt, wie Fotografen es gern von Künstlern machten, denn daß seine Frau Musikerin war, hatte er beiläufig erwähnt. Atelierlicht, schräg einfallend wie in traurigen Spielfilmen, wenn am Ende der tragischen Geschichte nach dem Willen von Regie und Kamera doch noch eine verschleierte Abendsonne das Gesicht der Heldin beleuchtete in einem Glanz von Läuterung: bedeutend alles, das ganze Bild, die ganze Frau, ein Maskenbild der Innigkeit. Hier war das Porträt einer Frau entstanden, die außer sich nichts kannte und nichts liebte. Das Foto zitterte in ihrer Hand. Der kluge Dr. Abel. So einer war er aufgesessen, und dies lebenslänglich, wenn er Pech hatte.

Ach, Herr Dr. Abel, so einer hast du dich ausgeliefert und sitzt heute als ein schon nicht mehr ganz unschrulliger Hagestolz mit einem mutterlosen Buben im Prachthotel einer kleinen Landstadt, wohin du dich hast verschlagen lassen, um ein notdürftiges Zuhause wenigstens dem Sohn zu schaffen mit einer bayerischen Tierarztwitwe als Vizemama, und sitzt nachts bei deinem Wein mit einer seltsam südlich ausgefallenen Hotelchefin am Tisch, für die du keine Augen hast, deren Ohren du aber brauchst, um dich anzuklagen, daß du es nicht ausgehalten hast mit deiner Muse, daß du zu anderen Weibern gelaufen bist. Sie wird dir ein makelloses Bild der Betrogenen hingeschoben, dich dadurch noch tiefer verstrickt haben in dein Gefühl, schuldig zu sein und dein verfehltes Leben zu beklagen. Und die Solstetter Lamm-Wirtin – mütterliche Vorfahren in der Lombardei bis ins fünfzehnte Jahrhundert, alle für den Stolz gelebt und gestorben –, ich kann nicht anders als dich darum verachten, was mir aber gar nichts hilft, weil ich dich andererseits liebe.

An diesem Abend wurde sie listig. Mit dem Glokkenschlag elf fragte sie: »War sie schön?«

Abel sah sie ohne Verblüffung an. Es schien, als habe er mit so einer Frage irgendwann gerechnet. »Schön? Ja. Eine Art Gegenstück zu Ihnen, Irene. Helle Haut, aschblond, als kleines Mädchen soll sie so gewesen sein wie Philipp jetzt, fast weiß.«

»Ich hätte gern ein Bild gesehen von ihr, oder fänden Sie das zu neugierig?«

Die Bereitwilligkeit, mit der er die kleine Fotokollektion aus seiner Brieftasche holte, hatte noch nichts von ihrer Selbstverständlichkeit verloren. Ein Mann zeigte, wie seine Gattin aussah. Gerne, warum nicht? Es war was zum Herzeigen, jederzeit, eine schöne Frau, hochschwanger, aufgeblüht in den Sonnenflecken eines Parkwegs mit Springbrunnen und Rabatten, später mit dem Säugling auf einem Gartenstuhl, dann am Flügel, vermutlich in Chopin oder Schumann versponnen, doch selbst da nicht ohne den Seitenblick haarscharf an der Kamera vorbei, sogar auf einem Schnappschuß, der sie zeigte, wie sie am fünften Geburtstag ihres Sohns die Kerzen auf einem riesigen Baumkuchen anzündete.

»Sie war wirklich schön.«

»War? Sie ist es noch.«

»Natürlich, nur – sie ist sehr weit weg.«

»Ja. Das ja. Sie hat wunderschön Klavier gespielt.

Manchmal gab sie auch Klavierabende für die Patienten im Krankenhaus, damals, in der Charité. Sauerbruch war auch mal da und ergriffen.«

»Und keine Karriere?«

»Das ging nicht. Sie hätte nicht heiraten dürfen. Schon gar nicht mich.«

Wie zufällig hob sich seine Hand. Darunter lag noch ein Foto auf der Tischdecke. Da ging sie im getupften Sommerkleid in einer Geschäftsstraße unter gestreiften Markisen. Neben ihr ein Mann im weißen Leinenanzug und mit einer Goldbrille. Den sah sie an und lachte fast selbstvergessen.

»Mit dem ist sie nach Amerika?«

Abel schwieg. Er trank an diesem Abend mehr als gewöhnlich. Dann sprach er über das Kreiskrankenhaus, den Chef dort, der angenehm sei, ein Mann von strammer Gesinnung, aber kein Aufpasser. Es sei nicht leicht, sich in so eine kleine Stadt einzufinden. Berlin fehlte ihm doch, was er natürlich vorausgesehen habe bei seiner Bewerbung hierher, schließlich habe er sich diesen »Sprung in die Tiefe« schon überlegt.

»Hat man Sie gezwungen, bis nach Solstett zu springen?«

»Ich hatte keine Wahl. Es wäre nicht gutgegangen.«

»Politisch?«

»Wie das eben ist, wenn man dreiunddreißig merkt, daß man für den Geschmack höheren Orts die falschen Freunde hat. Man hat dann die Wahl: Verletzt man die Freunde oder verletzt man den höheren Geschmack.«

Abel zündete sich die dritte »Tropenglut« von Barbarino an, da sagte Irene: »Ich liebe dich. Das weißt du.«

Abel kam durch die Paffwolken des Anrauchens nach vorn in die Lichtzone der Lampe. Das Streichholz brannte noch zwischen seinen Fingern. Er schwenkte es zu langsam, als daß es hätte erlöschen können. Er ließ es in den Ascher fallen, wo es sich krümmte. Dann erst sah er sie an.

»Ich kann den Gegenwert nicht bieten, Irene. Es wird kein reeller Tausch.«

»Und die Rosen? Eine Freundlichkeit?«

»Sehnsucht. Ich hatte Sehnsucht, einer Frau Rosen zu schenken, und ich weiß nur dich.«

»Einstweilen. Du wartest, du hoffst, sie kommt zurück in ein paar Jahren.«

»In ein paar Jahren ist Krieg.«

Irene stand auf, sehr groß, sehr dunkel und sehr langobardisch.

»Dann laß uns schlafen gehen, dottore, denn heute nacht schläfst du bei mir.«

Sie ging, ohne sich nach ihm umzusehen, über die Teppiche und Dielen hinaus in die Halle und über die mächtige Eichentreppe, über die schon Kaiser Maximilian II. sich zu Bett begeben hatte, nach oben, an Hellebarden, Helmen und Harnischen vorbei, durch die ganze patrizische Pracht, und kurz vor der Abbiegung im ersten Stok, wo die alte, in den Stadtfarben gelb-rot bemalte Salztruhe stand, hatte Dr. Abel sie eingeholt und den Arm um ihre Schulter gelegt. Von Sankt Martin schlug es gerade Mitternacht. Das war Ende August 1937.

Hausmusik

»Trau' dich, Bürscherl, trau' dich!«

Wer sie so sah, die hohen Säulenbeine breit gestellt auf breiten Füßen, mit seitlich ausgeschwenkter Hand den Schlag geläufigkeitshalber schon als spielerische Gelenkdrehung übend, in den Augen zornige, vielleicht lustvolle Lichter, mochte fürchten um das Kind. Ohrfeigen von dieser bajuwarischen Riesin würden selbst einen ausgewachsenen Mann schmerzlich beeindrucken, für den zarten Jungen mußten sie eine ernstliche Mißhandlung sein.

»Trau' dich!« war die letzte Warnung, bevor dann – nichts erfolgte. »Trau' dich!« sollte grimmige Vorfreude auf die Berechtigung zum Prügeln bekunden, wenn der solcherart eher Provozierte als Gewarnte tollkühn genug sein würde, ein Verbot weiterhin zu mißachten, einen Befehl weiterhin zu verweigern. Da stand die große, stämmige Bajuwarin: imposant, in sich selbst wohlproportioniert in der eben noch straffen Fülle ihrer vierzig Jahre. Wäre ihre Umwelt von mehr zu groß geratenen Frauen bevölkert gewesen, wäre sie einem allenfalls angenehm aufgefallen. So aber fiel sie vorrangig auf als Rarität, als Restexemplar eines verschollenen Amazonenstammes, eine modern kostümierte, mythische Erscheinung mitten in Solstett, absonderlich, aber in solchen Augenblicken bedrohlichen Zorns durchaus furchterregend. Die stramm über dem mächtigen Busen geknöpfte blaue Strickjacke wirkte dann wie ein Kettenhemd, der Arm wiegte einen unsichtbaren Titanenspeer, die ganze Person leuchtete kriegerisch, eine Sagengestalt mit gebauschten, dunklen Brauen im hageren Gesicht, aus dem die dinarisch gebogene Nase scharf vorsprang – solche Konfiguration verlangte unbedingt nach dem alsbaldigen Ausbruch des Gewitters, oder sie wurde lachhaft: eine Walküre, bereit zum Angriff, der aber zuverlässig unterblieb. Sie würde nie schlagen. Philipp wußte das. Seine dreijährige Tournee als Gastkind in verschiedensten Verwandtschaften, die Notwendigkeit, sich immer wieder unter neuen, stets weiblichen Fittichen zu installieren, hatten ihn scharfäugig und instinktsicher gemacht. Er roch, welche schlagen würde, welche nur drohte. Die Walküre mit der Trau-dich-Gebärde, die von ihm Tante Traudel genannt sein wollte, hieß Tante Traudich ein für allemal und konnte nichts dagegen tun.

Frau Irmtraut Penzberger, Witwe eines Veterinärmediziners, den sie mit achtzehn nicht geliebt, aber geheiratet hatte, um sich aus der Reichweite eines cholerischen Vaters, der Studienrat in München-Obermenzing war, zu entfernen in nichts Besseres hinein, denn der Tierarzt war ein gütiger Mensch, neigte nur unter Alkoholeinfluß zu cholerischen Anfällen. Da er viel soff, hatte seine Frau in neunzehn Ehejahren schwerlich mehr zu lachen als unter dem väterlichen Wüterich. Landschaftlich schön lebte sie am Alpenrand bei Tölz, bis der Kuhdoktor an einem Aprilmorgen 1934 in seinem alten Hanomag in einen Moorweiher fuhr und ertrank, dienstlich, denn er war auf dem Heimweg vom Kameradschaftsabend seines Reiter-SA-Sturms gewesen. Die Witwe zog zu ihrem Bruder, einem Buchdrucker in München-Laim, doch forderten acht Wochen später die SA und der Alkohol gleich ein zweites Opfer von ihr. Auf Grund seiner Ähnlichkeit mit einem nach den Röhm-Morden untergetauchten Standartenführer wurde der Bruder nachts beim Verlassen eines Bierkellers in der Arnulfstraße von angetrunkenen SS-Männern verfolgt und schwer mißhandelt. Er starb im Rotkreuzkrankenhaus, die Schuldigen kamen ohne Prozeß frei. Das hat Irmtraut Penzberger den Nazis nie vergessen können. Eine frühe Bewunderung für Adolf Hitler erlosch jäh und endgültig. Zum Bedauern von Philipps Vater nicht gleichzeitig die für Richard Wagner.

Denn Tante Traudich war musikalisch. Dies schien nicht gegen sie zu sprechen, als sie sich auf eine Annonce, die Abel in der »Frankfurter Zeitung« und in den »Münchner Neuesten Nachrichten« aufgegeben hatte, meldete, dann vorstellte. Ihn nahmen eher das Jägerhütchen, der Lodenmantel, das Trachtenstrümpfige gegen sie ein. Er witterte Völkisch-Teutonisches dahinter und war erst beruhigt, als sie die gleichen indirekten Fragen stellte wie er, aus denen hervorging, daß hier ein politisch »Unzuverlässiger« den anderen suchte. Aber es konnte Arglist sein. Es war im Frühjahr '37 in München. Ein Café nicht weit von der Feldherrnhalle. Dorthin hatte er sie bestellt. Als sie sich verabschiedete, schlich er ihr heimlich nach. Es war nicht schwer, dem hoch über den anderen Köpfen wandernden Jägerhut zu folgen. Sie vermied es, das Ehrenmal mit der SS-Wache in der Residenzstraße, wo Grußpflicht bestand, zu passieren, obwohl sie in die Maximilianstraße wollte. Sie ging über den Odeonsplatz in die Theatinerstraße und kreuzte von dort erst zur Residenz zurück durch die Viscardigasse, welche das

Drückebergergäßchen war für alle, denen damals ein Umweg leichter fiel als das Erheben des rechten Arms. Damit gewann Frau Penzberger Abels Vertrauen. Doch hatte sie nicht erwähnt, daß ihre Musikliebe, von der sie warm und mitteilsam gesprochen hatte, sich vorrangig auf Wagner bezog. Der Doktor hätte es sich sonst doch vielleicht noch einmal überlegt mit dem Engagement. Daß eine Frau, an der alles so deutlich um ein paar Nummern zu groß ausgefallen war, die also voraussichtlich eine Etagenwohnung eng machen würde, auch noch Anbeterin des Tondichtergiganten sein mußte – es wäre Dr. Abel leicht jenes Zuviel an Frau Penzberger gewesen, was ihn vor ihrer endgültigen Verpflichtung hätte zurückschrecken lassen.

Nun aber wogte es an gewissen Abenden romantisch und sagenhaft im ersten Stock des alten Zollhauses über dem Fluß. Tante Traudichs wertvollstes Stück, in ihrem Zimmer gehütet wie eine Schatztruhe, war ein Grammophon Marke Electrola, wahlweise zu betreiben durch Strom oder Handkurbel. Dazu gehörten drei rote, mit goldgeprägten Initialen versehene Lederalben, in deren Kartontaschen jeweils zehn 30-cm-Platten steckten. Ouvertüren, Vorspiele, Szenen, Arien, Chöre aus Tannhäuser, Tristan, Parsifal, Lohengrin. Symphonisches, hauptsächlich von Schumann, Brahms, Bruckner, Mahler. Wenig Mozart. Von Bach nichts. Tante Traudich war eine Schwelgerin. Nur vom schwersten Orchesterkaliber ließ sich die große Frau zermalmen, und zermalmt werden wollte sie, oder wenigstens zerfließen, jedenfalls war Auflösung ihrer leibseelischen Masse die Wirkung, die sie in der Musik suchte, und da arbeiteten die achtzig bis hundert Mann einer großen Symphoniebesetzung natürlich mit mehr Aussicht auf Erfolg als die kleineren Ensembles der Bach- und Mozartzeit, stellte sich Philipp vor. Er sah die Heerschar der Streicher förmlich sägen an Tante Traudich, wenn sie, von Orchesterwogen überspült, bewegungslos im Sessel lag, eine dunkle Fracht in der Abendbucht des dämmrigen Zimmers, rötlich angeschienen vom Westfenster her, schwer ruckend in der Brandung ab und zu, doch zu schwer, um hinausgetragen zu werden.

Philipp war ein Kind von normaler Grausamkeit. Manchmal, wenn er sie so fand, stellte er sich ahnungslos und schaltete die Deckenbeleuchtung an, so daß sie emporfuhr aus »O sink' hernieder, Macht der Liebe« oder der Venusbergmusik, die Hände vor die Augen schlug und mit tränenschnupfiger Stimme rief: »Was is denn nacha?« Sie schloß sich aber nie ein, und Philipp erwog daher die Frage, ob sie am Ende nicht ungern so angetroffen werden wollte, in Tränen und romantischem Traum, und wenn nicht von ihm, so vielleicht doch von seinem Vater? Ihm war der schwärmerische Augenaufschlag, mit dem sie Gesprächsnähe zum Doktor suchte, nicht entgangen, er hatte den nachdenklichen Blick bemerkt, den sie über die Front des Hotels Lamm schickte, wenn sie beim Einkaufen über den Marktplatz kamen. Und wenn der Vater gegen Abend aus dem Krankenhaus anrief, es werde später und man solle nicht auf ihn warten, befand sie sich sogar in Tränennähe, ganz ohne vorher symphonisch bearbeitet worden zu sein.

Überhaupt hatte die Hünenhafte nahe ans Wasser

gebaut. Sie war keine Riesin. Sie war nur eine Frau, bei deren Erschaffung der liebe Gott versehentlich zwei Portionen Frau für eine genommen haben mußte. Auf Spaziergängen zur nahen Schenkenburgruine, die auf einem Felseneck über dem Haus aus der östlichen Talwand sprang, erzählte Tante Traudich dem Jungen von Siegfried, dem Drachen Fafnir, von Kriemhild, Gunther und Hagen, und wie mit Brünhilde durch Arglist etwas veranstaltet worden war, das Philipp im einzelnen trotz Nachfragens nicht begriff. Er verstand aber schon, daß es große Gestalten und große Gefühle gewesen sein mußten, tragische Hünen allesamt. Und war Tante Traudich richtig im Erzählen, und schien das Abendrot auf eine gewisse Weise durch die Baumkronen drüben über der westlichen Talwand, so mochte sich in ihren schon wieder tränenden Augen nichts anderes spiegeln als die Sehnsucht nach einer Titanenwelt, in der ihr Körperbau nicht weiter aufgefallen wäre. In der hiesigen aber, so ahnte Philipp, in der Alltagswelt, in der sogar durchschnittlich germanische SA-Männer deutlich kleiner waren als Tante Traudich, mußte sie immer aufgefallen sein, vielleicht schon als Kind, spätestens als junges Mädchen. Sie mußte der Trampel, die Maschine gewesen sein, wie geschaffen als Übungsziel für Hänselei und Spott.

Im zweiten Grundschuljahr hatte Philipp nichts so gut gelernt wie dies: Es hatte einem Jungen namens Siegfried Süßholz, der am Schulranzen stolz die Messinginitialen SS trug, nichts genutzt, daß er ein lustiger und hilfsbereiter Kumpan gewesen war, ein flotter Rechner dazu und ein gewandter Ballspieler im Pausenhof, einer hatte ihm irgendwann doch ein Bein gestellt und gesagt: »Saujud'!« Und als dieser Siegfried sich auf den stürzte, war es gleich ein Sprechchor gewesen: »Saujud'!« Und aus einer Prügelei zwischen zweien wurde im Nu ein Verprügeln des einen durch alle anderen, und ein Lehrer mit kinderfreundlichem Brillenglanz machte dem ohne Eile, aber mit milder Nachsicht ein Ende: »Hört jetzt auf, Buben, man kann alles übertreiben!«

Philipp Abel hätte hinterher nicht mit Bestimmtheit sagen können, daß er nicht mitgetan hatte. Er einigte sich mit seiner Erinnerung darauf, daß er nur dabei gestanden hatte, atemlos. Das Schlagen war es nicht, was ihn beunruhigte. Es war, daß da einer ausgesondert wurde, daß es so genau und rasch und selbstverständlich ging, als sei es schon längst beschlossen worden. Allen, auch dem Lehrer, mußte das klar gewesen sein, nur, wenn er ehrlich war, ihm damals nicht. Stimmte etwas nicht mit ihm? Was stimmte nicht an ihm, daß ihm nicht wie allen anderen eingeleuchtet hatte, wie sehr ein Siegfried Süßholz verdroschen und aus der Klasse ausgesondert gehörte? Es beruhigte Philipp dann, daß sie nicht weitersuchten, ob es noch so einen unter ihnen gäbe wie Süßholz. Er war froh, daß sie Süßholz hatten. Der schien ihnen zu genügen. Der mußte es nun immer sein. Es mußte einen solchen geben, und dazu war er da. Fast schien es, als verlöre er gern, um wenigstens auf diese Weise von Nutzen zu sein, doch stimmte das Klasse und Lehrer nicht gnädiger gegen ihn.

Irgendwann fehlte er und kam auch nicht wieder. Es hieß, die Familie sei weggezogen, ins Ausland. Das nahm man ihm übel, denn er fehlte allen. Ohne ihn waren die Dinge so unübersichtlich. Wer an etwas schuld war, wer die Petze war oder der Feigling, ließ sich ohne ihn so schwer klären. Es ging rauflustig und böse zu in der Klasse. Philipp bekam Angst, sie würden einen Ersatz suchen und auf ihn kommen dabei. Zwar wußte er nicht, wieso sie das sollten, aber er fürchtete sich davor und erfüllte damit schon eine Bedingung. Er war sehr bereit, sofort jeder anderen Wahl zuzustimmen, und es traf dann einen, von dem sie munkelten, er sei Bettnässer und mache mitunter auch tagsüber in die Hose. Den kontrollierten sie in jeder Pause, zogen ihm die Hose aus und versteckten sie. Es war aber der Sohn des NS-Filmwarts Haigerloch, und als der kinderfreundliche Lehrer dahinterkam, legte er zwei der Rädelsführer über die Bank. All dies stand nicht im Lehrplan, es wurde aber fürs Leben gelernt von Philipp Abel in der Volksschule Solstett und nicht mehr vergessen.

Das wichtigste war der Blick. Immer und überall würde Philipp den wiedererkennen. War einer ein Opfer, bekam er mit der Zeit einen Blick, in dem stand die Kapitulation schon vor dem Angriff. Es war aber das Geheimnis, daß die Kapitulation den Angriff nicht verhinderte, sondern dazu einlud. Im Pausenhof hatte Philipp oft diesen Blick von Süßholz aufgefangen, unmittelbar bevor sie über ihn herfielen. Als dann Tante Traudich erstmals vor ihm stand, walkürenhaft, strafandrohend, erkannte Philipp hinter ihren zornigen Augen gewissermaßen ein zweites Paar Augen, darin lag der Blick, den er von Süßholz kannte, und dahinter wiederum: Tränen, die schon warteten auf den Marschbefehl. Nicht Ohrfeigen waren in Wirklichkeit die angedrohte Strafe, sondern Zusammenbruch und Geflenne. Und so gehorchte Philipp nicht aus Angst vor Schlägen, sondern aus viel tieferer Feigheit: aus Mitleid nämlich. Das hat Tante Traudich immer halb für ein Zeichen ihrer erzieherischen Autorität gehalten – »der Bub ist lieb, er braucht halt a starke Hand wie alle Buam« –, halb verstand sie es als Liebe, daß der Bub sie nicht zwang, ihn zu züchtigen. Das Kind Philipp, früh erfahren in Machtfragen und Kräfteverhältnissen, mochte ihr aber diese Vorstellung nicht nehmen. Er fand, es ließ sich leben mir ihr.

Im September '38, als es eine Woche lang nach Krieg roch, weil die Welt nicht schnell genug dem Führer bei der Zerstörung der Tschechoslowakei applaudierte, rechnete Abel mit Mobilmachung und Gestellungsbefehl. Was sollte aus dem Buben werden? Da hielt Tante Traudich die Stunde für gekommen und sagte ihm, daß der Kleine sie wohl schon als seine Mutter angenommen habe, und sie wolle dies auch von ganzem Herzen sein, wenn denn der Herr Doktor dies nur sozusagen besiegeln möchte, daß auch nach außen eine Ordnung sei. Philipp, der im Nebenzimmer schlief, dies aber nicht immer tat, wenn man ihn schlafend wähnte, hörte es. Er hörte auch die anschließende Stille, die ganz ausgefüllt davon war, daß seinem Vater kein Wort gelang. Philipp dachte, daß seine ganze Kriegsangst augenblicklich geflohen sein mußte vor der entsetzlicheren Angst, Tante Traudich ehelich anzugehören. Philipps Herz schlug bis zum Hals vor Aufregung, denn es war klar, daß der Vater seine Hilfe brauchte. Und so schrie Philipp, indem er seine Zuflucht zur Schauspielerei nahm, schrie, wie er sich vorstellte, daß man im Schlaf unter schlimmem Traum schrie, kleinkindhaft, lächerlich irgendwie, doch wirksam, denn Tante Traudich wogte alsbald herein und setzte sich an sein Bett, so daß der Vater Zeit gewinnen konnte, sich an dem noch warmen Abend auf ein Glas Bier zu verabschieden, hinunter ins Eckparterre des alten Zollhauses, in dem die Gastwirtschaft »Zum Engel« war. Am nächsten Tag gingen Extrablätter durch die Stadt, und vor den Aushangkästen des »Hohenloher Tagblatts« standen sie Kopf an Kopf. »Triumph des Führers!« Die Welt war nun einverstanden. Es wollte niemand kämpfen für Prag, und es wurde im Haus von Dr. Abel nicht mehr davon gesprochen, daß Tante Traudich gern Philipps Stiefmutter geworden wäre, damit auch nach außen eine Ordnung sei.

Nun lag sie noch häufiger im Sessel unter dem Ansturm romantischer Symphonik. Furtwängler bestürmte sie am häufigsten. Doch erschöpfte sich ihre Musikliebe nicht in reinem Hingegossensein. Sie war selbst Ausübende und spielte nicht ungewandt die Geige, ein achtbares Stück aus der Mittenwalder Schule, das von ihrem Vater auf sie gekommen war. Wenn sie es zur Hand nahm, kam es Philipp immer vor, als verkleinere sich das Instrument in ihrer Hand, unter ihrem Kinn zu einer jener winzigen Miniaturviolinen, denen die Musikclowns im Zirkus unfaßlicherweise noch Töne entlockten. Ein Cello, eher noch ein Kontrabaß, hätte besser zu Tante Traudichs Dimensionen gepaßt, doch spielte sie dann zart, mit einem warmen Ton, immer innig, seltener rein. Wenn es zu falsch wurde, preßten sich ihre Lippen zusammen, als sammle sie viel Tapferkeit, um furchtlos die unvermeidlichen Niederungen des Unvollkommenen zu durchstreichen, ihre Mundwinkel verzogen sich wie unter Zahnweh. Gelangte sie wieder in reinere Sphären, erlöste sich ihre Mimik zu einem Lächeln aus Glück und Selbstvergessenheit, im Sog der Kantilenen ging ihr Kopf leise hin und her. Nie beobachtet wurde, daß Tante Traudich sich auch vom eigenen Spiel hätte zu Tränen rühren lassen, obwohl Philipp dies gelegentlich seinen Kumpanen erzählte und auf Wunsch »naturgetreu« imitierte. Für ein Gelächter verriet er sie oft. Er war so. Etwas war falsch in ihm von früh an, aber er hatte kein Mittel dagegen. Das entdeckte er erst viel später.

Es drängte Tante Traudich nach musikantischer Gemeinschaft in einer der zahlreichen Liebhaberensembles und Laienorchester, die es vor dem Krieg in Solstett gab, sie wollte aber darum gebeten sein. Auch war ihr nicht jede Gruppe gut genug. Das Stadt- und Kurorchester war tief unter ihrem Niveau, schon der Literatur nach, die es spielte. Die Solstetter Musikfreunde e. V. waren ihr zu kleinbürgerlich, auch ging Geraune um wegen Proben, die nur noch Anlaß für nachfolgende Gelage seien. Das Kirchenmusikorchester schied wegen zu puritanischer Festlegung auf Bach, Schütz und Händel aus. Gerne hätte Tante Traudich mitgewirkt im hochgeachteten Kammerensemble der Solstetter Ärzte, doch blieb eine Einladung hartnäckig aus, obwohl Abel den ihm näher bekannten Kollegen Frau Penzbergers warmen Geigenton unter Weglassung des Reinheitsproblems nachdrücklich anpries. Er hätte sie gern einen Abend die Woche aus dem Haus gehabt, aber er hatte keinen Erfolg. Dr.

Riebsam, der oberste Arzt und zweitoberste Violinist des exklusiven Zirkels, servierte die Ausrede, man sei leider mit Geigen momentan überbesetzt, mit so viel Betretenheit, daß hinreichend klar wurde: in Solstett konnten nicht Haushälterinnen von Ärzten mit Ärzten fiedeln, auch wenn sie sich Hausdamen nennen ließen.

Tante Traudich begnügte sich mit der Klavierbegleitung durch Fräulein Guggenbach, das über der Abelschen Wohnung mit ihrem Vater, einem pensionierten Oberst, lebte. Bei denen war sie oft, nicht nur, weil dort das Klavier stand, sondern auch, weil den schlachtenlärmerprobten Ohren des alten Offiziers kein Üben zu viel wurde. Der war 1918 über die Abdankung des letzten württembergischen Königs nicht weggekommen und hatte dessen Tod im Jahr '21 glatt vergessen, obwohl er an diesem Tag im schwarzen Gehrock mit Trauerschritt durch die Stadt paradiert war und jeden ihm bekannten Passanten scharf zurechtgewiesen hatte, der nicht auch in Trauer ging. Nun rechnete er wöchentlich mit der Rückkehr und erneuten Thronbesteigung des Monarchen. Hörte er Fanfaren im Radio, hielt er es immer schon für die musikalische Einleitung der erwarteten Meldung und versank in tiefe Depression, wenn dann der Reichskanzler sprach oder sein dicker Luftmarschall oder sein kleiner Propagandakünstler. Abel mochte den alten närrischen Herrn und übernahm von ihm die Gewohnheit, Hitler nur den Oberösterreicher zu nennen. Die Tochter, früh verblüht und oft am Sherry, begleitete Tante Traudichs Spiel mit zuverlässiger Demut.

Die beiden gaben Hauskonzerte. Da wurde Abel

gebeten, auch Frau Dr. Authenried aus der Nebenwohnung, Mathematikerin und Rektorin, die man mit sanftem Nachdruck in den vorzeitigen Ruhestand versetzt hatte, weil sie trotz Verwarnung nicht davon hatte ablassen können, den Juden Einstein im Unterricht als das Jahrhundertgenie zu bezeichnen. Ferner erschien der immer stille Stadtarchivar Sigloch aus dem dritten Stock, der selten unter die Leute ging. Seine große Stunde war gewesen, als man beim Neubau des Arbeitsamts im Erdaushub rätselhafte Holzwannen fand, die er als Einbaumschiffe der keltischen Urbevölkerung identifizierte. Es war ihm der triumphale Beweis für seine alte, vom Stadtpfleger Sautter heftig bekämpfte Theorie, daß die Muhr in frühgeschichtlicher Zeit viel weiter östlich geflossen sei, gewissermaßen mitten durch die heutige Konditorei Mangold nebst Café und Wirtsgarten. Experten vom Stuttgarter Denkmalamt aber meinten dann, nachweisen zu müssen, daß es sich bei den Ausgrabungen um kaum zweihundertjährige Backtröge handelte. Stadtpfleger Sautter hatte hohngelacht. Sigloch trug an der Demütigung schwer, und jetzt schon das dritte Jahr, sann aber, angestachelt von einer ehrgeizigen Gattin, auf Genugtuung und grub jede freie Stunde mit seinen beiden Söhnen an scharfsinnig vorausberechneten Stellen im Tal nach weiteren Einbäumen.

Auch der im Hochparterre wohnende Feinkosthändler Glück wurde mit Gattin geladen, nicht ohne vorhergehende penible Diskussion seiner nicht ganz gesellschaftlichen Zugehörigkeit. Er fand Gnade nicht zuletzt, weil er dem Fräulein Guggenbach schon manche Flasche Sherry auch zu ungewöhnlicher Stunde aus dem zwanzig Minuten entfernten Laden geholt hatte. Glück war ein kleiner, etwas schräg gewachsener Mann und gab sich bei »künstlichen Anlässen« viel Mühe, den heimtückischen Vokalbestand seiner Neckartaler Mundart durch eine Art Schleusensystem zu leiten, damit sie vornehm wurde. Dennoch fühlte sich Frau Dr. Authenried kulturell beeinträchtigt, weil Glück nicht lernte, nur am Schluß eines Musikstücks zu applaudieren. Nach dem Ende eines Satzes sagte er »ergreufend!« und klatschte los. Er war bei der SA, drückte sich aber vor ihren Kameradschaftsabenden, weil die Rindviecher nur Bier soffen. Vom Wein verstand er viel und brachte aus seinem Lager köstliche Proben. Saß man nach dem Musikgenuß noch gesellig, trank er das meiste davon und erzählte, was man in der SA an Witzen über Göring, Goebbels, gar den Führer wußte. Abel konnte darüber nicht lachen. Frau Glück saß immer wie im Traum dabei, ein auseinandergelaufenes Wesen mit dem gutartig bewußtlosen Blick Hohenloher Bauersfrauen. Ihr Mann aber beherrschte die Runde mit nahezu unfehlbarer Peinlichkeit in allem und jedem. Unverzeihlich jedoch war, daß er seinem SA-Kameraden Knöhrer vom kulturellen Rang der Abende bei Guggenbachs erzählte.

Der wollte auch geladen sein, wohnte nur zwei Häuser weiter und ließ durch Glück anfragen, ob er willkommen sei das nächste Mal. Den wollte aber von den besseren Leuten keiner im Haus, andererseits hatte man Angst vor ihm. Er war eine lächerliche, anrüchige Figur in der Stadt: ein von Volkstum, Rasse und Heimat Durchdrungener, er wirkte irgendwie behindert in seinem Gang vor lauter Gesinnung, obwohl er ein stattlicher, athletisch gebauter Mann von Mitte Dreißig war. Bei Foto-Diehm in der Marktstraße hing ein Porträt von ihm im Schaufenster, natürlich Uniform, Blick ins nationale Morgenrot, das, wie man wußte, in Diehms Atelier von oben rechts kam, aus einer tüllumflorten Lampe. Sah man den Gewerbelehrer Ottokar Knöhrer in solch ruhiger Pose, mußte man einräumen: Der Mann hatte, weiß Gott woher, einen fast klassischen Kopf. Der leibhaftige Knöhrer aber im Stadtbild, im Schulbetrieb oder gar bei Parteikundgebungen, wo er mit Leidenschaft als Redner auftrat, wirkte dagegen wie eine Karikatur des schönen Lichtbilds. Der konnte nicht mehr laufen vor Zackigkeit. Beim Heilgruß riß es ihm den Arm so gewaltig nach oben, daß nicht der Eindruck des Grüßens, sondern jähen Erschreckens entstand. Nach geleistetem Gruß ließ er den Arm nicht etwa sinken, sondern riß ihn waagrecht abgewinkelt zur Brust, dann schlug er ihn gestreckt nach unten. Blickte man ihm eine Weile nach, wenn er die Hauptstraße hinuntermarschierte, fuhr er ständig auseinander und zusammen.

Man nannte ihn den Bajaß, was ein Mundartwort für Bajazzo ist. Knöhrers Gesicht war ständig festgeheftet in einer Miene eherner Entschlossenheit. Ein schöner Mann, zur Lächerlichkeit verunstaltet durch einen dauernden Anfall von Starre. Er war eine lachhafte Figur. Es trug aber jeder sein Gelächter mit sich weg ins stille Kämmerlein. Es waren ein paar Leute spurlos verschwunden, die zu spät begriffen hatten, daß Heiterkeit ohnehin scharf beaufsichtigt wurde seit den Tagen der nationalen Errettung. Alberne Bemerkungen, Kinderwitzchen über einen Hinkefuß oder einen

Fettleibigen, der für jeden Tag eine neue Uniform brauchte – die Leute waren weg, dem Vernehmen nach auf dem Heuberg, wo ein Stück Alblandschaft mit Stacheldraht eingezäunt worden war, man hörte, es sei jedesmal Ottokar Knöhrer in der Nähe gewesen, wenn ein Witzchen auf den Heuberg geführt hatte.

Dieser Knöhrer begehrte nun Musikgenuß und Hauskonzert. Tante Traudich besprach sich mit ihrem Herrn Doktor, und dem schwante, daß es einen, der vorzugsweise von zitternden morschen Knochen sang, nicht dringend nach Mozartsonaten der Damen Guggenbach und Penzberger verlangte, daß es eher Neugier darauf war, was ein Herr Dr. Abel, weitgereist, merkwürdigerweise in Solstett gelandet, nicht PG, privat so alles tat und äußerte und dachte. Es war nicht gut, mit Gewerbelehrer Knöhrer auf Gesprächsnähe zu kommen, die Grußdistanz, nicht immer vermeidbar in der kleinen Stadt, reichte vollkommen. Andererseits wäre es aber unvorsichtig, einen solchen Zeitgenossen abzuweisen. Abel begann zu begreifen, auf was er sich eingelassen hatte mit dieser Kleinstadt, die nicht brauner war als andere. Er saß in einem Schaukasten.

In einer Herbstnacht kam Abel spät aus dem »Lamm«. Er ging durch die Stadt am Fluß entlang, den einzigen Weg, der nicht bergauf oder bergab führte. Eine klamme Nacht ohne Unterscheidung zwischen Himmel und Erde, gleichmäßiges, verstocktes Schwarz. Die Muhr führte Nebel. Auf der Höhe des Stegs im Stadtpark sah er den Feuerschein draußen im Tal. Es mußte ein großes Feuer sein, das den Osthang über der südlichen Vorstadt flackernd aus der Schwadenbahn des Flußlaufs treten ließ. Keine Feuersirene war zu hören. Abel stieg zwischen Hecken und Gärten einen der Treppenwege hinauf und gewann Überblick. Es war die Synagoge. Sie brannte still vor sich hin. Ein feierliches Bild, Tumult und Alarm waren nicht zu hören. Es war in der Nacht vom Mittwoch auf Donnerstag, am 10. November '38 gegen ein Uhr.

Nie mehr später, dachte Abel nach Jahren, war ein Vernichtungswerk so stumm. Es war wie nicht vorhanden. Wenn es offene, öffentlich bekräftigte Gewalttat gewesen wäre, ein Hexenwahn, der sich fürchterlich bekennt – aber sie zeigten sich nicht. In Räuberzivil zogen sie, Volkszorn simulierend, durch die alles verschluckende Nacht, selbst Teil von ihr, Einwohner des finsteren Bauches, des Nichts. Darin, wider Willen, zeigten sie sich.

Heimatkunde

Es kam manches heraus. Es sickerte was durch. Es war dies und jenes gesehen, gehört worden. In der steilen Enge ging nichts ganz geheim. Auch in der Nacht gab es Blicke aus höheren Fenstern in tiefere, von Küchenbalkons in Hinterhöfe, von Dachgaupen in Gassen. Ihre Vorfahren hatten nicht umsonst das Salz bewacht und übereinander Aufsicht geführt von Terrasse zu Terrasse. Das konnten sie noch. Es war gesehen worden, daß in der nieselnden Nacht dieser und jener gegen elf verstohlen sein Haus verließ, die Windjacke hochgeschlagen, den Wollschal überm Kinn, die Mütze tief, auf leisen Schaftstiefeln. Der Hosenmeier, der Möbelkurz, der Feinkostglück, der Elektrobaier, der Damen- und Herrensalon-Stüber, vom städtischen Tiefbauamt der Wägele, Glasbau-Mall junior, auch Schätzle, Hausmeister im Rathaus, und andere. Jedenfalls alle SA und alle in Zivil. Die zogen einzeln hinaus zum SA-Heim am Hang der Schenkenburgruine. So viel war klar: Der Solstetter SA-Sturm hatte sich um elf getroffen, damit um ein Uhr früh der elementare Zorn der Bevölkerung losbrechen konnte.

Nach Mitternacht hatte das Telefon den Küfermeister und Kommandanten der Freiwilligen Feuerwehr Sontheimer aus dem Bett gerissen. Kreisleiter Storch war am Apparat. Es werde brennen als Ausdruck der allgemeinen Empörung gegen den Weltfeind, und die Feuerwehr habe dafür zu sorgen, daß nur das Richtige brenne. Das Richtige war die Synagoge im Muhrfeld draußen. Das Richtige sollte auch der jüdische Gemeindesaal in der Rittergasse sein. Sontheimer erschrak. Niemals sei dort ein Brand zu kontrollieren, die alten, engen Häuser, alles mehrfach ineinandergebaut, alles jahrhundertealtes Fachwerk. Wenn dieses Judenhaus brenne, stehe im Handumdrehen die ganze Gasse in Flammen, es gebe einen Sog, der die Flammen wie von selbst hinaufziehe zum alten Büchsenhaus und vor zum Marktplatz, dann nur noch der geringste Wind – ob denn die Kreisleitung vor lauter allgemeiner Empörung einen Stadtbrand wolle. Es war aber, wie der Kreis-Storch sagte, nicht Sache der Kreisleitung, sondern der Wunsch des Führers. Der Küfer Sontheimer wollte dem Führer einen Wunsch nicht abschlagen, er hatte aber andererseits als Feuerwehrkommandant die Pflicht, im Brandfalle des jüdischen Gemeindehausese sofort einzugreifen zwecks Abwendung einer absehbaren Katastrophe. Der Storch schrie. Der Küfer auch. Es war ein deutscher Konflikt. Es führte dazu, daß Sontheimer anbot, sein Amt als Feuerwehrchef niederzulegen, es könne dann außerhalb seiner Zuständigkeit gern die ganze Innenstadt abbrennen, aber vorher nicht. Der Storch wußte da nicht weiter. »Scheißvolkszorn!« soll er geschrien und den Hörer aufgeworfen haben.

Die Feuerwehr ging heimlich in Bereitstellung. Es soll in der Kreisleitung von einer Sekretärin, die nicht genannt werden wollte, durch die dicke Eichentür gehört worden sein, wie der Storch gleich darauf noch mit einem anderen am Telefon schrie. Mit einem Volksgenossen, dessen spontane Empörung so groß gewesen sein soll, daß er von einer Verschonung des Gemeindesaals zugunsten der allgemeinen Sicherheit nichts wissen wollte. Das soll Ottokar Knöhrer gewesen sein.

Der war schon früh im SA-Heim gewesen und hatte ungeduldig auf die herbeiströmenden Kameraden gewartet. Die Auswärtigen von den Dörfern Brillenbach, Firnbach, Feuchtenrot, Fornstal brauchten lange, denn die wenigsten hatten Motorräder, die meisten strampelten auf Fahrrädern durch die Nässe. Es muß da ein ganzes Stück spontane Empörung schon auf der Strekke geblieben sein. Als die da waren, standen sie erst in einem verfrorenen Klumpen um den stinkenden, mit feuchtem Holz befeuerten Ofen. Knöhrer soll getobt haben. Es sollen aber schon Benzinkanister, Fackeln, Wergballen, Holzwolle bereitgestellt gewesen sein.

Dann soll Knöhrer, angeblich mit einer brennenden Fackel in der Hand aus Stimmungsgründen, eine feurige Rede gehalten haben. Die Schmach von Versailles. Die Schande der Systemzeit. Die Stunde der Abrechnung. Die überkochende Wut der Bevölkerung. Er teilte zwei Trupps ein: den einen für die Synagoge, den anderen zur brandlosen Bekämpfung des Gemeindesaals sowie der lokalen Zentren jüdischer Zersetzung deutscher Wirtschaftskraft. Ein Bauernsohn aus Fornstal soll gefragt haben, wo die denn seien. Es waren die letzten beiden jüdischen Geschäfte im Solstetter Stadtgebiet gemeint, Nathan Frieds Zigarrengeschäft in der Unteren Töpfergasse und die Tuchhandlung Gantschlik in der Marktstraße. Um die Viehjuden und Getreidehändler im Landkreis würde sich der Sturm Schergerwald kümmern.

Es soll nur schwer Stimmung aufgekommen sein bei den Älteren. Es gingen in der Ansprache von Ottokar Knöhrer ein paar Sachen nicht zusammen. Die kochende Wut der Solstetter koche leise, soll der Elektrobaier vorsichtig eingewandt haben, die Stadt sei ruhig. Auffällig ruhig, meinte Friseur Stüber. Und warum Räuberzivil und nicht Uniform, habe der Feinkostglück gefragt. Am weitesten sei der Möbelkurz gegangen. Die Solstetter Geschäftswelt wolle sich zwar gern von den letzten jüdischen Blutsaugern befreit wissen, schon aus rassischer Überzeugung, man müsse aber abwägen, ob die Art und Weise im Solstetter Bürgertum nicht eher Befremden auslösen würde. Man kämpfe ohnehin um jeden Kunden, der Konkurrenzdruck der arischen Kaufhäuser in Heilbronn und Stuttgart sei real gesehen gefährlicher als der jüdischbolschewistische Würgegriff. Dem, so hieß es, haben sich mehrere Kameraden angeschlossen. Die Jungen und die aus der Unterstadt, die keine Geschäfte hatten, seien einsatzfreudiger gewesen, schon wegen der Gaude, aber so richtig elementar empört auch nicht. Nur der städtische Arbeiter Wägele und der Hausmeister Schätzle hätten einen vorschriftsmäßigen Volkszorn gehabt, auch ein paar aus den Dörfern, Landarbeiter, Stellmacher, Stallschweizer, Hungerleider. Das habe aber dem Knöhrer nicht gereicht, sondern er bat sich eine spontane Geschlossenheit aus, habe es erst mit einem Anschiß probiert, dann mit ein paar Kästen Bier und einer Flasche Himbeergeist, die der Glück habe mitbringen müssen laut Einsatzbefehl. Erst nach Mitternacht habe die Einteilung der Trupps stattfinden können, nachdem der Hausmeister Schätzle, schon mit undeutlicher Sprache, an den gemeinsamen Siegeswillen während der Kampfzeit appelliert habe. Er habe sich mit seinem steifen Arm (nicht Verdun, wie er oft erzählte, sondern ein Treppensturz in einem Ulmer Etablissement während seiner Rekrutenzeit) eine Fackel gegriffen und zum Angriff gedrängt. Der Knöhrer habe aber die Geschäftsleute nur für Sicherungsaufgaben mehr im Hintergrund eingeteilt. Die Stoßtrupps mit den Fackelkanistern und Spitzhacken seien welche gewesen, die man in Solstett nicht so kannte. Nur Schätzle und Wägele seien vorne mit dabei gewesen, hätten, unterstützt von einem Firnbacher Metzger, den Rabbiner aus dem Bett geholt, im Nachthemd über den Platz geschleift und in den Marktbrunnen geworfen. Vor dem Friedschen Zigarrengeschäft habe dann der Glasbau-Mall junior noch durchgedreht und gar nicht genug kriegen können mit Scheibeneinschmeißen, weil er sie sonst nur immer reparieren dürfe. Er habe aber im Übereifer auch arisches Glas erwischt. Der Hauptgeschädigte des Einsatzes soll jedoch der Delikatessen-Glück gewesen sein. Ihm hätten die Kameraden, da beim Weltfeind nicht genügend Spirituosen erbeutet worden seien, den Importweinbestand stark reduziert.

Am Tag danach lag auf dem Platz vor Sankt Martin ein wüster Haufen Plündergut. Sie hatten (wer?) alles aus den Wohnungen und Geschäften geschleppt. Möbel, Bettzeug, Hausrat, Spielzeug, Kinderwagen, Bücher in hebräischer und deutscher Sprache, Bilder, Fotografien, Lebensmittel, Stoffballen, Tuchbahnen, Kurzwaren, kistenweise Zigarren, kartonweise Zigaretten, alles übereinander geworfen, wie es grade gekommen war, und angesteckt als eine Art Brandopfer vor den Treppen des Münsters. Es schwelte aber nur und stank, denn das unablässige Sickern aus dem Himmel seit dem Vorabend hörte nicht auf. Es war ein Donnerstag. Und freitags fand hier der Wochenmarkt statt. Man fragte sich, wer nun das naß dampfende Zeug wegräumen sollte. Wer kam, blieb stehen, starrte hin mit Entrüstung auf eine unflätige Verunreinigung des schönsten Platzes in der Stadt. Man sah der Entrüstung nicht an, wem sie galt, den Räubern oder den Beraubten. Ein Volkszorn erhob sich auch jetzt nicht, weder auf Täter noch auf Opfer. Irgendwelche, mochte man denken, mußten ja in der Tat einen gewaltigen Zorn gehabt haben. Man selbst hatte nicht dazugehört, ging weiter. Kinder auf dem Schulweg kamen und glotzten. Es mußte da ein Riesenspaß stattgefunden haben, es mußte glatt etwas gewesen sein wie Fasching, wenn auch Erwachsene so außer Rand und Band geraten durften. Die Halbwüchsigen grapschten nach Schokolade, was man ihnen halbherzig verbot mit dem Hinweis, man könne da nicht wissen, wegen der Reinlichkeit.

Kicherer, stadtbekannt als Gelegenheitsarbeiter für alles, Kaninchenschlächter, Hühnerdieb, zielsicherer Auffinder herrenloser oder fast herrenloser Fahrräder, umschlich schon seit dem Morgen den Platz, zunehmend weniger nüchtern, denn eine Flasche Weinbrand, in der Vornacht im Friedschen Ladenstübchen übersehen, hatte er schon sichergestellt. Er führte Reden, daß dies nun alles Volkseigentum sei und man da sehen könne, was die alles zusammengerafft hätten auf Kosten der Volksgemeinschaft. Er zerrte die Messingvorhangstangen heraus, die aus dem Haufen ragten wie Antennen. Eine Frau aus der Unterstadt zog einen Kinderwagen davon. Für einen Augenblick wurde in halber Höhe der Münstertreppe Stadtpfarrer Glockengast beobachtet. Er stand da im gewohnten dunkelgrauen, sehr verknitterten Anzug, am Rockaufschlag winzig, aber auch in dieser Entfernung noch sichtbar die Zivilausgabe des EK I '14 bis '18, er stand da ohne Bewegung, und man fragte sich, wie er so plötzlich dort hinaufgekommen war, man hatte keinen Anmarsch, weder vom Platz aus hinauf noch herab vom Portal bemerkt.

Er stand wie sonntags nach Erklimmen der Kanzel, während die Gemeinde noch sang, wartend auf den letzten Nachhall des Orgelschlußakkords, bevor er ansetzte: »Unser Anfang geschehe im Namen des Herrn«

– er setzte aber zu nichts an, doch schien es manchen, als habe er vorgehabt, etwas zu sagen. Er sah ohne Ausdruck herunter auf den Platz, wo Kicherer, frecher geworden, gerade einen Polsterstuhl auf weitere Verwendbarkeit prüfte. Dann drehte Glockengast sich um und stieg hinauf zum Portal, ganz senkrecht, nicht diagonal wie viele, denen die Steigung dann nicht so zu schaffen machte. Wir sahen den gedrungenen, fast stumpigen Mann mit dem kurzgekrausten Haar, das weiß leuchtete über dem dunklen Kragen, sehr aufrecht Höhe gewinnen. Wir dachten, so entschreite er uns in viel weitere Ferne als bis zur Kirchentür. Ganz oben, schon auf dem Vorplatz, bevor sein Umriß in der Dämmerung der Turmvorhalle erlosch, hob sich eine Hand zum Kopf, vielleicht zu den Augen. An diesem Tag hat man das kleine Eiserne Kreuz zum letzten Mal an seinem Rockaufschlag gesehen.

Am Nachmittag verließ Dr. Abel das Krankenhaus für eine Stunde und holte seinen Sohn zu einem Spaziergang. Tante Traudich wandte ein, es sei doch kein Wetter dafür. Der Doktor sah sie nur an, und dieser Blick war ihr neu bei dem meist freundlichen Mann. Sie wogte verletzt in ihr Zimmer. Als Vater und Sohn das Haus verließen, hörten sie schon »Tristan«: »Mild und leise, wie er lächelt . . .«

Unter einem schwarzen Herrenschirm gingen sie in die Stadt, am östlichen Wehrturm vorbei längs der Pechnasenmauer. Unaufhörlich troff der Himmel, riß nur am Westhorizont für eine kurze Weile in schmalen Fetzen auf. Turm und Stützmauern von Sankt Martin glühten. Der Plunderhaufen auf dem Marktplatz wurde von Stadtarbeitern abgetragen und auf Lastwagen verladen. Als Abel und Philipp vorbeikamen, brach eben vor ihnen ein zertrümmertes Ehebett vollends auseinander. Der Junge betrachtete alles, fragte nicht. In der Unteren Töpfergasse, vor dem demolierten Rauchwarengeschäft, blieb er stehen. Ihm gelang einfach der nächste Schritt nicht. Abel spürte die kleine Hand in der seinen zucken.

»Warum?«

Das konnte der Vater nicht erklären. Er sah nur hinüber auf die weißen Schmierbuchstaben über der zerschlagenen Ladentür zwischen den dunklen, verwüsteten Schaufenstern: »Juda verrecke!« Eine Antwort war das nicht, doch stellte der Junge keine Fragen mehr. Sie gingen weiter, und unter den Schuhen knirschte der Brei aus Splitterglas und Dreck. Das Tuch- und Stoffgeschäft von Gantschlik sah noch übler aus. Hier mußte es doch gebrannt haben. Geschwärzte Fensterhöhlen, die Decke im ehemaligen Ladenraum herabgebrochen, auf dem Boden stand dreifingerhoch das Spritzwasser. Vor dem Gemeindesaal in der Rittergasse, wo sie ganze Mauerstücke eingerissen hatten, war das Pflaster bedeckt mit zerfetzten Gebetsbüchern und zerbrochenen Reliefplatten. Da wollte der Junge doch noch etwas gefragt haben.

»Darf man denn das tun?«

Und Abel sagte mit einer Bestimmtheit, die fast wie eine offizielle Auskunft klang: »Ja. Aber nur in Deutschland.«

In diesem Augenblick knallten hinter ihnen Rohrstiefel zusammen auf dem Kopfsteinpflaster, und Abel sah das absurd zuckende Muster von Ottokar Knöhrers Ausführung des Deutschen Grußes.

»Haitler!«

Ein böse verzerrtes Gesicht, in dem aber die Augen merkwürdig frohlockten. Und der rechte Arm wurde herangerissen zur Brust und nach unten durchgeschleudert. Frau Schürzer vom Gemüseladen direkt gegenüber hat später Tante Traudich, als der Laden gerade leer war, erzählt, sie habe da eben vom Oberstock eine Decke ausschütteln wollen und beobachtet, wie der Bajaß die Treppen der Kornhausgasse heruntergekommen sei, Vater und Sohn Abel bemerkt und sich ihnen vorsichtig von hinten genähert habe. Da habe sie sich gleich gedacht, daß den interessieren könnte, was ein Mann wie der Dr. Abel zu seinem Buben sagt vor dem saumäßigen Anblick. Der Bajaß sei den ganzen Tag über immer wieder überraschend aus allen Richtungen aufgetaucht an dem verwüsteten Haus und habe gehorcht, was die Leute reden.

Der Gewerbelehrer Knöhrer stampfte, übrigens ohne Abels Grußerwiderung abzuwarten, davon in Richtung Muhrfelder Tor.

»Warum hat der uns gedroht?«

»Er hat nicht gedroht, er hat nur gegrüßt.«

»Vielleicht kann man auch mit einem Gruß drohen?«

»Manche können das wohl.«

In Heimatkunde lernten sie in diesen Tagen, wie vor unvorstellbar vielen Jahren die Muhr den Talkessel ausgefressen hatte. Muschelkalk, Lettenkohle, Mittlerer Keuper. Darunter ein riesiges Becken des Weltmeers. Das Salz darin, zu dem der Fluß sich irgendwann durchgesägt hat. Und dann die Wildtiere, die es suchten. Und dann die Jäger, die es fanden. Die ersten

Siedler, Sieder, und dann Jahrhundert für Jahrhundert das Wachsen der Salzstätte. Kelten, Kaiser, Christen, Krämer, Reichsstadt, Ruhm, Reichtum. Auch Rasse. Das gute Blut stets bedroht von dunklen Mischungen. Hof, Heim, Herd. Da baute der Lehrer mit dem kinderfreundlichen Glanz in der Brille aus seinen Sommersprossenhänden immer ein Häuschen, richtig mit Dach, behütend, es war zum Hineinschlüpfen und Geborgensein. Schutz und Schild. Gott und Gnade. Der Führer als Garant. Sie durften das malen, die Erdschichten, den Fluß, die Tiere am Salzquell. Die Sieder und die Salzwagen, die hinauszogen in die Welt. Darüber als Hüter das Treppenmünster Sankt Martin. Und darüber noch, als oberste Spitze, die Hakenkreuzfahne. Philipp war ein guter Zeichner. Er wußte schon, daß im Hintergrund die Figuren kleiner gehören als vorne. Er brachte fast eine Tiefe ins Bild. Doch hatte er Schwierigkeiten mit der Raumeinteilung. Am oberen Rand mußte er mit dem Kirchturm aufhören, die Fahne ging nicht mehr drauf. Das fügte sich gut. Er war stolz auf sein Werk und wollte es seinem Vater zeigen. Er ahnte, daß es dem besser gefallen würde ohne die Flagge.

Das Windlicht

Das einzelne helle Fenster in der Nacht. So spät war in Solstett niemand mehr unterwegs, daß es bemerkt wurde. Das Licht hatte gebrannt als eines von vielen vom späten Nachmittag an im grauen Gemäuer und Giebelgebirge, war gegen zehn schon eines von wenigen gewesen, hatte in Gesellschaft von dreien bis Mitternacht ausgehalten gegen den Flußnebel. Dann glomm es allein weiter bis in den Morgen, der lange dunkel blieb wie die Nacht.

Samstag war der Tag vor Sonntag. Viel mehr wußte er nicht mehr. Aber als er wieder hochschreckte vom Tisch, war es schon zwei Stunden Sonntag. Der erste Sonntag nach dem 9. November. Noch sieben Stunden, dann hatte er das Wort. Wenn er es wollte. Und was es zu sagen gab, war klar. Es bedurfte dazu nicht einmal eigener Worte. Alles war gesagt und aufgeschrieben worden vor mehr als zweitausend Jahren. Es galt noch alles. Verlangt von ihm war nur, es auszusprechen in der Gegenwart.

> So spricht der Herr: Haltet Recht und Gerechtigkeit
> und errettet den Bedrängten von des Frevlers Hand
> und unterdrücket nicht die Fremdlinge, Waisen und
> Witwen und tut niemand Gewalt an und vergießet nicht
> unschuldig Blut an dieser Stätte ...

Wieder fuhr er hoch. Der Text lag vor ihm im Lampenschein, verschwamm vor den Augen, wurde wieder klar. Nun schlug Sankt Martin drei. Dröhnend die große Glocke, entfernter, geduldiger die kleine, höhere, die vier Bimmelschläge zur vollen Stunde, und in den vierten hinein, leicht verspätet wie stets, begann drüben überm Fluß Sankt Katharina. Dann wieder nur, was immer war: das Rauschen der Muhr am Stadtwehr.

O Land, Land, Land, höre des Herrn Wort...
Ich habe dir's vorher gesagt, als es noch gut um dich stand; aber du sprachst: Ich will nicht hören...

Abermals sank ihm der Kopf auf die Brust. Wann zuletzt stand es gut? Der Sommer damals. Die Hitze über dem Platz, als die Truppen gesegnet wurden, die Fahnen, die Waffen. Befiehl du deine Wege und die Wacht am Rhein. Der Jubel, daß Krieg war. Jeder Schuß ein Russ', jeder Stoß ein Franzos', jeder Tritt ein Brit'. Der Kriegsfreiwillige Glockengast, Theologiestudent im ersten Semester, mitten in der Parade vor dem Regimentskommandeur, neben ihm der Prälat, der für den Sieg gebetet hatte. Es regnete Nelken und Rosen. Das Vaterländische. Gott mit uns.

Gott? Jedenfalls die Kirche. Die, in deren Dienst er treten wollte, die von Luther kam, aber längst nicht mehr fragte, ob wirklich des Kaisers sein sollte, was sie dem Kaiser gab: das Nationale. Die Gleichung, ein guter Christ – ein guter Deutscher. Stand es da noch gut? Die Verkündigung einer Staatskirche: wie weit weg vom armen Windlicht des Evangeliums, von dem Luther gesprochen hatte? Wie weit weg von allem und allen, mit denen nicht Staat zu machen war im Rausch des Heroischen? Die Siege als Gottes Werk gepriesen, bejammert nur Niederlage und ungerechten Frieden, nicht die Toten, und geschwiegen, als die Jagd nach Schuldigen begann, die ersten Morde, der Ruf nach Rache an einer ganzen Rasse. Weggeschaut, weil das Nationale immer noch das Heilige war. Weggehört, als die Sprechchöre lauter wurden: Juda verrecke!

> Und der Herr sprach zu Abraham: In dir sollen gesegnet werden alle Völker auf Erden ... Denn von dir wird ausgehen, der ein König sein wird über das Volk Israel, und er wird das Heil sein den Völkern der Erde ...

Weggehört. Auch er, der dekorierte Kriegsstudent, der junge Vikar und Pfarrer, dem das Jüdische an seiner Religion genierlich war, dem es als ein levantinisches Märchen lieber gewesen wäre denn als Glaube. Seiner ganzen vaterländischen Kirche wäre es lieber gewesen. Zu lange, zu innig der geheime Wunsch, daß Bethlehem eine Stadt in Deutschland gewesen sei, ein anderer Name für Eisleben. Juda verrecke hatte nicht ihm gegolten, nicht seiner Gemeinde, nicht seiner Kirche. Der Tötungsruf betraf nicht sie. Wäre er aufgeschreckt aus der Verblendung, wenn die neuen Herren nicht begonnen hätten, sich auch in Kirchliches zu drängen? Er wußte es nicht. Er war nicht sicher.

Er empfand die zunehmende Auskühlung des Raums. Der alte Ofen mit den württembergischen Wappenmustern in den gußeisernen Türen strahlte längst keine Wärme mehr in das weitläufige, hochwandige Amtszimmer. Er erhob sich, ging ans Fenster, schaute lange hinunter ins gleichmäßige Dunkel, aus dem kaum erkennbar die Umrisse der nächsttieferen Dächer ragten, gekenterte Schiffe in schwarzer See. Vier Uhr.

Er war nicht sicher. Er wußte nichts. Er war allein. Ein namenloser schwäbischer Kleinstadtpfarrer. Für wen sollte er sprechen? Für die Landeskirche, für die Gemeinde, für sich allein? Andere vor ihm hatten gesprochen, auch die erst, als es zu spät war, aber sie hatten gesprochen und waren in Haft dafür oder ausgewiesen. Für wen hatte der Vorkämpfer der zu spät sich Bekennenden, der einstige U-Boot-Kommandant, gekämpft? Was hatte er verteidigt, Kirchenmacht oder die Ohmacht der Gebrandmarkten? Ging es immer noch um Macht, oder ging es endlich um das viel Einfachere, um das Nächste unter Nächsten? Er wußte es nicht, er war nicht sicher. Es gab keine Instanz. Er haderte mit dem Evangelischen, das den Menschen in Vereinzelung einschloß mit seinem Gewissen.

Wieder war er eingeschlafen. Als er diesmal auffuhr, nicht geweckt vom Stundenschlag, sondern von Angst, ging es auf sechs. Kein Zeichen des Tages, auch sonst kein Zeichen für ihn. Wie auch sollte es das geben, war er denn katholisch? Ein Güterzugpfeifen drüben am Westtunnel, schnell verzehrt von Dunkel und Ferne, dahin wie sein Leben bisher, es galt nicht mehr, es galten nur diese finstere Frühe und die Angst. Es galt auch ein Bild: der Greis, laut betend, als sie ihn zum Brunnen schleiften, hebräisch: Höre, Israel, der Herr ist unser Gott, der Herr allein ... das eisige Wasser im Fackelschein. Als er zum dritten Mal auftauchte zwischen den Fäusten, war er ganz ausgestreckt ...

Nun regte sich unten die Frau. Eine Tür ging. Wasser strömte in der Leitung. Das Rappeln des Kohlekastens in der Küche. Die Kinder schliefen noch. Heute würden sie die Gottesdienste überwachen im ganzen Land. Heute würde die geheime Polizei in jeder Stadtkirche dabeisein, ein stiller Mann in einer der hintersten Reihen, der artig mit aufstehen würde beim Gebet, der sich bescheiden über seinen Notizblock beugen würde wie in Andacht. Es würde nichts geschehen den Tag über, auch in der Nacht noch nicht. Sie würden an einem anderen Morgen kommen, nicht vor vier.

Es mußte nicht heute sein, daß er sprach. Nicht an einem Tag, an dem sie schon darauf warteten. Er konnte am Mittwoch sprechen, da war Bußtag, ein guter Anlaß und eher ein Werktag für Leute, die nicht im Kirchenjahr lebten, es würde der Jeremiatext zum Bußtag auch viel geläufiger klingen, er ließe sich als üblich erklären an diesem Tag.

Die erste Helle sah er nicht. Die Fenster gingen nach Westen. Die Frau kam mit dem Kaffee. Daß er nichts essen würde, wußte sie. In siebzehn Jahren war kein Tag gewesen, an dem er sie nicht gerne um sich gehabt hätte. Sie waren sich versprochen gewesen, schon als er 1914 ins Feld gerückt war. Damals war sie sechzehn, ein Bauernmädchen aus einem der Rieddörfer südlich von Ulm, wie aus Versehen evangelisch in dieser Gegend, zierlich für ein Landkind, mit fast zu schwerem, dunklem Haar und einem rätselhaften Gegensatz zwischen raschen Bewegungen und langsamer Sprache. So sah er sie heute noch, trotz der Jahre, trotz der zwei fast erwachsenen Söhne. Sogar jetzt sah er sie so. Sie sagte nichts, sah ihn nicht ausdrücklicher an als an irgendeinem Morgen.

Wieder fiel ihm Paul Binder ein, der Amtsbruder im Hunsrück, den er vom Studium kannte. Den hatten sie nicht gleich geholt, als er gottesdienstlich etwas gesagt hatte. Verwarnt, beim zweiten Mal drei Tage behalten im Koblenzer Gestapo-Gefängnis, schließlich aus seiner Gemeinde ausgewiesen. Das hatte er mißachtet.

Dann erst schlugen sie zu. Er saß in Buchenwald, Bunkerhaft, auf dem Appellplatz hörten die Häftlinge ihn laut beten, bis er unter den Stockhieben verstummte, das war durchgesickert.

Es war jetzt hell. Die Dächer lagen bereift unter ihm im weißgrauen Schimmer einer sinnlosen Panzerung. Das sichtbare Stück Fluß war dunkelblank, über die Neigung des Wehrs lief flach das Wasser auf dem Grünalgenpolster. Mehr Farbe als dieses Grün hatte die Stadt nicht mehr. Die Frage war, ob einer ein Märtyrer war, ob er das in sich trug von Anfang an oder ob man es wurde, werden konnte unterwegs, wenn man erst einmal auf dem Weg war. Es war aber nicht sicher, jetzt, keine Stunde mehr, bevor er hinüber mußte zur Kirche, war es ganz offen, ob er je den ersten Schritt tun würde.

Das Zusammenläuten brachte ihn zu sich. Nicht, daß die Angst nachgelassen hätte, es war nur eine Furcht dazu gekommen, die stärker war: vor Selbstverachtung. Die Glocken schlugen. Es war Zeit, Abschied zu nehmen. Er hatte die Behaustheit des Evangelischen im Bürgerlich-Nationalen als seine Heimat geliebt. War aufgewachsen darin und hatte gerne gelebt dort, ohne Widerspruch. Vaterland. Im Krieg hatte er sogar gemeint, dafür sterben zu dürfen, auch zu töten. Die Frage, ob nicht Vaterlandslosigkeit viel eher der Stand des Christen sein müsse im Hiesigen, war ihm nicht vorgekommen. Jetzt war sie schon überholt. Wie die Urgemeinde vaterlandslos gewesen war im römischen Heidentum, so war man wieder vaterlandslos im neugermanischen. Man war näher am Ursprung als jemals, seit Luther. Der Ursprung konnte nicht mehr übersehen werden, nur verleugnet. Davor hatte er die größere Angst. Das machte ihn froh.

Den Gottesdienstbesuchern am 13. November 1938 machte der Pfarrer einen Eindruck von aufgeräumter Bedächtigkeit. Dabei war er blaß und nur notdürftig rasiert. Das kannte man nicht an ihm. Es fiel auf, daß er nach Eingangslied und Gebet Jeremia 22 las, das ganze Kapitel. Die Köpfe gingen zurück in den Bankreihen. Ob einer da war, der sich über einen Notizblock beugte, wurde nicht bekannt. Die Predigt war keine, ein Nichts an Exegese. Der Pfarrer sprach nur von sich und hätte sich im Predigerseminar ein Ungenügend eingehandelt dafür. Es wurde aber klar, daß es nicht Unbescheidenheit war, sondern Unbefugtheit. Er durfte mit sich nicht seine Kirche anklagen, das war nicht an ihm. Er fand vor der eigenen Tür reichlich zu kehren und fühlte sich beengt dabei auf der Kanzel. Der wäre lieber unten gestanden, das sah man. Blindheit, Verstocktheit, Lauheit sagte sich der Pfarrer nach. Eines Brandes habe es bedurft, um seinen Blick von den Nöten seines Amtes in schwieriger Zeit hinzulenken nur ein paar Häuser weiter auf die Verzweiflung der Verfemten. O Land, Land, Land, höre des Herrn Wort. Er, der evangelische Pfarrer von Sankt Martin in Solstett, habe lange nicht gehört. Das Fürbittgebet vor dem Vaterunser. Einsicht und Gerechtigkeitssinn wurden erbeten für die Regierung. Die Köpfe waren sehr weit auf der Brust. Es schaute keiner mehr zum andern wie anfänglich.

Sie holten ihn nicht. Sie warteten. Ein Plakat hing am Morgen an der Pfarramtstür: JUDENKNECHT. Es war säuberliche Druckware. Das hatten sie vorrätig.

Die Solstetter. In besseren Kreisen ging die Betroffenheit so weit, manche Leute betraten den Glückschen Feinkostladen nicht mehr. Man konnte auf Delikatessen eine Weile verzichten. Glück, unglücklich hinter dem Ladentisch, der deutsche Gruß kam ihm nur noch als ein Gemurmel über die Lippen, das auch etwas anderes hätte heißen können. Wenn Abel dem Delikatessenhändler im Haus begegnete, wirkte er als ganze Figur verrenkt, zerschlagen. Da bot er nun in Zerknirschung die Tageszeit als Gruß, der rechte Arm ging nur noch wie fehlgesteuert in halbe Höhe. Der Mann litt. Das Fräulein Guggenbach wollte seinen Sherry nicht mehr, nicht einmal geschenkt. Drei der Solstetter Fabrikanten, die kistenweise ihren Bordeaux von Glück bezogen hatten (Söhnlein-Leime & Klebstoffe, Franz-Abfüllmaschinen, Rieger-Gußwaren) deckten ihren Bedarf nun beim Importeur in Heilbronn, was auch billiger war.

Auch der Hosenmeier spürte vorübergehend Rückgang, desgleichen der Frisiersalon Stüber. Man hatte in Solstett schon Möglichkeiten, kundzutun, was man von einheimischen Geschäftsleuten hielt, die bei Brandschatzerei und Verwüstung mittaten wie eine Räuberbande in der Nacht. Man trug den Wunsch nach Beinkleidern oder einem schönen Kopf einfach ein paar Ecken weiter. Der Elektrobaier kam naturgemäß besser davon, denn man tat sich schwer mit auswärts gekauften Geräten wegen der Umstände mit der Reparatur. Und was den Mall anging, einen Glaser brauchte man immer. Hingegen traf es den Hausmeister Schätzle insofern, als vom Stadtarchivar Sigloch die gewohnte Brasil ausblieb, wenn er den spät noch aus dem bereits verschlossenen Rathausbau auslassen mußte.

Und Knöhrer, der Mann war ja gestört, nicht ernst zu nehmen. Wenn er vor einem sein gräßliches Grußritual zuckte, man grüßte eben zurück, vielmehr man grüßte eher zuvor, das Gezucke fiel dann nicht so extrem aus. Man legte aber etwas in den Blick dabei wie ein ernstes Kopfschütteln. Sogar dem Kreisleiter Storch ist dieses Kopfschütteln begegnet im Blick immerhin des Chefarztes Dr. Riebensam gelegentlich einer Saujagd im Schergerwald. Und da sollen im Anschluß an ein kleines Essen unter Weidmännern ein paar Worte gefallen sein, daß der Knöhrer, der Bajaß, der wildgewordene Gewerbelehrer dem Kreisleiter Storch höchstselbst auch nicht der angenehmste Zeitgenosse sei.

Immerhin war Friede, wonach es im Sommer nicht ausgesehen hatte. Die stille Zeit stand vor der Tür. Die Geschäftswelt sammelte ihre Kräfte für den Weihnachtsverkauf. Am meisten Kräfte brauchte der Möbelkurz. Dem hatten die Gantschlik-Schwestern nicht lange vor dem Ausbruch des Volkszorns ihr Stoff- und Tuchgeschäft samt Wohn- und Lagerräumen zu einem extrem günstigen Preis überschrieben, es war eine Okkasion gewesen, denn die alten Damen brauchten jeden Pfennig, um die Erpressungssumme, die amtlich Reichsfluchtsteuer hieß, für die Ausreiseerlaubnis bezahlen zu können. Sie waren in Laden und Haus nur noch auf Zeit und Miete. Bald wollte der Möbelkurz dort eine Teppich- und Vorhangabteilung einrichten, ideal gelegen, schräg gegenüber vom Kurzschen Haus. Als das herauskam, war manchem Geschäftsmann und SA-Kameraden doch klarer, warum der Möbelkurz sich an jenem Abend im SA-Heim so zögerlich verhalten hatte mit dem Ausbruch seiner spontanen Empörung über das jüdische Blutsaugertum. Der hatte wenig Lust, teilzunehmen an der Verwüstung von Laden- und Wohnkapazität, die im stillen schon ihm gehörte. Er hatte ja nicht wissen können, daß die Behörden hinterher umsichtig genug sein würden, den Juden auch die Schadensersatzzahlung aufzubürden. Eine Milliarde Mark mußten die reichsweit aufbringen zur Sühne dafür, daß man einen solchen Zorn auf sie hatte haben müssen. Von dieser Summe würde dem Möbelkurz auch die Wiederinstandsetzung des ehemals Gantschlikschen Eigentums bezahlt werden. Er schritt im Bewußtsein guter Geschäfte zum Stammtisch, zum Herbstfest des Kaufmännischen Vereins, sicherte sich aber mit gelenkübenden Kopfdrehungen seitlich und rückwärts, ob nicht Gerede sei von Leuten, denen seine Geschäfte doch zu gedeihlich gingen. Es gab so viel Neid.

Ärgerlich war es mit dem Friedschen Anwesen und Geschäft gegangen. Der alte Nathan Fried hatte alles im ersten Entsetzen über die Ausschreitungen einem Crailsheimer Eisenwarenhandel, den die Einheimischen schon seit Jahren mit Not draußen hielten, für ein Nasenwasser überlassen. Der Crailsheimer kündigte nun in protzigen Annoncen im »Tagblatt« für das neue Jahr die Eröffnung einer Solstetter Filiale in rein deutschem Besitz an, versprach der Landbevölkerung Sonderpreise für jeden Bedarf von der Mistgabel bis zur Milchschleuder. Ein sorglich gehütetes Solstetter Monopol war gebrochen, die totale Arisierung des örtlichen Handels bot insgesamt Anlaß zu bitterer Kritik. Es war schon recht mit der Rasse, doch hätte man mehr Freude daran gehabt, wenn auch die Kasse gründlicher vorbedacht worden wäre.

Ähnlich dachte in Berlin auch der dicke Marschall und Beauftragte für den Vierjahresplan angesichts der Millionenschäden, als sich vielfach herausstellte, daß die betroffenen Geschäfte vom Weltfeind nur in Pacht betrieben worden waren. Es gab ein grimmiges, wenngleich leises Gelächter an den Tischen der Skeptiker und Spötter. In der Weinstube Stiefel unterm Markt sagte der Amtsgerichtsrat i. R. Scholder lustig blitzend hinter seinem Pincenez: »Wie die Lausbuben. Erst Scheiben kaputtschmeißen bei Nacht und Nebel und dann dumm glotzen, wenn's das eigene Haus getroffen hat. Jetzt brauchen sie wieder eine neue Lumperei, wie sie da rauskommen.« Die war aber schon da, sie war nur nicht öffentlich. Sie hatten zehntausend »Fremdblütige« festgesetzt in jener Nacht. Die kamen nach Verlust ihres Gesamtvermögens mit knapper Not frei, als die Milliarde mit Hilfe des Auslands aufgebracht war. Es wurde doch noch ein Geschäft.

Das Gelächter am Spöttertisch beim Stiefelbeck konnte Dr. Abel nicht mehr wie bisher erquicken. Das Spaßwort von der »Reichskristallnacht« ging um. Die Herren genossen es mit Amüsement, so, als hätten die Brandschatzer jener Nacht zwar unbedacht gehandelt, andererseits aber, wenn auch unfreiwillig, einen Unterhaltungsbeitrag geleistet. So entstand, fand Abel, eine schreckliche Intimität zu den Schlägern. Es gab für Abel in dieser Sache kein Grinsen. Er sagte dies. Die Herren verstanden nicht. Blicke, halb betreten, halb beleidigt, man werde doch in diesen Zeiten noch lachen dürfen, wenn es denn was zu lachen gäbe. Da schützte Abel einen frühen Operationstermin vor und verließ die Runde. Es half nichts. Er war allein in dieser Stadt, ihn verstand in Solstett nur eine Hotelwirtin südlicher Abstammung, eine Frau mit einer angeborenen Begabung für Stolz.

Das halbe Jahr über, seit er vom alten Oberst Guggenbach in die Stiefelbeckrunde eingeführt worden war, hatte er sich gelegentlich aufgehoben gefühlt am runden Tisch in der Nische des niederen, mit gedunkeltem Holz ausgetäfelten Stübchens. Die Herren dort hatten es mit der Politik und waren gegen die jetzige, die ganze Richtung, das unseriöse Vabanque, das außenpolitische Abenteurertum, den barbarischen Säuberungswahn innen, den ordinären Stil in allem und jedem, es konnte nicht gutgehen. Der Oberösterreicher war ein Verhängnis, das die Herren hatten kommen sehen seit den späten zwanziger Jahren, einer früher als der andere. Und nun düstere Aussichten. Denket an mich, meine Herre, in spätestens fünf Jahren habet mir den zweiten Weltkrieg! Ha, Sie Optimist, in drei, ach was, in zwei!

Ein schwacher Trost, daß der Stiefelbeck, die sanfte Fülle stets in Bäckerhosen, einen neuen Krug Gnadentaler brachte und einen Korb mit ofenfrischen Laugenbrezeln dazustellte, sich für ein Weilchen auf ein freies Stück Bank am Ofen setzte, mild lächelte in seinem runden Gesicht. Es würde nichts helfen, daß man sich

Krieg nicht vorstellen konnte in einer Welt, in der ein Stiefelbeck auf einer Ofenbank saß, so rechtschaffen, daß er nie ahnte, welch schönes Monument altsolstettischer Friedfertigkeit er darstellte. Schmeckt's, ihr Herre?

Es würde nichts helfen. Es war ungut schon zu lange, es war ungut schon seit der Revolution '18, fanden die Herren. Es wäre unter dem alten König nicht soweit gekommen. Es war von links ausgegangen, das Unheil, fanden die Herren, und hatte dann in der äußersten rechten Saalecke eine Rattenspezies aus den Löchern gelockt, von der hatte man nichts gewußt. Und kaum hatte man begriffen, daß es die gab, war dieses Gezücht auch schon an der Macht, und nun saß man in der Opposition beim Stiefelbeck unterm Markt.

Die Herren. Unter sechzig nur zwei sorgfältig auf Zuverlässigkeit abgehorchte, jüngere Studienräte vom Pennal, sonst gute Siebziger allesamt. Ein Medizinalrat, ein Richter, der Stadtbaurat, sämtlich im Ruhestand, der alte Prälat Frey, aus dem aktiven Kirchendienst ausgeschieden wegen einer sonderbaren, durch keine Therapie zu behebenden Sprachhemmung bei dem Wörtchen Amen, er brachte es nicht heraus. Der Münster-Apotheker Kapp, der seit dem Kapp-Putsch im März '20 seinen eigenen Namen nur noch im Notfall aussprechen mochte, ein Privatgelehrter namens Hühnermann, der seit zehn Jahren kurz vor der Fertigstellung seines Lebenswerks stand, einer Studie über die schwäbischen Mystiker unter besonderer Berücksichtigung Friedrich Christoph Ötingers. Endlich Oberst i.R. Guggenbach, der nicht mehr regelmäßig teilnahm. Vor seinem Erscheinen mußte unter lebhafter diplomatischer Entfaltung vorgeklärt werden, ob Hühnermann kommen würde. Wenn nicht, kam Guggenbach. Der Gelehrte hatte vor drei Jahren an einem gnadentälisch fortgeschrittenen Abend die Ansicht vertreten, der Ursprung der deutschen Misere läge darin, daß die Reichsgründung 1871 sozusagen unter einer Pickelhaube stattgefunden habe. Unter der sei der Oberösterreicher als eine Stiefgeburt des Militarismus wie von selbst hervorgekrochen. Da war der Oberst aufgesprungen und hatte den Mystikforscher fixiert wie auf Satisfaktionsfähigkeit. Das Resultat war aber negativ, der Militär stumm hinausgestürmt ohne Mantel in die Februarnacht.

Das waren Solstetts oppositionelle Kreise, soweit Abel bekannt. Alte und altmodische Herren, konservativ in einem wehmütig-royalistischen Sinn, national erst in zweiter Linie, fachmännisch dem Wein zugetan, durchaus von Humor, wenngleich in bitterer Färbung, Bildung innerhalb der Grenzen altwürttembergischer Pfarrhaustradition, die nicht so eng waren, wie intellektuelle Forschheit glauben mochte, auf verborgene Weise heimatlos im Rabaukentum dessen, was die Jüngeren völkischen Aufbruch nannten.

Da drin nun Abel aus der Sohnes-, fast Enkelgeneration, aus dem Ungefähr einer Berliner und einer ozeanischen Herkunft, zudem in undeutlichen familiären Verhältnissen, in vielleicht sogar anrüchigen Verhältnissen, was die schöne Juniorchefin vom »Lamm« anging – die Herren brauchten ihre ganze traditionelle Liberalität für so ein Bürschle. Politisch war er ihnen gutgesagt durch Guggenbach, persönlich half ihm, daß er die Heimatsprache beherrschte, wenn auch mit der rauheren Farbe vom Südrand der Alb. Die Herren wurden dann gnädiger: ein weitgereister Bauernsohn, nun im Herzen Solstetts, da, wo es noch echt war, reichsstädtisch, bürgerlich: civique, nicht bourgeois. Der junge Freund sollte willkommen sein am Tisch und aufmerken, was Wein, was Weisheit, was Lebensart sein konnte auch in vulgären Zeitläuften.

Abel, zuhörbegabt, wißbegierig auf Heimatgeschichte, oft im stillen amüsiert, fand sich auf wunderliche Art am Platze hier, nicht zugehörig, doch vertraut in diesen Dämmerstunden. Wenn er dann auf dem Rückweg das Treppenstockwerk hinaufstieg zum Markt, faßte er manchmal ein schüchternes Zutrauen. Es könnte einen Sinn gehabt haben, es könnte doch Landung sein in dieser Stadt, was ihm bisher nur als Strandung erschienen war. Er wußte nichts Vergleichbares dieser Mischung aus Enge und Grandiosität. Bei Nacht gewann diese Stadt den unverdienten Rang eines Gleichnisses, wenn sich herausstellte, daß alle Mühsal der Gassen und Stiegen nichts war als eine Vorbereitung auf die Öffnung des reichen Platzes, über dem Sankt Martin den Blick in Empfang nahm, aber nicht auf sich ruhen ließ, sondern weiter hinaufhob in den Nachthimmel. Solch spürbaren Hinweis auf Vorläufigkeit hatte Abel in keiner anderen Stadt erfahren. Daran hing er in einer Zeit, die ihm die Vorläufigkeit der Welt als etwas sehr Wünschenswertes erscheinen ließ.

Die Herren vom Stiefelbeck mit ihren Schrullen und Tugenden hielten sich in altliberal-evangelischer Tradition zur Kirche, weniger in ihr als an ihr. Waren sie

Christen? fragte sich Abel, als er über den Markt hinüberwanderte zum Hotel Lamm. Er sah die verblüfften Mienen der faltigen, vom Wein rosig illuminierten Honoratiorenköpfe vor sich, als er von den Opfern gesprochen hatte. Kein Gedanke daran, allenfalls mußte man sie darauf stoßen. Das kleine, verschüchterte Häuflein der Verfemten kam nicht vor im Stadtbild der Herren. Das war in all den Jahren allenfalls eine unterirdische Spielart von Mitbewohnern gewesen, von denen man wußte, daß es sie eben gab. Hätte Bedrängnis sie endlich in den Rang von Mitmenschen heben müssen? Die Frage ergab sich nicht inmitten all der bürgerlichen Entrüstung über die haarsträubende Aufführung der SA.

»Das sind honorige, ganz entsetzliche Herren!« sagte er später zu Irene.

»Was verlangst du, es sind Bürger.«

Schattenboxen

»Wie haben Sie das gemeint, Herr Dr. Abel?«

»Ich verstehe die Frage nicht, Herr Kreisleiter. Genauso, wie ich es gesagt habe.«

»Also dem Parteigenossen Knöhrer war das nicht so klar. Er meint, es war da was Herabsetzendes drin.«

»Wen herabsetzend? Ihn?«

»Nein. Nicht ihn, Herrgott. Das Deutsche Reich.«

»Da hat Herr Knöhrer zu viel Phantasie.«

»Es geht hier nicht um Herrn Knöhrers Phantasie, sondern um Ihre politische Gesinnung, Herr Dr. Abel.«

»Ich habe keine Gesinnung geäußert. Ich habe eine Sachauskunft gegeben. Das Kind fragt, ob man das denn dürfe. Ich sage, ja, aber nur in Deutschland.«

»Ja, sehen Sie. Das klingt doch wie: überall in der Welt herrscht Recht und Ordnung. Nur hier in Deutschland ist der Teufel los.«

»Ich habe nicht vom Teufel gesprochen, Herr Kreisleiter. Ich habe in verkürzter Form meinem neunjährigen Sohn klarzumachen versucht, daß diese – Demonstration des Volkszorns in anderen Ländern vermutlich von der Polizei unterbunden worden wäre, weil dort das rassische Bewußtsein sich noch nicht so stark durchgesetzt hat.«

»Sie sind ein intelligenter Mann, Herr Doktor Abel. Wir könnten da vielleicht einen Vermerk machen, daß der Parteigenosse Knöhrer vielleicht das Gras hat wachsen hören ... in diesem Fall.«

»Danke, Herr Kreisleiter. Kann ich jetzt gehen? Sie warten mit einer Operation auf mich.«

»Ich warne Sie, Herr Doktor. Es wäre schade um Sie. Sie sollen ein tüchtiger Arzt sein. Was hören Sie von Ihrer Frau? Sie soll im Ausland sein, vermutlich mit einem deutschen Juden.«

»Meine Frau ist mit einem anderen Mann davon. Mehr hat mich nicht interessiert.«

»Sie hatten jüdische Freunde in Berlin?«

»Es gab ein paar jüdische Kollegen im Krankenhaus.«

»Jaja. Intelligent, liberal, gebildet. Wir kennen das. Wir sind nicht so kleinlich. Aber wo ein Zwielicht ist, erwarten wir irgendwann mal ein Zeichen.«

»Was für ein Zeichen?«

»Wo Sie hingehören. Wo Sie stehen, hier und jetzt im neuen Staat. Von Leuten wie Ihnen erwarten wir das.«

»Ich versuche mein Bestes zu geben.«

»Kommen Sie zu uns. Sie gehören auf unsere Seite.«

»Ich bin kein Mann für eine Partei. Ich habe zu viele Probleme mit mir selbst.«

»Ich kenne eure Gilde. Ihr seid euch zu vornehm für uns. Ihr habt's mit dem Geist. Der weht nicht mehr, wo er will. Der weht, wo wir wollen.«

»Das ist wahr, Herr Kreisleiter.«

Gesindel

Die Muhr war ein Strom nur bei Hochwasser. Dann aber war sie der Mississippi. Auch der Nil oder der Ganges, der Jangtsekiang und der Rio de la Plata. Es kam darauf an, welche Gegend Philipp gerade bereiste und mit wem, Mark Twain, Karl May oder Kipling. Ein Kind aus der Nachbarschaft durfte manchmal mit. Ruth Pfünder hatte aber auch bei Hochwasser Mühe, die Muhr als einen Strom zu sehen. Ihr fehlten die wohlwollenden Augen der Phantasie. Ihre Augen waren damals zwar noch nicht kalt, das kam erst später, als sie sich Siegruth nannte und in einem grauen Kostüm mit schwarzen Abzeichen durch die Stadt stiefelte. Damals war sie dreizehn. Wenn Philipp ihr vom verschilften Ufer des Muhrfelds aus Stromschnellen, Alligatorenbänke und Raddampfer zeigte, folgte ihr Blick gehorsam, strengte sich an, wurde dann ratlos und traurig. Sie sah es beim besten Willen nicht.

Die Muhr war für sie ein kümmerlicher Fluß mit unangenehmen Angewohnheiten bei Hochwasser. Dann hatten die Bewohner der Häuser unterhalb vom alten Zollhaus am Rand der Schilf- und Tümpelzone Wasser im Keller. Das Ruthle mußte dann schöpfen, bis sie heulte vor Kreuzweh. Für sie war die Muhr eine Plage. Sie roch nicht, wie das Wasser im Sommer nach Dschungel duftete. Sie sah nicht an den flachen Stellen bei bestimmtem Lichteinfall das Gold im Sand, das man nur noch herauszuwaschen brauchte. Sie hörte nicht beim Schlittschuhlaufen das ferne, arktische Krachen berstender Eisberge. So viel Zeit hatte sie nicht, mußte immer irgendwo herumturnen, mager, fahrig. Unvermittelt fiel ihr stets ein, daß sie schnell fort oder schnell heim müsse, irgendwo war sie immer überfällig. Sie wohnte im Gefängniswärterhaus, in dem die Familien von Vollzugsbeamten der Landesstrafanstalt günstig zur Miete lebten, einem großen, blaßgelben Ziegelbau mit Einheitswohnungen, Einheitsgerüchen, Einheitsgärten. Die Bohnenstangen standen in militärisch ausgerichteten Linien.

Bis zu ihrem neunten Lebensjahr hatte Ruth Pfünder Esther Pfünder geheißen. Das klang aber 1934 den Eltern zu jüdisch. Die Behörden hatten da Verständnis. Man kam auf Ruth, nachdem Astrid, was sich die Mutter gewünscht hätte, verworfen worden war, weil es, in der Heimatsprache ausgesprochen, wie Arschtritt klang. Das wollte man dem Kind nicht antun. Es wurde nicht bekannt, ob die Pfünders irgendwann entdeckten, daß Ruth nicht weniger hebräisch war als Esther. Immerhin hat sich das Ruthle später im Krieg doch vorsichtshalber Siegruth genannt.

In den letzten Vorkriegsjahren war Ruth Pfünder ein scheues Kind und kam der Frau Kiesel in der Bäckerei, der Frau Schäfer im Milchladen oft verstört, wie nicht ganz bei sich vor beim Einkaufen.

»Ich glaub, der Pfünder schlägt das Mädle arg.«

»Bei dem Beruf, mit Verbrechern Tag für Tag.«

»Sollen ja gesteckt voll sein, die Zuchthäuser heutzutag.«

»Nicht mehr so, seit's die Lager gibt.«

»Aber die vom Strafvollzug haben nix zu lachen.«

»Drum schlägt der Pfünder das Mädle ja auch so.«

Das Ruthle hing auf eine stumpfe, ergebene Weise dem Philipp an, obwohl der vier Jahre jünger war als sie. Sie sammelte in zwei Jahren fast die gesamte Zigarettenbilderserie »Deutsche Kolonien« für ihn. An seinem Geburtstag kämpfte sie sich schwitzend vom Pausenhof der Mädchen herüber und drückte ihm einen Strauß verwelkter Vergißmeinnicht in die Hand. Den mußte er gleich in die Mülltonne stopfen, um nicht ausgelacht zu werden. Statt Religion hatte Ruth Weltanschauung als Fach. Die mußten da germanische Julleuchter basteln. Ihren schenkte sie Philipp. Sie kam auch einmal mit einer luftlöcherdurchbohrten Schuhschachtel, vollgepreßt mit halbtoten Maikäfern an und dachte, er hätte Freude daran. Sie wollte dafür nur mit ihm zusammen sein. Philipp ließ sich ihre Hingabe mit heimlicher Verlegenheit gefallen, nur wenn sie näher kam als auf halbe Armlänge, floh er. Sie schwitzte bei jedem Wetter und war trotzdem immer auf Nähe aus. Wäre es nach ihr gegangen, sie hätten ständig irgendein Gedrücke und Gestreichle gehabt. Sie wurde ihm aber leicht eklig, später unheimlich.

Im Hof hinter dem Gefängniswärterhaus turnten sie an der Teppichstange. Da war sie ihm über. Sie konnte den Bauchaufzug und das Rädle. Ganze Nachmittage im Geflimmer der Kohlweißlinge über den Salatbeeten turnte sie ihm vor. Bis zu sechsundzwanzig Kniewellen drehte sie um die Stange. Philipp mußte mitzählen. Jedesmal, wenn sie nach oben schwang, klappte ihr Rock herunter, so daß ihre obere Hälfte darin verborgen war, die untere frei. Einmal sah er Blutflecke auf ihrer Hose und erschrak fürchterlich. »Des isch, weil i a Frau bin jetz'.«

Sie konnte es aber nicht erklären. Seine Frage, woher denn das komme, verstand sie wörtlich und wollte es ihm zeigen im alten SA-Schießstand im Schenkenburgwald. Auf dem Weg dorthin in der Säubachschlucht stießen sie aber auf Gala Reutlinger und seine Bande. Die waren beim Krötenaufblasen. Gala besaß eine Stahlrute. Er hatte dem Pfündersruthle Prügel angekündigt, weil sie ihn verpfiffen hatte wegen des Einbruchs im HJ-Heim, wonach der Führerzug des Jungbanns den Gala gefangen hatte, ihn ohnmächtig schlug und eine Nacht lang an einem Baumstamm gefesselt in den Brennesseln sitzen ließ. Das Ruthle sprang mit einem Riesensatz vom Weg hinauf in den Steilhang und schnellte zwischen den Dornenhecken nach oben in den Felsabbruch. Dort stieg sie hinauf in einen Riß und rief: »Kommunisten! Juden! Zigeuner!« Der Gala brachte sie mit fünf Mann nicht herunter. Dafür nahmen sie Philipp mit in den verfallenen SA-Schießstand, waren aber freundlich zu ihm. Der Gala zeigte ihm, wie ein spitz zugeschliffenes Fahrtenmesser mit ausgebrochener HJ-Rune, das er senkrecht auf seinen Arm fallen ließ, vom Bizeps wieder wegsprang, ohne ihm die Haut zu ritzen. Er zeigte ihm auch die Narben von den Schulterriemenhaken auf seinem Rücken. Er sagte, den Jungstammführer Strähle, allgemein der Strahl genannt, greife er sich, »wenn's soweit ist«, und schneide ihm die Eier ab. Er zwang Philipp, eine Eckstein zu rauchen, und als der nicht kotzte, sondern nur hustete, sagte Gala: »In Ordnung.«

Der Gala wollte nach Amerika, und zu wem er in diesem Ton »in Ordnung« sagte, der durfte hoffen, eventuell mitgenommen zu werden, wenn das Geld, das er im Schenkenburgwald vergraben hatte, nicht mehr so heiß war. In Amerika kannte der Gala einen Mann, der fuhr am hellichten Tag mit einer Maschinenpistole durch die City und schoß alle Arschlöcher über den Haufen. Da das in Solstett nicht ging, wollte Gala zu seinem Freund nach Chikago. Al Capone hieß er. Die Bewaffnung der Galatruppe bestand in diesen Jahren vor dem Krieg nach Philipps Übersicht aus einer Stahlrute, drei Fahrtenmessern, zwei Schlagringen, einem angebohrten Trommelschreckschußrevolver und einer Menge fabelhaft zielgenauer Stein- und Krampenschleudern. Galas Schleuder war das schönste Stück. Die Gabel ganz ebenmäßig und glatt, wie gedrechselt. Er traf mit ihr auf dreißig Meter einen Spatzen. Sein stärkstes Gebiet war aber der Nahkampf. Er schlug schon damals, wie Philipp es erst Jahre danach in Wildwestfilmen wieder sah, ohne Deckung, mit schwingenden Fäusten, die nur angriffen, denn ihn traf selten einer. Die Schlachten mit dem HJ-Streifendienst waren später, als Gala kurzfristig in die Marine-HJ eingetreten war, um an den Bezugsschein für die dunkelblauen Hosen mit dem weiten Schlag zu kommen. Da soll er einmal, als sie ihm aufgelauert hatten vor dem verpönten Tanzcafé Schütz auf der Flußterrasse, drei HJ-Führer, tolle Sportler, der Reihe nach in die Muhr gedroschen haben.

Philipp stand in seiner Gunst. Vielleicht nur, weil Gala, der immer damit rechnen mußte, einmal Hals über Kopf im Krankenhaus zu landen, es für keinen Schaden hielt, sich gute Beziehungen zu einem Arztsohn zu schaffen. Philipp wagte sich weit vor, bat um Schonung für das Ruthle. Da lachte Gala schief über schiefen Zähnen. Er sei kein Kindermörder. Der Hosenpisserin tue er sowieso nichts. Aber Angst müsse sein. Angst müsse sie haben, ewig Angst.

Mangel an Angst war aber bei Ruth ohnehin nicht. Jeden Abend vor dem Heimgehen wurde sie still, schlug Umwege vor. Und hatte sich noch eine Zusatzangst schaffen müssen, indem sie den Gala hinhängte bei der HJ. Weil er ein Kommunist sei. Dies traf aber schon altershalber nur auf Galas Vater zu, einen Arbeiter im Gaswerk. Ein Prügler auch er, seit sie ihn '34 zur politischen Umbesinnung für ein halbes Jahr auf den Heuberg geholt hatten. Zum Vieh zusammengeprügelt kam er zurück und gab die Schläge an den Jungen weiter, aber nicht lange. Als Gala fünfzehn war, schlug er so zurück, daß der Alte – gesprächsweise war es im Milchgeschäft zu erfahren gewesen – auf den Abort floh und einen Abend lang nicht mehr herausging. So etwas konnte das Ruthle Pfünder nicht. Man hörte weiter ihre Schreie, abends über den Flußgärten. Dafür haßte sie nicht ihren Vater, sondern Gala, der auch stark war, aber eben nicht ihr Vater. Es hieß, sie habe heimlich zugesehen am Fenster, wie sie ihn im HJ-Heim zwischengenommen hatten. »G'sindel«, sagte sie, Gala und seine Kumpane betreffend, »des g'heert weg.«

Was sie genauer mit »weg« meinte, wußte Philipp nicht. Vielleicht wollte sie den Gala eingesperrt wissen in Erziehungsheim, Lager oder Zelle, es konnte aber »weg« auch etwas Endgültigeres sein. Gala war ihm unheimlich. Er hatte rostbraunes Pferdehaar, eine früh und auf kühne Weise zerhauene Nase, schon mit fünfzehn die Figur eines etwas zu jungen Mittelgewichtsboxers. Mit sechzehn meldete er sich zu den Kampfschwimmern. Nach einer Rauferei mit einem Vorgesetzten wurde er fahnenflüchtig. Er ertrug keine Macht über sich. Philipp bewunderte ihn glühend. Er wäre gern so gewesen.

Das Eckenspiel ging so: Ruth und Philipp wanderten hinaus ans andere Stadtende, wo Solstett im verbreiterten Talkessel ausfranste zu einer unordentlichen Landschaft von Industriebaracken, Lagerhallen, Baugruben, Bretterzäunen und Lorengleisen, die in Schutthalden und Schrebergärten mündeten. Hier stank die Muhr schon damals, bot aber dafür interessant leuchtende Lachen an, die vielfarbig ineinanderschwammen. Sie gingen so lange kreuz und quer, bis sie jedesmal aufs neue in der Irre waren in diesem Zwischenreich aus Kleinindustrie und Verwilderung. Dann trennten sie sich, um den Rückweg in verschiedene Richtungen anzutreten. Wer als erster wieder am Teppichstangenreck im Gefängniswärtergarten ankam, sollte Sieger sein. Die Bedingung des Spiels aber war, daß man an jeder Ecke, die kam, abbiegen mußte, wohin sie auch führen mochte. An Kreuzungen durfte man wählen. Das war Ruthles Lieblingsspiel, denn Philipp verlor meistens.

Schon am Sportplatz in der Au kam er nicht zügig vorbei, wenn dort HJ oder Jungvolk exerzierte. Jungen, die nicht viel älter waren als er, hetzten auf dem Platz umher, schmissen sich auf das Kommando »Fliegerdeckung« in die Pfützen, kletterten über Palisaden, sprangen über Zäune, keuchend und begeistert, die Führer hochgewachsen, schlank, langmähnig, Reckengestalten aus Tante Traudichs mythischen Erzählungen, vor allem Strahl, dem Gala etwas abschneiden wollte: ein ausgemachter Siegfried, für den die Jungen sich umbrachten vor Eifer. Es war eine Inbrunst des Gehorchens, die ansteckend wirkte. In der Turnhalle übte der Fanfarenzug, dem Trommeltakt war nicht zu entkommen. Philipp stand und gaffte, fasziniert und eingeschüchtert zugleich. Irgendwann trabte er davon.

Im Solstetter Stadtgebiet gab es damals noch drei Hufschmieden. Bei denen lungerte er lange herum. Die Geduld der schweren, hellmähnigen Rösser. Die Glut in den Essen. Der Gestank nach verbranntem Horn. Starke Gerüche zogen ihn an. Am schönsten roch es im Hof vom »Hirschbräu« aus der Mälzerei. Dort streunte er zwischen Sudhaus und Pferdestall umher, bis sie ihn verscheuchten. Das Ruthle sagte immer, sie warte schon Stunden, und wollte doch viel mehr erlebt haben als er. Meist schlimme Geschichten von Gewalt und Bedrohung, der sie mit Haaresbreite entkommen war. Mißhandlung, Entführung, Todesgefahr. Für sie war die Stadt voller Schlupfwinkel für dunkle Gestalten. Es mußte da hinter Torbögen, Mauern, Kellereingängen eine Welt geben, von der Philipp nie etwas bemerkt hatte. Er wurde nicht schlau daraus. Er verstand, daß sie seine Raddampfer und Alligatoren in der Muhr nicht sehen konnte, aber was sie ihm erzählte, mußte die Wirklichkeit sein, in Gassen und Winkeln, die sie ihm genau beschrieb, die er täglich sah. Ein Mordgesindel in Solstett, vornehmlich Zigeuner und Juden. Die Juden wollte er ihr nicht glauben. Von denen hatte er nie welche gesehen. Die Synagoge war abgebrannt. Im ehemaligen Gemeindesaal war eine Dampfwäscherei. In der Tuchhandlung, im Zigarrengeschäft hatten sich nach der Renovierung neue Läden installiert. Die Juden waren doch alle fort. Das Ruthle lächelte geheimnisvoll: »Die sin' jetzt alle unterirdisch.«

Er glaubte das nicht. Da führte sie ihn zwischen den Johannisbeerbüschen in den Geräteschuppen im hintersten Garten. Dort war es dämmrig und warm unter dem Bretterdach. Geziere und Getue, Ehrenwort, keiner Menschenseele etwas zu sagen. Dann zog sie langsam ihr Kleid über den Kopf und hockte sich rückwärts vor ihn hin. Ihr Rücken war schraffiert von blutunterlaufenen Striemen. Das sei ein Rabbiner gewesen, der sie in der Keltergasse hinterm alten Klosterhof in einen dunklen Hauseingang gezerrt, eine Kellerstiege hinuntergeschleppt habe in ein Gewölbe und dann, mit einer siebenschwänzigen Katze.

Philipp starrte auf ihren Rücken. Die schrägstehende Sonne fiel durch die Bretterritzen herein und zog zwei helle Streifen quer durch die Striemen. So schlug der Gefängniswärter sein Kind nicht. Der war ein stiller, fleißiger Mann, ganze Abende bis in die Nacht im Keller, wo er sich eine Werkstatt eingerichtet hatte, alles tadellos, die Bohrer, Feilen, Sägen in Reih und Glied, die Hobelbank blitzblank. Küchenmöbel hatte er seiner Frau geschreinert: wie gekauft, und dem Ruthle einen komfortablen Arbeitstisch für die Schulaufgaben. Der schlug sein Kind nicht mit einer siebenschwänzigen Katze. Auch sonst tat kein Solstetter Bürger so etwas. Es mußte ein Fremder gewesen sein. Ein Mann, wie das Ruthle ihn beschrieb: krumme Nase, langer Bart, stechende Augen. Philipp kannte solche Figuren nur von Karikaturen auf Zeitungsseiten, die hingen im Aushangkasten der Partei am Färbergraben gleich hinter der Volksschule. Aber nun gab es solche Figuren in Wirklichkeit. Rabbiner. Das klang ja auch so. Wenn es derselbe war, den sie in jener Novembernacht in den Marktbrunnen geworfen hatten, es wäre ihm recht geschehen.

Damals fing der Nebel an. Von der Welt waren keine klaren Auskünfte zu erhalten über die Welt. Das Kind Philipp hätte gern in Einklang gelebt mit ihr. Aber auch mit dem Vater. Das ging nun nicht mehr, oder nur mit einem Trick: Es mußte zwei Wirklichkeiten geben. Eine, in der sein Vater Recht und Unrecht auseinanderhielt, und eine zweite, in der die anderen recht hatten, der Aushangkasten, das Radio. Mit zwei Wirklichkeiten ließ sich zurechtkommen. Erst im fortschreitenden Krieg gab es Nächte, in denen der deutsche Junge, der Philipp dann war, wach lag und nicht daran vorbeidenken konnte, daß vielleicht die Wirklichkeit zweifach sein konnte, nicht aber die Wahrheit. Da wurde der Nebel so dicht, er verlor sich selber darin. Vorläufig aber kam er zurecht mit einer Welt drinnen und einer Welt draußen, solange er sich nur in jeder so verhielt, als sei es die einzige.

In der Welt draußen sang Ruth Pfünder oft ein Lied, das ging nach der Melodie von »Freut euch des Lebens« und handelte von zwei Juden, die im Fluß baden, weil auch Juden sich gelegentlich waschen mußten. Die Schlußverse hießen: »Der eine ist ersoffen, vom andern woll'n wir's hoffen.« Philipp sang es eines Abends vor sich hin beim Schuheputzen auf dem Küchenbalkon, war in Gedanken noch draußen, wo es hingehörte. Der Schatten, der von der Küche hereinfiel, regte sich nicht, gehörte aber dem Doktor Abel, der still zuhörte. Nur als Philipp sich umdrehte, sah er seinen Sohn lange an wie nicht oft.

Der Doktor hielt nichts davon, Kindern den Umgang mit der Welt vorzusortieren. Es gab keine Verbote. Nur von Ruth Pfünder schnitt er den Sohn ab, unerbittlich. Philipp sah sie nur noch zufällig beim Einkaufen, auf dem Schulweg. Später war sie mit Männern zu beobachten, die man in Solstett nicht kannte. Mäntel und Mützen trugen die, alles grau, aber nicht Wehrmacht. Da hieß sie schon Siegruth, und vor dem Gefängniswärterhaus parkte nachts oft ein schwarzes Auto. Im vierten Kriegsjahr verschwand das Ruthle aus Solstett. Im Milchgeschäft hieß es, sie sei zur Schulung, irgendwo im Osten. Erst im Jahr '44 sah Philipp sie wieder an einem trüben Tag kurz vor dem ersten Schnee. Da paßte sie hinein in dem grauen Kostüm mit den schwarzen Abzeichen, dem schrägen Schiffchen, den Knobelbechern. Sie kam vom Bahnhof und sah aus wie von weither, aus unfreundlichen Gegenden.

In ihrem Blick war keine Erinnerung mehr an ihn, ob sonst an Menschen, wußte er nicht.

Wenn auch Ruth, später Siegruth Pfünder, aus seinem Leben verschwunden war, so blieb doch das Wort Gesindel darin. Auch Tante Traudich kannte es, meinte damit aber nicht, daß welche »weg« müßten, vielmehr wollte sie weg aus der südlichen Vorstadt, wo das Bürgertum nur vereinzelt saß in den historischen Bauten, den ehemaligen Dependencen der Patrizierherrschaft. Die musische Walküre grämte sich über die Lage ihrer Wohnstatt. Ganz in der Nähe, südlich flußaufwärts und nach Osten in die Hangschluchten der östlichen Talberge hinein, wurden die Häuser immer dürftiger, baufälliger, auf schäbige Weise unheimlicher. Windige Hütten, seit Jahrzehnten nur noch mit Kistenholz und Blech geflickt, winzige, für Gemüsebau fast zu steile Grundstücke mit Hühner-, Hasen-, Geißenställen, aus rohen Brettern zusammengenagelt, eine lärmende, stinkende Kleinwelt der Häusler, Korbmacher, Scherenschleifer, Hausierer, Schausteller. Fast unterbrechungslos schwangere Frauen, blöde geprügelte Kinder und Hunde. Das ganze Gewese in Sippenfehden ineinander verkrallt, bis ein Messer oder eine Reisighaue wieder einmal ein Stück Luft schaffte. Die Alten zahnlos, mit zerstörten Gesichtern, viele zitternd im Vordelir, die Verwandtschaftsverhältnisse labyrinthisch verzweigt durch Inzucht, die Verkrüppelten und Schwachsinnigen abgesunken in ein empfindungsloses Dämmer. An Maiabenden unter der mitleidlosen Pracht der Kirschblüte: Mundharmonika, Akkordeon, das von Gesangsvereinen abgelauschte künstliche Tremolo: »Rosamundeee«, »O mia bella Nahapoli« und »Röslein rohoot« mit der tränentreibenden unteren Terz –, wenn das Gesindel sang, das ertrug Philipp nicht. Wenn sie schlugen und traten, das hielt er aus. Aber wenn sie sangen vor ihren aus Obstkisten gebauten Pavillons, ahnte er, daß das Schlagen und Treten vielleicht nur ein Strampeln war, mit dem sie sich beweisen mußten, daß sie am Leben waren. Es hätte solcher Beweis vielleicht auch anders ausfallen können. Aber das lehrte sie niemand. Hierher kam der Stadtpfarrer Glockengast nicht.

Die Partei aber schaute genau hin. Was ihr zu eklig war, wurde abgeholt und kam in geschlossene Anstalten. Später erfuhr man, die seien auch alle wieder herausgekommen, wenn auch durch die Schleuse eines Gaswagens. Die Stärkeren wurden umgepflanzt in eine neue Siedlung auf den westlichen Höhen über der Stadt. Die sagten dann, die Braunen täten schon was für die armen Leut'. Sozialisten seien das schon. Was die in die Müllgrube schmissen, mußte wirklich der Abfall sein: Untermenschen. Das Wort war ihnen nicht unlieb. Es bewies ihnen, daß sie nicht die untersten waren. Da gab es noch welche, wenn man hinabsah. Gesindel. Das mußte weg.

Nein, Tante Traudich wohnte hier nicht gerne. Sie lag dem Doktor oft in den Ohren wegen einer anderen Wohnung, womöglich in einem der schönen Renaissancehäuser um den Markt, war das so unerschwinglich für einen Oberarzt am Kreiskrankenhaus? Das erklärte er ihr, doch hat sie es nie begriffen. Der Doktor war wieder so arm wie am Anfang als ganz junger Arzt. Er hatte ein stattliches Darlehen abzubezahlen, hatte der Frau alles gegeben, damit sie ihm besser durchbrennen konnte mit dem andern. Es war nicht zu verstehen. Wo jetzt Geld so notwendig gewesen wäre für ein anständiges Wohnen mit dem Kind. Das lebte aber gern hier, und dies machte Tante Traudich nicht unbesorgter. Von ihrer Tristanwelt heruntergesehen nahm sich die äußerste Muhrfelder Vorstadt noch finsterer aus, als sie war. Wie konnte Tante Traudich wissen, daß es eine Goldgräberstadt war und zugleich Chikago, daß durch die Säubachschlucht der Grand Canyon verlief und drüben am anderen Talhang nicht die Reichsbahn zwischen Stuttgart und Heilbronn verkehrte, sondern die Union Pacific zwischen St. Louis und San Francisco?

Das Kind erwarb sich Ungeziefer, Rippenbrüche und schlimme Manieren. Mit zehn wußte es, wie man einen Stärkeren so treten mußte, daß ordentlich Zeit blieb für Flucht. Es wußte, was Mann und Frau alles tun konnten in einem Bett, zur Not auch in einem alten Schießstand inmitten zerbrochener Bierflaschen. Es erwarb sich Kenntnisse über Helden und Schurken, über Freundschaft und Mut, Gemeinheit und Niedrigkeit. Es lebte mit dem Gesindel sehr nahe am Leben.

Die letzte Schlacht im Frieden

In diesem Sommer haben sie uns im Herrenbad das Stück unterm Sprungbrett neu ausgebaggert. Das Baden ging wie lange nicht mehr. Vom ersten Ferientag an war Knallsonnenschein bis hin zum Schulbeginn, der verschoben wurde aus Kriegsgründen. So einen Sommer hat's dann jahrelang nicht mehr gegeben, erst viel später wieder, als die Schule nicht wieder anfing, aus Friedensgründen.

Im Krankenhaus war der Kreisleiter Storch Ehrengast bei einem Abend, den NS-Schwesternschaft und NS-Volkswohlfahrt gaben zur seelischen Betreuung der Patienten. Es tanzte eine Lernschwester-Volkstanzgruppe schwitzend in dem warmen Eßsaal. Es schwang die Rhythmikgruppe »Glaube und Schönheit« in weißen Hemdchen Reifen und Keulen. Es sang der Schwesternchor Volksliedgut. Es spielte das Kammerensemble Solstetter Ärzte Corelli und Mozart und legte hinterher internen Protest ein, weil Amtsleiter Kreß den Klangkörper angesagt hatte als Orchester des NS-Ärztebundes. Beim anschließenden kameradschaftlichen Beisammensein und dünner Bowle fragte der Kreisleiter den Dr. Abel, ob er denn verwandt sei mit dem Abel drüben im Ramsbacher Winkel, der dort die Apotheke habe. Das sei sein Bruder, teilte Abel mit, der sitze schon da auf dem Land seit zwanzig Jahren. »Auch so ein Querkopf«, sagte der Storch. Er erfuhr nicht, daß der Doktorbruder und der Apothekerbruder ganz auseinander waren ihrer Frauen wegen. Dem Arzt hatte die Hitlergläubige des Apothekers nicht gepaßt, dem Apotheker die Künstlerziege des Doktors noch viel weniger. Nun hatte der Friedrich in Ramsbach recht behalten, denn die Künstlerin war weg, wie er es immer prophezeit hatte. Die einzige Verbindung bestand noch in Philipp, den sie treulich all die Jahre zu sich in die Sommerferien nahmen und den sie dort für ein paar Wochen auf eine ländliche Robinsonweise in Stall und Wald und Schilf verwildern ließen, die dem Doktor recht war.

Der Sommer tat noch harmlos in Solstett. Es zog sich aber etwas zusammen um Ottokar Knöhrer. Er spürte was und konnte es nicht genau einschätzen. Daß seine Meldung einer staatsfeindlichen Äußerung des Dr. Abel bisher für diesen ohne nennenswerte Folgen geblieben war, störte ihn. Er wollte dem noch nichts Ernstes, doch hätte der Schrecken einer kleinen Vorladung zur Staatspolizeiaußenstelle Heilbronn nichts geschadet. Der Storch war zu weich, oder der Storch nahm seinen eigenen Kreispropagandaredner nicht ernst, was ungeheuerlich wäre, denn: was wären alle die Kundgebungen im Zeughaussaal gewesen ohne seinen rednerischen Einsatz? Der schöne Ottokar fühlte Undank. Er fühlte aber auch Schlimmeres. Er witterte Zufriedenheit und eine Lust am bürgerlichen Wohlbehagen um sich her. Das enttäuschte ihn. Es war also sechs Jahre nach dem Durchbruch des germanischen Menschenbildes schon vorbei mit dem Feuer. Vorbei die Stunde der Schwerter und Schwüre, vorbei die Wiederkunft der Titanen. Die Herren Kreis- und Gauleiter hatten ihre Pfründen, nun wollten sie prassen. Der Gewerbelehrer Knöhrer litt. Wer trug die Fackel? Wer schwenkte das Banner? Der Führer war weit. Die Bewegung verspießerte. Es war Zeit für den Krieg, fand Knöhrer. Das Land verkam im Frieden. Es geschahen schlimme Dinge. Das Schlimmste: Noch immer war die Schandpredigt, die der Pfaffe Glockengast sich erlaubt hatte am Sonntag nach der Judennacht, ungerächt. Die war notiert und ordnungsgemäß gemeldet worden damals von einem Beamten aus Heilbronn und dann versandet. Der Gauleiter in Stuttgart, der Landesbischof in Stuttgart, die ganze Kompromißlerei um der braven Bürger willen, die man meinte bei der Stange halten zu müssen, damit sie wie die Lämmlein auf dem steilen Weg in den Krieg trotteten, statt daß man mit der Knute über sie gekommen wäre – nein, es war nicht die Zeit, die ein Ottokar Knöhrer hatte heraufdämmern sehen im Januar '33.

Knöhrer, ein Pfarrerssohn aus Iltzhofen, früh dem vom Vater verordneten evangelisch-theologischen Seminar entwichen mit krausen Ideen nirgendwohin. Den hatte es in der umtriebigen Zeit nach dem Weltkrieg zwischen Bürgertum, Freikorps, Spartakus und Mathilde Ludendorff hin und her geschwemmt wie einen Korken. In seinem Kopf wollte nichts zusammengehen, nur durcheinander. Tief demütigte ihn die Welt, als sie ihn vor einer verkrachten Existenz nur bewahrte durch die Anstellung als Gewerbelehrer im Solstetter Berufsschulwesen, Handelslehre, Buchführung, Stenographie, kümmerlich, ruhmlos. Dabei war er so schön. Aber seltsamerweise: Die Weiber bissen auch nicht recht an. Daß so einer bei der SA landete, ging fast von selbst, und wenn er dazu gesegnet war mit einem gehörigen Labermaul, so war das Amt eines braunen Kulturwarts leicht errungen, und unter einem Kreisleiter, der am liebsten schweigend regierte, brachte er es schnell zum höchstbestallten Redemeister regionaler Art. Das hatte nach dem Beginn einer Karriere ausgesehen und wurde keine. Etwas an Knöhrer war nicht gelungen. Er begriff es nie. Nun mußte er in diesen Wochen hintenherum hören, es seien auf der Kreisleitung verdiente Parteigenossen, darunter alte Kämpfer, dahingehend vorstellig geworden, mit dem Bajaß Knöhrer, das ginge nicht mehr gut, die Bevölkerung lache über sein exaltiertes Getue, es sei in dem Mann der gut solstettisch-hohenlohische Sinn für Walnuß und Taubnuß fortwährend anstößig erregt, und dies sei nicht zum Nutzen der Partei.

Hinzu kam die Geschichte mit Barbara Buschwind, der alleinstehenden Geigenlehrerin und Leiterin des örtlichen Parteiorchesters, die im vorderen Muhrfeld wohnte in einem geerbten Häuschen, Garten an Garten mit dem Hirschfeldhaus, das Knöhrer günstig bekommen hatte mit väterlichem Geld, als Hirschfeld, ein kleiner Papiersackfabrikant, schon '34 ausgewandert war. Die Buschwind hatte, gemessen an den frühen Konzertgeigerträumen, einen ähnlich demütigenden Flachverlauf des Lebens hinter sich wie der schöne Ottokar. Solche Nachbarschaft fand sich leicht zu tröstender Paarung, doch fiel die zusehends auf eine Weise aus, die nicht nach dem Geschmack der Solstetter war. Der Knöhrer besaß draußen überm westlichen Tunnelhang ein von Schlehenhecken eingesäumtes Grundstück. Dort wälze er sich, hörte man, oft nackt im Frühtau, und manchmal wälze sich die Buschwind mit, es sei sogar beobachtet worden, die Geigerin müsse ihn mit Brennesseln peitschen, während er altgermanische Rufe ausstoße und sonstwie Heidnisches betreibe. Dieser Anblick war den Solstetter Lausbuben, für gewöhnlich keine Frühaufsteher, einen Ertüchtigungslauf in freier Natur wert, und als die Eltern davon erfuhren, landete auch diese Sache auf der Kreisleitung. Der Storch soll getobt haben, aus kleinem Kreis beim Wein nach einer Entenjagd verlautete die Äußerung, es sei ihm ein solider Christenaberglaube fast noch lieber als dem Knöhrer sein Wotansgetue.

Es war keine schöne Zeit für Knöhrer in diesem Sommer. Von alten Freikorpskameraden, die längst Ränge hatten in SS und Polizei da und dort im Reich, hörte er läuten, man stelle Einheiten auf für Sonderaufgaben, wenn der Lebensraum im Osten freigekämpft sei. Dort könnte doch ein freieres Atmen sein. Solstett legte sich ihm auf Gemüt und Lunge, er vertrug die Talenge, den Flußnebel nicht mehr.

Und dann kam auch noch Hanft zurück. Der immer noch mächtige Mann, dem die rote Haut auf den Bakkenknochen saß wie strammgezogen, ging durch die Stadt, sah irgendwohin, sprach mit kaum jemand, saß wieder im »Engel« an seinem gewohnten Platz, als habe er nicht drei Jahre gefehlt, und als die Engelwirtin, mit der er vormals was gehabt haben soll, in ihn drang, er könne doch wenigstens den Namen des Lagers sagen, soll er auch sie nicht einmal angeschaut und nur geknurrt haben: »Frag net, Lore.«

Der war nun wieder da. Und jedenfalls krumm geworden war er nicht dort. Und grau war er vorher schon gewesen, obwohl erst vierzig damals. Und sprach so knapp, wenn überhaupt, daß die wenigsten in Solstett Gelegenheit hatten, die Doppellücke im Unterkiefer zu bemerken, die er vorher nicht gehabt hatte. Hanft saß nun wieder im »Engel« abends und trank Bier mit der zielstrebigen Geduld eines Mannes, der sich vorgenommen hatte, Schlag Mitternacht voll zu sein, aber nicht vorher. Dann setzte er sich auf sein Fahrrad und fuhr kerzengerade, wohin, wußte man nicht. Es hieß, er arbeite nun beim Bauern irgendwo in der Firnbacher Gegend.

Daß der Knöhrer ihn hineingebracht hatte damals,

war kein Geheimnis in Solstett, das immer eine an Geheimnissen arme Stadt gewesen ist. Es war Meldung gemacht worden von einer staatsgefährdenden Äußerung, die der Sozi und Maschinensetzer Karl Hanft in der Setzerei des »Hohenloher Tagblatts« getan hatte, und dies ein paar Sekunden zu früh, denn der Knöhrer war noch im Raum gewesen, hatte sein Faltblättchen »SA marschiert« mit Wichtigkeit zum Druck gebracht und war noch nicht wieder draußen, sondern nur unsichtbar hinter den Setzmaschinen auf dem Weg zur Tür, als der Hanftenkarl schon beiläufig gesagt hatte: »Also uubedruckt's Scheißhauspapier wär' eigentlich billiger!« Schon in der Nacht hatten sie ihn geholt, von seinem Stammplatz im »Engel« weg. Vor drei Jahren. Der war nun also wieder da.

Im Kino lief »U-Boote westwärts«, ein Weltkriegsfilm vom Heldenleben auf See. Die Solstetter Jugend von zehn bis vierzehn entfaltete alsbald in den Flußbädern der Muhr eine heftige Marinegefechtstätigkeit und war damit der Weltgeschichte um vier Monate voraus. Noch war Friede, und erst Mitte Oktober gönnte die Vorsehung dem Führer und seinem U-Bootmann Prien die Versenkung eines Schlachtschiffes mitten im englischen Kriegshafen von Scapa Flow. Die Solstetter Knirpse aber spielten U-Boot schon im Juli.

Philipp Abel gehörte zur Herrenbadclique. Das Familienbad weiter flußaufwärts verachtete er, obwohl er dorthin den näheren Weg gehabt hätte. Die hatten dort nur ein Einmeterbrett. Es war zu seicht, und angeblich pißten die kleinen Mädchen ins Wasser. Die Oberschüler gingen aber hin, weil es im hinteren Teil der Liegewiese zwischen den Fliederbüschen, auch in den Einzelkabinen gegen Abend Liebe gab, die stellenweise einsehbar war. Im Herrenbad war jeden Nachmittag Geleitzugkrieg. Gute Taucher waren U-Boote. Schnelle Schwimmer waren die Zerstörer, die sie jagten. Schwer waren Jungen zu finden, die die Frachter darstellen wollten. Die mußten langsam und nichtsahnend vor sich hindampfen, wurden angetaucht und blitzschnell an den Beinen nach unten gezogen, auch eisern drunten gehalten, bis das U-Boot aus Luftmangel selber auftauchen mußte. Ein Frachter lief auch immer Gefahr, von einem Zerstörer, der hinter einem U-Boot her war, gerammt zu werden und dabei schon abzusaufen. Nur Flaschen, die schon froh sein mußten, überhaupt mitmachen zu dürfen, wurden Frachter. Ein ständiger Frachter war Emil Vollmer, genannt Milli. Er war der Sohn des renommierten Speisehauses Witwe Vollmer in den Muhranlagen, in der Schule Philipps Banknebensitzer, was Grundlage solider Geschäftsbeziehungen war. Milli durfte abschreiben beim Rechtschreibdiktat gegen Lieferung eines Amerikaners, was ein weiches, rundes Süßgebäck mit Zuckerguß auf der flachen Unterseite war. Milli hatte immer Geld und kaufte oft aus freien Stükken zwei.

Er war ein Junge wie gemalt, rund und rosig mit dunkelblauen Augen und gelocktem Christkindhaar, und wirklich, zog man ihm in Gedanken die stets makellosen Bleylehosen aus und hüllte ihn in ein Kinderbettlaken – man sah ihn förmlich in der Krippe liegen. Und als ein leibhaftiges Wonnekind wurde Milli auch geliebt von seiner ebenso runden, rosigen

Mutter und den jeweils amtierenden Onkeln, die den Fratz mit Geschenken überhäuften, denn die Witwe Vollmer wäre eine Partie gewesen. Die Onkel hätten dem Kindlein wohl auch Weihrauch und Myrrhe gebracht, hätte Milli danach verlangt, doch waren diese späten Zeiten post christum natum dergestalt, daß das Millikindlein viel eher nach einem neuen Panzer, einem Geschütz oder einem Flammenwerferstoßtrupp verlangte, dem Leben täuschend nachgebildet in Blech und Elastolin und zu bestaunen im Schaufenster von Spielwaren-Kreß, für Milli aber auch käuflich erwerbbar.

Das liebe Jesulein Milli war kriegslüstern, sein Bubenzimmer eine Miniaturkaserne. Er besaß eine ganze motorisierte Infanteriekompanie mit Pionierabteilung, schwerem MG-Zug und Kradschützeneinheit. Er hatte auch die im Stechschritt paradierende Leibstandarte in schwarzen Mänteln mit weißen Handschuhen und Koppel. Es gab da auch den Führer »mit bewegl. Arm«, wie das auf dem Preisschildchen im Schaufenster hieß. Man konnte dem je nach Bedarf den rechten Arm verdrehen, dann grüßte er »wie richtig« mit der krampfig-lässigen Anwinkelung zur Seite. Der Kunst-Hitler von der Firma »Elastolin« konnte das. Der Knöhrer konnte das, trotz des Vorteils, daß er lebendig war, nie. Einen »bewegl. Arm« hatte auch Millis Göring, der mit dem Marschallstab grüßte, desgleichen der Duce und der Generalissimus Franco, dem der Arm aber klemmte, weshalb Milli ihn bei Paraden stets ganz hinten plazierte neben den alten Hindenburg, der dort stehen mußte, weil er schon tot war. Millis Stolz waren ein Panzer Typ IV mit richtigen Ketten und einer Schnellfeuerkanone 75 mm in schwenkbarem Turm sowie eine Feldhaubitze Kaliber 15 cm mit Zugmaschine, alles »wie richtig«. Insgesamt war Milli Vollmer im Sommer 1939 nicht schlechter gerüstet für einen Angriffskrieg als die deutsche Wehrmacht.

Es half ihm aber nichts. Er war das Milli-Jesulein. Er war eine Flasche. Er soff im U-Bootkrieg nur Wasser. Er war der fette Dampfer, auf den sie alle aus waren, deklariert auf eine Tonnage von satten 8000 Bruttoregistern. Auch die eigenen Geleitzerstörer rammten ihn zu gerne wie aus Versehen. Und dampfte er unvorsichtig auf zu nahem Kurs im Sprungbrettbereich, griff auch die Luftwaffe noch ein. Dann schlug einer im Hocksprung als Fliegerbombe hautdicht neben oder vor ihm ein aus drei Meter Höhe. Milli Vollmer trank jedesmal den Kelch der Seekriegsleiden bis zur bitteren Neige. Es war ihm aber jeder Schrecken lieber als der eine, daß sie ihn ins Nichtschwimmer vertrieben und nicht zuließen zum Seemannsleben. Philipp Abel, der U-Boot war, tauchte manches Mal an ihm vorbei und erklärte seinen Flottillekameraden dann fachmännisch was von Sehrohrdefekt oder Ladehemmung bei Torpedos, es war ihm klar, daß Mitleid mit einer Flasche sein Ansehen in der Clique stark gemindert hätte. So sah er, wenn er atemschöpfend »auf Werft« lag und sich den Bauch auf dem heißen Beton der Sprungbrettmauer wärmte, zu bei der Jagd auf die »Queen Victoria«, wie Milli als Dampfer hieß. Er sah den armen Kerl oft mit nackter Angst in den Christkindaugen wie um sein Leben paddeln, hoffnungslos zwischen Versenkung, Havarie und Bombardement.

Es war ein schöner Sommer. Die Muhr immer um

20 Grad, bahnenweise richtig grün wie der Atlantik, darin goldbraun gespiegelt der Turm von Sankt Martin. Gegen Abend, wenn die Jagd getan war, die »Queen Victoria« mehrfach auf Grund, schwamm Philipp gerne noch einmal ein Stück für sich. Versuchte oft, den Münsterturm zu durchteilen, doch teilte der sich immer vorher schon und setzte sich dann weiter vorne wieder zusammen. Einmal, im letzten rötlichen Licht, schien es zu gelingen. Hinten das Herrenbad lag schon ganz still. Da tauchte Philipp die Kirche an, um mitten darin aufzutauchen. Er hatte gerade die Ohren wieder über der Wasserlinie, da schlug es sieben. Da war ihm, als sei eine Glocke im Fluß, die habe geschlagen. Das war drei Wochen vor Kriegsausbruch. Das fiel ihm später oft ein.

Bei Nacht ging Ottokar Knöhrer nun nicht mehr stramm. Oftmals dachte er an die Mauser, die er nach der Geschichte mit Röhm und so weiter im Juni '34 hatte polizeilich abliefern müssen. Die Demobilisierung der SA war ein schwerer Fehler gewesen. Die Treuesten waffenlos. Der Hanft hatte so eine Art, ihn nicht anzusehen, die Knöhrer unbehaglich war. Daraus entwickelte sich Knöhrers Nachtgangart. Er schritt nicht mehr im Völkerwanderungstritt über Trümmer und Zwerge dem Osthimmel entgegen. Da schlich eine Gestalt, die sah nicht nach Angst vor Prügel aus, sondern nach schon reichlich empfangenen. In Barbara Buschwinds Armen fand er keine rechte Ruhe mehr, auch halfen ihm die altgermanischen Zuchtübungen im Frühtau nicht. Im SA-Heim, das von der Hirschbrauerei mit Bier beliefert wurde zum Selbstkostenpreis, schloß er sich nächtelang ein, volltrunken über der Ausarbeitung von Schulungsabenden mit dem Schwerpunkt Wehrbauerntum östlich der Weichsel. Die fanden aber nie statt. Hingegen fand man den Knöhrer eines Morgens mit dem ersten Tageslicht blutüberströmt und halb bewußtlos am Schied-Eck, wo die Muhrfelderstraße stadteinwärts weiterführt und die Bollwerksteige steil rechts hinaufgeht zum Zeughaus. Nach ärztlicher Versorgung redete der Bajaß immer noch wirr, auch roch es ungut um ihn herum. Heimtückisch überfallen worden sei er, und von wem, da brauche man wohl nicht lange zu suchen, kaum zwei Wochen, nachdem der KZler wieder da sei, leichtfertig freigelassen, wie sich jetzt zeige. Dem Kriminalinspektor Grüneisen, zu dem die Sache schließlich kam, war sie so neblig wie die Nacht, in der sie sich zugetragen hatte. Ihm war vor allem Knöhrer selbst gewissermaßen eine nebelhafte Gestalt. Grüneisen, ein Mann von altwürttembergischer Beamtenbedächtigkeit bis in den Gang hinein, wußte noch, wie in den ersten Monaten '33 SA-Figuren vom Schlage Knöhrer plötzlich schutzpolizeiliche Aufgaben mit Knüppel und Karabiner übernommen hatten.

Da saß er nun, roch immer noch nach Bier, so daß Grüneisen in seinem Dienstzimmer, das hochparterre auf den Markt hinausging, die Fenster öffnete, obwohl die Freilichtspieltruppe auf der Münstertreppe bei der Probenarbeit eines Weihespiels von Gymnasialprofessor i. R. Wünschel war: »Aus Herzen ein Dom.«

Knöhrer sprach von der nach wie vor nicht gebannten roten Gefahr. Der Inspektor sprach nur von einem roten Briefkasten, genauer der Briefeinwurfstelle 18 des Postamts Solstett, Innenbezirk, angebracht an der

Außenwand des Hauses Nummer 34 in der Muhrfelderstraße. An dem hatte man Blutspuren und abgeschürfte Haut sichergestellt. Je allgemeiner Knöhrer die rote Gefahr beschwor, desto spezieller sprach der Inspektor von dem roten Kasten. Zehn Schritt weg von dem hatte man den Kreispropagandaredner gefunden, und eine fein geträufelte Verbindungslinie Blutstropfen führte vom einen Ort zum andern. Hingegen war die Verbindung zu der in der Person des Altsozis Hanft möglicherweise gegebenen roten Gefahr nicht so deutlich zu sehen, jedenfalls nicht für den Kriminalbeamten Grüneisen. Knöhrer, immer noch benommen, sprach vom verknöcherten Weimarer Beamtentum. Vom Aufräumen. Grüneisen griff das Wort in seiner höflichen, doch kleinkariert genauen Art auf. Die Stapel leerer Bierständer vor dem SA-Heim, in dessen elektrisch beleuchteter Räumlichkeit der Herr Knöhrer übrigens noch durchs Fenster gesehen worden sei gegen ein Uhr vom Rotkreuzfahrer Großmüller, der gerade heimgekehrt sei von einem Notfall. Um halb zwei sei dann der Uhrmacher Kirn, wohnhaft im Haus 34 mit dem Schlafzimmer genau über dem Briefkasten 18, von einem dumpfen Schlag aufgewacht, habe sich aber nichts weiter dabei gedacht, sondern erst in der Frühe, als man den Herrn Kreispropagandaredner gefunden habe. Und noch immer paßte dem engstirnigen Beamten da nicht die rote Gefahr hinein. Hanft hatte im »Engel« gehockt, auch an diesem Abend, das war erwiesen, und die Wirtschaft lag zehn Minuten zu Fuß stadtauswärts vom Ort des Überfalls auf Knöhrer. Hatte Hanft seinen Aufbruch um Mitternacht zu Rad hinaus nach Firnbach nur vorgetäuscht, hatte er Knöhrer im SA-Heim belauert, war er ihm gefolgt, um ihn gegen die Briefeinwurfstelle 18 zu schleudern? So paßte es für Knöhrer gut, in diese Richtung wünschte er die Ermittlungen und den Hanft in Sicherheitsverwahrung. Grüneisen sah ihn besorgt an und hob nur ganz leicht die Hände über die grüne Schreibunterlage, beamtenhaft gemessen, wie er sie auch wieder fallen ließ. »Ach, Herr Knöhrer, laßt' Se's bleibe, im eigene Interesse.«

Doch machte der Bajaß nur einen Herrenmenschenmund. Da wurde Grüneisen hochdeutsch und amtlich: »Nach dem bisherigen Ermittlungsstand ist klar, daß Sie in betrunkenem Zustand gewissermaßen von einem Briefkasten angefallen worden sind, Herr Knöhrer. Alles andere wird schwer zu beweisen sein.«

Knöhrer drohte noch an der Tür, er werde es sich merken bis zum Tag der Abrechnung. Von dem hatte auch Grüneisen im stillen seine Vorstellungen.

Es mußte vorher nur ein kleiner Krieg überlebt werden, der vor der Tür stand. An diesem Tag waren bestimmte Nährmittel, Heizmaterial und Kleidung als bezugsscheinpflichtig erklärt worden. Vor den Haushaltsgeschäften stand man Schlange wegen Verdunkelungsstoff.

Am Abend bummelten der Doktor und die Langobardin am Fluß. In der weichen Luft stand die Stadt anmutiger an die Talwände gelehnt, voller freundlicher Geräusche. In Gärten, auf Terrassen Lampions und Windlichter. Gelächter, Gläserklirren, Musik. Im Tanzcafé Schütz spielte eine Kapelle, und die Muhr aus schwarzem Spiegelglas machte eine venezianische Anstrengung mit Stocherkähnen und Liebespaaren darin. Es war fast noch einmal zum Vertrauen-Fassen. Irene stand dicht an der Ufermauer, da, wo die schwere Platte eingemauert war mit der Hochwassermarke von 1648. Die Solstetter hatten den Dreißigjährigen Krieg gut überstanden, nur im ersten Friedensjahr danach hatte die Muhr die halbe Unterstadt weggeschwemmt mitsamt der Saline. So wie Irene da stand, die feine, leicht gesenkte Nackenlinie mit dem hochgesteckten Haar dunkel gegen die Wasserfläche, war alles mit einemmal so heimatvortäuschend, daß Abel in Bedrängnis geriet und ihre Hand nahm.

Sie führte ihn über die dunkelsten Stiegen stadtaufwärts immer höher und dann im Haus hinauf bis oben, es war ein einziger Treppenaufstieg vom Fluß bis in ihr Bett. Es hätte nicht noch des Wetterleuchtens und des Rumpelns im Tal bedurft, das Bild von einem Flüchtlingspaar war deutlich genug, das davonsteigen wollte aus einem Kriegsvorabend wie vor einer Sintflut in die Berge, aber natürlich keine andere Zuflucht fand als, flüchtig genug, in sich selbst.

Am 31. August hatte Milli Vollmer Geburtstag. Als einzigen Klassenkameraden lud er seinen Nebensitzer Philipp Abel ein. Sonst hatte er keine Freunde. Philipp war in Verlegenheit wegen eines Geschenks, denn Milli hatte alles. Der wünschte sich, Philipp möge seine Soldaten mitbringen, man mache eine Schlacht. Philipp besaß nur zierliche Zinnsoldaten, historische noch dazu, von Tillyschen Heerscharen über den Siebenjährigen Krieg bis zur Napoleonischen Garde. Die hatte der Doktor in pädagogischer Arglist dem Jungen im Lauf der Jahre zusammengekauft. Nicht nur, daß sich Geschichte lernen ließ dabei, er fand, in Gestalt der bunten, historisch getreu bemalten Figuren sei die allgemeine monomane Kriegsspielerei, vor der er den Buben nicht bewahren konnte, ohne ihn zu isolieren, doch wenigstens im ästhetischen vertretbarer. Inquisitorischer befragt, hätte der Doktor wohl eingestehen müssen, er habe mit der Zinnarmee durchaus auch für sich selber eingekauft: Erinnerungen. Zinnsoldaten am Weihnachtsabend, so roch die Kindheit, und wunderbarerweise existierte die Nürnberger Zinngießerei noch, gab es noch die alten Formen, sogar die traditionellen graugesprenkelten Pappschachteln, das hatte sich gehalten inmitten all der lachhaften Erneuerungswut, die sogar die Spielzeugindustrie ergriffen hatte. »Zeitgemäß«, das Fetischwort, das unter vielem anderen auch bedeutete: Weihnachtskrippen mit dem elektrisch beleuchteten Hakenkreuz als Bethlehemstern, SA-Uniformen für Vierjährige, HJ- und BDM-Trachten für Puppen. Und die Nürnberger produzierten unverdrossen die Schlacht von Leuthen, Prinz Eugen vor Belgrad, Gustav Adolf, Dinkelsbühl belagernd. Das zweite Wunder war, daß das Kind Philipp vom Soldatenspiel nicht militärisch, sondern theatralisch fasziniert war. Und da gaben die Pappenheimischen Reiter, Zietenhusaren und Trenckpanduren allemal mehr her als die modernen naturalistischen Männchen aus Kunstmasse.

Milli Vollmer war Einwänden historischer und stilistischer Art, es ergäben Philipps zierliche Soldateska und seine modernen Streitkräfte kein sinnvolles Schlachtenbild miteinander, nicht zugänglich. Er wollte Krieg, und es war sein Geburtstag, und er wollte einmal nicht als »Queen Victoria« im Atlantik absaufen, sondern siegen auf sicherem Terrain.

Das lag, wie Schlachtfelder es an sich haben, bevor sie berühmt werden, ziemlich glanzlos im Abseits. Die Geschichte, solange sie noch nicht Geschichte ist, sucht sich gern absonderliche Winkel. Waterloo, ein flämisches Nest, von dem niemand zuvor je gehört hatte, Fehrbellin, ein namenloses märkisches Kaff, zu schweigen von dem ardennenhinterwäldlerischen Sedan. Jedoch noch ein ganzes Stück weiter hinterm Mond lag der Vollmersche Garten in den Muhranlagen. Am Tage des historischen Treffens war er noch zusätzlich abgeschirmt im hinteren Teil von der trocknenden Tafel-, Bett- und Leibwäsche des Speisehauses Witwe Vollmer, wie auf jedem Stück hellblau eingestickt stand.

Leichte Husaren vom K.u.k.-Regiment Geramb aus dem Jahr 1833 schwärmten spielerisch durch die Riesenwälder der Stachelbeerbüsche, die ein grünes Licht gaben auf Mann und Roß. Die Ungarn im goldverschnürten, flatternden Dolman saßen kerzengerade auf ihren Apfelschimmeln und ritten schulmäßig Patrouille, dies eine Mal – leicht anachronistisch – für den Preußenkönig Friedrich, der mit seiner Generalität auf einem Ziegelstein zwischen den Tomatenstauden stand und mit dem Krückstock Richtung Hohenfriedberg zeigte. Es gab heute unter den Zinnsoldaten nicht Freund und Feind. Kosaken der Zarin Elisabeth, die den alten Fritz seinerzeit bei Kunersdorf um ein Haar gefangen hätten, sicherten jetzt die rechte Flanke gegen den Weg aus zerbröckelten Zementplatten. Dort fuhr ahnungslos und protzig die Wehrmacht mit Kübelwagen und Kradschützen. Man hörte, wie Milli seiner Truppe das Kommando gab, sich beim Rhabarber einzugraben. Philipp verstand es nicht. Wozu hatte der Soldaten, wenn er sie nur versteckte?

»Alles sehen, nicht gesehen werden!« rief das Milli-Kindlein aus dem Rhabarber. Man sah von ihm selber nur noch das Engelhaar. Seine Leute bohrte er bis zu den Hälsen ins Erdreich. Das konnte Philipp den seinen nicht zumuten. Zinnsoldaten waren dafür zu stolz, zu schön. Es war dieser Garten, in dem Kohlrabi und Sellerie kümmerten, kein würdiges Aufmarschgelände. Die meiste Fläche war holperiger, fahler Rasen, in dem eiserne Wäschepfosten staken. Nie war das Garderegiment Gens d'armes, zu sterben und zu siegen gewohnt, aufmarschiert unter Bettlaken, Tischtüchern, Servietten und Büstenhaltern der Witwe Vollmer. Und alles sollte der Eroberung von einem Maulwurfshaufen gelten, den Milli die Höhe 17 nannte, einen Punkt von entscheidender strategischer Bedeutung, die aber nur ihm klar war. Dort irgendwo zwischen Stiefmütterchen und Kapuzinerblättern fuhrwerkten seine Pioniere. »Volle Deckung! Ich möchte keine Nasenspitze sehen!« herrschte Milli seine Truppe an. Tief im Johannisbeergebüsch leierte mit überanstrengtem Uhrwerk der Panzer.

Philipp baute die französischen Musketiere auf den Zementplatten auf. Die waren Mann für Mann mit Napoleon in Moskau gewesen und hatten heldenmütig seinen Rückzug über die Beresina gedeckt. Milli fing mit dieser Information nichts an, er hatte da drüben nun auch Redeverbot verhängt. Die Wehrmacht schwieg. Zwischen Mauern aus Löwenzahn, der aus den Steinritzen wucherte, rückte nun das preußische Traditionsregiment Erbprinz von Hessen-Darmstadt vor. Die Grenadiere avancierten unbewegten Gesichts in ihren blauen Waffenröcken, rote Aufschläge, Silbertressen, weißes Lederzeug, gelbe Beinkleider. In sechs Linien marschierten sie, die Gewehre mit aufgepflanztem Bajonett senkrecht geschultert. Der Trommelbub schlug den Wirbel. Auf seinem Rappen Major v. Prittwitz, elegant die Silberschärpe um die Wespentaille, den Degen feindwärts gereckt, wenn auch verächtlich heute, denn er sah ihn nicht, den Feind, der sich vor ihm in der Gartenerde der Witwe Vollmer vergraben hatte. Es war der Prittwitz von Kunersdorf, der, Majestät mit seinem zweidimensionalen Zinnleib deckend, den großen König vor den Kosaken gerettet hatte. Neben ihm ließ der blutjunge Fähnrich die Regimentsfahne wehen, das zerfetzte, zerstochene Tuch: Liegnitz, Torgau, Zorndorf, Leuthen! Aus den Beerenbüschen meckerte Millis Stimme »Äckeckeckeckeckeck« – es sollte ein leichtes MG sein. Dann machte das Millikindlein »Brong, brong!« Das waren Handgranaten. Dann »Priiiiiiiiiiisch!« Das waren Flammenwerfer. Alles aus der Deckung, das feige Pack. Kurz tauchte Millis Rosenkopf auf: »Dein rechter Flügel ist bereits aufgerieben!«

Doch noch standen die Grenadiere in jener makellosen Ausrichtung, die in aller Herren Länder keine Militärtruppe so vollendet zustande brachte wie eben Zinnsoldaten, natürlich friderizianische. Von der Seite gesehen – und nur von der Seite existierten sie, von vorn und hinten waren sie nur wesenlose Striche –, in Seitenansicht nahm sich jede Reihe aus wie nur ein

Mann, dabei marschierten sechzig, eine ganze Nürnberger Pappschachtel Heldentum trat an zur Bataille. Die Augustsonne schien durch die Bettlaken und verbreitete einen diffusen, blassen Schein über der Landschaft. Frühlicht. Angriffslicht. Vom Feind kein Laut mehr. Milli schien beeindruckt. Hinter den Preußen schloß nun Österreichische Infanterie auf, weiße Monturen, rote Stulpen, schwarze Dreispitze. Auf dem Feldherrnziegel trat die Kaiserin Maria Theresia zu ihrem alten Feind. Marschall Kaun vermittelte. Friedrich II. (Figurenwechsel) hob den Dreispitz, strahlte mit den ungeheuer blauen Augen, die man sich denken mußte, denn leibhaftig, in seinem Zinnprofil, sah man sie nicht. »Bonjour Thérèse, heute gilt es gegen die feldgrauen Riesentölpel, wir werden sie auf preußisch-österreichische Façon dreschen, si vous permettez.« Die Kaiserin raffte graziös ihren Cul und lächelte. »Ach, Fritz ...«

Über der Höhe 17 hing der Himmel schwer und rosenfarben. Dort trockneten der Witwe Vollmer intime Trikotagen und stifteten sonnendurchwirkt ein schicksalhaftes Morgenrot, in welchem nun die Kürassiere antrabten. Seydlitz, der Held von Roßbach, die Stummelpfeife in der Faust, an der Spitze. Es wehten die schwarzen Helmbüsche aus Pferdehaar. Die Kürasse blinkten, die Degen schon blank gezogen zur Galoppattacke, es ritten Kürassiere ja immer in ein Morgenrot, doch heute auch noch in ein anderes Jahrhundert, in dem dreidimensionale, plumpe Riesen mit Stahlhelmen zwar Feuerkraft besaßen, aber kein Feuer. Es ging in die letzte Schlacht. Der Stil, der Charme, das romantische Scherenschnittheldentum, das nach

Zinn und feinem Lack duftete, gegen die übermächtigen, geruchlosen Elastolinmänner, die rundherum komplett waren, die einen Bauch und einen Hintern hatten, aber keine Eleganz, kein Leben.

Milli schrie: »Feuer!« Die Feldhaubitze schoß Gummigranaten aus dem Rhabarber, eine um die andere. Von der anderen Seite mahlte mit heiserem Uhrwerk der Panzer durch den Löwenzahn heran. Die Kürassiere fächerten kippend zusammen. Seydlitz, kaltblütig mit der Pfeife, lachte, fiel. Die Grenadiere wurden Reihe für Reihe gemäht. Noch stand der Fähnrich, noch schlug der Trommelbub, doch der Panzer nahte. »Zangenbewegung!« fistelte Milli, das Krippenkind, und lud die Haubitze nach. Philipp ließ die Zietenhusaren attackieren, rot mit goldverschnürten Röcken, die Krummsäbel hoch über den schwarzen Pelzbesatz der Kalpaks geschwungen. Und nun noch die Garde-Ulanen mit eingelegter Lanze gestreckten Galopps, blaue Reiter auf Falben mit lackspiegelndem Fell – ach, der Witwe Vollmer leise schaukelnde, zartrosa Schlüpfer ließen längst ein wehes Abendrot scheinen über der Walstatt, die Grenadiere lagen in Reih und Glied, makellos ausgerichtet auch im Tod, Major v. Prittwitz hob im Sterben noch den Degen, die Husaren, die Ulanen fielen Welle um Welle, die Lanzen, die Standarten sanken, Heldendämmerung der Zinnsoldaten, Milli kannte kein Pardon, eine Gummigranate fuhr mitten unter die Majestäten, der große König hob den Krückstock, wankte, Maria Theresia sank lächelnd über ihn: ach, Fritz – adieu, Thérèse! Aus der Traum aus Zinn und Größe, jetzt kippte auch der Fähnrich, die letzte Fahne neigte sich, das Jahrhundert der Phantasie war geschlagen. Aus den Rhabarberblättern trat der Führer »mit bewegl. Arm« hervor und grüßte ohne Rührung. Die Witwe Vollmer brachte Kakao und Streuselkuchen.

Am nächsten Morgen um 4.45 Uhr ging die deutsche Wehrmacht über alle deutsch-polnischen Grenzen zum Angriff vor. Westlich der Weichsel stellte sich die polnische Kavalleriebrigade Pomorska zum Kampf. Triumphfanfaren bei der Sondermeldung von ihrer vollständigen Vernichtung. Es war die letzte Kavallerieattacke der Weltgeschichte. Es war sechs Tage nach dem Untergang der Zinnsoldatenarmee im Garten des Speisehauses Witwe Vollmer. Ob an der Weichsel so ein schönes Abendrot gewesen ist, war nicht zu erfahren.

Denglers Glut und andere Brandstätten

Es war noch Badewetter, da hatten wir schon Polen. Kaum war im nächsten Jahr der Fluß wieder richtig warm, da war Frankreich im Sack, natürlich auch Holland und Belgien, und Norwegen und Dänemark ja sowieso. Alwin Dengler kam mit dem Dichten nicht nach. Er hatte einen Polenmarsch noch in Arbeit gehabt (»Jetzt hüt' dich, Slawenbrut, vor Ordensritterstreichen ...«), da stand die Wehrmacht schon am Bug und umarmte sich dort mit den Russen. Er wirkte an einem Frankreichlied (»Den Blick nach Westen, Kamerad, der alte Feind will's wagen ...«), da saßen die Unterhändler Pétains schon im alten Salonwagen im Wald von Compiègne und mußten unterschreiben, was dem Oberösterreicher gefiel. Und im Radio hatten sie immer schon ein passendes Lied, bevor Dengler das seine einschicken konnte.

Frühzeitig hatte er sich daher lyrisch vorbereitet auf den Sprung nach England (»Sturmboote Richtung Dover – nun zitt're, Albion...«), doch da ließ sich der große Feldherr zu Denglers Verdruß unbegreiflicherweise Zeit. Ungeduldig spähte Dengler, im bürgerlichen Leben Studienpräzeptor, frühzeitig aus Gesundheitsgründen pensioniert und bei Kriegsbeginn für den Schuldienst reaktiviert, zur Kanalküste, da überraschte ihn der Balkanfeldzug, und er stand textlos da. Hart arbeitete er daran, das Hakenkreuzbanner in Versen auf die Akropolis zu pflanzen – was reimt sich auf Akropolis? –, als er sich, veranlaßt durch Rommels Anfangserfolge, schon wieder Nordafrika zuwenden mußte. Noch kämpfte er reimtechnisch mit Cyrenaika und Tobruk, da forderte der deutsche Angriff auf Rußland seine Aufmerksamkeit. Es gelang ihm ein ansprechendes Ostreiterlied (»Ostwärts, Mädel, muß ich traben, denn dort kommt die Sonne her...«), aber auch da hatten sie schon wieder termingerecht einen Marsch im Rundfunk gehabt, der mitreißend war, jedoch nicht von Alwin Dengler, so daß er den Eindruck gewann, es gebe irgendwo eine Sorte Dichter, die bevorzugt über die jeweiligen Angriffspläne der Führung unterrichtet werde.

Sein Stundenpensum an der Solstetter Graf-Zeppelin-Oberschule, Unterstufe Erdkunde, Geschichte, Musik, ließ ihm Zeit für einen komplizierten Schriftwechsel diesbezüglich mit der Sendeleitung des Reichssenders Stuttgart, der sich über die schönen

Jahre des Vorwärtskrieges hinzog bis ins Frühjahr '43. Dann kam eines Tages immerhin aus dem Büro des Reichsintendanten in Berlin, wohin die Sache zuständigkeitshalber gelangt war, ein Bescheid, seine Beschwerde sei angesichts der Kriegslage gegenstandslos. Dem mußte Dengler sich fügen an allen Fronten, denn auf Rückzugslieder verstand er sich nicht.

Doch bleibt unvergessen sein Bild für eine Generation Solstetter Kriegsjugend in den Sommern der Siege, es bleiben uns die Namen Dünkirchen, Kreta, El Alamein, Smolensk, Sewastopol auf ewig verbunden mit Alwin Denglers knochiger Gestalt in vorwiegend blassen Leinenanzügen, bekrönt von einer heftig durchbluteten Glatze und glühenden Ohren. Die Glut saß Dengler natürlich im Herzen, das glaubte man ihm, der Widerschein zeigte sich aber nur in den signalartig abstehenden Ohrmuscheln und dem kahlen Schädel, dessen Formung Ähnlichkeit aufwies mit der Gipsbüste des Älteren Cato in der Vorhalle des Rektorats. In dämmrigen Klassenzimmern und Fluren, in Mischwaldschatten von Schulausflügen, zwischen Jasmin und Schneeballdolden in den Anlagen am Abend, wenn das Musikkorps vom Schlossenrieder Flugplatz spielte, schimmerten freundlich über uns Denglers rötliche Positionslampen, während er, stets gewissenhaft frontvertraut, schon wieder einen Durchbruch meldete, und immer aufs neue gestand er's ein in frohlockender Beschämung: Wieder einmal waren die Panzerspitzen der Wehrmacht schneller durchs Ziel gegangen als die langsameren Versfüße seines Pegasus. Jeder verstand dann, daß er seine Märsche wenigstens durch den Unterstufenchor im Musiksaal dargeboten wissen wollte. Dirigierte er vom machtvoll geschlagenen Flügel aus, dann glühten bei günstigem Sonneneinfall Kopfhaut und Ohren am heftigsten. Wer schneidig mitsang, konnte guter Noten auch in Geschichte und Erdkunde gewiß sein, hatte zudem in Dengler auch einen treuen Fürsprecher im Lehrerrat. Ein deutscher Junge mußte glühen in der Tradition von Luther, Schiller, Bis- und Langemar(c)k. Die Unterstufe liebte ihn.

Philipp Abel, dreizehnjährig nun, war in Denglers Augen ein starker Glüher. Beim Vorsingen konnte er seiner Stimme, die ohne hörbaren Bruch vom Alt hinüberglitt in einen schmalen, aber timbrereichen Tenor, etwas Jungheldenhaftes verleihen. Im Chor mußte er vorne stehen, die Stimmbruchkrächzer um ihn her hatten zu schweigen. Philipp konnte auch so schauen, wie es Dengler am liebsten war zu seinen Liedern: soldatisch mit Seele. Daß es die reine Schauspielerei war, ahnte der Präzeptor nicht. Philipp machte sich schon nichts mehr aus Märschen, neigte zu Schlagern, deren Rhythmus und Melodik etwas hatten, für das er damals noch kein Wort wußte, erst, näher zum Kriegsende hin fand er es: Swing. Er pfiff und sang »Wenn ein junger Mann kommt«, »Für eine Nacht voller Seligkeit« und »In der himmelblauen kleinen Limousine«, war aber mühelos in der Lage, ohne Unterbrechung überzuleiten auf »Fahren gegen Engelland« oder einen Denglermarsch, wenn er im Schulhof oder auf der Straße hoch über den Köpfen das rote Dreigestirn von Denglers Ohren und Glatze aufgehen sah. Er galt als deutscher Junge, die Sorte netter Blondschopf, die ins erste Glied gestellt wurde bei Kundgebungen, die im

Jungvolk den Wimpel trug und die Sprüche aufsagen mußte bei Feiern. Philipp tat da mit, genoß Beachtung und Beliebtheit mit schlechtem Gewissen. Er wußte, er war nicht so. Er wußte aber nicht, wie er war. Fehlfarbe. Das Wort fiel ihm oft ein. Im Zigarrenladen kaufte sein Vater manchmal günstig Fehlfarben. Die waren dem Tabak nach so gut wie die anderen Zigarren, nur das Deckblatt hatte Farbabweichungen. Er fand, er war das Gegenteil von einer Fehlfarbe. Sein Deckblatt hatte je nach den Erwartungen der Umwelt die gewünschte Färbung.

Er war ein Pimpf unter Pimpfen, gewandt beim Sport, bei den als Geländespielen getarnten Raufereien von der erwarteten Rohheit, bei den Aufmärschen schneidig, ganz landsknechtisch, wenn der Jungbann gegen Abend auf den Marktplatz stampfte mit Fackeln und Fahnen, und immer Theo Strähle, genannt der Strahl, ganz vorne, allein hinter der Florian-Geyer-Fahne. Schwenkte die Kolonne vor der Münstertreppe scharf ein, konnte Philipp ihn sehen, den Strahl, schlank und schwarz, wie Barettfedern wippte die Mähne im Licht der Fackeln und wurde immer wieder zurückgeworfen mit der trotzigen Kopfbewegung, die Philipp sich von ihm abgeschaut hatte, ein Landsknechtsführer aus den Bauernkriegen oder sonstigen großen Tagen, nicht aus demselben Stoff wie die gaffende Menge. Es gab Augenblicke, in denen Philipps Wunsch nach eindeutiger Zugehörigkeit so mächtig wurde, daß er inbrünstig mitsang von des Geyers schwarzen Haufen, mit Spieß voran und drauf und dran und setzt aufs Klosterdach den roten Hahn, und dabei war doch nie der eine Mann aus dem Kopf zu kriegen, der von Sieg zu Sieg schweigsamer wurde und für das ganze Geprahle mit Trommeln und Fanfaren nur ein Lächeln hatte, hinter dem er Spott und Verachtung versteckte. Dem wollte Philipp gern der Sohn bleiben, den er sich wünschte. Dann erschien Philipp plötzlich die ganze Parade der jungen Helden als die alberne Veranstaltung, die sie ja war. Er fand sich da nicht heraus. Es ging immer nur mit Verrat. Der Strahl wollte ihn vorschlagen zur Beförderung, ihm eine Jungenschaft anvertrauen. Philipp konnte nicht widerstehen. Dem Vater verkaufte er es als Schlauheit: Jungvolkführer wurden dann mit vierzehn nicht in die Hitlerjugend überwiesen, in der es mit sturer ideologischer Schulung zuging. Dem Vater leuchtete es ein. Philipp war aber nicht sicher, ob die rotweiße Schnur, nach Jungvolkschick kaum sichtbar festgezurrt zwischen Knopfloch und Brusttasche, nicht die größere Rolle spielte, der Wunsch, ein kleiner Strahl zu sein vor einer Front von fünfzehn Mann. Er fand sich nirgends ganz.

Nun herrschte der Oberösterreicher über Europa vom Atlantik bis zur Wolga. Die Welt staunte. Es staunten auch die Solstetter. Sogar am Skeptikertisch im Stiefelbeck machte Verblüffung die Honoratiorenhäupter frühzeitig schwer überm Weinglas. Richter Scholder sagte: »Ich hätt's nicht gedacht. Der Kerle hat Fortüne.«

Dagegen fuhr Oberst Guggenbach hoch: »Ich bitte doch sehr! Fortüne haben Feldherren und Staatsmänner. Der Falott hat allerhöchstens Dusel, ganz ordinären Leutnantsdusel.«

Und Kapp, immer mit Handbewegungen, als hantiere er mit der Apothekerwaage, sagte: »Er wird's aber nicht halten können. Im Osten nicht, und im Westen hat's ihm keine Ruhe gelassen, bis daß er Händel mit dem Amerikaner hat, lieber Himmel.«

Und da der Oberst zugegen war, demgemäß also der Mystiker Hühnermann fehlte, sagte niemand: »Er wird fallen, wenn sein Zeichen erlischt. Weil aber seines ein Zeichen der Verheerung ist, wird alles fallen vor ihm.«

Abel sagte immerhin etwas in dieser Richtung, wenn auch nicht so dichterisch. Das brachte die Herren zu heiklen Fragen. Müsse er nicht fallen von vorbeugender Hand, damit nicht alle fielen vor ihm? Dürfe er aber fallen, solange ihm alles glückte und das Volk glaubte, es geschehe zu seinem Besten? Die Studienräte schwiegen. In solch eine Fragestellung wollten sie nicht verstrickt sein. Guggenbach aber war nicht zu halten. Er legte schneidend, durch neckarschwäbische Mundart kaum gemildert, dar, es sei eine Selbstverständlichkeit, daß das Offizierskorps zu seiner Stunde die Sache in Ordnung bringe, nicht die feige höhere Generalität wohlgemerkt, sondern die Front, Majors und Obristen. Alles beim dritten Krug Gnadentäler. Abel erschrak. Wie sollte eine Verschwörung gedeihen, von der ein spinnöser Guggenbach beim Wein im ungefähren wußte und vor ängstlichen Studienräten plaudern konnte?

Abel bemühte sich, das Gespräch davon wegzulenken, und hatte beim vierten Krug die Herren vor einer Frage, die ihm nahelag, den Honoratioren aber nicht: Wenn man die braune Gangsterei nur um den Preis eines verlorenen Krieges loswerden konnte, war nicht die Niederlage das einzige, was sich ein deutscher Patriot wünschen mußte? Da schauten die Herren ihn wieder fremd an wie an jenem Tag nach der Plündernacht vor vier Jahren. Die Russen in Berlin? Die Bolschewiken Unter den Linden und vielleicht gar auf dem Stuttgarter Schloßplatz? Das nicht. Das ging zu weit. Davon wollte auch der Prälat Frey nichts wissen. Ein Frieden in den Grenzen von '38, lassen Sie's gut sein, Herr Doktor, und das Protektorat geben wir selbstverständlich wieder zurück, was denken Sie sich? Wir sind Deutsche und wissen nun nicht mehr so genau, was Sie eigentlich sind. Ein Patriot oder ein pazifistischer Kosmopolit?

Am Ofen lächelte der Stiefelbeck mit weißem Mondgesicht. In der Wärme unter der Holzdecke rauschte die Muhr herein. Später heulte die Sirene vom Zeughausdach dazwischen. Die Royal Airforce war über Stuttgart. Die Herren saßen lange bei offenen Fenstern im Dunkeln. Abels Zigarre und Stiefels Mond waren das einzige Helle. Guggenbach, wie stets unvermittelt von seiner monarchistischen Störung befallen, bat die Herren, mit ihm auf die Wiederkunft des württembergischen Königs zu trinken. Still fanden sie ihre Gläser in der Finsternis. So klang der Abend aus in milder Absurdität.

Es muß erwähnt werden, daß Dengler Witwer war und trotz nationaler Hochstimmung einsam. Der einzige Sohn stand an der Ostfront und schrieb, wenn er schrieb, nicht die Art Feldpostbriefe, die Alwin sich gewünscht hätte. Es entwickelte sich aber im Privatleben des noch nicht alten Mannes in diesem Sommer eine Gefühlslage, die ihn über alles hinaushob, sogar über das Glück von Siegesmeldungen. Er entbrannte nämlich heftig für Frau Penzberger wie durch Blitzschlag, der ihn ereilt hatte im frühsommerlich heißen Lehrerzimmer, wo Tante Traudich erschienen war in Vertretung des in Krankenhaus und Lazarett unabkömmlichen Doktors. Dengler hatte um dessen Besuch bitten müssen in disziplinarischer Sache. Philipp war angeblich beteiligt an der sittlichen Belästigung einer jungen Hilfslehrkraft namens Annemie Freiensaal, die sich in einer Kabine des Familienfreibads beim Umziehen durch ein Astloch erst beobachtet, dann mittels einer Blumenspritze hinterwärts benetzt fühlte, wobei der widerwärtige Sprechchor zu hören war: »Jeder Schüler möchte mal / mit dem Fräulein Freiensaal...« Dabei wollte die Hilfslehrkraft zumindest die Stimme des Arztsohns einwandfrei erkannt haben. Die Sache verlief trotz scharfsinniger kriminalistischer Ermittlungen durch Oberstudiendirektor Kappel im Sande, da die Verdächtigen hartnäckig leugneten und Fräulein Freiensaal sich naturgemäß auf Augenschein nicht berufen konnte. Doch wurde Präzeptor Dengler als zuständiger Klassenlehrer beauftragt, mit den Erziehungsberechtigten der mutmaßlichen Täter zwecks sittlich festigender Einwirkung Rücksprache zu nehmen.

Er war allein im Lehrerzimmer an diesem Nachmittag, korrigierte eine Geschichtsklausur über die Völkerwanderung. Der lange Mann saß hingebeugt über den Heften voller Goten-Burgunden-Markomannen-Bewegungen und erwartete den Doktor Abel, als es eher drohend als schüchtern, jedenfalls durchaus nicht weiblich klopfte. Er war durch nichts gewarnt, öffnete und hatte die bayerische Walküre vor sich, gleich auf gleich in Augenhöhe, fast, daß er den Blick noch um ein kleines Stück anheben mußte in ein auf nicht gefällige Art schönes Frauengesicht, aus dem die dinarische Nase angriffslustig gegen ihn vorsprang, denn Tante Traudich war kriegerisch gestimmt und entschlossen, ihren Pflegesohn durch Attacke zu verteidigen. Da stand die große Frau, dem Geschichtslehrer wie magisch erschienen aus Räumen frühgeschichtlichen Völkerringens, und hatte ihn schon im Staube, bevor er begriff, wer sie sozusagen im Zivilleben war, bevor überhaupt die Rede sein konnte vom pädagogischen Anlaß des Treffens.

Es spricht für den Präzeptor, daß in jenem Sommer der Siege – vor kurzem war die Eroberung Tobruks gemeldet worden – doch auch die Liebe Platz fand in seinem vaterländisch erfüllten Herzen. In der Zeit, als sie ein Paar waren, sinnierte Dengler gelegentlich darüber auf Spaziergängen am Fluß, ob es ein Pfeil Amors gewesen sei, der ihn gefällt habe, oder lieber doch nicht der Mittelmeergott, sondern eher eine nordische Macht ohne Namen, weil ja die Germanen keinen Liebesgott hatten und nur in Kriegs- und Fruchtbarkeitssachen mythologisch ausgestattet waren. Dengler hob am Ende solcher Betrachtungen die Arme über den stark durchbluteten Kopf und seufzte: »Gleichviel – ich bin dein.«

Was Tante Traudich bewegte, war noch rätselhafter, vielleicht auch banaler. Der Mann war alleinstehend, respektabel, nicht unbegütert, lebte im eigenen Häuschen in der Kriegsopfersiedlung und hatte den körperlichen Vorzug, daß sie ihn nur geringfügig überragte. Seine kriegerische Berauschtheit aber muß ihr widerwärtig gewesen sein. Wog der Marschliederdichter diesen Nachteil auf, indem er ihr das Gefühl vermittelte, dies eine Mal in ihrem Leben werde sie in ihrer Übergröße nicht nur in Kauf genommen, sondern geradezu ihretwegen beehrt? Hinzu kam: Dengler liebte die Musik nicht nur in der niederen Geschmacksausprägung seiner Kriegslieder. Er war, abgesehen von seiner Fertigkeit am Klavier, ein gewandter Cellist, und von Tante Traudich auf Wagner hin befragt, intonierte er prompt die schöne B-Dur-Neunachtelbewegung »Winterstürme wichen dem Wonnemond...« aus dem ersten Akt Walküre. Damit nun hatte er, selbst längst am Boden, Tante Traudich endlich gefällt.

Es geschahen in diesen Wochen vormarschfreundlicher Witterung nicht nur Wunder der Kriegskunst. Ein schöneres war: Dengler stellte seine Produktion auf Liebeslieder um, in seinem Nachlaß erhalten sind: »Von deinem Anblick geisterhaft in Banden, und doch befreit in einen neuen Lenz...« und »Es heilt das Mondlicht nicht die Wunde, die deine Sonnengeißel schlug...« und andere Texte, nach persönlicher Voranmeldung im Stadtarchiv noch heute einsehbar. Am erstaunlichsten war jedoch, daß Tante Traudich sich nun dem anhaltenden Werben der Geigerin Eva Buschwind endlich ergab und sich zu einer Mitwirkung im Parteiorchester herbeiließ, dem Dengler schon lange mit seinem Cello das Baßfundament lieferte. So musizierte das heimliche Paar einmal die Woche im Probesaal des längst stillgelegten Stadttheaters in den Muhranlagen.

Warme, unter dem Julimond nicht hinreichend dunkle Nächte, wenn das Paar nach Probenschluß ein Cello und eine Violine durch den Lindenduft hin und her trug und sich vorläufig nicht zur Zuflucht in Denglers verwitwetes Schlafzimmer entschließen konnte. Sie waren ein rührend schüchternes Liebespaar. Es vergingen drei Probenabende, bevor Dengler auf dem Heimweg das erste Mal wagte, sein Cello kurzfristig gegen einen städtischen Abfallkorb zu lehnen, um wenigstens Umarmung und Kuß als Umgang zwischen ihnen einzuführen. Dabei merkten sie am vierten Probenabend, daß es mehr sein wollte, und trugen Cello und Violine über Treppen und Stiegen hinauf zur Kriegsopfersiedlung, die sich in die Mulden der östlichen Höhe über der Stadt duckte. Auf halbem Weg stellte sich Dengler aber sein Schlafzimmer vor und war nicht sicher, ob es gelüftet, die benutzte Hälfte des Ehebetts in präsentablem Zustand sei, denn seine Zugeherin war verreist zur Beerdigung ihrer Schwester, und dies brachte ihm in Erinnerung, daß der dritte Todestag seiner Frau war. Je höher sie hinaufgelangten, desto pietätloser kam es ihm vor, ausgerechnet in dieser Nacht die Bettstatt erstmals wieder mit einer Frau zu besiedeln. Tante Traudich merkte, daß sein Aufwärtsstreben zu lahmen begann, und schob es auf den ungewohnten Eilmarsch mit musikalischem Gepäck. Sie selbst war reichlich echauffiert, fühlte sich plötzlich matt, verschwitzt in Körperzonen, deren Enthüllung in einem erotischen Zusammenhang seit so vielen Jahren sie ohnehin mit einem gewissen Lampenfieber entgegensah. Ganz harmonisch, wie auf Verabredung, geschah es, daß sie an der alten Essigfabrik rechts abbogen und den schmalen Weg nahmen, der sich in halber Hanghöhe zum sogenannten Himmelreich hinzog. Das war, was man ein lauschiges Plätzchen nannte, zwischen Buchsbaum und Flieder, unter Hängebirken mit Bänken. Luftwaffenangehörige mit Stadturlaub und Mädchen nahmen dort flüchtige Herberge, im tieferen Gebüsch lagen oft Studienabordnungen der Solstetter Jugend, die in jenen prüden Zeitläuften kaum andere Gelegenheit zu lebenskundlicher Fortbildung hatte.

Hier rasteten in jener schönen Nacht ein Cello und eine Geige. Die Luftwaffe hatte offenbar Urlaubssperre oder unpünktlich vollzogenen Schichtwechsel. Nun schlug es drunten in der Stadt elf.

Gegen halb zehn an diesem Abend war Karl Hanft im »Engel« erschienen, wo kaum mehr Betrieb war. Eine warme Luftströmung vom fast schon eroberten Nordafrika her lag über der verdunkelten Stadt und bewegte sich bei schwachem Wind nur langsam nach Nordwesten. Die Engelwirtin war müde und wollte schon zusperren, ließ aber Hanft noch herein. Der hockte an seinem gewohnten Platz unter dem Bord mit den Trophäen des Ringsportvereins, trank mit kontrollierter Abscheu Dünnbier und schwieg sich wieder um seinen Tisch eine Mauer zusammen wie jeden Abend seit seiner Rückkehr aus einem Lager, von dem er noch nicht einmal den Namen verraten hatte. Die Engelwirtin saß dabei und klebte Lebensmittelmarken auf die amtlichen Kartons. Der letzte Gast, ein Eisenbahner aus Brillenbach auf Heimaturlaub vom Wehrmachtzugverkehr, suchte ein Gemeinsames zum Reden mit

Hanft, fand nichts, zahlte, ging verloren in der Nacht. Die Engelwirtin tappte in halb heruntergerollten Strümpfen mit nichts unter der Kittelschürze hinter die Theke, fing einen abwesenden Blick von Hanft auf ihre ausgiebige Figur auf, holte den Schnaps unter dem Tresen und schenkte dem Hanft einen Doppelten ein. Sie hätte gern etwas erfahren vom Lager, damit man einen Vergleich hatte zwischen dem, was so geredet wurde, und dem, was einer sagte, der es wissen mußte. Der Hanft trank den Schnaps, spülte damit die Lücke im unteren Kiefer, schwieg aber weiter. Da legte sie ihm wie früher die Hand oben auf den Schenkel, Innenseite, und merkte, daß noch ein Leben in ihm war. Doch nichts unterbrach den Rundflug der Fliegen um die tief hängende Lampe. Die Engelwirtin sperrte die äußere Tür und Hoftür ab, ging bei »Damen« rein und kam zurück mit offener Kittelschürze. Ihr Mann war in der Stadt auf Feuerwehrbereitschaft. Folgsam ging der Hanft mit in die hintere Stube aufs grüne Samtkanapee unter dem Gemälde vom Einmarsch des deutschen Expeditionskorps beim Boxeraufstand anno 1900 in Peking. Hanft war dankbar, sprach aber hinterher immer noch nichts. Mit dem Glockenschlag elf schob die Engelwirtin ihn aus der Tür und dachte, daß die SS an ihm nichts kaputtgekriegt hatte außer der Seele. Sie sah ihm nach, wie er auf dem lampenlosen Fahrrad stadteinwärts davontrat, wie immer kerzengerade auf dem Sattel, doch hatte sie an diesem Abend den Eindruck, er wisse nicht recht, wohin mit sich.

Dies hingegen wußten Philipp Abel, Bubu Neumeister und Milli Vollmer in dieser Nacht genau. Sie befanden sich auf Nachtjagd. Der Ausdruck stammte von Bubu, einem für sein Alter zu lang geratenen Jungen, der für die Reichskleiderkarte viel zu oft aus seinen Hosen wuchs. Er war ein kühner Nachtjäger. Er beschlich mit Leidenschaft Liebespaare, bezog nicht selten Prügel im Ertappungsfall von den erbosten Freiluftliebhabern und zu Hause noch einmal wegen überschrittenen Zapfenstreichs. Er konnte es aber nicht lassen. Philipp, früh eingeweiht ins farbige Leben der hinteren Säubachschlucht, hatte diese Sorte Anschauungsunterricht nicht so nötig, tat mehr um der nächtlichen Abenteuerlichkeit willen mit, auch aus Neugier, man kam mitunter interessanten Paarungen auf die Spur in der kleinen Stadt, man hatte schon Teile der höheren HJ-Führerschaft mit Kameradinnen vom Jungbannsekretariat und dem Wehrbezirkskommando angetroffen. Milli Vollmer wurde an diesem Abend zum ersten Mal mitgenommen, aus Gnade und weil er Kuchenmarken verteilt hatte. Er war noch immer das Milli-Jesulein, rosig und fett im dritten Kriegsjahr, ihm fehlte es an nichts außer am wichtigsten, an Freunden.

Sie durchstreiften das Ufergelände des Muhrfelds, dann stadteinwärts die Anlagen. Bubu nannte das »Durchkämmen« und machte damit die moralischen Verhältnisse klar. Das Wort kam aus dem Wehrmachtsbericht: durchgekämmt wurde immer das Fronthinterland nach Heckenschützen. Während sie in Gebüsch und Laubenhecken herumkrochen, wurde Philipp ahnungsweise klar, wie Sprachregelung funktionierte. Es kam wohl weniger auf die Dinge an als auf die Namen. Wie was hieß, war entscheidend, wenn es um Moral ging. So viel mußte der Bubu, der in der Schule kein Licht war, längst begriffen haben: Wenn er das Gelände nach Liebespaaren durchkämmte, waren die Paare nicht mehr die Opfer seiner geilen Neugier, sie waren die Objekte einer der Ordnung dienenden Beobachtertätigkeit. Nur hatte der große Durchkämmer Bubu an diesem Abend keine gute Nase. Es tat sich nichts, die Jagd war flau. Zwar orteten sie da und dort Gedränge und Geschnaufe, gelangten aber, zumal mit dem quängelig werdenden Milli im Schlepp, nie in gute Sichtposition ohne Gefahr, entdeckt zu werden. Philipp begriff, daß Bubus Leidenschaft eine mühselige war, ein blindes Gekrauche in nasser Blätterwirrnis. Ein Laster zu haben schien Philipp kein leichtes Los.

Schließlich trostlose Rast im Pavillon der Kurkapelle. Bubus Hosen waren jetzt sehr zu kurz. Milli hatte genug, wies auf nasse Füße hin und verteilte vorbeugend Lakritze. Dann schlug Bubu eine Verlagerung der Nachtjagdoperationen in ein Gebiet vor, das er Planquadrat drei nannte. Das war das Himmelreich.

Dort war nichts aus niederem Vorbedacht geschehen, das muß betont werden, gerade weil alles geschah. Sie waren der Rast halber gekommen und weil eine schöne Sommernacht war, zu schade, um schon schlafen zu gehen. Sie hatten Cello und Geige gegen die Rücklehne der Bank gestellt und saßen Hand in Hand im Geruch eben verblühender Akazien, der vom Steilhang unter ihnen heraufspülte. Vielleicht, wenn Dengler nur gesprochen hätte, wäre nichts geschehen. Aber er brach das Schweigen musikalisch, deutete mit angenehmer Summstimme »O sink hernieder, Nacht der Liebe...« aus dem Tristan an. Was blieb Tante

Traudich anderes übrig – schon höflichkeitshalber mußte sie aus dem Tannhäuser antworten mit »Unversiegbar ist der Bronnen ...« Es gab ein Lied das andere. Es wurde ein gehobener Austausch von Anspielungen in dem Sinne, daß Musik zwar der Liebe Nahrung sei, aber vielleicht nicht ganz ihre Erfüllung, und es kühlte immer noch nicht ab, obwohl es jetzt auf Mitternacht ging, und es geschah im ungewissen Licht des Mondes eher aus einem Gefühl von Schwindel, daß Denglers Hand sich auf die Suche nach einem Halt machte, diesen aber nirgends fand, es sei denn oberhalb von Tante Traudichs Strumpfsäumen. Die seufzte und machte der Hand Platz. Nun seufzte auch Dengler, es gab ein Seufzer den anderen, und eine Bewegung machte die nächste so wünschenswert, daß darauf nicht zu verzichten war, und was keiner gewollt hatte, wurde immer unvermeidlicher, so daß ein nunmehr gemeinsamer Bewegungswille sich immer fleißiger auch sein gemeinsames Ziel suchte, sich aber unterwegs dorthin in immer komplizierterer Enge befand, die Anordnung mußte geändert sein, das achtbare Nebeneinander auf der Bank konnte es nicht mehr tun. Schleierwolken trieben vor dem tieferen Mond, als Tante Traudich sich erhob und mit einer geschlängelten Bewegung ein Kleidungsstück loswurde. Nun konnte sich aus zwei Körpern etwas Neues formen und geriet, als es vollendet war, zu einer eindrucksvollen Figur auf der Bank, die fast etwas Monumentales hatte, es hätte sich an ein Reiterstandbild denken lassen, Roß und Amazone, doch trat naturgemäß die Denkmälern eigene Ruhe nicht ein, das war zu viel verlangt von Fleisch und Blut, das ja bewegt sein wollte. Später tauchte der Mond unter den südwestlichen Talrand, schicklicherweise vollzog sich im Dunkeln die eher mühsame Demontage der Reiterfigur, die schließlich eine Frau Penzberger und einen Präzeptor Dengler aus sich entließ. Es blieb ihnen auch erspart, sich in den Konversationston des bürgerlichen Lebens zurückzufinden, denn da drang schon vom Tal her die Röte des Brandes.

Die Nachtjäger waren im Operationsgebiet Himmelreich eingetroffen, hatten sich im Rücken des Schattenpaares der Bank genähert und Lauerstellung hinter der Hecke bezogen, als dort eine Frau sichtbar wurde, überraschend groß. Von seinem Fenster in der Buchsbaummauer auf sechs Meter Entfernung sah Philipp eine Gestalt im grauen Licht, aufgerichtet über der Banklehne, und aus blassen Anzugärmeln die Hände eines nahezu Unsichtbaren, der sie aus der Tiefe der Bank umarmte, ein Sommernachtsspuk stummer Akrobaten. Dicht neben Philipp sagte Bubu: »Mein lieber Mann...« Die Nachtjäger entdeckten nicht die an die Bank gelehnten Instrumente, nicht nur, weil sie von Brombeerranken fast verdeckt waren, sondern weil in der Phantasie von Halbwüchsigen weder Cello noch Geige als Requisiten von Liebespaaren vorgebildet sind, ebensowenig wie Tante Traudich und Dengler als Akteure eines erotischen Geschehens. Die Unbekannte auf der Bank machte eine Kopfbewegung, die war irgendwie musikalisch, die kam Philipp bekannt vor. So wiegte sich Tante Traudich immer beim Geigen in ihre Lieblingspassagen hinein. Philipp ahnte, wer die Frau sei, die da etwas Unerhörtes und seltsamerweise ganz Harmonisches ausübte.

Aber das konnte ja nun nicht sein. »Mein lieber Mann«, flüsterte Bubu wieder. Dem Millikind hatte es den Atem verschlagen.

Auf der Bank nun keine Bewegung mehr. Eine hügelartige Masse vor dunklem Himmel, der aber bald wieder aufhellte, nicht da, wo der Mond untergetaucht war, sondern vom südöstlichen Talbogen her. Ein flackriges Rot stieg dort herauf, während die Stadtuhren Mitternacht schlugen, das Läuten aber gleich getilgt wurde vom Aufheulen der Feuersirene. Die Nachtjäger zogen sich aus der Hecke zurück und gingen auf Talkurs. Hinter der katholischen Kirche mußten sie natürlich auf Milli, die Flasche, warten. Man hörte jetzt in der unteren Stadt den zweiten Löschzug ausrücken. Der Signalhornton zog sich flußaufwärts das Tal entlang.

Da stand also die Villa des Juden Hirschfeld in Flammen, der einst im Solstetter Tal eine Papierfabrik besessen hatte. Die hatte er dem Staat schenken müssen aus Dankbarkeit, daß dieser ihn über die Schweizer Grenze hatte fahren lassen mit Frau und Koffern und nicht an einen elektrisch umzäunten Ort. Damit aber die Ausreisepapiere auch zügig ausgefertigt würden, bevor der Staat es sich doch noch anders überlegte, dazu wollte damals, im Frühjahr 1936, Ottokar Knöhrer mit seinen Beziehungen beigetragen haben. So hatte es nahegelegen, dem hilfreichen Mann die Villa zu einem sagen wir Freundschaftspreis zu überschreiben. Da aber nun der Junggeselle Knöhrer beim besten Willen keine ganze Villa bewohnen konnte, vermietete er der Partei einen Teil der Räume für Schulungs- und Tagungszwecke, die er in seiner Eigenschaft als

Kreispropagandawart unermüdlch ersann. Den Garten hielten die Damen von NS-Frauenschaft und Volkswohlfahrt in Ordnung gegen die Erlaubnis, dort Kindernachmittage zu veranstalten und Gemüse zu ziehen.

Dies alles war in Solstett, der Stadt ohne Geheimnisse, wohl bekannt, und darin mochte begründet sein, daß eine gewisse Heiterkeit herrschte bei der Beobachtung des Brandes. Wer noch auf war oder durch den Feueralarm wieder aus den Federn fand, wanderte hinaus ins vordere Muhrfeld wie zu einer Veranstaltung mit Feuerwerk, aber doch auch mit innerer Erbauung, denn in dem schrumpfenden Gerippe des Dachstuhls, in den Flammengarben aus den Fenstern war zu erkennen für jedermann, wie eben unrecht Gut doch nicht gedeihe. Wenn solchermaßen das Schicksal einen Einblick gab in sein Walten, das liebten wir Solstetter. Da wurde uns alles übersichtlich an Gott und Welt.

Es war ein schöner Brand. Da Funkenflug in der Windstille nicht zu befürchten war, auch kein Übergreifen der Flammen auf andere Gebäude, ließ sich mit Besinnlichkeit zuschauen. Natürlich störte Knöhrer, der wichtig herumrannte und von den Ordnungskräften davon abgehalten wurde, sich an Brandbekämpfung und Bergungstätigkeit zu beteiligen. Man gönnte dem Bajaß keine Heldenrolle. So lief er nun von einem zum andern, von der Polizei zur Feuerwehr und wieder zurück, blies seinen Bierodem jedem ins Gesicht und schrie, man müsse nicht nur löschen, man müsse vor allem den Brandstifter fassen, keinen anderen als den Hanft, das alte Sozischwein. Sogar die Löschtrupps hielt er damit auf und die paar Hilfswilligen, die ohne Begeisterung, nur weil eben ein paar Hilfswillige zu jedem Brand gehörten, Möbel und Hausrat aus dem Erdgeschoß zu schleppen begannen, solange die Decke noch hielt. Kicherer, immer zur Stelle im Katastrophenfall, tat sich hervor, wurde aber seiner Beute nicht froh, als er sie im Gebüsch hinterm Haus näher in Augenschein nahm. Er war an zwei polierte Holzkästen gekommen, die kostbar ausgesehen hatten, aber nur Diapositive für den rassekundlichen Unterricht enthielten. Die schmiß er im Streuwurf in die Hecken. Eine ganze Serie germanischer Langschädel flog in den Nachbargarten, wurde dort eingesammelt von der Anwohnerin Eva Buschwind, nach Tagen noch fand sie Langschädel zwischen ihren Stachelbeerbüschen und wunderte sich.

Das Wundern hatte aber schon früher begonnen. An diesem Abend, nicht lange vor Mitternacht, hatte sie ihre Lichter gelöscht, einsam wie jeden Abend, seit Knöhrer ihr davon war. Hatte im Schlafzimmer die Verdunkelung hochgezogen, das Fenster weit geöffnet und, wie es ihre Gewohnheit war, einen Blick auf das dunkle Haus des Nachbarn geworfen, in das plötzlich Unruhe geriet. Ein Schimmer in der Gaupenfront des Walmdachs, ein sich hell abzeichnendes Fensterquadrat, das Eva Buschwind einen Augenblick lang an Kerzenschein hinterm Seidenpapierfenster eines riesig vergrößerten Adventskalenders denken ließ, dann waren schon Flammen draus geworden. Und während die Geigenlehrerin Buschwind dort hinüberstarrte und noch nicht begriffen hatte, daß wirklich Feuer ausgebrochen war, hörte sie, wie drüben die Souterraintür aufgeschoben wurde, jemand auf ganz gewisse Weise taumelnd im Hintergarten erschien, hinaufschaute zum Dach, wo jetzt schon in zwei Fenstern orangefarbene Feuervorhänge flatterten, dann weitertaumelte in der wohlbekannten, heillos durcheinandergeratenen Motorik zwischen Bewegung und Abbremsen, durch den buschigen Hohlweg zur hinteren Gartentür. Da stand oben schon die ganze Gaupenfront als Flammenborte in der Nacht.

Eva Buschwind verstand es nicht. Da brannte das Haus des Nachbarn, und wie verhielt man sich als Nachbarin, wenn man erstens mit diesem Nachbarn einst eine gewisse Gemeinsamkeit gehabt hatte, beispielsweise ein Vergnügen an Freikörperkultur im Frühtau, wenn zweitens dieser Nachbar solche Gemeinsamkeit kalt gekündigt hatte und wenn man drittens später hatte erfahren müssen, der Nachbar habe so herzlos gehandelt aus Angst, mißliebig zu werden bei seinen Parteispießern, habe sich dort noch dazu als Opfer von Verführung dargestellt, wenn man nun zudem den Gedanken nicht loswurde, er habe sein Haus selbst angezündet. Wie verhielt man sich da?

Die Engelwirtin stand, den Sommermantel übers Nachthemd geknöpft, in der Menge vor dem Haus und lächelte in die Flammen, die nun ein Spiel trieben mit dem Wasserdruck aus vier Strahlrohren, sich hinter Dampfschwaden verbargen, aber gerade dort wieder hervorstießen, wo man sie erstickt glaubte. Die Engelwirtin sah aber nirgends im Löschgeschehen ihren Mann, der doch Feuerwehrbereitschaft vorgeschützt hatte. Daher lächelte sie. Solange er noch Lügen für notwendig hielt, war ihr nicht bange, und mit dem

Hanft war es gut gewesen auf dem grünen Kanapee, nicht so schön wie früher auf den langwierigen Heimwegen von den Abenden der sozialistischen Arbeiterjugend, da war sie so jung gewesen und der Hanft zum Stolzsein auf ihn, davon war nicht mehr übriggeblieben als eine Erinnerung, aber es war nicht ausgemacht, ob das Schöne daran nicht erst in der Erinnerung entstand, und mittendrin fiel ihr ein, wie der Hanft vielleicht eine Spur zu ziellos in der Nacht verschwunden war, und sie dachte plötzlich, es könne nichts schaden, dem Hanft das halbe Stündchen auf dem Kanapee auf alle Fälle nachträglich auf zwei Stunden zu verlängern, falls sie befragt würde. Sie blickte hinüber zum Feuerwehrmeldewagen, in dem bei Alarm auch der Inspektor Grüneisen immer mitfuhr. Der stand dort in seinem hellen Mäntelchen, das seit Jahren schon aussah wie seit Jahren durchgewetzt, gegen den Kotflügel gelehnt, und schaute dem gestikulierenden Knöhrer zu.

Am äußeren Rand der Menge hatten Philipp und Bubu sich getrennt. Bubu hatte sich zwischen den Gaffern nach vorn gedrängt, um mehr von dem Brand zu sehen. Der aber hätte Philipp an jedem anderen Abend mehr interessiert als heute. Er hielt den Blick in der Tiefe der Treppensteige, die jenseits der Straße zwischen Obstgärten herunterführte vom Hang. Von dorther mußte Tante Traudich kommen, wenn sie die Frau oben auf der Bank gewesen war. Hinter Philipp stürzten Teile des Knöhrerschen Walmdachs herab ins Erdgeschoß, als vor ihm jemand herunterstieg im Zwielicht des Laubschattens, eine Frau von wohlbekannter Statur, den Geigenkasten unterm Arm. Sie schaute herüber, wachsam, ging dann, ungesehen von der Menge, dem alten Zollhaus zu. Eine Person, die fünf Jahre lang getarnt gewesen war als eine zu groß geratene, bei bestimmter Musik zur Sentimentalität neigende Schrulle, enttarnt nun zu einer Frau, die gerade aus dem Himmelreich kam. Wenn dies sein konnte, dachte Philipp, mußte es sich so verhalten im Leben, daß kein Mensch einen anderen kannte.

Als er sich später in sein Zimmer schlich, kam sie aus dem Bad, schon in Nachthemd und Morgenrock, stand vor ihm mit mildem Vorwurf, wo er sich denn wieder so lange herumgetrieben habe. Er spürte ihre Hand in seinem Haar, und in diesem Augenblick kam auch der Doktor heim, sicher vom Lamm-Hotel, so daß die ganze Familie, die keine ganze war, jetzt in dem mit grünem Rupfen ausgeschlagenen Flur versammelt stand, und auf einmal mußte jeder ganz dringend berichten vom Brand und wie er ihn erlebt hatte. Die Traudich glaubte sich überlegen, weil sie vom Hotel Lamm wußte, der Doktor aber nichts vom Himmelreich. Philipp jedoch hatte den Gesamtüberblick. Er ließ die Erwachsenen zurück bei so viel blindwütigem Harmlostun und verzog sich in sein Zimmer. Erst später fiel ihm ein, daß ihn die Frage, wer der Mann auf der Bank gewesen war, die ganze Zeit kaum beschäftigt hatte. Die Sensation der Nacht war das Geheimnis, in Tante Traudich eine Frau entdeckt zu haben.

Unkorrektheiten

Als Hanft das Fahrrad an die Barackenwand lehnte, kamen in lachhafter Gleichzeitigkeit die Sonne hinter dem Elsterberg und der Kriminalinspektor Grüneisen hinter der Schuppentür hervor.

»Herr Hanft, es tut mir leid.«

Hanft verstand aber nicht, ohne Zögern gab er Auskunft. Grade elf habe es geschlagen, da sei er aufgebrochen im Gasthaus »Zum Engel«, und seitdem sei ihm keine Menschenseele begegnet bis jetzt eben der Herr Grüneisen. Da war nun leider eine Stunde übrig, denn ein kräftiger Mann wie der Karl Hanft brauchte kaum länger als von Mitternacht bis Sonnenaufgang, um auf dem Fahrrad von Solstett bis heraus ins Ostarbeiterlager am Rand des Flugplatzes zu kommen. Und die Stunde zwischen elf und zwölf? Der Hanft sah eine Spur verlegen den Inspektor an. »Es war warm, und der Mond ... ich hab' mir Zeit gelassen ... ich bin gern allein draußen in der Nacht.«

»Oh, Herr Hanft ...«

Es war so ein Augenblick, in dem Grüneisen an seinem Schreibtisch die Handgelenke über seiner Schreibunterlage gehoben und sie schwer wieder fallen gelassen hätte. Jetzt, ohne Schreibtisch, vor der Baracke, wußte er keine passende Bewegung, steckte also die Hände in die Tasche und lächelte trübe. Er fröstelte, war nicht im Bett gewesen, hatte nach der Rückkehr vom Brandort keine halbe Stunde in seinem Bürosessel gedöst, da war schon die Heilbronner Dienststelle in der Leitung gewesen. Knöhrer hatte schnell gearbeitet. Nun wollten sie den Hanft. Würden ihn auch kriegen. Wenn sie einen wollten, genügte es, daß ihr Spitzel Knöhrer auf einen Mann als Brandstifter zeigte, und der hatte kein Alibi.

»Ich muß Sie vorläufig festnehmen, Herr Hanft.«

»War es denn Brandstiftung?«

»Das steht noch nicht genau fest. Aber die Sache ist die, daß der Verdacht eben näher als sonst liegt, wenn dem Knöhrer sein Haus brennt.«

»Wenn ich's gewesen wär', ich hätt' dafür gesorgt, daß mich jemand ganz woanders gesehen hat und es auch sagt.«

»Und da gibt's also niemand?«

»Weil ich's nicht war. Drum gibt's niemand.«

Es war einleuchtend. Und es war zum Davonlaufen. Der Kerl war zu anständig. Hätte er jetzt gesagt, es sei vielleicht auch schon zwölf gewesen im Wirtshaus und hätte die gutmütige Engelwirtin das dann bestätigt – sie hätte gute Nerven gebraucht bei der Gestapo – immerhin, es hätte eine Chance für ihn sein können, aber der Kerl hatte es vorbedacht und entschieden, es sollte wegen ihm niemand zu tun kriegen mit denen. Der Inspektor nickte traurig. Die gelbe Gesichtshaut war farblos, von den Nasenflügeln liefen die beiden Falten wie Schluchten herunter in die Mundwinkel.

»Vor drei Jahren, Hanft, wie der Knöhrer da ums Verrecken von Ihnen hat überfallen sein wollen, obwohl er vielleicht bloß gegen einen Briefkasten gerannt ist – ich hab' meine Not gehabt, das drunten zu halten. Hab' mir aber gedacht damals, noch was von der Art, und es ist aus mit dem Hanft. Und jetzt, ein Haus brennt ab, und der Hanft treibt sich rum in der

Nacht, und keiner hat ihn gesehen, und er hätte Grund genug gehabt – Herrgott, Hanft, ich muß Sie mitnehmen. Die haben sich schon eingeschaltet. Die wollen mit Ihnen reden.«

»Reden? Wissen Sie, wie die mit einem reden?«

»Ich weiß, Hanft. Wenn Sie eine Zahnbürste oder so holen wollen ...«

»Bringen Sie mich nach Heilbronn?«

»Nach Solstett in Polizeiarrest. Ich nehme an, die holen Sie dann da ab.«

Hanft lachte. Man hätte denken können, in der Morgenstille sei ein Scherzwort ausgetauscht worden beim Aufbruch zu einer Landpartie.

»Dann brauch' ich keine Zahnbürste. Die haben ihre eigene Art, einem die Zähne zu putzen.«

»Was ist das bloß, Hanft? Jetzt können die Sie nicht schnell genug in die Finger kriegen – warum haben die Sie dann überhaupt entlassen damals? Die können schließlich jeden behalten, solange sie wollen.«

»Schlamperei. Es ist viel Schlamperei dabei.«

Grüneisen nickte. Der Führerstaat war von Anfang an ein Schlampladen gewesen. Gelegentlich war aus Sofaecken bei geschlossenen Fenstern in der Verwandtschaft zu hören, es sei gewiß nicht alles recht, was geschehe, aber Ordnung herrsche doch wenigstens, seit die dran seien. Nur lachen konnte Grüneisen da. Die neuen Herren leisteten sich ein schreckliches Ineinander und Nebeneinander von Zuständigkeiten und Befugnissen. Wollte die Partei so, wollte die SS anders, die Wehrmacht aber anders als beide, und die Regierungsbehörden von Fall zu Fall. Die Macht war für sie ein Raufspiel. Jeder schnappte zu, wo er ein Ende zu fassen bekam. Manchmal vergaß einer zu schnappen, und die anderen hatten gerade das Maul zu voll, so konnten für Augenblicke Lücken entstehen in ihrem Stacheldrahtsystem, und es mochte durch so ein Mausloch der Hanft hinausgekommen sein vor drei Jahren, fristgerecht entlassen, weil eine andere Instanz vergessen hatte, die Hand auf ihn zu legen. So viel Glück würde ihm ein zweites Mal nicht blühen. Einem Inspektor Grüneisen war es ein Greuel so oder so. Wenn Überleben Glückssache war, wie war Staat zu machen mit diesen Herren? Er wollte sich kein Urteil beigemessen haben über Politik und höhere Wahrheiten, Volk und Lebensraum betreffend, er war Beamter und hätte als solcher erwarten dürfen, daß, wenn dem Lande schon eine Diktatur auferlegt sei, es doch wenigstens eine ordentliche sein würde. Wie sonst war für einen Beamten der berufliche Alltag zu leisten, jetzt zum Beispiel, vor dem Bretterzaun, hinter dem sich nun die Polen mit Kaffeekessel und Kochgeschirren regten.

Hanft sah auf seine Stahlarmbanduhr, dann zum Zaun, wo sich ein paar Männer versammelten und schweigend herüberblickten. Er rief etwas auf polnisch. Sie nickten, magere, alterslose Männer in abgetragenem Zivil, darauf das O für Ostarbeiter im blauen Stoffquadrat. Noch wärmte die Frühsonne kaum, Grüneisen fror. Er wäre gern Schreiner gewesen oder Bäcker, tätig in einem übersichtlichen Beruf. Ein Tisch war ein Tisch, ein Brotlaib ein Brotlaib, und wenn es kriegsbedingt ein schlechteres Holz, ein wäßrigerer Teig war, so war das zu belegen. Der Inspektor seufzte und pfiff zur Straße hin auf zwei Fingern. Der alte, bei

Kriegsbeginn reaktivierte Horch leierte, mit Revierwachtmeister Mehl am Steuer, hinter einem Schuppen hervor und fuhr heran. Fast höflich hielt der Inspektor die linke hintere Tür auf. Bevor Hanft einstieg, drehte er sich zum Lager um und winkte. Die Polen winkten zurück. Sie standen Kopf an Kopf in einem Keil hinter dem Gatter. Es sah feierlich aus. Ein Junge, den sie über den Zaun hoch hielten, rief: »Duzo szcecscia!« Und dann alle: »Duzo szcecscia, Karel!«

Der Inspektor übersetzte sich das als »viel Glück«. Er saß, Tuchärmel an Tuchärmel, im gleichen Rhythmus der jämmerlichen Federung schottelnd, neben Hanft und zog die Handschließe hervor, die er einen Augenblick auf den Knien hielt wie ein schüchterner Verehrer ein vielleicht unangebrachtes Geschenk, und Hanft hob ihm ruhig sein Handgelenk her, so daß es fast nicht mehr peinlich war. Im Rückfenster wurden die Polen kleiner.

»Sie müssen mich jetzt aber aufmerksam machen, daß Sie bei einem Fluchtversuch von der Schußwaffe Gebrauch machen.«

»Das muß ich, Hanft.«

»Und Sie auch, Herr Mehl?«

Mehl, dessen Nacken immer wundgescheuert war vom Uniformkragen, wandte sich um: »Ha ja, natürlich müßt' ich schießen.«

Da lachte Hanft so ausdrücklich, daß der Inspektor nicht mehr anders konnte als begreifen: Der meinte es ernst, wenn er lachte. Der hatte keine Lust darauf, das Überleben bei der SS noch einmal zu probieren, dem war viel eher gelegen an ein paar leidlich gezielten Schüssen aus den Dienstwaffen zweier Solstetter Polizeibeamten, und genau darum wollte er jetzt gebeten haben mit diesem Gelächter, und natürlich war das zuviel verlangt von einem immer noch dem Korrekten verpflichteten Inspektor Grüneisen, dem aber das Korrekte immer weniger auffindbar wurde, je länger der Horch, nunmehr auf glatterer Fahrbahn eine gewisse Rüstigkeit vortäuschend, in Richtung Solstetter Tal ratterte. Die Hochebene zog sich links und rechts am Wagen vorbei, ganz dunstfrei an diesem strahlenden Tag. Grüneisen fand sich weder durch Ausbildung noch durch Dienstpraxis vorbereitet auf eine Situation, die in keiner Richtung ein einwandfreies Verhalten erlaubte. Einem Mann, der lieber auf der Flucht erschossen, als ins Gestapogefängnis eingeliefert sein wollte, konnte doch von einem Beamten nicht geholfen werden, einerseits. Andrerseits: Einen Festgenommenen, gegen den, korrekt betrachtet, kein begründbarer Verdacht, allenfalls eine Vermutung sprach, Leuten auszuliefern, die das Wort Schutzhaft erfunden hatten für eingeschlagene Zähne und gebrochene Knochen – an solcher Überstellung Hanfts, vorbei an Staatsanwalt und Richter, müßte der Dienstweg sein, denn die Polizei unterstand seit sechs Jahren dem Reichsführer SS, und wenn dessen Leute die Notwendigkeit verspürten, einen Hanft sicherheitsdienstlich zu behandeln, so hatte der Kriminalinspektor ihn anzuliefern, das war klar. Und doch war nicht auszuschließen, daß irgendwann eine Zeit kommen würde, in der die alten Namen für die alten Tatbestände galten, und dann würde das, was ein Kriminalinspektor Grüneisen augenblicklich tat, Beihilfe zum Mord genannt werden.

Er fand, daß es heiß wurde im Wagen. Er fühlte sich durchnäßt wie nach einem plötzlichen Guß. Hanft schien nicht zu schwitzen, saß aufrecht, studierte mit Interesse Mehls Halbprofil, den Helm, der auf dem dicken Kopf immer irgendwie zirkushaft saß, und wenn der Inspektor sich selbst dazunahm, eine vergilbte Figur, eine kriegsbedingte Notbesetzung auf dem Posten der Kommissariatsleitung – es war eine klägliche Truppe, die da einen Mann eskortierte, dessen Leben mit jedem Meter Richtung Solstett weniger wert wurde. Dennoch schien Hanft dem Inspektor der Lebendigste von ihnen zu sein, der ließ sich durch die Gegend fahren an einem schönen Tag, ein ruhiger Anblick, der nicht beeinträchtigt wurde durch die schmale Metallspange um sein rechtes Handgelenk, das auf seinem Knie lag, von dem eine Kette hinüberlief in die Hand des Inspektors. Der hielt das Ende mit dem kleinen silbernen Querstab locker wie die Leine eines Hündchens und hörte nun, wie Mehl schläfrig sagte: »Herrgottzack!«

Dann bremste der Wagen mit einem Ruck ab. Schmutzigbraune Wollbuckel drängten weg von den Wagenrändern. Die nörgelnden Stimmen der Schafe, das Klagen der Lämmer, eine schwerfällige Panik niedriger Leiber. Ein kleiner Hund fuhr hinein, knuffte eine Schneise zurecht, irgendwo pfiff der Schäfer. Grüneisen sah weiter oben am Hang zwischen Büschen Schlapphut und Schippe wandern, die Herde zog sich unübersichtlich zwischen Wacholderhecken die Althausener Heide herab über die Landstraße. Da ergab sich ein Blick zwischen Hanft und Grüneisen. Wer von beiden ihn angestiftet hatte, war nicht zu entscheiden, aber eindeutig war, daß der Inspektor die Finger um die Knebelkette lockerte, so daß Hanft nicht einmal zerren mußte, um den Arm wegzuziehen und mit der anderen Hand die Tür zu öffnen. Mehl schimpfte durch sein Fenster hinaus mit den Schafen. Später war es Grüneisen in der Erinnerung, als ob Hanft beim Aussteigen sogar »Servus« gesagt hätte. Sicher war er, daß er zum ersten Mal »Halt!« geschrien hatte, als Hanft schon ein Stück in der Herde drin war und zwischen hochgeworfenen Tierköpfen verschwand.

»Halt! Stehenbleiben oder ich schieße!« schrie der Inspektor wieder, und da gelang ihm eine gewisse Dramatik. Er fand tatsächlich die nie außer zu den pflichtmäßigen Übungen gebrauchte Walther PP 7,6 mm in seiner Rocktasche, brachte sie heraus, hielt sie aus dem Wagenfenster, sah gleichzeitig, wie Mehl schon ausstieg und an seiner Pistolentasche herumriß, während Hanft zwischen bäumenden Leibern wieder auftauchte im entfernteren Getümmel. Dann sah man ihn, der Herde entronnen, wie er sich ohne besondere Hast den Wiesenhang hinaufbewegte und keinen Versuch machte, die Deckung des Heckenzauns zu erreichen, der sich ganz in seiner Nähe dort hinaufzog. Der wollte ihnen das Zielen erleichtern und machte sich kein Gewissen daraus, den Inspektor in eine Lage zu bringen, in der er nun schießen mußte, aber noch nicht entschieden hatte, ob gezielt oder nur in die Gegend. Wenigstens spürte er nun eine Art freundschaftlicher Wut gegen den Kerl. Er sah Hanft jetzt so weit oben am Hang, daß auch ein gezielter Schuß ihn eher zufällig treffen würde. Grüneisen streckte den Arm ungefähr in die Richtung der Schlehenhecke und drückte ab, worauf dort wirklich Geäst wegfetzte. Hanft blieb stehen, schaute mißvergnügt hin, wie es auf die Entfernung schien. Dann warf er die Arme weit von sich, stürzte, rollte ein paar Meter hangabwärts und blieb liegen. Worauf Mehl sagte: »Herrgottzack! Ich glaub' fast, das war ich.«

Hanft lag merkwürdig geordnet da, die Arme dicht am Körper, die geschlossenen Beine angewinkelt. Als Grüneisen ihn auf den Rücken drehte, hatten seine hellen Augen den gewohnten Ausdruck von Verdrossenheit. »Nixkönner«, flüsterte er, »alle zwei ... Nixkönner.«

Mehl sprach kein Wort, bis sie Hanft im Kreiskrankenhaus hatten. In dem kühlen Flur vor den Flügeltüren, hinter denen Dr. Abel den Schwerverletzten operierte, fand Mehl wieder die ersten Worte. »Ich versteh's nicht, Frieder, ich schiess' doch bei jeder Übung bloß Fahrkarten.«

Der Inspektor stieß ihn von der Seite an wie aus Versehen. »Das ist saudumm zugegangen, Willi. Ich hab' ihn nicht halten wollen, und du hast ihn nicht treffen wollen, und trotzdem liegt er jetzt da drin auf Leben und Tod.«

»Ich hoff' bloß, er kommt davon.«

»Das hofft er nicht.«

»Meinst du, er war's – ich mein', mit dem Feuer?«

»Glaub' nicht.«

»Aber warum rennt er dann weg?«

»Das sind eben so Fragen, Willi.«

»Wenn einer wegrennt, Frieder, das ist doch, wie wenn er's zugibt.«

»Ja, so war's mal, Willi, aber heutzutag'... Es kann sein, es rennt einer bloß weg, weil er von manche Leut' gar nicht gefragt sein will, ob er's war oder nicht.«

Mehl schaute auf den grüngesprenkelten Linoleumboden. Der ganze Mann, eine Birne von Kopf und Körper, versank in tiefes Grübeln. Wenn Willi Mehl dachte, das fiel auf. Seine Körpermasse, vor sechs Jahren immerhin noch geadelt durch den dritten Platz bei den Ringwettkämpfen der Kreispolizeien Südwest, schien sich dann zusammenzuziehen, es war, als würde Mehls Figur durch Nachdenken kurzfristig übersichtlicher. Zu welchem Resultat er kam, blieb verborgen, doch faßte Mehl es jedenfalls in ein Wort zusammen: »Herrgottzack.«

Abel operierte fast zwei Stunden. Als er in sein Ordinationszimmer kam, erhob sich höflich ein Sturmbannführer Hein aus Heilbronn, blasses Gesicht, grauer Gabardineanzug, farblose Krawatte. Den interessierte hartnäckig der frühestmögliche Zeitpunkt von Hanfts Transportfähigkeit. Dr. Abel war überfragt. Teilresektion der rechten Niere, hoher Blutverlust.

»Wann haben wir ihn?«

»Sie meinen, in einer Haftzelle?«

»Im Krankenbau des Gestapogefängnisses natürlich. Wofür halten Sie uns, Herr Doktor?«

»Ob er hier im Krankenhaus liegt oder in Heilbronn, ist das so wichtig?«

»Das ist eine Gegenfrage. Eine Antwort wäre mir lieber.«

»Wenn Sie wissen wollen, wann man ihn in ein anderes Krankenhaus überführen kann, sage ich, frühestens in drei Wochen, falls keine Komplikationen auftreten. Wenn Sie wissen wollen, wann der Mann haftfähig ist...«

»Das werden nicht Sie entscheiden. Wir haben auch Ärzte, Herr Doktor.«

Abel sah den hohen Grauen über den Hof zu einem Mercedes stelzen. Er stieg vorn ein, und gleichzeitig faltete sich aus der hinteren Tür ein anderer Grauer heraus, der kaum kleiner war. Der strich nun in den nächsten Wochen im Krankenhaus herum, war ein stiller Schatten in Korridoren, Teeküchen, Stationszimmern, war selten im Weg, nur immer da mit unbeirrbarem Lächeln, wie wütend sich ihm der mächtige Busen von Oberschwester Mathilde auch entgegenstellte. Man hatte die Gestapo im Hause, das half nun nichts. Die Gestapo ließ aber auch eine menschliche Seite erkennen, indem sie kleinen Lernschwestern auf den Hintern sah und ausdauernd Kriminalromane las. In zivileren Zeiten hätte der Mann leicht Oberkellner sein können mit seiner Gabe, allgegenwärtig, aber im Hintergrund zu sein. Abel vergaß ihn irgendwann. Er hatte die überbelegte Station, er hatte auch die kommissarische Leitung des ganzen Hauses, seit Riebsam, Weltkriegshauptmann, im Felde stand. Bei Reserveoffizieren der unteren und mittleren Ränge hoben sie jetzt rücksichtslos die UK-Stellungen auf. Frontoffiziere fielen ihnen seit dem ersten Rußlandwinter massenhaft aus. Den Weltkriegsgemeinen Abel wollten sie nicht so dringend, der war ihnen lieber als Ackergaul, der täglich bis zur Erschöpfung in Lazarett und Zivilkrankenhaus rackerte.

Nach einer Woche war Hanft soweit, daß er den

Doktor erstmals beschimpfen konnte. Er war von der Intensivstation in ein Einzelzimmer verlegt worden und lag, gewissermaßen unter Protest mit dem Leben davongekommen, in einem mit komplizierten Apparaturen versehenen Bett. Es ging grimmig her zwischen Abel und Hanft, wenn auch leise, weil jetzt die Gestapo ihre Kriminalromane auf einem Stuhl vor der Zimmertür las.

»Macht's Ihnen Spaß, einen Mann gesund zu machen, damit die anderen ihn wieder kaputtmachen?«

»Hätte ich Sie ins Grab operieren sollen?«

»Es wär' der kürzere Weg gewesen für mich.«

»Aber für die Art kürzeren Weg bin ich nicht zuständig, Hanft.«

»Nein nein, Sie machen nix Krummes. Sie sind dem Staat ein loyaler Bürger.«

»Das weiß ich nicht. Ich hoffe, ich bin ein anständiger Arzt.«

»Anständig! Daran haben Sie ein schönes Dächle zum Unterstehen. Das klingt so nett und bescheiden, nur Pflichterfüllung, gut bürgerlich. Machen Sie sich nix vor. Sie funktionieren für die. Sie flicken denen die Verwundeten wieder zusammen für die Front. Sie flikken mich wieder zusammen für die Schläger. Sie machen mit und haben ein Gewissen dabei so weiß wie Ihr Kittel. So seid ihr alle.«

»Ihr?«

»Ja, ihr Bürger. Immer korrekt, bis der Karren im Dreck ist. Die feigste Klasse, die je geherrscht hat.«

»Haben Sie den Eindruck, die Bürgerlichen herrschen?«

»Wer denn sonst, Weißkittel? Ihr seid zwar nicht

oben dran, aber ihr seid immer bei denen, die oben sind. Anständige Ärzte, Juristen, Lehrer. Und wenn die oben weg sind, seid ihr immer noch da, bei den nächsten, die oben sind. Also: In Wirklichkeit herrscht ihr.«

Ein langer Sommer. Immer noch Vormarschwetter, zuverlässig klarer Himmel mit Wolken gegen Abend und in der Nacht schon wieder Sterne. An der Wolga gab ein General Paulus seiner sechsten Armee den Befehl zum Angriff auf eine Stadt, die hieß Stalingrad. In den Solstetter Gärten glühten die Johannisbeeren. Hanfts Fieberkurve über dem Bett ging in die Höhe und wollte nicht mehr herunter. So konnte ihn der Doktor Abel nicht für transportfähig erklären. Wenn der Mann eine Sepsis bekäme, wäre er hin. Sturmbannführer Hein, der nun jeden zweiten Tag anrief. Es wurde allmählich schwieriger für Oberschwester Mathilde, den nicht eingeweihten Schwestern zu erklären, warum der Patient Hanft immer noch ein Einzelzimmer hatte. Warum sie es sich nicht nehmen ließ, zweimal täglich persönlich dort hineinzuwalzen, um das Fieber abzulesen. In einem größeren Krankenhausbetrieb, in dem ein kommissarischer Chefarzt Abel keinen so uneingeschränkten Respekt genossen hätte, seine Platzregentin Mathilde keine so gefürchtete Autorität gewesen wäre, keine acht Tage hätte man einen Patienten hinter einer gefälschten Fieberkurve verstecken können vor der Staatsmacht. Es konnte auch so nicht mehr lange gehen. Der Graue auf den Korridoren würde es merken, oder Hein würde einen SS-Arzt schicken. Wie es aber anders gehen sollte, wußte auch Abel nicht.

Grüneisen tauchte in einer Abenddämmerung aus Gewitterschleiern auf, als Abel eben den Bau verließ. Der Inspektor kam mit wehendem Mäntelchen und hochgestelltem Kragen daher wie ein älterer Detektiv in älteren englischen Romanen. Die Männer standen hinter dem Wasservorhang einer Dachtraufe neben dem Personaleingang. Man konnte ihre Stimmen keinen Meter weit hören. Daran dachte Abel in späteren Zeiten gern zurück, an den kleinen Mann, dem das Wasser von der Hutkrempe über den dünnen Mantelstoff lief, an die Heimlichkeit in seiner Stimme, das Rauschen, das Gefühl von verschwiegener Gemeinschaft, die Konspiration derer, die guten Willens waren, die Hoffnung. Wir sind Kinder, dachte Dr. Abel dann: immer im dunklen Flur der schwache Glanz durch den Türspalt des Weihnachtszimmers. Immer die Gewißheit, dort drinnen wäre die Welt ein für allemal in Ordnung. Ohne Erwartung künftiger Bescherungen ist uns nicht wohl.

Der Inspektor hielt leidlich verdeckt, was er wollte, betonte, amtlicherseits sei ihm der Fall entzogen, doch seien ihm Recherchen nicht ausdrücklich verboten. Ob er freilich damit etwas bewirken könne, sei eine andere Frage, jedenfalls: So eindeutig, wie der Hanft einer gewissen Dienststelle in Heilbronn als Brandstifter gelte, sei er es vielleicht doch nicht, es gebe da Vermutungen in anderer Richtung. Viel machen könne er zwar nicht, dürfe niemanden vorladen, müsse warten, bis der eine oder andere zu ihm komme, es brauche seine Zeit, und die Zeit, die sei ja nun in diesem Fall ein eigenes Problem, welche Fortschritte denn Hanfts Genesung mache. Da mußte der Doktor sich vorsichtig optimistisch äußern, allerdings, die Temperatur, die sich nicht normalisiere, im Zickzack gehe, was immer auf eine drohende Sepsis hinweisen könne, und dann gute Nacht bei der verzweifelten Versorgungslage mit Medikamenten, ein Organismus brauche eben auch seine Zeit, und Zeitgewinn war es, worauf beide Herren sich einigen konnten. Über ihnen aus der Regentraufe fiel die Gardine aus Wasser und Nacht jetzt dichter herab. Sie blickten in die lichterlose Stadt, Verschwörer, die einander nicht weit trauten. Der Arzt sagte nichts von einer gewissen Fieberkurve, der Inspektor sagte nichts von einer gewissen weiblichen Person, die in der Brandnacht vom Nebenhaus aus gewisse Beobachtungen gemacht hatte, mit welchen sie allein nicht fertig geworden war. Und der Inspektor wiederum ahnte nicht, daß diese weibliche Person, obwohl eher heidnisch-germanisch gesinnt und längst aus der Kirche ausgetreten, zuvor mit ihrem Gewissen zu einem evangelischen Pfarrer geflattert war, zu demselben, der seit einer Novembernacht 1938 sein kleines Eisernes Kreuz nicht mehr trug. Der hatte ihr klargemacht, daß ein Gewissen vom Handeln leichter würde als vom Reden und sie sich dem Kriminalinspektor Grüneisen anvertrauen solle.

Hanft lag in seinem Bett, schon wieder den alten Trotz in den Augen, wenn die Oberschwester an der Fieberkurve malte und abends der Doktor hereinschaute.

»Ich hab' Glück«, sagte er, »ich hab' einen Doktor, der hat ein Bedürfnis. Der möchte, wenn's irgendwann mal andersrum geht, auch einen haben, den er gerettet hat.«

»Sie haben Glück. Das ist wahr. Und Sie haben ein Schandmaul, das ist auch wahr.«

»Ach was. Hören Sie nicht auf mein Geschwätz. Ich bin giftig geworden da, wo ich war und wo ich wohl auch wieder hinkomm', denn das mit der Fieberkurve klappt ja nicht ewig.«

»Ihr Heilbronner Freund wird ungeduldig. Irgendwas muß mir einfallen. Kann sein, wir müssen eine echte Komplikation inszenieren.«

»Wenn das rauskommt, sind Sie dran. Wieso riskieren Sie das?«

Abel wußte es nicht. Er versuchte sich zu prüfen. Er kam auf den Verdacht, es sei nicht ausschließlich aus dem Bedürfnis, einem Verfolgten aus Bedrängnis zu helfen. Es hatte eher mit seinem eigenen Leben zu tun, mit seinen Versäumnissen. Was hatte er getan in den Jahren, als der Schriftsetzer Hanft sich mit der SA geschlagen hatte und ins Lager gegangen war? Der Luxus einer exquisiten beruflichen Ausbildung, der Luxus einer selbstquälerisch gescheiterten Ehe, die Flucht auf Schiffsreisen, auf denen er den Smoking häufiger getragen hatte als den Arztkittel. Der Hanft hatte nicht so unrecht mit seiner Verachtung der bürgerlichen Klasse. Wenn sie nicht die feigste gewesen war, so war sie politisch doch die bequemste gewesen. Die Aufgaben der Zeit nicht begriffen, zu absorbiert von sich selbst, von den eigenen kostbaren Tragödien und Euphorien. Und auch jetzt noch die Eitelkeit, einen Sozi zu retten, um sich nicht später sagen zu müssen: unnütz bist du gewesen, leichte Spreu.

Darüber lag er mit sich in einem Hader, der ihn manchmal kindisch machte. Höflichen Umgang in

Krankenhaussachen mit den kleinen PGs der Stadtverwaltung kreidete er sich an als Paktieren. Einen Schwarm sanftmütiger BDM-Maiden, die in einem Saal mit Schwerverwundeten Wiegenlieder singen wollten, scheuchte er aus dem Krankenhaus. Im Kino, eines der Melodramen Kristina Söderbaums hatte sich gerade erfüllt, plauderte die Langobardin ihm zu freundlich mit der Frauenschaftsleiterin, die hinter ihr gesessen hatte, so daß er wütend hinausdrängte und auf dem Heimweg kein Wort mit ihr sprach. In der Nacht lagen beide wach und stellten sich schlafend. Irgendwann fing er an, über sich zu sprechen, zum ersten Mal in so bitterer Verachtung. Sie wußte alles, hörte ihm aber geduldig zu. Einmal schien ihm, daß sie lächelte dicht über seinem Gesicht. Sie verstehe, daß er sich schlechtmache, das Schlimmere sei aber nach ihrem Verständnis, daß es nur noch Leute gäbe, die zu gut von sich dächten. Sie sei nicht besonders weit herumgekommen, halte sich aber dem Herzen nach für eine Frau von Welt, und ihr sei er gut genug. Da wurde er ruhig und schlief ein.

Abseits vom Dienstweg

In diesem Sommer fiel dem Möbel-Kurz ein Sohn im Kaukasus, Glasbau-Mall junior wurde vermißt gemeldet im jugoslawischen Partisanengebiet, der jüngste Sohn des Stadtpflegers Sautter soff mit einem U-Boot ab auf erster Feindfahrt im Atlantik. Es war ein Beerenjahr im Solstetter Land, Rekordernten in Himbeeren, Johannisbeeren, Stachelbeeren. Es gab Hausfrauen, die reichten mit dem damals Eingemachten vom deutschen Vormarsch in den Wolgabogen bis zum russischen Einmarsch in Ostpreußen, zeitlich gesehen. Was die besseren Damen in Solstett betraf, hatten auch die ihre Sorgen. Zum Beispiel ging es abwärts mit dem Salon Stüber, seit der Friseurmeister nicht mehr sein Handwerk ausübte, sondern bei der Küstenartillerie von Brest das Atlantikufer bewachte. Seine Frau Erika, eine gebürtige Kölnerin natürlich, unterhielt mittlerweile ein Lotterverhältnis mit einem italienischen Maler, der als technischer Zeichner kriegsdienstverpflichtet war in der Maschinenfabrik. Da wurde sie nicht mehr fertig mit einer jungen Gans von Friseuse, die nur die Luftwaffe im Kopf hatte, und einem verträumten Lehrbuben, der unglücklich in sie verliebt war. Im Ergebnis fühlten sich Solstetter Damen in wachsender Zahl nicht mehr mit erwarteter Wirkung behandelt am Kopf und rechneten Benachteiligungen an Leben und Liebe fortan dem Niedergang des Salons Stüber zu.

Es war die Witwe Vollmer, die beim Einkauf einer schwarzgeschlachteten Sau in Großsensenbach einen alten Landfriseur auftat, der hieß Dietrich Riemenschneider und hatte ein unentdecktes Genie mit Dauerwellen. Der konnte auch, je beliebter er bei den Solstetterinnen wurde, desto lückenloser seinen Verwandtschaftszusammenhang mit dem großen Würzburger Bildkünstler vorweisen. Zu Riemenschneider ging nun, wer weiblicherseits in Solstett etwas hielt auf seine Frisur. Es fuhr aber der Postbus nach Großsensenbach nur frühmorgens hinaus und am Spätnachmittag wieder zurück, und weil der Alte in seiner staubigen Friseurstube keine Ordnung mit den Terminen hielt, kam es gelegentlich zu Gruppenwallfahrten. Wenn dies der Fall war, tat sich die Vollmersche hervor, die als Entdeckerin des Künstlers eine Autorität in der Riemenschneiderbewegung hatte, und ließ die Damen Nummern ziehen. Die Wartezeit in schöner Einödlandschaft nutzte man, um sein Glück auf den Höfen zu versuchen für Eier und Geflügel. Die Bauern im Solstetter Land nahmen zu jener Zeit noch Geld.

In solchen Zusammenhängen zwischen Frauenschönheit und Ernährungslage fanden sich auch Vater und Sohn Abel, indem es unverhofft eine Ente zum Essen gab und zum Anschauen eine Salondame, die entfernte Ähnlichkeit mit Tante Traudich hatte. Die Dame trug das Haar wie Zarah Leander in »Die große Liebe«, jedenfalls von vorne gesehen, über der Stirn eine kühn und doch wundervoll geordnet anrollende Woge kurz vor dem Überkippen, seitlich der Ohren war dies Überkippen schon geschehen, da rollten sich zwei senkrecht stehende Wellen nach innen, von hinten gesehen lief die Frisur in den geschwungenen Rand eines Feuerwehrhelms aus, der sich aber ganz zum Schluß nacken- und schulterwärts einbog, dies alles in rötlicher Tönung. Der Doktor war ganz ratlos vor Höflichkeit und Bewunderung, nagte sorgfältig an einem Entenbein und fragte seinen Sohn mit Blikken, ob er denn wisse, was los sei. Der wußte das und lächelte – dies also, unter anderem, war nun Liebe.

Eine Frau, die bisher nie sonderlich Sorgfalt an ihre Haartracht gewendet, die all die Jahre eine notdürftig geordnete, drahtige Wirrnis auf dem Kopf getragen hatte, fuhr jetzt also früh um acht aufs Land, wanderte in der Hitze zwischen den Höfen umher, um den Aufwand eines Tagesausflugs durch Aufbesserung des Speisezettels zu rechtfertigen, saß dann vermutlich unter Kuhfliegenschwärmen auf hartem Friseurstuhl, ließ etwas mit heißen Wicklern und was sonst noch für Apparaten machen am Kopf und fuhr dann mit sinkender Sonne im Postbus wieder zurück. Es mußte Liebe sein.

Im Familienbad lagen die Jungen lange Nachmittage. Die Muhr vergluckerte algengrün und stark riechend. Nur noch in tieferen Gumpen konnte man schwimmen. Philipp freute sich auf Ramsbach und den Mühlsee, der ein Ozean war im Vergleich zu dem stinkenden Fluß. Sie lasen nun umschichtig die drei Bände Winnetou und die zwei Surehands ohne Lust, denn eine illustrierte Sittengeschichte ging von Hand zu Hand, die Milli auf dem Vollmerschen Dachboden gefunden hatte. In der durfte reihum jeder immer eine Viertelstunde blättern. Flimmerten ihnen die Buchstaben zu arg, schauten sie eine Weile den Mädchen zu, die sich anders als in kreischenden Flatterschwärmen nicht bewegen konnten. Ein reizlos wirres Gekrakel von dünnen Schenkeln, spärlich behaarten Achseln, schlaffen Poritzenfalten in Kinderbadeanzügen. Häufig beschwor Bubu dann das Bild der großzügig linierten Amazone dort oben auf der Bank im Himmelreich. Langwierige Spekulationen, wer das bloß gewesen sei. Philipp verzichtete nicht auf ein hintergründiges Lächeln, verriet aber nie etwas. So streiften Bubu und Milli, denen jene Nachtvorstellung nicht aus dem Kopf ging, weiterhin als Jäger umher, suchten ein Planquadrat nach dem anderen ab bei Halbmond, Neumond und wieder Vollmond, fanden aber die Geisterreiterin nie mehr.

Die Hitze dauerte. An einem viel zu heißen Morgen walzte die Engelwirtin in Grüneisens Dienstzimmer und erzählte Wirres von Knöhrer. Es lief darauf hinaus, daß sie zwar nichts gesagt haben wollte, aber doch der Ansicht war, der Bajaß habe wahrhaftigen Gotts sein Haus selber angezündet. Der Inspektor, gähnend zwischen Karteikästen und vergilbten Topfpflanzen, ließ sie reden. Der Knöhrer, der wohne ja nun im SA-Heim seit dem Brand, wo ihm zwar das Bier nicht ausgehe, aber doch die Gesellschaft, denn viele seiner Kumpane seien ja nun eingerückt, und die Solstetter SA, die sei ja sowieso nur noch ein trauriger Verein, so daß der Knöhrer jetzt also häufig vom Schenkenburgberg herunterkomme in den »Engel« abends gegen zehn, sich weckenbreit hinhocke auf Hanfts Stammplatz und ihr die paar Gäste vertreibe mit seinem germanischen Geschwätz. Sodann lade er sie, die Engelwirtin, dringend ein zu Curaçao und Eierlikör aus ihrer eisernen Reserve, zahle auch Schwarzhandelspreise, meine es aber hinterlistig und lasse die Hände wandern. Haue sie ihm auf die Finger, bekomme er ein Gesicht zum Angstkriegen und drohe ihr als einer Sozinutte, mit der er schon noch fertig werde, so wie er auch mit dem Hanft fertig werden würde, der sei so gut wie ein toter Mann. Der Hanft, soviel sei ihr nun klar, spiele eine große Rolle in diesem schrecklichen Kopf. Es sei, als wolle er den auslöschen, als freue ihn das Leben nicht, solange der auf der Welt sei, auch wisse er, daß sie einmal eng mit dem Hanft gewesen sei, und darum wolle er ihr so fleißig unters Kleid.

Tiefer in der Nacht würden seine Reden dann fortschreitend lalliger, immer wieder fasle er auch von Bränden und reinigender Feuersbrunst. Dies gebe sie ihm, dem Grüneisen, persönlich kund, aber nicht zu Protokoll natürlich, denn zu ihm habe sie ein Vertrauen aus der früheren Zeit her, wo er sich anständig gezeigt und nicht nur die Roten, sondern auch die Braunen vorgeladen habe, wenn mal im Muhrfeld draußen ein Messer oder ein Schlagring unterwegs gewesen war, und ob denn aber doch die Hoffnung bestünde, daß der Hanft nicht büßen müsse für etwas, was vielleicht der Knöhrer ausgeübt habe.

Der Inspektor zeigte die Ausläufer eines Lächelns, das viel früher in ihm angefangen haben mußte, und hob nach seiner Gewohnheit die Hände über das grüne Fließpapier der Schreibunterlage. »Lieber Gott, Frau...«

Als die Engelwirtin ging, fand sie, daß er verloren aussah in seinem staubigen Dienstzimmer, ein achtbarer Mann inmitten vergilbter Kakteen.

Grüneisen erhob sich und ging zu dem Schrank, von dem die Politur weggeblichen war. Da hing sein Mäntelchen drin, oben im Fach lag der mittelgraue Haarhut, ein noch gutes Stück, an der Innenseite der Tür war der fleckige Spiegel von Nivea angenagelt, den ihm sein Vorgänger hinterlassen hatte. Grüneisen kam sich immer vor wie in einer Badekabine, wenn er hineinsah. Das Lippenbärtchen, farblos und akkurat geschnitten, warum trug er es, man sah es kaum, die gelbhäutige Stirnglatze, alles schon lange so, veraltet der ganze Mann, eigentlich schon nicht mehr da, begraben unter der Zeit.

Er hatte es nicht kommen sehen. Noch im Herbst 1930, nach dem Rechtsrutsch bei der Reichstagswahl, die hundertsieben Abgeordneten der NSDAP waren in Marschkolonne und Braunhemden in den Sitzungssaal eingezogen trotz Uniformverbots, da hatte Grüneisen noch gelacht. Lausbuben mit Freude an schlechten Manieren. Lausbuben, die eine Zeitlang Politik spielen wollten. Kinderkram. Die wirkliche Gefahr kam Grüneisen damals immer noch von Thälmanns Leuten, bis nicht einer von denen, sondern einer von den Lausbuben ihm erklärte, aus seiner Übernahme in die Kommissarlaufbahn würde nun nichts, er komme dafür nicht in Frage. Der SD führte ihn als tadellosen, aber beschränkten Beamten, politisch bedingt zuverlässig. Das also war seine Karriere gewesen. Keine Weinerlichkeit jetzt. Er fand, es habe sich keiner von seinesgleichen zu beklagen, da war nichts ungerecht. Politisch bedingt zuverlässig. Er nahm den Hut, ohne den er auch bei Hitze nicht aus dem Büro ging. Ein Inspektor ohne Hut, es war nicht einmal abseits vom Dienstweg möglich.

In der Gewerbeschule traf er Knöhrer nicht an. Der hatte sich krank gemeldet. »Wie er's häufig in der Mode hat«, sagte der Schulleiter nur. Grüneisen wanderte hinaus ins Muhrfeld, bog am »Engel« von der Straße ab hangwärts in den Fahrweg, der zwischen Häuslerbauten in die Schlucht führte, an deren Ende das SA-Heim unterhalb der Burgruine lag. Vor dem flachen, schmucklosen Bau stand das Bierfuhrwerk vom Hirschbräu, fast ein Anblick aus Friedenszeiten, denn Flaschenbier war Mangelware, aber natürlich wurden Parteiorganisationen und Fliegerhorst nach

Kräften beliefert. Knöhrer hatte zwei Kästen in Empfang genommen, aus einem schon zwei Flaschen herausgezogen und sprach leutselig, aber in heimlicher Unruhe mit dem Kutscher. Der Stoff mußte ihm in der Frühe ausgegangen sein. So brauchte Grüneisen seinen Mann. Er hätte noch zugewartet, wäre nicht die Engelwirtin am Morgen zu ihm gekommen, aber nun war es gut so, der Mann war weiter, als er gedacht hatte.

Ein erschöpfter, durstiger Grüneisen, der sich gern ein Bier anbieten ließ. Seit das Dienstbenzin so scharf rationiert sei, müsse sogar die Polizei derlei Wege, wenn sie nicht eilig seien, zu Fuß machen, und eilig sei dies nicht, aber der Ordnung halber eben doch abzuleisten, eine Rückfrage nur.

Knöhrer hockte auf der Kante des kleinen Rednerpodiums, hinter ihm die Pultwand, darüber mit durchdringendem Blick, das Deutsche wachrufend im deutschen Volk, der Führer. Grüneisen saß gegenüber an einem der von eingeritzten Hakenkreuzen ganz rauhen Tische.

Dem Inspektor war es peinlich. Er habe im Durcheinander der Brandnacht doch manches Protokoll zu hastig aufgenommen, müsse dafür jetzt bei der Hitze herumwandern in der Stadt da und dort zwecks Ergänzung, Präzisierung, vielleicht auch Berichtigung mancher Aussagen, so zum Beispiel, ob er den Herrn Knöhrer denn richtig verstanden habe, daß der am frühen Abend sein Haus verlassen habe, zum SA-Heim gegangen und später dort vom Feueralarm überrascht worden sei. Knöhrer schwitzte heftiger, es strahlten aber auch die Holzwände die Hitze von draußen ab wie in einer Brutkammer. Knöhrer war da ganz sicher. Es war noch hell gewesen, als er die Villa verlassen hatte. Die Bierflasche, die Knöhrer am Drahtbügel des Schnappverschlusses am Mittelfinger aufgehängt hatte, schaukelte zwischen seinen Knien. Grüneisen konnte kaum mehr die Augen offen halten, das Bier zu so ungewohnter Stunde, und heutzutage, wo man fast nur noch Dünnbier bekam, doch ein anständiges Bier beziehe die SA, was ihr zu gönnen sei, und er, an Knöhrers Stelle, mit einem solch köstlichen Depot in der Nähe, könne da nicht für sich garantieren in gewissen Nächten, hin und her pilgern würde er als ein schwacher Mensch mit schwerem Kopf, und nicht auf seinen Eid könnte er es an Knöhrers Stelle nehmen, ob er nicht in jener Nacht im SA-Heim gewesen sei, zurück und wieder hin.

Knöhrer fuhr hoch mitsamt der Flasche, die er jetzt mit beiden Händen hielt, als wolle er sie pressen wie eine Tube. Unerhört, was man ihm da anhängen wolle. Mit Bestürzung schaute der Inspektor ihn an. Er versuche ja nur, sich in Herrn Knöhrers Interesse zu erklären, wie es sich verhalten haben könnte, daß er einerseits im SA-Heim gewesen sein wollte seit Anbruch der Dunkelheit, andererseits aber laut Zeugenaussage gesehen worden sei gegen Mitternacht, nicht lange vor Ausbruch des Feuers im Garten der Villa, vom Haus her kommend. Da hatte der Inspektor plötzlich den Bierdunst des schönen Ottokar dicht über sich. Unglaubliche Verdächtigungen eines verdienten Parteimitglieds und Amtsträgers ehrenhalber. Was denn da für seltsame Zeugen bemüht würden, ob denn in aller Stille ein Prozeß vorbereitet werde gegen ihn von einer verknöcherten Bürokratenjustiz, die längst keine Wurzeln mehr habe im Volkskörper?

Es hatte etwas Verlegenes, wie Grüneisen jetzt den Hut abnahm und damit das groß eingeschnitzte DEUTSCHLAND ERWACHE auf der Tischplatte abdeckte. Das machte Knöhrer nicht ruhiger, er brüllte weiter, worauf der Inspektor von einem Gähnen überwältigt wurde. Es war ein alter Trick von ihm. Wenn einer schrie und der andere gähnte, das vertrug sich nicht, und meistens litt das Geschrei mehr darunter als das Gähnen. Auch jetzt. Knöhrer hatte plötzlich keine Worte mehr, so gekränkt war er. Darin mochte sich die Wehleidigkeit des Suffs ankündigen. Und so sagte Grüneisen: »Ich glaub', ich hol' uns noch ein Bier.« Knöhrer nickte fast dankbar. »Wenn's aber doch der Hanft war«, sagte er, »drum hat er doch fliehen wollen. Es muß der Hanft gewesen sein.« Grüneisen sah ihn schweigend an, jetzt nicht mehr wie ein Mann, der sich jeden Augenblick vom Gähnen unterbrechen lassen würde.

»Der Hanft, wissen Sie, hat wahrscheinlich seine eigene Philosophie gehabt in der Sache. Der hat gewußt, wie leicht sich das sagt: Es muß der Hanft gewesen sein. Es gibt ja maßgebliche Leute, die auch sagen: Es muß der Hanft gewesen sein. Ich meinerseits sag': Es muß überhaupt niemand gewesen sein außer dem, der's war. Der wird's auch irgendwann sein, und man wird's irgendwann laut sagen dürfen. Das ist meine Philosophie. Die Sachen bleiben nicht, wie sie sind. Es kommt irgendwann alles raus. Immer.«

Damit ging er hinaus unters Vordach, wo der Bierkasten stand. Er hatte sich noch nicht gebückt, da war schon Knöhrer hinter ihm. »Ein Haus ist abgebrannt, ein ehemaliges Judenhaus, na und? Es brennt so viel heut, es muß noch viel mehr brennen, eure enge Bürgerwelt, die muß zusammenbrennen wie Zunder, wir bauen sie neu, verstehen Sie, da wo Platz ist, der Osten, verstehen Sie?«

Da hatte der tatsächlich wilde Verträumtheit in den Augen. Und Grüneisen begriff mit einemmal die ganze Mentalität, die immer Brände brauchte, weil sie keine Sprache besaß.

»Es mag schon sein, daß die Welt hier abbrennt. Es wird aber auch was übrigbleiben. Es bleibt immer was übrig. Ein paar Leute und ein Gedächtnis, das brennt nicht.«

Knöhrer fuhr zurück, bückte sich über den Bierkasten, aus dem er zwei Flaschen riß. Die hielten ihn links und rechts schwingend in Gang über den Kies hinüber zum Gartentisch unter den Kastanien. Grüneisen stand einen Augenblick ohne Regung, schaute ihm nach wie durch ein Zielfernrohr, da machte er sich nichts vor, es ging nur noch ums Zielen und Treffen. Er hatte diesen Jagdzug angefangen und bis hierher geführt um einer Art Gerechtigkeit willen, und fand sich nun in diesem Augenblick einzig als Jäger, der seinen Abschuß haben wollte. Machst du einen zum Wild, dachte der Inspektor, du magst es angefangen haben aus lauteren Gründen, du schießt am Schluß doch nur, weil du treffen willst. Jetzt ging er hinüber zu seinem Mann.

Das war nun eine ganz friedliche Szene. Zwei Männer beim Bier an einem rostigen, wackelnden Gartentisch an einem heißen Vormittag. Knöhrer mußte jetzt nicht mehr zittern. Es lag an seiner dritten Flasche. Es lag auch an Grüneisen, der seiner Schläfrigkeit die Heimtücke entzogen hatte. Er sprach so bedächtig, wie er das Bier trank, beschauliche Gedanken, die sich einer so machte in sommerlicher Luft und im Kastanienschatten: Es war ja der Mensch im Grundsatz ein Wesen mit unruhigem Herzen, in solchen Vollmondnächten zumal, in der eine ganz ungesunde, fast tropische Wärme herrschte, so daß auch in einem Mann, der sonst seine Sinne beisammen hatte, so eine dunkle Unrast entstehen konnte, man wanderte auf und ab, trank wohl in unübersichtlicher Weise, wie auch die Gedanken unübersichtlicher wurden, man fand sich plötzlich wo ein, wo man eigentlich nicht hingewollt hatte, und doch war man da, zum Beispiel in diesem Haus, in dem man es früher am Abend doch nicht mehr ausgehalten hatte, und nun war dies ja ein altes Haus, diese ehemalige Judenvilla, die schon in Friedenszeiten immer wieder lange leer gestanden hatte wegen ausgedehnter Reisetätigkeit des Besitzers, das tat einem Haus nicht gut, das schadhafte Dach, im Krieg nicht repariert, das alte Holz und freigescheuerte Leitungsstücke da und dort im zerbröckelnden Putz, so etwas brannte doch früher oder später ganz von selbst, es genügte ein bißchen verschüttetes Benzin – wer sprach gleich von Kanistern? –, es konnte Putzbenzin gewesen sein oder gar nur Fleckenwasser, und dann reichte ein Funke, vielleicht von einem ausgeleierten Lichtschalter, vielleicht von einem glimmenden Streichholz, und plötzlich Flammen, Rauch, unfaßbar schnell ein nicht mehr zähmbares Feuer, für sich genommen ein schönes Bild, wie man es vielleicht schon lange gesehen hatte in seiner geheimsten Phantasie, jetzt aber doch erschreckend als Wirklichkeit, so daß man davongerannt war, durch die Souterraintür in den hinteren Garten und den Muhrfelder Weg zwischen den Weiden, nur weg, voller Verwirrung, und hatte sich erst beruhigen müssen, und später war es dann leichter zu sagen, man sei gar nicht dagewesen, denn irgendwie fühlte man sich ja doch schuldig wie ein Kind, das gezündelt hatte ohne böse Absicht, es war fast, als sei man wirklich nicht dabeigewesen, und wenn also ein Feuer gemacht worden war, so mußte das ein anderer getan haben, zum Beispiel ein Mann, der einen schon lange seltsam ansah auf der Straße, zum Beispiel Hanft.

So ähnlich sprach der Inspektor im Laubschatten, und Knöhrer hörte zu, nickte immer wieder, und als der Inspektor davon sprach, daß Brandstiftung aus Verwirrung dem Menschen eher widerfahre, als daß er sie verschulde, nickte Knöhrer sogar zustimmend. Es war ganz still, auch von der Stadt her kam kaum ein Laut, nur weiter unten am Hang über der Säubachschlucht schepperte das Bierfuhrwerk, der Kutscher hatte irgendwo Frühschoppen gehalten und fuhr nun stadtwärts. Knöhrers Kopf ruhte auf den Armen. Er sagte leise, dicht über den geplatzten Rostblasen der Eisenplatte: »Es hat sein müssen. Ich wär' verrückt geworden sonst.«

Grüneisen rührte sich nicht und sah, als Knöhrer den Kopf hob, in das lebensferne, von einer völligen Leere verwüstete Gesicht. Dem Inspektor Grüneisen fiel in diesem Augenblick wieder das verschlossene Kind ein, das er einmal gewesen war, das sich nachmittagelang herumgetrieben hatte in hallenden Kirchen, nachdenklich vor allem über das Böse, das sich da an Simsen, Pfeilern, Balustraden in Fratzen und Gewürm zeigte. Das Böse hatte nicht ausgesehen, als sei es gern böse, das früheste Böse, das dem Kind begegnet war, hatte ausgesehen, als leide es unter sich. Grüneisen stand auf und ging in der Mittagsglut über den Vorplatz des SA-Heims zurück zum Fahrweg und schaute an der Einbiegung in die Hecken noch einmal zurück. Knöhrer lag noch immer über dem Eisentisch unter den Kastanien. So von ferne war es das Bild eines sommerlich erschöpften Schläfers.

Im Büro brauchte Grüneisen eine Stunde, um nachzudenken. Dem ihm in dieser Sache weisungsbefugten Sturmbannführer Hein konnte er mit dem ganzen Vorstadtdrama nicht kommen. Der würde aufgrund von Aussagen einer Buschwind, einer Engelwirtin, eines unter dubiosen Umständen abgelegten Geständnisses nicht gegen seinen Spitzel vorgehen. Es war aber vielleicht etwas für den Hanft zu gewinnen, wenn man die Partei ausspielte gegen die SS. Grüneisen rief in der Kreisleitung an, bat um persönliche Vorsprache und wurde, da Ortsgruppenleiterbesprechung war, auf fünf Uhr bestellt.

Kreisleiter Storch befand sich auf dem Sprung hinaus ins Ramsbacher Gäu, wo ihm vom Stöckendorffer Baron ein schöner Sechserbock zugesagt war. Er zog sich schon die Wetterjacke über die gelb-braunen NS-Amtsleiterbreeches, begriff aber schnell, daß ihm der alte Inspektor da eine Waffe zuspielte von der Art, wie er sie lange gesucht hatte. Er hatte die Klagen über den Kameraden Knöhrer aus Kreisen der biederen Beamten satt, die in ihm mehr und mehr eine Belastung der gesamten örtlichen NSDAP erblickten, die Erbitterung der kleinen, eingezogenen PGs über die Freistellung des gesunden Mannes vom Wehrdienst, die keinen mehr empörte als ihn, doch er konnte öffentlich nicht sagen, daß er den SD dahinter vermutete, dessen Zuträger Knöhrer wohl war. Jetzt vielleicht, mit dem, was Grüneisen da brachte, könnte man über die Gauleitung eine Stimmung herstellen, in der es der Heilbronner Dienststelle unangenehm wurde, einen Knöhrer zu decken. Storch fand, es ließe sich das Nähere gut besprechen bei Büchsenlicht. Er nahm den Inspektor in seinem Opel P 4 mit hinaus in den Wald. Dort wurde etwas ausgeheckt zwischen einem Hoheitsträger der NSDAP und einem politisch bedingt zuverlässigen, vom Weimarer Staat gnadenhalber übernommenen Kriminalbeamten niederen Ranges.

Endlich kam Regen. Man hörte, es habe höheren Orts ein Geplänkel gegeben zwischen braunen und schwarzen Machthabern. Genaues erfuhr man nicht, doch ging es um eine glitschige Figur, die hin und her gezerrt wurde wie der Frosch zwischen Ente und Enterich, und jeder ließ dann offenbar an seinem Ende los. Wie gut, daß Krieg war, man konnte manche unangenehme Sache verschwinden lassen an der Front oder kurz dahinter. Knöhrer verschwand aus Solstett. Man hörte, er habe sich freiwillig gemeldet zur Waffen-SS und sei einer Sondereinheit zum Einsatz in frontnahen Ostgebieten zugeteilt worden. Um Hanft kümmerte sich die Wehrersatzinspektion. Seine mit der damaligen KZ-Haft verhängte Wehrunwürdigkeit wurde umgewandelt zum Einsatz in einer Bewährungsdivision, landläufig Himmelfahrtskommando genannt. »Viel Umständ', bis ich hin bin«, sagte er zu Abel, als er den Bescheid erhielt, »jetzt sterb' ich doch noch für die Bagage. Hätten Sie mich gleich verrecken lassen, Herr Weißkittel, wär's bloß für mich gewesen.«

Sie rückten beide im späteren Sommer nach Osten ab. Abel und Oberschwester Mathilde wünschten sich sehr die Rückkehr des einen, doch war allzu klar, daß die Chancen für den anderen besser standen. Dem weinte niemand nach in Solstett. Die Brandursache in der Hirschfeldvilla ließ sich offiziell nicht mit letzter Sicherheit klären. Der Verdacht auf Brandstiftung war gegeben, blieb aber unbewiesen. Knöhrers betagte Mutter, Pfarrerswitwe in Iltzhofen, wurde aufgesucht von einem Rechtsanwalt namens Maiböhmler, der meinte, bei der Versicherung, welche den Schadensfall unerledigt vor sich herschob, etwas herausholen zu können in Knöhrers Interesse, und fragte nach dessen Feldpostanschrift. Die alte Dame aber stand mit ihrem Sohn Ottokar nicht in Verbindung. Er war irgendwo im Osten, mehr wußte niemand. Als später diese Sachen herauskamen, sagte sich mancher in Solstett, man hätte sich fast so was denken können. Mehr als zwei Jahre blieb Knöhrer verschwunden, als sei er nie vorhanden gewesen im Muhrtal. Wie schrecklich er zurückkehren würde, hat im Spätsommer '42 ja keiner von uns ahnen können.

Herbstliche Tröstungen

Freundliche Laubfarben verteidigten in diesem Jahr lange ein Gefühl von Wärme im Tal. Auch Dengler leuchtete noch sommerlich durch Gassen und Schulkorridore. Jedermann wußte nun, es war nicht mehr allein die patriotische Erwärmung. Dengler und Tante Traudich waren jetzt ein Paar auch bei Tag. Man sah sie Hand in Hand wandeln auf Uferwegen, anschließend im Café Mangold an einem Tisch mit Flußblick die Kuchenmarken teilen, ein Genrebild des späten Glücks, das anzuschauen die Solstetter liebten: Da hatte doch nun auch dieser Topf seinen Deckel gefunden, so war es gut.

Philipp machte sich seinen eigenen Vers darauf und genoß es, als einziger mehr zu wissen. Für ihn war der nichtsahnend wohlgemute Dengler nur der Kümmerer, in dessen zuverlässige Altmännerarme sich die Traudich nach der gewagten Ausschweifung des Sommers geflüchtet hatte. Daß der Präzeptor selbst jener unsichtbare Partner auf der mondbeschienenen Parkbank im Himmelreich gewesen sein könnte, der Gedanke kam Philipp nie. Die Schattenszene dort oben war ihm im Leben seiner Vizemutter nur vorstellbar als eine Sternstunde, die aufgeblitzt und verglüht war in der Unwirklichkeit einer Sommernacht außerhalb allen solstettisch-bürgerlichen Zusammenhangs. Mit dem Untermann einer so intimen Akrobatennummer saß man nicht im Café Mangold bei Graumehltorte und Malzkaffee.

Tante Traudich wurde beim Einkaufen nun des öfteren, wenn der Laden gerade leer war, von dieser und jener Geschäftsfrau mit Blicken froher Vorbedeutung angesprochen, jetzt werde sich der Herr Doktor ja wohl bald nach einer neuen Hausdame umschauen müssen, und wenn also die Frau Penzberger irgendwann eine erfreuliche Familienstandsänderung zu verzeichnen und trotz Kriegszeit auch zu feiern habe, so werde man sich als Geschäftsfrau nicht lumpen lassen und dürfe angesprochen werden auf die eine oder andere Friedensqualität unter dem Ladentisch. In solchen Fällen lächelte Tante Traudich unbestimmt, aber bräutlich.

Auch der Doktor bekam nicht mehr als dies Lächeln versonnener Gedankenabwesenheit, wenn er jetzt seine Hausdame gelegentlich fragend anschaute, durchaus gefaßt darauf, sie werde den Blick aufgreifen und resolut ihr baldiges Ausscheiden aus dem seltsamen Familienwesen bekanntgeben. Was dann aus dem Buben werden sollte, wußte er nicht, noch viel weniger konnte er sich vorstellen, wie alles weitergehen sollte, wenn irgendwann die Wehrmacht auf den Gedanken käme, der fähige Doktor Abel sei in einem Feldlazarett an der Ostfront oder in Nordafrika nützlicher als im Solstetter Krankenhaus. Frau Penzberger aber schwieg. Viel Brahms und Schumann abends aus ihrem Zimmer, regelmäßig Lockenwallfahrten zu Riemenschneider nach Großsensenbach. Vielleicht wollte sie ihm Gelegenheit geben, sich nun doch in eine Richtung zu erklären, die sie ihm vor Jahren auf bedrängende Weise gezeigt hatte.

Abel hatte unruhige Stunden, sah sich gezwungen, Frau Penzberger mit Gedanken zu umkreisen, die ihn schließlich wütend aus dem Haus trieben: War alles nur ein Erpressungsmanöver? Spekulierte sie darauf, er werde sie heiraten, damit Philipp versorgt bliebe für die nächsten Jahre, die aller Voraussicht nach böse werden würden? Und wenn dem so war, mußte er sich so etwas abverlangen Philipp zuliebe? Hatte der Junge die warmherzige Masse Frau in diesen fünf Jahren angenommen als eine Art Mutter, oder war sie ihm eine Versorgerin geblieben wie die anderen Frauen vor ihr, deren Wechsel er zumindest nach außen gelassen hingenommen hatte? Abel wußte es nicht. Als er sich dies eingestand, wurde er ruhiger, trauriger.

Er strich durch die dämmrige Stadt, sah in der steil vom Markt abfallenden Gasse die Stiefelbeckler zum Stammtisch eilen für einen weiteren Abend bei Wein und Sarkasmus. Er ging da nicht mehr oft hin, gönnte sich nur selten das laue Vergnügen, zwei Stunden lang eine in Grenzen witzige Bitterkeit bei sorgsam geschlossenen Fenstern für Widerstand zu halten. Immerhin waren es stets zwei Stunden einer wenn auch kläglichen Gemeinsamkeit, Lockerungsübungen auf dem weiteren einsamen Marsch durch diese Jahre einem Ende entgegen, an dessen Schrecklichkeit er längst nicht mehr zweifelte. Die Machtinhaber würden alles tun, um ihr Ende zum Ende aller werden zu lassen. Es würde aber noch dauern.

Abel hatte an diesem Abend kleinere Sorgen, die jedoch näher waren. Zum Beispiel: sein Leben hier, seine Ferne zu Menschen, die ihm nahe waren. Daß er so wenig wußte von seinem Sohn, hatte ihn zu dem Gedanken geführt, der nicht neu war, jetzt aber beängstigender wurde. Er hatte sich zu weit von sich selbst entfernt, anders war aber für ihn nicht zu leben in dieser Stadt, in dieser Zeit. Fünf Jahre Solstett, fünf Jahre lang unter Aufsicht der versammelten Bürgerschaft: Der Doktor, was war das für einer? Er hatte die Aufgabe gehabt, Umrisse auszubilden im Stadtbild, an die sie sich halten konnten. Und dies hatte bedeutet, sich mit jedem Schritt in einer Mitte zwischen Zugehörigkeit und Absonderung zu bewegen, kenntlich zu sein als ein Mitwirkender am Gemeinwohl, nicht aber als ein Mitmacher bei dem, was sie Volksgemeinschaft nannten. Das war das tägliche Kunststück, inbegriffen die schlimme Schlauheit der Lügen und Ausreden, wenn sie ihn nach Gründen für sein Abseitsstehen fragten. Es lief darauf hinaus, daß sie ihn wohl für einen Sonderling hielten, für einen Stillen im Lande, der sich aus Abneigung gegen das Laute ausschloß. Sie ließen ihn ungeschoren, weil sie ihn mit anhaltendem Krieg immer dringender brauchten. Im Bürgermeister und im Landrat, die trotz Parteimitgliedschaft besonnene Männer geblieben waren, hatte er Fürsprecher, wenn kleine, vielleicht neidische Gesinnungskläffer dem vornehmen Dr. Abel doch einmal an die Waden wollten: Der Mann wäre imstande und meldete sich weg in die Armee oder in eine Bombenstadt, wenn man ihm unangenehm käme, man solle sich ihn doch zumindest bis Kriegsende gutartig halten im Schleppgeschirr der Sachen und Zwänge an der Heimatfront. Solche Argumente leuchteten in Solstett irgendwann immer auch Fanatikern ein.

So ließ es sich für ihn leben hier, er merkte aber, daß der Preis dafür höher war, als er vorhergesehen hatte. Er war sich verlorengegangen dabei. Er hatte sich gekannt als einen Menschen, der sich mit Vergnügen kenntlich machte in seiner Person. Einer, dem das tägliche Kunststück gelang, sich unkenntlich zu machen in seinen Gedanken und Empfindungen – das war nicht er. Den kannte er nicht, der galt auch eigentlich nicht. So konnte aber kein Mensch nach außen Jahr für Jahr in Selbstverleugnung leben und sich im Innern dabei unversehrt halten. An diesem Abend, als er durch die sorgfältig verdunkelte Stadt wanderte, fand er sich nicht mehr dort, wo er sich vermutet hatte: in den Gefühlen für die paar Menschen, die ihm geblieben waren, den Sohn, die Geliebte, auch den Bruder so in der Nähe, dem er sich weiter entfernt hatte, als ihm lieb war, die wenigen, durch den Krieg weit verstreuten Freunde. In sich selbst wollte er zurücktreten wie an einen Herd. Er trat aber in ein leeres Zimmer.

Schon lange hatte er dem Sohn zugesehen wie aus der Ferne, das gestand er sich jetzt ein, und dies, zumindest, hatte benennbare Gründe. Wie hätte er sich dem Buben zeigen sollen: als der Abel, den die Stadt in ihm sah, als der andere, der ein Fremder war im eigenen Land, solange es sich in so falschen Händen befand? Er war froh, daß Philipp nach einer Wanderkindheit hin und her zwischen Zufluchtsstätten sich diese Stadt als Heimat erobert hatte, wohl im letzten Augenblick, da ein Kind sich noch ansiedeln und aus einer Gegend ein Daheim machen konnte. Das hatte Abel ihm all die Jahre gewünscht. So wenig Abel von einer Heimatliebe hielt, die sich fortwährend in Hymnen bekunden mußte, so deutlich spürte er doch am eignen Leib, wie nützlich es war, über einen Vorrat früher Bilder zu verfügen, nach denen alle späteren

Bilder sich ordnen ließen: was das war, ein Haus, eine Nachbarschaft, die Abgrenzungen der Machtbereiche unter Hunden, Gartenbesitzern, Teppichstangenbenutzerinnen, Marktfrauen, oder auch nur: wie eine staubige Straße im Sommer roch, kurz vor dem Regen – genau ließ sich all dies nur früh lernen und dann nicht mehr, und an der Genauigkeit, mit der man es erinnerte, merkte man später, daß man es geliebt hatte. So eine Heimat wollte Abel seinem Sohn um keinen Preis vorzeitig fremd machen, indem er ihm zeigte, wie wenig zu Hause er hier war.

Und Irene. Bei ihr fand er sich aufgehoben, ohne aber dazu berechtigt zu sein. Er wurde ein Gefühl von Unredlichkeit nicht los. Sie erwartete nichts von ihm, was er nicht geben konnte. Sie ahnte aber nicht, daß es so wenig war. Es war ihr Unglück, ihm begegnet zu sein in dieser Zeit, die ihn leersog. Er war kein Mann für die Langobardin. Oft lag er neben ihr nach wenigen Stunden Schlaf in einer Wachheit, die ihn mehr lähmte als die Müdigkeit des Abends. Er hörte den Stundenschlag von Sankt Martin, später die erste Regsamkeit der Turmdohlen, und er fühlte nichts als den übermächtigen Wunsch, die Welt solle es für immer belassen bei diesen spärlichen Äußerungen.

Und Hanna. Die Gedanken an sie waren leichter geworden, fast schmerzfrei. Er trauerte vielleicht nur noch der Zeit mit ihr nach, der ersten Wohnung, einem Balkonzimmer in Zehlendorf, manchen Tagen am Wannsee. Bevor Krieg gewesen war mit Amerika, hatte er gelegentlich noch über die Schweiz Briefe von ihr bekommen, freundliche Mitteilungen, auch Berichte von der Mühsal, Fuß zu fassen für ein bescheidenes

Leben in einem erdrückend fremden Land. Abel kam es vor, als schicke jemand Briefe in eine Haftanstalt über die Beschwerlichkeit der Freiheit. Er fand in der vertrauten Schrift nicht mehr die Frau, um die er gelitten hatte.

Und dann, mitten in diesem Herbst, ein Tag, an dem alles leichter war aus keinem Grund. Abel wußte plötzlich, was anzufangen sei mit dem ersten freien Sonntag seit vielen Wochen. Ein gehbehinderter Kollege, dessen Wagen nicht beschlagnahmt worden war, lieh ihm seinen winzigen DKW. Die Hausdame hatte zu fiedeln auf einer Parteikundgebung zum Erntedank. Vater und Sohn verließen das Haus, während Tante Traudich, schon in grauem Kostüm, das Gesicht umwogt von Riemenscheiderschen Wellen, noch eine Passage durchübte, mit der sie heute als Sologeigerin zu debütieren hatte. Abel senior und junior, ein ungeübtes Automobilistenpaar, brachten tatsächlich den alten Zweitakter in Gang und unbeschädigt aus einer der Mietgaragen am Viehmarkt. Auf der Fahrt durch die Unterstadt wurde Abel schon kecker und fuhr schließlich vor dem Hotel Lamm so flott vor, wie man es im dritten Kriegsjahr sonst nur noch auf der Leinwand bei Herren wie Heesters, Söhnker oder Fritsch beobachten konnte, die immer friedensmäßig in Cabriolets anbrausten vor Villen, ihren Schönen den Schlag aufhielten und mit ihnen davonpreschten mit wehendem Schal, einem unvermeidbar glücklichen Ende entgegen.

Irene hätte ihn nicht erkannt vom Erkerfenster im ersten Stock aus. Hätte nicht ein Junge im Wagen gesessen, der aussah wie Philipp, sie hätte sich abgewendet von einem nicht mehr jungen Angeber, der da unten übertrieben agil aus einem offenen Zweisitzer kletterte und mit so großspurigem Charme heraufgrüßte, als sei er einem großen Maybach-Zeppelin entstiegen: Leinenhose, blaue Jacke, weiße Sportmütze und sogar alte, aber immer noch helle Tennisschuhe, Dr. Abel als Hopplatype – sie lachte noch, als sie am Wagen war, der Junge auf den Notsitz nach hinten stieg und Abel ihr die Tür aufhielt mit herrenmäßiger Verbeugung. Der Herr neben ihr am Steuer sang dann fast den ganzen Weg talaufwärts Richtung Mergentheim. Er sang: »Ich küsse Ihre Hand, Madame«, schmetterte Operette und Küchenliedgut so falsch und inbrünstig, bis Philipp ihm die unsägliche Mütze vom Kopf zog in der Hoffnung, mit dem Ramponieren des Kostüms auch die Vorstellung zu beenden. Abel ließ sich aber nur musikalisch beeinträchtigen und riß nun vorsätzlich mißratende Witze, kniff zu den verunglücktesten Pointen noch ein Verschwörerauge und freute sich königlich, wenn Irene und Philipp sich zusammentaten zu entsetztem Gelächter über so viel kindische Aufführung, die aber doch ganz und gar unwiderstehlich war.

Irene kam aus dem Staunen darüber nicht heraus, daß es also auch einen Abel gab, der seinem Anfall lausbübischer Lebenslust ganz ausgeliefert war und sich daran auch noch freute. Das Wetter paßte. Ein windstiller, nahezu wolkenloser Tag mit einem unseriösen Aufwand an Farben von Kupfer bis zu altem Gold. Der Sommer, längst besiegt, führte sich auf wie eine Firma, die ihre Zerrüttung ein letztes Mal zu verbergen trachtet hinter einer prunkvollen Gala.

Kurz vor Stetten bog Abel von der Landstraße ab und fuhr ein ansteigendes Seitental zwischen Buchenhängen hinauf, von kleinen Felsabstürzen durchsetzt, tief unter ihnen eine moosige Schlucht mit Wasserfällen. Es war einleuchtend, daß hier der alberne Dr. Abel etwas aus dem Freischütz anstimmen mußte. Aber Philipp hielt ihm die Mütze vor den Mund.

»Wir haben genug Gesang von dir gehabt, Pa.«

»Banausen. Ich habe die falschen Leute mitgenommen, Tante Traudich hätte –«

»Gar nicht in diese Streichholzschachtel hineingepaßt.«

»Du bist durchschaut, Abel. Philipp und ich dürfen nur mitfahren, weil Frau Penzberger zu groß für dieses Auto ist. Sind wir da beleidigt, Philipp?«

»Wir sind tief gekränkt. Wie willst du das wieder gutmachen, Pa?«

»Geduld, Herrschaften, es könnte mir etwas einfallen.«

Von jetzt an gab er sich schweigsam, geheimnisvoll, wollte nicht weiter befragt sein nach Weg und Ziel. Auch der Junge schwieg, beugte sich nur hin und wieder nach vorne, um die Instrumententafel deutlicher zu sehen. Dabei stützte er sich an Irenes Sitzlehne ab. Berührte er ihre Schulter, ihren Oberarm, so gab es zwischen ihnen nicht das Zurückzucken von Fremden, die einander unversehens zu nahe gekommen waren, es war nichts zu korrigieren daran. Abel steuerte in ein anderes Tal hinunter, einen zweiten höheren Bergrücken hinauf, und als die Hochebene gewonnen war, ging es lange zwischen abgeernteten Feldern dahin. Bauersleute auf Fahrrädern kamen ihnen entgegen, fuhren vor dünnen Staubfähnchen her von den Kirchdörfern zurück zu den Höfen, nur ältere Leute, die Männer in Anzügen aus hartem, schwarzem Tuch, die Frauen in schweren, mühsam gerafften Kleidern. Dem Wagen wichen sie knapp aus, mit unfrohen Gesichtern. Es war nie eine Automobilistengegend gewesen hier, und wer im dritten Kriegsjahr mit Kind und Kegel über Land kutschieren konnte, mußte ein Bonze auf Hamsterfahrt sein. So erklärte es Abel.

Dann ging es durch Wälder ohne eine Menschenseele, nur einmal, kaum auszumachen im Graugrün von Unterholz und Tannennadelbelag, stand ein Brennholzweib zwischen den Stämmen, schaute ihnen lange nach. Der Wald endete oft und fing wieder an. Als sie aber wieder einmal aus einem Dickicht hinausfuhren, sah man zwischen den letzten Stämmen lichten Taldunst. Sie mußten ganz in der Nähe eines neuen Steilabsturzes sein, und Abel hielt darauf zu, als wolle er mit dem Wagen das Fliegen probieren. Rechts und links schon das schwimmende Blaugrün der Tiefe. Sie bewegten sich auf einer schmalen Bergnase, die weit aus der Steilküste des Hochplateaus hinaussprang ins Tal, doch wurde sie wieder breiter, so daß die Tiefe beiderseits zurückwich und allmählich Raum wurde für Rasenflächen, Baumgruppen, Rabatten, zwischen denen sich aus dem Fahrweg eine herrschaftliche Zufahrt formierte auf etwas Stattliches zu, das ahnte man. Dann, nach einer Biegung zwischen hohen Eschen, die den Blick verstellt hatten, ragten da doch in überraschender Nähe Efeumauern auf, zwischen Tortürmen spannte sich ein Rundbogen, unter dessen Laibung es dämmrig wurde, so dick war die Mauer. Ein gepflasterter Vorhof, ein zweites Tor, dahinter die Burg: ein einziger gedrungener, grauer Bau, aus dessen Ecken sich halbrunde Türme wölbten. All dieses hatte Platz hier, obwohl die Erinnerung an den Herweg einem sagte, es müßte eigentlich schon über dem Abgrund hängen. Stand aber, wenn das Ganze nicht ein Traum war, doch sicher schon runde fünfhundert Jahre lang solide über dem Talgrund. »Frührenaissance«, sagte Philipp kundig, denn das hatten sie gerade in der Schule.

Abel ließ den DKW ausschnurren vor den schweren Flügeltüren in der Mitte des Baus. Vielleicht war es doch ein Traum, dachte Irene, denn vom wirklichen Leben her kannte sie nicht solche wie längst vorbestimmt wirkende Abläufe: Da trat ein alter Mann heraus, zierlich wie eine Zinnfigur vor der Masse des Baus, hob offiziersmäßig die Hand an die Stirn, als stünde dort Helm- oder Mützenrand über, breitete dann gemessen die Arme aus zu einer Geste des Willkommens. »Burg Windisch-Bühl«, sagte Abel, »bitte auszusteigen, die Herrschaften werden hier zu Tisch erwartet.«

Der Alte blieb so klein wie der erste Eindruck, den er vermittelt hatte, doch wußte er, wie gut ihm die rostrote Lüsterjacke zu seinem krausen Silberkopf stand. Er ließ sich von Abel ansprechen als Herr Hermann, konnte demnach der Burgherr nicht sein, denn die Windischs waren bekanntlich Barone, aber dieser Herr Hermann sah ja schon fast nach einem Grafen aus, und wenn er ein zutreffender Vorbote seiner Herrschaft war, wurde Irene ein wenig beklommen zumute wegen ihres einfachen Kleides, was aber eine überflüssige Sorge war, denn sie entschied sich, dies weiterhin für einen Traum zu halten und sich gefaßt zu machen auf ein plötzliches Erwachen in ihrem Solstetter Bett, im Glücksfall mit Abel neben sich. Sie erwachte aber nicht, wurde vielmehr mit Philipp und Abel von dem Alten in den Bau geführt, über zwei Treppen nach oben, durch Flure, die an einer Seite immer hinausgingen auf einen Innenhof, durch eine Galerie an Bildern, Fahnen, Waffen vorbei, und immer plauderte der Alte mit Abel über die Zeiten, die Nöte, ein solches Gebäude halbwegs in Ordnung zu halten mit fast keinem Personal mehr, so daß Irene sich darüber wunderte, wie sie doch ganz gegen ihre Gewohnheit wirklichkeitsnahe träumte. In einem der halbrunden Türme, sie hätte nicht mehr sagen können, an welcher Ecke des Baus, stiegen sie erneut höher, wurden in ein Turmzimmer geführt, wo in einer Fensternische, die fast ein Zimmer für sich war, ein schon gedeckter Tisch stand. Meinetwegen auch das noch, sagte sich Irene im Traum, ein Märchen, Tischlein-deck-dich, allerdings kombiniert mit einem englischen Roman. Denn der Baron Windisch-Bühl sah sehr englisch aus, jedenfalls nach der Vorstellung einer in Solstett aufgewachsenen Langobardin. Er war, während sie in der Nische den steilen Tiefblick ins Tal der Jagst bewunderten, hinter ihnen ins Turmzimmer getreten, groß, hager, auf undeutliche Weise gebrechlich wirkend, das Dreiecksgesicht eines Sperlingskauzes mit Hakennase und wilden, zusammengewachsenen Brauen, eben ein englischer Landbaron, wie er sich gehörte in einem Roman. Den hatte Abel also bestellt für seinen Sohn und seine Geliebte zur Erbauung an einem schönen Herbsttag.

Davon war Irene nun überzeugt. Wenn es kein Traum war, dann doch ein Arrangement, das Abel von langer Hand getroffen haben mußte. Vielleicht stellte sich auch noch eine blaßhäutige, flachsblonde Baronesse im Reitkleid ein, eine böse Haushälterin konnte noch kommen, man mußte auf alles gefaßt sein. Irene blieb mißtrauisch, auch als ihr jetzt logischere, unscheinbarere Erklärungen geboten wurden. Der Baron war im Frühjahr von Abel an der Galle operiert worden und hatte Abel ins Herz geschlossen als einen Mann, der ihm, wie er nicht müde wurde zu versichern, auf mehr als nur medizinische Weise geholfen hatte. Er sei ein leidlich umgänglicher Mensch geworden auf seine alten Tage, der nun doch noch eine Zufriedenheit gewonnen habe, weniger mit sich selbst als mit der Welt, obwohl die eigentlich nicht danach sei. Ganz entgegen der Familientradition habe er Aussicht, ohne Gram, eher heiter die letzten Jahre zu erleben.

»Das ist mehr, als ich erwarten konnte als der Letzte der Windisch-Bühls, die hier als Leuteschinder und Menschenfeinde sitzen seit dem Schmalkaldischen Krieg in ununterbrochener Linie.«

Man aß vorzüglich. Irene saß am Fenster, sah hinunter in den Talgraben, über dem ein Bussardpärchen Kunstflug darbot. In gleichem Abstand, gleicher Staffelung schwebten die Vögel ohne Schwingenschlag, sooft sie hinaussah. Das langgezogene Piauuu war zu hören, mit dem das Paar sich hin und wieder verständigte, Irene fragte sich, über was die beiden noch Lautzeichen auszutauschen hatten, wenn sie doch in der Lage waren, die schwierigsten Flugfiguren in so makelloser Geschlossenheit auszuführen, als seien sie eins. Vielleicht war es die reine Lebensfreude. Irene hätte es verstanden an diesem Tag.

Der Baron unterhielt sich mit Abel, richtete aber eigentlich alles an Irene, die schweigend aß wie der Junge neben ihr. Er berichtete von der Jagd und wie sie ihm doch beschwerlich werde im Alter ohne rechtes Personal, der Jäger in Narvik, ein Gehilfe vor Leningrad, der andere am Schwarzen Meer, sprach im Ton beiläufiger Beschwerde, verlor ein Lächeln an die großen Jagden seiner Jugend an britischen, belgischen Höfen, er wirkte jünger, weniger leidend, wenn er sich im Gespräch vergaß, er war sogar jung oder jedenfalls Kavalier genug, um ein beständiges Strahlen in den Augen zu halten, solange er Irene anschaute, und das war oft. Seltener ging sein Blick zu Abel, dann war etwas Gnädiges darin, vielleicht ein Lob, es sei ihm recht, wen der Doktor da gebracht hatte.

Der Alte in der Lüsterjacke, vom Baron mit Hermann und du angesprochen, eher freundschaftlich als von oben herab, geisterte hinter den Stühlen, beugte sich zwischen die Sitzenden mit Rehbratenstücken, Kroketten, Sauce, Gemüse, Wein. Er tat auf und schenkte ein auf nicht einmal ein Nicken hin, oder er unterließ es, ohne ein Zeichen der Ablehnung dafür zu brauchen, und irrte sich nie, er mußte ein seherisches Auge besitzen für die Wünsche der Gäste. Der Baron, offensichtlich aus medizinischen Gründen zu Mergentheimer Kurbrunnenwasser verurteilt, trank mehrmals wie aus Versehen aus Abels Weinglas, das er in Griffweite hatte, er suchte sich Augenblicke dafür aus, in denen der Diener nicht in seine Richtung blickte. Der sah es natürlich genau, bemerkte es jedoch auf so vornehme Weise gewissermaßen nicht offiziell, daß der alte Gauner jedesmal beschämt auf den Teller niedersah. Irene, als Frau vom Fach, begann zu schätzen, was der Diener bekommen müßte als Chef de salle im »Lamm«, vielleicht einmal in besseren Tagen, wenn er dann noch lebte, kam zu keinem Resultat, weder was das Gehalt des Mannes betraf, noch wann dies sein würde: bessere Zeiten. Vor allem aber war ihr immer wieder ungewiß, ob es diesen Silberkopf mitsamt seinem Baron und der ganzen Burg überhaupt gab in Wirklichkeit.

Der Burgherr aber wurde später sehr wirklich mit einem Gesprächsbeitrag, der nicht gut vorgesehen gewesen sein konnte in Abels Arrangement. Er hatte vom Wildschaden gesprochen, von der Forstwirtschaft und wie doch der Wald verschluderte durch den Mangel an ordentlichen Waldarbeitern, man hatte ihm rücksichtslos die Leute herausgezogen zur Rüstungsindustrie im Neckartal, und die Arbeitskräfte aus dem Osten – eine Geste überraschender Hilflosigkeit zum Fenster gegen die gelben, roten Hänge der Jagstwälder hin.

»Anfänglich gute Leute, müssen Sie wissen, fleißig und anstellig durch die Bank, jetzt aber verschlossen, mucksch, böse Blicke. Warum, fragen Sie, Gnädigste? Die erfahren, was hier nicht in der Zeitung steht, die erfahren es von den Neuen, die angekarrt werden aus dem Gouvernement, aus der Ukraine, und da haben sie dann über Nacht ganz andere Gesichter, auch Leute, mit denen Sie vertraut umgehen seit drei Jahren. Man wird nicht mehr angeschaut und erfährt nicht, warum. Mein früherer Verwalter aber, der ist dort bei einer Versorgungskompanie, der hat mich besucht im Urlaub, der kommt über die Dörfer dort, der kann erzählen, wie sich das ansieht aus der Nähe: Germanisierung des Ostens, gnädiger Gott...«

Es war ein Augenblick, der fremd blieb in diesem Märchentag, als der Baron jetzt sein Glas, sogar das richtige, nahm, nicht trank, hineinschaute.

»Wie ich sagte, ich habe nicht viel Grund zur Empörung, die Windisch-Bühls in dieser Gegend... Schinder über dreihundert Jahre hin... aber was heute passiert im Osten...«

Er senkte den Kauzenschnabel ins Mineralwasserglas und zog ihn angewidert zurück.

»Wir waren arge Herren hier, Raubvögel mit scharfen Krallen, steht zu Belieben nachzulesen in der Bibliothek, Wirtschaftsbücher und Gerichtstagprotokolle, über dreißig dicke Bände in Schweinsleder, es ist kein schöner Trost auf meine späten Tage zu erfahren, daß meine Klasse nicht die schlimmste war. Was sich da heute austobt in den eroberten Gebieten, Pack, das sich endlich als Herrschaft aufführen darf und sich ein Denkmal mit Massengräbern setzt, gnade uns Gott, wenn uns diese Rechnung eines Tages präsentiert wird.«

Er trank jetzt aus Abels Glas, hatte den wachsamen Blick zum Diener vergessen und funkelte hinaus zu den Raubvögeln, seinen unschuldigen Verwandten. Irene sah Abel erschrocken über den Tisch zu Philipp schauen. Der hatte plötzlich ein glatt gespanntes Gesicht, einen Blick zwischen Ungläubigkeit und Bestürzung. Abel nahm den Blick nicht an, und vielleicht, dachte Irene, war es das erste Mal, daß dieser Vater seinem Sohn die Auskunft verweigerte, vor sich hinsah und mit Anstrengung Kartoffelstückchen zerdrückte, Sauce aufwischte, als wolle er doch wenigstens zeigen, wie ein ordentlich abgegessener Teller aussah, wenn er schon nicht mehr in der Lage war, seinem Sohn die Welt zu erklären. Diesen Blick würde sie nicht vergessen, das wußte Irene, dies Abschiednehmen von dem Kinderglauben, daß Väter die Welt wüßten, Wahrheit hätten, letztendlich Ordnung stiften könnten. Das war vorbei, geschehen beim Diner auf Burg Windisch-Bühl, zu Gast bei vornehmen Greifvögeln, und übriggeblieben war nur ein blanker Teller, auf dem Abel immer noch mit sinnloser Sorgfalt herumkratzte. Die Frage war, was es zu sagen gegeben hätte von einem Vater zu seinem Sohn. Es seien Gerüchte aufgetaucht da und dort, Urlauber hätten das mitgebracht, da seien rollende Kommandos unterwegs hinter den Fronten, da gäbe es Lager, elektrische Zäune, hinter denen nichts Gutes geschehe, aber was genau, wisse man nicht – sollte man in einem Konjunktiv, für den man nicht undankbar war, über so Ungenaues reden mit Kindern? Sollte man ihnen schonend klar machen, daß es nie zum Besten gestanden habe mit der Welt, das sei nun mal so, der Mensch dem Menschen immer ein Wolf gewesen, und für das Menschliche gäbe es bessere und schlechtere Zeiten, wie's eben gute und verregnete Ernten gäbe, nicht zu ändern, auch nicht von Vätern, die bisher alles gewußt, alles gekonnt hatten gemäß kindlichem Glauben. Wäre dies eine Auskunft gewesen für das Kind von seinem Vater? Nein, dachte Irene, dann doch lieber das hilflose Blankwischen eines Tellers, das

Schweigen, jedenfalls wenn es so ausfiel wie bei Abel: als Mitteilung von Scham, nicht gewirkt zu haben zu seiner Zeit. Dieses, dachte Irene, könnte eine Vaterantwort sein, die sich irgendwann verlängern mochte, so daß die Söhne vielleicht vorbeugend etwas tun würden gegen neue Anlässe, sich zu schämen. Sie hatte nun das Gespräch der Männer verloren, hatte sich so weit entfernt in ihren Gedanken und staunte darüber, denn für gewöhnlich fühlte es sich sehr lombardisch an in ihr drin, was bedeutete, daß sie eine Frau war, deren Sinne sich auf den Tag richteten, und schob daher jetzt eine Hand hinüber für Philipp bis fast zu einer Berührung mit der seinen, die ruhig auf dem Tischtuch lag.

»Ich will nicht das Religiöse bemühen, Gnädigste, es wäre unschicklich, mein Vater hat den letzten Hausgeistlichen der Windisch-Bühls 1914 davongejagt in einem atheistischen Wutanfall, und ich habe es dabei gelassen aus Gründen, die ich zu vertreten weiß – dennoch, ich liege jetzt manchmal wach und denke: Was ist es, was mag es sein? Nehmen Sie meinen Freund Dr. Sonnfroh: ein reizender Mensch. Er hat mich im Krankenhaus besucht, ist eigens von Stuttgart herübergefahren, mit Chauffeur im Zwölfzylinder versteht sich. Sonnfroh, ein Mann der Industrie, Flugzeugmotoren, Sie wissen – geselliger Mensch, oft zur Jagd hier, gebildet, plaudert aufs köstlichste über die genialen Irrtümer in Goethes Farbenlehre, nun ja ... in seinen Betrieben schuften jetzt Leute aus den Lagern, minimal ernährt, ohne Lohn, immer unter Druck, malochen bis zum Umfallen, wer schlappmacht, verschwindet, man weiß nicht, wohin. Für meinen

Freund Sonnfroh ist es nichts als eine kriegsbedingte, noch dazu geschäftlich segensreiche Maßnahme. Diese Kälte in einem Menschen, der mir jahrzehntelang vertraut ist, wo war sie vorher? Hatte sie nur keine Gelegenheit, nach außen zu treten? Jetzt aber, seit es das Wort »Menschenmaterial« gibt, ist sie ganz selbstverständlich da ohne ein Bewußtsein von Frevel? Was für ein Wort aus meinem Mund, mögen Sie jetzt denken, und Sie lächeln innerlich über mich alten Heiden. Ich bewege mich ja auch höchst widerwillig mitten in der Religion, es hilft aber nichts: Frevel, das Wort hat ja nur Sinn im Zusammenhang mit einem Gott, mit irgendeiner rudimentären Vorstellung von Schöpfertum wenigstens. Wo sie fehlt, ist alles möglich. Die Sonnfrohs sind nette Menschen, modern, aufgeklärt – ›sie wissen nicht, was sie tun‹. Ein Bibelzitat für Predigt und Kirchenschlaf, sagen Sie vielleicht, mag sein, aber Sie finden im Psychologischen und Soziologischen keine Erklärung mehr für das, was heute vorgeht. Lassen wir das. Wie kam ich darauf, an einem so schönen Tag?«

Aber Abel wollte nicht so unvermittelt weg von dem Thema, er hatte da eine Rückfrage: »Verzeihen Sie, wird Dr. Sonnfroh also künftig nicht mehr Freund und Jagdgast sein auf Burg Windisch-Bühl?«

»Sie fragen das natürlich ganz zu Recht, Doktor, und holen mich von einer gewissen Betrachtungshöhe zurück auf das Naheliegende, über das ich bezeichnenderweise weniger nachgedacht habe, genaugenommen gar nicht. Ich weiß nicht, ob Sie das auch kennen: Über die letzten Dinge läßt sich viel leichter spekulieren als über die geringste persönliche Konsequenz.«

Abel senkte den Kopf. »Und ob ich das kenne.«

Die beiden Männer sahen sich mit einem flüchtigen kollegialen Lächeln an, und so blieb alles im Angenehmen, ein Tischgespräch im Herbst 1942 zwischen zwei oppositionell gesinnten Herren an allerdings untypisch reicher Tafel.

Irene wandte den Kopf zu Philipp, der vielleicht diese Stunde in Erinnerung behalten würde als ein Beispiel dafür, wie es gewesen war, später, wenn all dies vorbei sein würde, vielleicht schon Geschichte. Wenn da gefragt werden würde, wie es denn möglich gewesen war. Ach, das würde sich nicht mehr erzählen lassen. Es war jetzt schon unbegreiflich, und zum Verrücktwerden nur deshalb nicht, weil man sich mitten darin befand und an sich selbst erfuhr, wie möglich es war, hier beim Dessert zu sitzen und dort das Entsetzliche zu wissen. Die Herren gingen jetzt zu Mokka und Zigarren über. Philipp hatte zu tun mit einer zu reichlich geratenen zweiten Portion Schokoladenpudding. Und die Rede war gewesen von Gott und der Welt und dem Frevel, war aber weitergegangen und hielt jetzt bei den Schlafstörungen des Barons, den der alte Silberkopf mit allmählich strenger werdenden Blicken mahnte, sich zum Mittagsschlaf zurückzuziehen in ein höher gelegenes Turmzimmer, das Windisch seine Ohnmachtskammer nannte.

»Ich schlafe kaum noch bei Nacht. Da wird mir zu viel lebendig in meinem Kopf. Aber die zwei Stunden nach Tisch: unvergleichlich, wie in tiefer Ohnmacht, ganz und gar erquickend. Es geht aber nur in dieser Kammer, seltsamerweise. Es mag an den grasgrünen Tapeten liegen, seit zweihundert Jahren immer grasgrüne Tapeten dort, eine auf nichts gegründete Tradition. Ein Großonkel von mir hat sich da drin erschossen, am Ostermorgen 1819 – das Jahr übrigens, in dem in England das Arbeitsverbot für Kinder unter neun Jahren durchgesetzt wurde, es hielt sich nur kein Mensch daran, dies nebenbei, kein Zusammenhang natürlich mit meinem armen Großonkel ... es soll Liebeskummer gewesen sein, mein Vater erzählte es uns Kindern zeitlebens als warnendes Beispiel einer schrecklichen Verschwendung des Lebens ans Gefühl, nun ja, da finde ich nun meinen Frieden, es müssen die grünen Tapeten sein.«

Da ging er, nach sorgfältigem Handkuß für Irene, nach einem sachten Griff in Philipps Haar, nach ein paar Freundschaftsknüffen für Abel, zur Turmtreppe, Hermann stützte ihn diskret, mußte aber doch eine letzte Verbeugung zulassen, die der Hausherr sich gönnte, sehr exklusiv zu Irene hin. Dann war ihm aber eilig daran gelegen, Höhe zu gewinnen auf der Treppe, er entschwand Stück für Stück im eng gewundenen Treppenschacht, und Hermann schob, hob, stützte so geschickt, es wurde von den Zurückbleibenden fast als eine Darbietung vergnügter Behendigkeit im Alter betrachtet, als eine kleine Vorstellung zum Abschied: zwei Greise beim Sport an schwierigem Gerät zum Training für die späten Tage.

Natürlich war ihnen im Burghof, bevor sie zurückgelangten zu ihrem kleinen DKW, ein anderer Wagen im Weg, so hatte es Abel wohl wieder bestellt. Das schwarze Landaulett, dessen stumpf gewordener Lack doch ansehnlich blinkte im Nachmittagslicht, schien angefahren zu sein aus Vorweltkriegstagen. Da stand es mit offenem Verdeck, das man vom Einstieg aus nach vorn und hinten aufgeklappt hatte, und wäre es Abend gewesen, hätten ohne Zweifel auch die Öllaternen links und rechts vom Kutschbock gebrannt. Ein braungescheckter Gaul war eingespannt, fast ein Zeitgenosse des Gefährts nach Irenes Schätzung, doch kannte sie sich mit dem Alter von Pferden nicht aus, bei der jungen Frau hingegen, die jetzt vom Kutscherhaus herüberkam, wollte sie sich festlegen auf dreißig geradeaus, eine Frau mit Mädchenbewegungen in alten Reithosen und verschossenem Pullover, Herrn Hermanns Schwiegertochter, wie sich herausstellte. Von dem hatte sie das verhaltene Hinschauen auf Menschen und Sachen übernommen, nicht aber den freundlichen Ton, mit dem der alte Diener Distanz herstellte zwischen sich und den Gästen. Ihr ging das Reden schwerer und nur auf Aufforderung. So wollte Abel wissen, ob sie Nachrichten habe von ihrem Mann. Als sie antwortete, saß sie schon auf dem Kutschbock, den Jungen neben sich, und fuhr die Gäste durch den Herbst. Im August sei der letzte Brief gekommen von irgendwo an der russischen Donfront. Es gehe weiter nach Osten, hatte es da geheißen. Es sei vielleicht die letzte Post für lange. »Für was das gut sein soll«, sagte die Frau, halb nach hinten gewandt, halb schon für sich. Es sollte kein weiteres Gespräch daraus werden.

Die alte Kalesche glitt so weich dahin, daß sich Irenes Angst vor Holperfahrt und Übelkeit nach all dem Wein alsbald zerstreute zugunsten eines nichtsnutzigen Sinnierens über den angenehmen Zusammenhang zwischen Aristokratie und Pferdewagenfederung um 1900. Vor sich sah sie den schmalen Jungenrücken in der blauen Windjacke, neben sich fühlte sie Abel und entdeckte, daß der ihre Hand hielt seit geraumer Zeit, und als Philipp sich einmal umdrehte, sah er es und grinste anerkennend, es schien ihr so.

Gegen Abend stiegen sie auf die Gramberger Ruine und hockten lange draußen auf einem Vorsprung der Burgfelsen. Abel erzählte dem Jungen die Gegend und was sie vormals auszuhalten gehabt hatte als ein Herren- und Taglöhnerland, das weder die einen noch die anderen Heimat genannt hatten. Es war die Gegend, das Gäu, das die Besitzer und ihre Steuereintreiber so oft und nach so schwierigen Spielregeln gewechselt hatte, daß die Fronbauern es nie verstanden. Geduldig waren sie, auch fromm, weil ihnen immer irgendeiner der Herren erzählte, wenn sie recht fromm seien, würden sie frei. Das war den Leibeigenen in Verwirrung geraten, als ein Dr. Luther, der es freilich hinterher anders gemeint haben wollte, von der Freiheit eines Christenmenschen predigte. Das hatten sie so verstanden, daß ein freier Mensch erst richtig fromm sein könne, und weil das weder die Herren noch die Kirche so sahen, hatten abwechselnd Burgen und Klöster und Dörfer gebrannt, die Dörfer am häufigsten. Es war sehr zum Anschauen, wenn der Erzähler Abel dort unten die Brände aufleuchten ließ. Die Hingerichteten verbarg er, ließ sie von den Baumästen am Jagstufer hängen, das schon im Schatten lag, nur an den Bewegungen der Krähenschwärme machte er die Galgen kenntlich, ein fast friedliches Bild, in dem der letzte Leiterwagen mit Obstsäcken zur Kelter rumpelte. Solche Heimatgeschichte konnte einem nicht recht sein, aber wahr sein mußte man sie wohl lassen. In Heimatbüchern war das Versöhnliche leichter zu finden als im Anblick der so erzählten Gegend, die jetzt unter dem entfärbten Himmel lag und noch ein wenig Glanz an ihn zurückgab in Gold und Ocker, während aus den Waldbuchten der Dunst trat und langsam nach Nordosten vordrang. Irene schauerte. Der Wind nahm hier oben zu. Da spürte sie Philipps Arm und wußte, daß diese Berührung nun endlich Absicht gewesen war. Und was tat Abel da? Streifte sich die Jacke ab und legte sie um Irene und Philipp herum. Sie hatten beide Platz darin.

Im Burghof wartete schon der Diener Hermann, übermittelte die Abschiedsgrüße des Barons, überreichte ein Paket mit kaltem Reh, steckte Abel diskret einen Umschlag zu. Schon im DKW sitzend las Abel im schwachen Schein der Armaturenbeleuchtung:

»Bedanke Ihren Besuch in mehrfachem Betracht. Die Liste der ständigen Gastfreunde auf Bühl wurde am heutigen Nachmittag um den Namen Sonnfroh verringert. Bitte dies auch der Gnädigsten zu melden. Und bringen Sie sie bald einmal wieder: Ihrem Windisch.«

Die Muhr führte Nebel. Die Nacht war sehr herbstlich. Irene hatte mit dem todmüden Jungen den Platz getauscht, nun kauerte er tief im Beifahrersitz und schlief unter Abels Jacke. »Wann kommst du zu uns«, sagte Abel, »es wird Zeit.«

In dieser Nacht spürte Philipp, wie jemand seine Hand berührte. Es war eine Frau. Sie stand an seinem Bett und schaute ihn an. Er konnte sie im Halblicht des Zimmers nicht erkennen, meinte aber, er sei ihr schon einmal begegnet. Sie nahm seine Hand mit sehr leichtem Griff wie zu einem Spiel irgendwo in der Sonne, es war aber Nacht. So schlief er wieder ein. Als er gegen Morgen erwachte, war die Frau noch da, stand aber weiter hinten im Zimmer, halb umgewandt wie zum Gehen. Er sah, daß die Frau einen gelben Schimmer auf der Haut hatte, im Gesicht, auch auf dem Rücken. Sie winkte ihm. Er fand sie schön in dem gelblichen Schimmer, er wäre gern mitgegangen, aber dummerweise schlief er wieder ein.

Das fiel ihm am nächsten Tag mitten in Geschichte bei Dengler wieder ein. Es mußte in Italien gewesen sein oder sonst irgendwo in einer südlichen Gegend. Er wußte noch einen Garten von großer Üppigkeit, umsäumt von Zypressen. Die Wärme stand, nach Minze und Zitronenbäumen duftend, schon am Morgen wie eine Mauer ums Haus. Das Zimmer aber war kühl und schattig, mit Einbrüchen von Licht durch die Vorhänge auf lasierte Ziegel eines Bodenmosaiks, das aufleuchtete wie ein geheimes Zeichen. Er lag im Bett, neben ihm die Kuhle, in der die Frau geschlafen hatte, noch ganz weich von ihrer Wärme. Sie stand vor dem hohen Spiegel, er sah ihren Rücken, im Spiegelbild ihre Brüste, nicht ihr Gesicht.

»Philipp, ich glaube, ich habe die Gelbsucht.« Und wirklich schimmerte ihre Haut so merkwürdig, aber eher golden als gelb, fand er. Er hätte gern darüber hingestrichen mit beiden Händen. Sie mußte sich aber anziehen und gehen. Es schien, daß draußen ein Mann auf sie wartete. Die Kuhle im Bett neben ihm zeigte schon nicht mehr genau den Abdruck ihres Körpers.

Er wußte nicht, wann das war. Er war als Kind viel auf Reisen gewesen, oft mit dem Vater, oft mit der

Mutter. Mit beiden zusammen nie. Zeigte man ihm Fotos von seiner Mutter, mochte er nicht recht hinschauen. Er mißtraute ihnen, fand immer, das auf den Bildern sei sie nicht. Nicht die Frau vor dem Spiegel. Längst hatte er zu fragen aufgehört, wann sie zurückkomme. Seit dem Beginn des Krieges war ja einleuchtend: nicht vor dem Frieden. Er verstand, daß der sich im Lande Al Capones und Charlie Chaplins besser abwarten ließ.

So neigte sich dies seltsame Jahr dem Ende entgegen. In den Heeresberichten tauchten neue Wörter auf: hartnäckig, unvermindert, ungebrochen. Es ging nichts mehr schnell. Die Skeptiker in der Stiefelbeckrunde, seit Jahren nunmehr geübt in Sprachanalyse, bemerkten es am deutlichsten: Es hatte sich etwas geändert. Die Verteidiger waren fortan nicht mehr nur die anderen, die eigenen Truppen nicht mehr allein die Angreifer, vielmehr mußte jetzt unterschieden werden, daß die bisherigen Verteidiger insofern kurzfristig Angreifer genannt wurden, als sie hin und wieder zum Zwecke der Verteidigung Angriffe unternahmen, für deren Dauer also die Angreifer die Verteidiger waren. Das hielt sich nun vom späteren Herbst ab die Waage. »Geländegewinn null«, faßte Oberst a. D. Guggenbach regelmäßig zusammen, so daß es also eine Geschmacksache war, wen man nun als Verteidiger, wen als Angreifer bezeichnen wollte. Ein Wort des kleinen Redenmeisters in Berlin brachte dann doch Klarheit. In Rußland verteidige die deutsche Armee das kulturelle Erbe Europas. Die Stiefelbeckler lachten grimmig. Es war heraus. Die rote Armee war also im Vormarsch. Nun tat sich auch der Wehrmachtsbericht leichter mit seinen täglichen Wasserstandsmeldungen. Alles geschah im Zuge einer »großen Absetzbewegung aus dem Osten«.

Winterbild

Ende November, mit dem ersten Schnee, kam Denglers Sohn auf Kurzurlaub. Der Alte freute sich so, daß er in seine vaterländische Prunksucht zurückfiel und sich ausführlich in der Stadt mit den Kreuzen und Spangen des jungen Oberleutnants zeigen wollte. Der schlief aber vorzugsweise, und in wachen Stunden wollte er seine Uniform nicht durch die Gassen tragen, auch hatte er wenig Neigung, als sein Vater ins »Lamm« wollte mit ihm und Tante Traudich. Er verschwand für den Rest der Nacht im Hinterzimmer des Tanzcafés Schütz, in dem seit Kriegsbeginn nicht mehr getanzt wurde, es sei denn manchmal im Hinterzimmer, wie einige wissen wollten. Dort, so sprach sich herum, habe der junge Dengler sich getroffen mit Theo Strähle, der nun kein Landsknechtsführer mehr war, sondern nur noch ein Panzergrenadier mit Lungendurchschuß. Auch noch andere frühere Jugendidole auf Fronturlaub seien dabei gewesen, und alle hätten sich besinnungslos besoffen, getanzt zu Negermusik und herumgemacht mit Flakmädchen vom Schlossenrieder Horst und so weiter, gar nicht die Art, wie nach Solstetter Begriffen der junge Frontkämpfer sich der Heimat zeigen sollte.

Dengler senior wollte es bei diesem Eindruck seines Sohnes nicht bewenden lassen und nötigte ihn zu einem Vortrag in der Aula der Graf-Zeppelin-Oberschule zum Thema »Soldatische Bewährung«. Etwas Farbiges, Atemraubendes hatte sich Dengler vorgestellt, etwas zum Glänzende-Augen-Kriegen. Der Oberleutnant Dengler bewegte sich aber auf schleppende Art zum Podium, sah vor sich hin aus müden Augen und sagte, er sei bereit, Fragen zu beantworten. Er stand da, hartnäckig in Zivil, ein gealterter Abiturient, den man noch einmal in ein Schulhaus gezwungen hatte. Es herrschte Stille. Dann fragte Milli – ausgerechnet –, ob der Herr Oberleutnant auch schon einmal Angst gehabt habe an der Front. Zuerst nicht, antwortete der, seit er aber aus nächster Nähe eine dreiköpfige Panzerbesatzung habe verbrennen sehen und nicht habe helfen können wegen Scharfschützenbeschuß, von da an: jawohl, Angst. Immer. Da hatte der alte Dengler den Saal verlassen mit einem Gesicht, so weiß, man wußte sofort, der würde nie mehr glühen, nicht einmal mehr mit den Ohren.

Vater und Sohn hatten dann kaum mehr miteinander gesprochen in den restlichen Urlaubstagen, schon deshalb nicht, weil der Oberleutnant sich mehr im Rappschen Hinterzimmer aufhielt als zu Hause. Auf der Rückreise in den Wolgabogen ging der Oberleutnant Dengler für ein paar Tage verloren, wurde dann abseits der Rollbahn mit durchschossener Hand von Feldjägern aufgegriffen. Tieffliegerbeschuß, behauptete er, Selbstverstümmelung behauptete das Kriegsgericht und mußte es besser wissen. Nun saß er im Militärgefängnis von Krakau und wartete ab, ob der oberste Feldherr das Todesurteil bestätigen würde.

Nach Erhalt dieser Nachricht wurde der alte Dengler

wunderlich, ließ sich beurlauben vom Unterricht, ging bei Tageslicht nicht mehr aus dem Haus und wollte der Solstetter Heimatfront den Anblick eines Vaters, dessen Sohn ein Feigling war, nicht zumuten. Auch Tante Traudich gab es schließlich auf mit ihm, konnte die schreckliche Scham des Narren nicht mehr ertragen. Sie würden bald seinen einzigen Sohn erschießen, und er würde sogar um das letzte Gut der Trauer betrogen sein, denn das Leben hatte er nie gespürt, es war ihm immer verloren gewesen hinter Gebärden. Patriotismus als Gebrechen. Der vergangene Sommer hatte ihn zwar für eine kurze Zeit Menschengestalt annehmen lassen, aber es war zu spät gewesen. Jetzt fehlte er mit seinem Cello im Parteiorchester, man sah ihn nur noch nachts in Gassen geistern, ein Nebelwesen.

Nicht lange danach machten die Russen den Kessel um Stalingrad zu. Es kam ein Winter, der hart wurde wie lange keiner zuvor. Im Krankenhaus herrschte oft Strommangel, Abel hatte zu operieren bei Notbeleuchtung, die Kranken und Sterbenden lagen im Dunkel vom Spätnachmittag an.

Pfarrer Glockengast gab Zuhörer- und Konfirmandenunterricht bei Talglichtern, es gelang Philipp und Kumpanen mancher Handstreich gegen die Mädchen auf dem Heimweg aus der Kirche durch die dunkle Stadt. Solche Übergriffe geschahen mit Wildheit, und das Einreiben der Opfer mit gefrorenen Schneebällen war noch gnädig, doch gewann Philipp um Weihnachten herum eine Ahnung, es könnte aus Zärtlichkeit sein, die ihnen als harten Männern so unheimlich war, daß immer Grobheit dabei herauskam. Irene Nessel, das war etwas anderes, bei ihr traute er sich Sanftheit, wenngleich ihm immer rätselhafter wurde, als was er sie zu betrachten hatte. Noch waren ihm die Familienverhältnisse unklar. Abel hatte sich immer gescheut, dem Jungen bündig zu sagen, daß die Abwesenheit der Mutter von Dauer sein könnte. Nie war das Wort Scheidung gefallen. Philipp ahnte es manchmal. So war Irene für Philipp eine bürgerlich nicht näher zu bezeichnende Frau, die ein Hotel führte und seinem Vater nahe stand. Philipp hätte sie gerne näher bei sich gehabt im alten Zollhaus. Für immer. Und natürlich war das wieder einmal ein Verrat, sogar ein doppelter. Es gab zu viele Mütter in seinem Leben, aber keine richtige.

Die letzten Ju-Maschinen brachten die Abschiedsbriefe aus Stalingrad, und der Winter griff noch fester zu. Manche Solstetter gab es, die blieben nun länger stehen vor manchen Bildern, etwa Rabenvögeln unbeweglich auf Schneewehstangen über weißem Feld. Auch ein Stück Wild, im Windbruch verendet, Winterbilder. Brennholz und Briketts wurden noch schärfer rationiert.

Wenn's Rosen schneit

Kein Foto von damals zeigt, wie im Sommer der Wind von den Löwensteiner Bergen durch die Wiesen lief, in den Mühlhügeln Druck verlor und nur als ein Hauch hinunterfand zum See. Dann rauschte am Westufer übertrieben das Schilf auf, die Wasserfläche fröstelte in feiner Riffelung, doch schon die Eichen in der Ostbucht machten kein Aufhebens mehr. Dennoch war diese Luftbewegung an manchen Nachmittagen das lauteste Geräusch im Ramsbacher Winkel.

Das Ausflugslokal »Zum Seewirt« stand noch nicht. Keine Autobahn stieß vom Neckartal her ostwärts zur Jagst. Die Ortschaften im Hohenlohischen lagen weit auseinander mit viel Stille dazwischen. Kam ein Fremder, verständigten sich die Hofhunde dörferweit. Wer über Land wollte, mußte zu Fuß gehen. Fahrradbesitzer wurden beneidet. Einmal am Tag kam der Bus aus Solstett, stand zum Verladen der Post vor dem Seiteneingang des Gasthofs »Zum Schwanen«, wo sich hinter zwei niederen Fenstern die Posthalterei befand. Der rote Kasten wartete meist mit laufendem Motor, denn wenig kam herein, noch weniger ging hinaus. Dann umrundete er unvermutet elegant die Linden mit dem fast zugewachsenen Denkmal für die Ramsbacher Gefallenen von 1914 bis '18 und fuhr wieder zurück in die Kreisstadt. Ramsbach war Endstation damals. Es ging dort nichts mehr weiter. Im frühen Mai wurde der Mühlsee badewarm. Kochte der Juli über in den August, schufteten Frauen und Gefangene in den Kornfeldern. Irgendwo war Krieg. Es fehlten Männer und Maschinen. Mit Sensen wurde gemäht, mit Ochsen eingefahren. So zog sich die Ernte hin. Hoch fliegende Bomberverbände aus Westen in Richtung Nürnberg, Würzburg, Schweinfurt störten nicht.

Vom Mai an im vierten Kriegsjahr kam die Gegend zu Ehren und wurde demgemäß lauter. Im Fliegerhorst Windischried, seit Kriegsbeginn still geworden wegen Verlegung des Geschwaders nach Osten, Westen, dann wieder Osten, wurde ein neuer Jägertyp zur Erprobung stationiert, ein Produkt des Hauses Messerschmitt, ein Wunschkind des dicken Reichsmarschalls und seiner Generale, das Wunder tun sollte im deutschen Luftraum, den der Feind nun auch am hellen Tage mit großen Verbänden überquerte. Es war die Me 262, es war der erste Turbinenjäger der Welt. Der stürzte jetzt probehalber als ein grauer Raubfisch durch den Himmel und war nie dort, wo man hinsah, wenn man ihn hörte, sondern immer schon ein Stück weiter. Noch war er nicht schneller als der Schall, doch schneller allemal als Hohenloher Bauernohren. Man staunte immer wieder. Hatte man ihn lange unsichtbar in der Ferne rumoren hören, als langweile er sich irgendwo westlich über den Nestern um Öhringen, so hatte sich sein Pfeilschatten doch schon in der Stille angeschlichen und zog erst ganz in der Nähe mit zwei heulenden Triebwerken einen Doppelschnitt in die Luft, der noch offen stand, wenn der Graufisch schon wieder hinterm Horizont war. Der rückständigen Landschaft war die Me 262 jetzt schon ein Wunder und raste über uns als Botschaft einer Zeit, die da aus der Zukunft unterwegs war zu uns, aber noch nicht eingetroffen. Manchen schien sie am deutlichsten vorangekündigt in der Bugbemalung des Flugkörpers: Es war ein Drachenmaul.

Auch von ihm gibt es kein Foto. Keines von privater Hand. Niemand von uns hat es je fotografiert. Das Maul in der Luft war zu schnell, auf dem Boden zu geheim. Man hätte es lange beschleichen, ihm lange auflauern müssen, um ein Bild zu machen. So viel Film hatte im Ramsbacher Winkel im vierten Kriegsjahr keiner übrig außer dem Apotheker Abel, der in Friedenszeiten auch den regionalen Fotohandel betrieben hatte und noch über einen schönen Agfabestand verfügte. Doch war die Me 262 dem Apotheker kein Bild wert. Biber, Fischreiher, sogar Kreuzottern beschlich er, ja, es war ihm eine ganze Bildserie vom seltenen Wespenbussard gelungen, was kaum zu glauben schien, denn der Apotheker war stark kurzsichtig und betrachtete die Welt durch ungeheuerliche Gläser, hinter denen seine Augen blaß und winzig waren, und in welchem Verhältnis das von ihnen Gesehene zu dem stand, was sie übersahen, wußte niemand. Sicher war hingegen, daß sein Gehör außerordentlich fein entwickelt war, und dies zu seinem Kummer, denn es wurde ihm leicht alles zu laut. Auch die politischen Zeitläufte beurteilte er vorzugsweise am Maßstab ihrer Geräuscherzeugung, und da war ihm die Entwicklung seit Januar 1933 ein Greuel. »Zu laut«, sagte er, »viel zu laut.«

Dies galt auch für den Wunderjäger. Raste die Maschine so tief über die Ortschaft, daß dem Apotheker die Glasschränke in der Offizin schepperten, blickte er von der Kundschaft weg gen Himmel und sagte unhörbar, aber lippenleserlich: »Zu laut – wie alles, was sie machen.« Die Me 262 war ihm kein lichtbildnerisch würdiges Objekt, wohl aber zu manch düsteren Gedanken Anlaß. Im »Schwanen«, wo er unregelmäßig erschien, aber zuverlässig erst nach dem Aufbruch des Ortsgruppenleiters Schöberle, äußerte er mehrfach, der Feind habe gewiß auch einen Geheimdienst und wisse längst Bescheid, und er an Feindesstelle würde abwarten und ruhig zuschauen, wie die Maschine unter enormem Treibstoff-, Material- und Personalaufwand erprobt und ihrer Einsatzfähigkeit entgegengetrieben werde, dann aber, kurz vor der Vollendung, würde er, der Apotheker, an Churchills Stelle, mit einer ganzen Luftarmada herüberfliegen und alles zusammenschmeißen, den ganzen Winkel, ja, das ganze Hohenloher Land sicherheitshalber gleich mit dazu, das sei doch eine naheliegende Idee, und woher nehme man das Recht, den Churchill für dümmer zu halten als den Apotheker von Ramsbach? Solche Gedanken zu später Stunde, wenn der Schwanenwirt noch eine Flasche vom Gnadentaler hertat, wollten den Männern nicht abwegig erscheinen, doch wandte der langsame und logische Forstmeister Schlatter dann ein, das bedeute ja, rein theoretisch natürlich, daß der Hitler dümmer sei als der Churchill, genaugenommen sogar dümmer als der Apotheker von Ramsbach. Da hob der, als sei ihm dies nicht neu, die Arme vom Tisch mit nach oben gekehrten Händen und sagte: »Ja no...«

Der Apothekersneffe war aus Solstett herübergekommen wie jedes Jahr in den großen Ferien, und Philipp war im Gegensatz zu dem drachenmäuligen Flugkörper seinem Onkel ein Foto wert. Vorrangig zeigt es eine mächtige Wasserwelle, seitlich in die Stirn gedrückt, deutlich kesser als damals Lehrern und Führern wünschenswert erschien im Sinne des amtlich geförderten Bildes vom deutschen Jungen. Unter dem welligen Haardach steht ein vierzehnjähriger Knabe mit unaufwendigem, schmalem Mädchengesicht, männlich vertrotzt für die Kamera um Mund und Nasenwurzel, im Blick aber eine Nachdenklichkeit über nichts Bestimmtes. Ein Sommerfoto im beeren- und doldenstrotzenden Apothekergarten: Philipp

Abel, aufgenommen Anfang August 1943, am dritten Tag einer Ramsbacher Ferienendlosigkeit, vier Tage vor der Ankunft von Gerda Zürschke, der Kusine aus dem Rheinland, wo er die große Welt vermutete, oder jedenfalls eine unvorstellbar viel größere als die Kreisstadt Solstett.

Auf dem Lichtbild vom August '43 trägt Philipp Abel trotz der Hitze einen vielfältig gestopften, dünngewetzten Rollkragenpullover, marineblau, was fotografisch als Grau erscheint, ein Kleidungsstück, ohne das er sich in dieser Zeit nicht aufnehmen lassen mochte. Er fand, daß es ihn seemännisch mache. Es ließ sich darin fühlen wie auf Durchreise, so daß Schule, Parteijugenddienst, Kleinstadtenge sich einschränkten auf einen zufälligen Hafenaufenthalt, der schon morgen enden konnte zugunsten einer unklaren, daher lockenden Weite. Hatte man noch dazu aus leise gestelltem Radio die rhythmische Unterstützung von Feindsendermusik, so ließ sich etwas ahnen vom Leben. Noch wollte nichts davon deutlich werden als die Sehnsucht danach und die wachsende Gewißheit, daß alles Bisherige es nicht gewesen sein konnte.

Ein anderes Foto von Apothekerhand zeigt Gerda Zürschke aus Duisburg, fünfzehneinhalb in jenem Sommer, aufgenommen zwei Tage nach ihrer Ankunft in Ramsbach, achtundvierzig Stunden, die sie mit wenigen Unterbrechungen durchgeschlafen hatte. Ihr waren die Bomber der Royal Airforce vom Rhein nachgekommen bis in die Stuttgarter Gegend. Die Bahnreise hatte zwei Tage und eine Nacht gedauert, Fahren auf umgeleiteten Strecken, Warten in Tunneln und Bahnhöfen. Aber dann steht Gerda Zürschke keck im laubgewirkten Helldunkelfotolicht des Gartens und läßt erstmals festhalten eine neue Frisur, Dauerwelle, die das Mädchengesicht älter macht. Eine junge Dame würde man sie fast nennen, man stellte sich Seidenstrümpfe und eine Handtasche vor zu dieser Person, man tut sich schwer, sie sich beim Frühäpfelstehlen, beim Seeräuberkrieg auf dem Mühlsee zu denken, es fällt einem nicht mehr ein, wie sie einmal versucht hat, ihr Lieblingskalb mit einer Tarnfarbe gegen Fliegersicht anzustreichen. Die immer freche, weil zu kurz geratene Nase sitzt nun auf eine Weise in dem fremder gewordenen Gesicht, die man wohl apart nennt oder burschikos oder sonst mit einem Wort, das bisher nicht vorgekommen ist in einem Ramsbacher Feriensommer. Man muß sich, will man Vertrautes entdekken an dieser neuen Gerda Zürschke, an die Augen halten, die noch den kessen Görenblick haben: »Na und? Na grade!« Und man muß natürlich wissen, daß diese Augen immer noch so unglaublich blau sind, wie es auch eine Farbfotografie nicht entfernt hätte festhalten können. Gerda selbst hätte es gern als himmelblau bezeichnet, es war aber viel blauer, so blau wie sonst nur noch das Löschpapier, das damals Schulheften beilag, fast schon ein Violett, als Tönung eines Schreibwarenartikels nicht erwähnenswert, als Augenfarbe eines Mädchens aber eine Unverschämtheit. Man mußte immer wieder einmal hineinschauen, um es für möglich zu halten, tat man es aber zu oft, wurde einem schwindlig. Dies merkte Gerda Zürschke immer sofort, dann wollte sie ihre Lippen voller machen, weiblicher vermutlich, was nie ganz gelang, dazu war ihre Oberlippe zu kurz, dies aber wiederum in harmonischer Maßstäblichkeit zu der kleinen Nase, so daß sich ein Gesamtbild von nur knapp verfehlter Mädchenschönheit ergab.

Gerda und Philipp, Base und Vetter um drei Ecken, Einzelkinder beide, kannten sich vom Anbeginn der Ramsbacher Sommerfrische. Eine Badezuberkumpanei in der frühesten Zeit, wenn ihnen Abend für Abend der Dreck eines Kinderferiensommertags von der Haut geschrubbt wurde, eine neugierige Ausgelassenheit aneinander, von welch merkwürdiger Konstruktion die Buben und die Mädchen seien. Später Prinz und Prinzessin beim Ramsbacher Kinderfest. Die schönste Zeit ihres Lebens, wie beide meinten, waren sie eine Piratenliebe. Die war, wie's mit der Liebe immer geht, erloschen aus keinem Grund außer der Zeit. Als sie sich im nächsten Jahr wieder getroffen hatten, war es zu Ende. Von da an waren sie weiter auseinander, ein Großstadtmädchen, ein Kleinstadtjunge, eine Industriellentochter, ein Landarztsohn, aber es war aus der Prinzen- und Piratenzeit doch ein Versprechen übriggeblieben zwischen ihnen, von dem sie nichts wußten in Worten, das aber ganz unzerstörbar war, es sei denn durch Worte.

Vom letzten Jahr an, fand er, hatte sie ihm etwas voraus, hinter das er nicht kam. Da hatte er auch einmal um eine Winzigkeit zu lange ins Löschpapierblau ihrer Augen geschaut auf dem alten Bootssteg, und es war ihm wahrhaftig schwindlig geworden. Da hatte sich ihre Oberlippe, die ohnehin immer nur knapp über die leicht vorstehenden Schneidezähne reichte, hochgezogen, und es hatte ausgesehen wie der Ansatz zu einem Lachen. Vielleicht auch zu einem Beißen.

Genau einen solchen Moment hat dann der Apotheker fotografisch getroffen an einem Nachmittag in diesem August '43. Es war das letzte Foto von Gerda Zürschke.

Sie hatte dieses Jahr außer der Frisur noch andere Neuheiten mitgebracht vom Rhein. Da war ein »Tjach!« mit viel gutturalem Ärger, begleitet von einem schrägen Kopfhochwerfen, was die helle Haarwoge über der Stirn seitlich wegschwappen ließ. Es war jedesmal die Zurechtweisung für etwas, das weiterer Erwähnung nicht wert war. In schwereren Fällen, wenn sie also meinte, eine Zumutung oder eine besonders törichte Äußerung bestrafen zu müssen, setzte sie noch ein höhnisches »So weit kommt's noch!« dazu. Dann stand er vollends als Tölpel da und wußte in den seltensten Fällen, warum. Des weiteren hatte Gerda wieder ihren Lieblingsschlager aus dem Radioangebot der Saison mitgebracht, der hieß dieses Jahr »Mein Herz hat heut' Premiere«, man hörte die Mitteilung jeden Tag von ihr aufs neue, was Tante Scharlott, war sie in der Nähe, jedesmal zu dem Urteil veranlaßte: »Das Gerdale singt doch goldig!« Philipp fand, er müsse abreisen oder etwas unternehmen.

Beim Hasenfüttern im hinteren Garten fing er einen heimtückischen Angriff an. Die mächtigen Holunder am Kompost machten im August schon gegen fünf am Nachmittag eine grüne Dämmerung. Unter einem frühen Halbmond jagte das Drachenmaul über den Erkheimer Wäldern.

»Mein Herz hat heut' Premiere –«

»Das weiß inzwischen ganz Ramsbach.«

»Das Stück heißt du und ich –«

»Was spricht man in Raucherkreisen?«

»Wieso?«

»Du rauchst doch.«

»So weit kommt's noch.«

»Ich riech's. Obwohl's immer nach Baldrian stinkt auf dem Dachboden.«

»Tjach!«

»Rück eine raus.«

»So weit kommt's noch.«

Das steckte er ein. Schweigend rupften sie Klee. Der Korb füllte sich. Philipp spürte ihren Blick, äugte aber, wenn er aufsah, an ihr vorbei in den Holunderdunst.

»Hast du denen was gesagt von wegen Rauchen?«

»Woher denn. Qualm ja selber, wenn ich was hab'.«

»Du? Seit wann?«

»Was weiß ich. Mal fängt jeder an, mit allem ...«

Ein löschpapierblauer Blick, ihre Hände im Klee regten sich nicht mehr.

»Sag bloß –«

Da ließ er sich zurückfallen ins Gras, versuchte ein ganz ins Ferne zielendes Träumen mit den Augen, es gelang.

»Kennst du denn Mädchen, die so was – in Solstett – woher denn?«

»Woher ist doch Nebensache.«

»Kann ja jeder sagen, er hat schon – mit vierzehn! Die reine Angabe.«

»Ist ja egal, ob du's glaubst oder nicht.«

»Eben!«

Ihre Oberlippe gab die Zähne frei, diesmal sah es eindeutig nach Zubeißen aus. Die Hände rissen den Klee heftiger aus dem Boden als notwendig gewesen wäre. Er spürte seinen Hosenboden feucht werden im

Tau, blieb aber sitzen, sah ihr zu, wie sie im Klee wütete. Das wollte sie ihm doch nicht gönnen, hielt inne, hockte sich auch hin auf die vertraute, nicht mädchenhafte Art: Gewicht auf der linken Pobacke, das linke Bein angewinkelt, das rechte aufgestützt, so daß ihr blau getupftes Kattunkleid nach oben rutschte und sich über der Schenkelgrätsche spannte. Von außen mußte es wirken wie die alte Unbefangenheit unter Sommergespielen. Er sah genau auf das schattige rosa Dreieck unter ihrem Rock. Draußen über den Waldbergen verzog sich der Wunderflieger in der blassen Tiefe des Westhimmels.

»Ich glaub dir's nicht, man redet nicht so drüber, wenn man –«

»Wieso? Es ist nix Besonderes.«

»Angeber! Weißt du, was ich glaube: du hast noch nicht mal geküßt.«

»Du vielleicht?«

»Vielleicht –«

»Richtig geknutscht?«

Da gab sie keine Antwort und hatte natürlich wieder einmal gewonnen. Es mußte das Jahr sein, das sie älter war, oder das Rheinland, oder die Großstadt, oder einfach das Leben, das war es, sie hatte das Leben immer auf ihrer Seite gegen ihn, sie war immer in der Übermacht. Sie saß da, die Beine locker auseinander, arglos wie früher, vermutlich, oder es kam ihr einfach nicht drauf an bei ihm, bei anderen vielleicht schon, aber er zählte nicht, und es dämmerte jetzt auch stark, das Gras war nun sehr naß, sie mußte doch einen genauso feuchten Hintern haben wie er, sie war doch nichts Besonderes, eine noch nicht ganz sechzehnjährige Ziege, was war es, was war es bloß, warum tat alles so weh, der reglose Garten unter dem farblosen Himmel, die Stille, die nichts übrigließ zwischen ihnen als diese feindliche Nähe.

»Mein Herz hat heut' Premiere –«

»Scheißlied.«

»Was verstehst du denn? Singt Ilse Werner in ›Wir machen Musik‹.«

»Aber wenn du's singst, ist es halt blöd.«

Sie drehte den Kopf weg und schwieg.

»Mensch, Gerda, heulst du?«

»Könnte dir so passen!«

Sie riß den Kopf wieder herum zu ihm, und er sah die Verfinsterung in ihren Augen. Alles Blau war gewichen, er kannte das an ihr, es war statt Tränen, richtig heulte sie ja nie.

»Gerda, das vorhin – vielleicht war's Angabe.«

Ihr Kopf ging herunter auf die Brust.

»Ich hab' noch drei Nil, Goldmundstück, die können wir teilen.«

»Kannst du Lungenzug?«

»Mhm.«

»Und Zungenkuß?«

»Du rauchst eine, und ich rauch eine, und die dritte du ein Zug, ich ein Zug.«

»Ja, und das andere, das machen wir dann auch.«

»Wenn's Rosen schneit.«

Damit stand sie auf, strich sich das Kleid herunter, nahm den Korb, trug ihn hinüber zu den Hasenställen hinter die Thujahecke. Er hörte die Stallriegel leise kreischen, später sogar die Kaninchen mümmeln, das Mahlen der Kiefer, die den Klee zermalmten, schneller als eine Häckselmaschine. »Wenn's Rosen schneit« war ein Spruch der Gegend hier. Ältere Leute hatten ihn noch im Alltagsgebrauch, wenn sie ein unbescheidenes Ansinnen freundlich mit einem Scherz ablehnen wollten. In früherer Zeit hatten ihn die Bauernmädchen anstandshalber zu sagen, wenn die Burschen beim Tanz um einen Kuß balzten. Es konnte dann heißen: nie im Leben, konnte aber auch heißen: jetzt nicht, aber auf dem Heimweg, da sehen wir dann. Der Holunder ragte nun schwarz auf in den Himmel. Von Gerda kein Laut mehr. Wartete sie darauf, daß er käme und es Rosen schneien würde? Ihm fiel ein, wie sie Captain Flint und Mary Bell gewesen waren und einmal von Kannibalen umzingelt in der Dschungelhölle der kleinen Insel im Mühlsee, die Munition war ausgegangen, auch der Proviant, und die »Seekönigin« war ihnen weggetrieben. Da hatten sie sich versprochen, beisammen zu bleiben für immer. Das hatte er nie vergessen. Aber das war fünf Jahre her, und seit sie nicht mehr Captain Flint und Mary Bell waren, hatten sie sich natürlich auch nicht mehr sagen können, daß sie sich liebten. Getrennt durch Dunkelheit und ein Stück Thujahecke, kaum zehn Meter auseinander, warteten sie vielleicht beide. So ungeheuerlich weit war noch keine Entfernung zwischen ihnen gewesen, und vielleicht war das ja nur die ganz normale Entfernung unter Erwachsenen. Später hörte er sie zum Haus gehen. Erst das Tapsen ihrer Sandalen im nassen Gras, dann härter die Holzsohlen auf dem Kies zwischen den Erdbeerbeeten.

Hühnerfrikassee

In der Nacht, weil die Luftwaffe drüben im »Schwanen« kegelte und die alten, verdellten Eisenkugeln bis spät über die löchrige Bahn donnerten, stürzte Gerda herüber aus ihrer Mansarde. »Ist Alarm?« Im trüben Licht der blau bemalten Glühbirne, die im Dachbodengebälk hing, sah er sie im Türausschnitt stehen, schmal, knochig, in flattrigen Unterhosen, vor der Brust ein kleines, zweibeuteliges Gehänge, die fragwürdigste Neuigkeit, die Gerda in die diesjährigen Ferien mitgebracht hatte: einen Büstenhalter, den Busen dazu nicht. Sie saß eine Weile auf seinem Bett wie nicht da, und er bemühte sich um ein Streicheln, das nur zeigen sollte, daß jemand bei ihr war, aber da fuhr sie plötzlich hoch wie aus einem anderen Traumschrecken und floh in ihre Kammer.

Lange lag er wach im warmen Luftstrom des Baldriangeruchs, denn der Onkel trocknete seine Heilkräuter auf dem Boden, er hörte noch, wie die Luftwaffe die Lust am Kegeln verlor und zu singen begann im Schwanengarten, »Stern von Rio, du könntest mein Schicksal sein ...« Er war nicht einig mit sich, einig mit nichts. Er verstand ihre Flucht nicht. Sie konnte sein Streicheln nicht für zudringlich gehalten haben. Oder war sie aus Enttäuschung hinausgerannt, weil sie mehr erwartet hatte als Kinderberuhigung bei Gewitter? Hatten sie sich so herum oder andersherum mißverstanden?

Am nächsten Tag schlief sie wieder bis Mittag, dann holte Tante Scharlott sie zum Essen. Das magere Bombenkind aus Duisburg mußte gemästet werden an

Sonn- und Werktagen, kugelrund wollte die Apothekersfrau ihre Nichte wieder in Marsch setzen an den Rhein. Hühnersuppe, Kaninchenragout, gebratenes Ziegenkitz, alles aus eigenen Beständen. Scharlott saß immer mit knapp zurückgehaltenen Tränen bei Tisch, appetitlos vor Gram um einen Hansi, eine Susi, ein Mädi. Sie liebte alle Tiere. Bei den Menschen machte sie Unterschiede, grobe und feine. Die »undeutschen« waren ihr ohnehin nur Menschen zum Schein, doch ließ sie Ausnahmen gelten. So hatte sie den Viehhändler Abendroth, einen Mann von irgendwie südlichem Charme, der obendrein Akkordeon spielen konnte, nicht ungern gesehen, jedenfalls solange er als Kunde die Apotheke betrat, wenn sonst niemand drin war. Sie hat ihm beim Maitanz im »Schwanen« 1930 sogar eine unverschämte Aufforderung zum Walzer verziehen. Als ihn aber in einer Novembernacht '38 sechs Mann Crailsheimer SA aus dem Bett holten, auf einen Lastwagen warfen wie ein Schlachtkalb und mit ihm wegfuhren auf Nimmerwiedersehen, war ihr dies ein Beweis dafür, daß auch er nur zum Schein ein Mensch gewesen war, eben undeutsch. Die Katholischen gingen bei ihr noch eher als Menschen durch, wenngleich mit starkem Vorbehalt, denn der Papst war für sie ein grimmiger Feind des Führers, was der Apotheker immer hohnlachend als eine kolossale Überschätzung des heiligen Mannes bezeichnete.

Überhaupt hatte sie es mit Friedrich Abel schwer in den politischen Sachen. Sie sah ihm vieles nach, denn der Mann hatte immerhin Proben eines im Kern urdeutschen Charakters abgelegt, als er die marode Landapotheke nach seiner Einheirat im Jahre 1918 zu wachsender Blüte gebracht hatte, als er gar ein eigenes Mittel gegen rheumatische Schmerzen schuf, kleine schwarze Pastillen, »Abele« genannt, die östlich bis weit ins Fränkische, westlich bis an den Neckar Linderung verbreiteten.

Liebte sie ihn? Scharlott, selbst gefragt, hätte wohl als Liebe für sich in Anspruch genommen ihr nunmehr fünfundzwanzigjähriges Tragen an der Last von Friedrichs mangelhafter nationaler Denkart. Von der hoffte sie noch immer, sie sei eine Art Heidentum, das jedoch seiner Erweckung entgegenschlummere. Sein vernichtendes »Zu laut!«, mit dem er unerschütterlich den Stab über die Machthaber brach, brachte Scharlott oft zu Tränen. Eine letzte Hoffnung aber hatte sie sich immer bewahrt, es werde eines Tages gleichsam pfingstlich der braune Glaube sich auch über den Apotheker ausschütten. Auch hatte sie ein Pfingstopfer schon im voraus erbracht in Siegbert, dem einzigen Kind, achtzehnjährig am dritten Kriegstag in Polen gefallen durch versehentlichen Bombenabwurf einer Heinkel 111 hinter den eigenen Linien. Als die Todesnachricht eintraf, hatte sie mit dem Führerbild, das im Erker des Damenzimmers hing, günstig für Morgensonne, Tage und Nächte gehadert, bis der Apotheker es abnahm und »den Kerle« auf den Dachboden hängte. Als aber Scharlott sich dazu durchgerungen hatte, dem obersten Kriegsherrn zu verzeihen und Göring als den Luftwaffenbefehlshaber für den eigentlich Schuldigen zu nehmen, hat sie das Bild vom Speicher geholt und wieder im Damenzimmer plaziert, denn eine Zuflucht und Andachtsecke brauchte sie für sich in dem großen Haus.

Scharlott wirkte mit ihren vierzig Jahren noch so zierlich wie das Mädchen, das sie einmal war. Der füllige, schon matronenhaft hängende Hintern schien immer nur angeschnallt, nicht eigentlich zu ihr gehörig. »Da hat sie ihren Verstand drin«, bemerkte der Apotheker spät nachts beim Wein, aber nur selten und in fortgeschrittenem Zustand. Wo immer Scharlotts Verstand auch sitzen mochte, im Hirn oder Hintern, ihre Seele gehörte eindeutig dem Vegetarier, der die Nation gerettet hatte. Fiel das Licht der Ostsonne schräg durchs Birnenspalier herein auf Bärtchen und Tolle, hielt sie ihre Andacht ab. Göring hingegen hat sie immer verabscheut, weil so dick sein undeutsch war, und Goebbels mißtraute sie, war der doch einst Katholik gewesen, was in Scharlott nie den Verdacht ruhen ließ, die Karriere des Propagandakünstlers sei vielleicht nichts als jesuitisches Ränkespiel, undeutsch auch dies. Sie war, wie der Arztbruder Abel zu sagen pflegte, eine Seele von Unmensch. Blieb eine der nur von ihr zählbaren Katzen mehr als drei Tage abgängig vom Apothekerhaus, wurde sie unruhig, durchstreifte die Gegend und legte mit kleinen Leckerbissen die Spur der Heimkunft. Als der Schäferhund Totila sich beim Überspringen des Vorgartenstaketenzauns den Bauch aufgerissen hatte, brachte sie ihn entgegen der hoffnungslosen Diagnose von Tierarzt Sattler durch mit Kamille und Nachtwachen. Zogen aber die Feindbomberpulks hoch oben ihr Kondensstreifengitter in den Sommerhimmel, kam es schon vor, daß Scharlott sich von den Rosenbeeten aufrichtete und mit überraschend tragender Stimme hinaufschrie: »Wenn einer runterfällt von euch Verbrechern – mit der Gartenscher' mach' ich ihn hin!« Philipp versuchte, sich dies vorzustellen. Es gelang ohne Mühe.

Nun bei Tisch sah er auf ihre zerschrundeten, roten Hände. Die waren nie müde geworden, Gutes zu tun. Nicht mehr zählbar die von ihr gestrickten Westen, Socken, Handschuhe, Ohrenschützer aus Friedenswolle, die sie von den Schafbauern bezog gegen Medikamente, die knapp geworden waren, seit Feldherr, Generalität und Armee davon überrascht worden waren, daß der Winter in Rußland heftiger ausfiel als in Berlin. Die Wollsachen gingen über die Parteifrauenorganisation an die Landser in Rußland, doch zweigte Scharlott stets auch ein Kontingent für unheroischere Existenzen ab. Die Dorftaglöhnerinnen im Ried bekamen ihr Teil, sogar die Arbeiter in der Erkheimer Spinnerei, obwohl die sicher rot gewählt hatten, als eine Wahl noch war. An Mildtätigkeitswerken der evangelischen Gemeinde beteiligte sich die Apothekersgattin nicht mehr. Da hatte sie einen klaren Strich gezogen, seit der Pastor Niemöller damals seiner ursprünglichen Zustimmung für Hitler vernehmlich abgeschworen hatte und nun im Lager dafür saß. Der konnte den Herrgott, wie sie ihn verstand, nicht wirklich lieben.

Nun verspeiste man, um Gerda Zürschke Gutes zu tun, ein Frikassee, das eine Henne namens Klärle gespendet hatte. Begleitend versprach der Wehrmachtsbericht eine Gegenoffensive im Raum Bjelgorod. Scharlott trauerte um das Klärle, verfolgte das Frontgeschehen und wachte gleichzeitig darüber, daß Gerda die Hauptportion von Klärle abbekam. Die Nichte aber hatte sich ins Erzählen geplaudert und genoß es, Mittelpunkt zu sein als eine Art Frontberichterstatterin vom Bombenkrieg im Westen. Sie schilderte Brände und Luftdruckwirkungen, malte überfüllte Bunker und verschüttete Keller als einen Alltag, der in seinen Schrecken doch auch den Vorzug einer enormen Kurzweiligkeit zu haben schien. Philipp lauschte bewundernd, wie farbig sie erzählte, welch treffende Sätze sie bildete, alles so, wie es ein Dengler sich von einem guten Erlebnisaufsatz gewünscht hätte. Der wäre auch entzückt davon gewesen, wie Gerda im richtigen Augenblick das Erzähltempus wechselte, ins Präsens historicum fiel, auch wörtliche Rede einfügte: »Nichts wie rauf, sag' ich, das war bei uns, sag' ich, wir haben 'ne Brandbombe im Dachstuhl, und wetze schon los, Vati hinterher, und wahrhaftig –«

»Aber iß auch tapfer«, mahnte Tante Scharlott. Die Heimatsprache hier meinte mit tapfer vorzugsweise: tüchtig, sorgfältig, ausgiebig. Es war die Denkart der Gegend, daß der Tüchtige die Tapferkeit auch gleich mitgepachtet hatte. »Es muß was hinkommen an dich, Gerdale, das ist auch gut gegen das Seelische.«

Der Reichssender Stuttgart verließ die Front und brachte allgemeinere Nachrichten. Man erfuhr auch heute nicht, wo der vor drei Wochen entmachtete Mussolini steckte. Der neue Regierungschef in Rom, Badoglio, hielt treu zum Reich, hieß es, doch schien er die Deutschen ein bißchen zu necken, wo er den Duce versteckte, verriet er nicht gleich. Hörbar gut gelaunt meldete aber dann der Sprecher, daß in den Grünanlagen der Reichshauptstadt, zur Entlastung der Ernährungslage im Frühjahr umgepflügt, nun mit gutem Ertrag das Getreide geerntet werde. Auch das Gemüse auf dem Alexanderplatz gedeihe prächtig.

»Natürlich, wenn man Tote sieht, das ist komisch zuerst«, sagte Gerda, »aber schlecht geworden ist mir nicht. Die werden auch schnell weggeräumt. Bloß im Rheinhafen, da hat's neulich 'ne ganze Arbeitskolonne Polinnen erwischt, die lagen am Morgen noch da. Sind die Bergungskommandos einfach nicht nachgekommen.«

»Frauen? Aber warum waren die denn nicht im Bunker?«

»Tjach, Tante Scharlott! Dürfen die doch nicht rein als Ostarbeiter!«

»Die Polenfrauen dürfen nicht in den Bunker beim Angriff?«

»Nee, nicht mal bei Bratsche.«

»Bratsche?«

»So heißt das im Luftlagefunk. Violine ist leichter bis mittlerer Bombenwurf. Bratsche, das sind die dikken Onkels.«

»Daß aber Frauen nicht in den Keller dürfen, ist nicht recht.«

»Tjach, Tante Scharlott!«

Sie traute sich also ihr »Tjach« als Erwachsene zu Erwachsenen, eine junge Großstädterin, die sich zur Geduld zwingen mußte mit einer etwas einfältigen Landapothekersfrau. Sie war noch nicht sechzehn, noch keinen ganzen Tag älter als gestern im dämmrigen Garten, und doch jetzt jahrweit weg von ihm, weiter noch als die Schulkameraden vom Jahrgang '27, die Schülersoldaten geworden waren an Flakgeschützen und Funkmeßgeräten und zwischendurch Mathe und Schillers Dramen – Gerda war aufgenommen in eine Welt, die Konversation machte bei Tisch, und kleine Jungen schwiegen da besser, um nicht erleben zu müssen, daß ihre Gesprächsbeiträge nur geduldet wurden. Gerda sah jetzt zum Onkel hin, wie um Hilfe für den Umgang mit seiner naiven Frau. Aber der hatte seine Brillengläser bereits auf undurchdringlich gestellt. Der konnte das nach Belieben. Man sah dann in den Gläsern nur blitzend und scharf das doppelt gespiegelte Zimmer, von seinen Augen nichts. »Ja no ...« sagte er und hob die Arme halb auf, mehr fiel ihm seit Jahren zur Politik nicht ein, es sei denn nachts im »Schwanen«. »Ja no« reichte auch. Es war die Weltformel geworden. Dabei lächelte er auf eine Art, wie Philipp sonst niemand hatte lächeln sehen: mit nach unten gezogenen Mundwinkeln, das genaue Negativ eines Lächelns, das im Lauf der Jahre ein stummes Stichwort für den weiteren Verlauf solcher Szenen geworden war. Von nun an ging alles weiter wie ein gut studiertes Theaterstück. Scharlott hatte jetzt den Satz zu sagen – und da war er schon: »Aber davon weiß der Führer nix!«

Und darauf mußte der Apotheker die hängenden Mundwinkel nach oben und gleichzeitig weit auseinanderreißen, so daß eine dreieckige Öffnung entstand, die zunächst sinnlos schien. Erst nach einer atemlosen Sekunde wurde ein Mundstück daraus für ein hohes, glucksendes Gelächter, das der Apotheker herzustellen hatte, wann immer seine Frau dem Führer bescheinigte, von einer Schweinerei nichts gewußt zu haben. Hatte der Apotheker sein Gelächter geliefert, war der Abgang von Tante Scharlott dran. Sie hatte jetzt behutsam das Besteck wegzulegen und sich zu erheben, mit keinesfalls mehr Stuhlknarren als sonst. Stand sie dann aufrecht, mußte sie gleich Genick und Schultern wieder einducken wie unter schwerer Last, die sie aber gewohnt war zu tragen. Dann, unter Beimischung eines leisen Teetassenklingelns im Glasschrank, hatte sie sich zur Tür zu bewegen, nicht hastig, eher graziös, eine längst eingeübte Flucht in elf, höchstens zwölf Trippelschritten, und dann, mit dem Ergreifen der Türklinke – niemals vorher – endlich: Tränen!

Draußen würde sie schluchzend weiterhuschen, von hinten immer noch anzusehen wie ein reiferes Schulmädchen mit einem erstaunlich ausschwenkenden Hintern, den oberen Flur entlang ins Erkerzimmer. Dort, vor dem Bild, würde sie Zwiesprache halten mit IHM. Dies alles hatte man sich vorzustellen, denn sichtbar endete das Stück im Eßzimmer mit einem friedlichen, sorgsam kauenden Apotheker. Der hatte nun den Spiegeleffekt der Brille wieder abgestellt und zeigte seine Augen in vollkommener Unschuld, nur sehr stark verkleinert hinter den Gläsern. Dazu stellte der Sprecher des Reichssenders Stuttgart, gleichsam als Epilog, beispielsweise ein Anhalten der hochsommerlichen Hitze in Aussicht.

Gerda wollte nicht mit zum Baden am Nachmittag, lag in der Hängematte zwischen Apfelbäumen und war weiterhin erwachsen mit einem Buch für Erwachsene, Knut Hamsun, »Viktoria«. Darüber schlief sie ein. Das Buch fiel ins Gras. Philipp nahm den schmalen Band, blätterte, fand eine Stelle, lachte lauter darüber, als ihm zumute war, so daß sie erwachte.

»Fragt mich jemand, was die Liebe ist, so ist sie nichts als ein Wind, der in den Rosen rauscht und wieder erstirbt –«

»Gib das Buch her!«

»Soso, es rauscht. Ist das alles, Gerda?«

»Tjach, es ist Dichtung, Idiot.«

»Komm mit schwimmen. Vielleicht kriegen wir den Kahn noch mal flott.«

»Ist mir zu heiß. Ich kann nicht ins Wasser.«

»Achso. Das hast du jetzt auch.«

»Auch?«

»Ja, wie die Frauen halt. Aber einen Busen hast du noch nicht.«

»Ich komm noch 'ne Weile ohne das Gebammel aus. Und dich geht's nix an.«

»Könntest du jetzt ein Kind kriegen?«

»Du fragst wie ein Kind.«

»Bist ganz stolz, daß du zu der Bande gehörst, was?«

»Zu der Bande?«

»Es ist eine Bande. Die meisten Erwachsenen. Manche nicht. Mein Vater nicht. Onkel Friedrich nicht. Aber ich glaube, die meisten. Manche sind sogar Sklavenhalter. Wahrscheinlich auch dein Vater.«

»Sklavenhalter?«

»Hat doch mit Rüstung zu tun da an Rhein oder Ruhr oder wo. Da werden Leute aus den Lagern reingesteckt, kriegen kaum was zu fressen, müssen schuften ohne Lohn, wenn sie schlappmachen, ist es aus.«

»Woher willst du das wissen?«

»Ist geheim.«

»Und verlogen.«

»Frag mal deinen Vater, ob er KZler hat, frag mal, wie's denen geht.«

»So weit kommt's noch! Hörst du Feindsender, Mensch?«

»Und wenn?«

»Ich ja auch. Aber nur für Musik. Ist doch alles Propaganda. Ich will jetzt lesen.«

»Ja, Gerdale, lies du, wie's in den Rosen rauscht.«

Damit ließ es sich gut davonschlonzen, fand er, ein guter Abgang, Hände tief in den Hosentaschen, mit Seemannsgang, passend zum blauen Pullover, gelernt von der Solstetter Marine-HJ, die einmal die Woche auf der Muhr pullte, wo sie tief genug war, und hinterher mit weitem Hosenschlag und ausladendem Wiegeschritt durch die Gassen gehen mußte, als käme sie von hoher See. Er ging aber nur um das Gartenhaus herum so, dann bequemer, denn er mußte nachdenken. Propaganda. Hatte der Baron auf seiner Burg Propaganda verzapft? Es wäre Philipp lieb gewesen. Lieber hätte er den letzten Windisch-Bühl einen Lügenbaron sein lassen als sein Land einen Sklavenstaat. Er wollte nicht werden wie sein Vater, immer abseits, in allem dagegen. Er hätte gern ein Land gehabt zum Dafürsein.

Die Verlobung

Das Wasser glitt dunkel auf ihn zu und erhellte sich erst dicht vor seinem Gesicht zu bernsteinfarbener Durchsichtigkeit. Abel schwamm mit wenigen, langen Bewegungen, nicht anders als die Frau, die drei, vier Körperlängen vor ihm kaum mehr sichtbar war im braunvioletten Schleier aus Fluß und letztem Licht. Wenn sie einen Arm hob, um eine Strähne hochzuschieben in den Helm der Haare, war es ein nicht deutbares Signal. Sie schwammen ohne Geräusch im Abendlärm der Reiherenten aus der Schilfkolonie.

Als Knabe war er zuletzt so geschwommen. Die Donau. Die Moorseen der Heimat. Unvergessen ein goldroter Abend, der lange in den Wiesenkissen wach gelegen hatte, eine nie mehr erlebte Stille, mit der die Welt sich eingeglättet hatte in die weichen Landschaftslinien Oberschwabens, Sommer 1914 am Federsee, das war nun sehr nahe. Später in seinem Leben die Flußbäder an Rhein und Neckar, Strandbäder am Mittelmeer, an der Nordsee, in den Berliner Jahren der Wannsee mit Anna, die keine Frau für draußen gewesen war, die sich lieber gesonnt hatte in Lichtbahnen durch Gardinen an Teetischen. Zuletzt war er in den Schwimmbassins an Deck von Passagierdampfern geschwommen: in der Biskaya, im Golf von Mexiko oder in der Ägäis, ein lächerliches Planschen in ein paar Kubikmetern Salzwasser.

Jetzt aber, in einem langsam fließenden, fast gestaut stehenden Flußbogen der unberühmten Muhr, weit außerhalb der Stadt, kurz vor der Nacht noch einmal das Glück von früher: der gewährte Einlaß in eine Landschaftsstille, die sich nicht zurückgezogen hatte hinter die Grenzlinie ihres Geheimnisses. Dies konnte einem nur alleine gelingen, hatte er immer geglaubt, und dann selten genug. Schon als einzelner konnte man einer zu viel sein. Man fand den Eingang nicht, wenn man sich nicht selber vergaß und es also für die Länge der Zaubersekunde wirklich so war, als sei da niemand. Und jetzt hatte ihn eine Frau geführt und mit hineingenommen durch den Spalt in der undurchdringlichen Mauer aus nichts. Sie waren in dem alten, seit Kindertagen nicht mehr betretenen Reich aus Schweigen, Wasser, Wolkenspiegel, Schilfwehen und Tierlaut. Es war noch einmal das reglose Zusammenstürzen der Welt über einem, der Augenblick, in dem die Vorstellung möglich wurde: So war die Welt ohne einen.

Die Langobardin hatte das Ufer erreicht. Er sah, wie sie sich aus dem Flachen aufrichtete, hoch darüber aus dem Schatten der Talwand ließ sich ein Graureiher tragen. Da erst, an diesem Abend, begriff Abel, daß er genesen war, stark genug, eine neue Verletzung zu wagen: er liebte.

Sie ließen sich trocknen, fanden kaum noch ihre Kleider, die Nacht war schon eingebrochen, als sie wieder bei den Rädern waren. In einer Dorfwirtschaft hörten sie Gastbetrieb, Stimmen hinter kaum verdunkelten Fenstern, traten ein, standen, eh sie sich's versahen, an einem Tisch, an den Wein und Wild getragen wurden, dahinter, glänzend vor Leutseligkeit und Behagen, Kreisleiter Storch in Weidmannstracht, auch Singer von der Maschinenfabrik, sein Prokurist Schäuble, Fallschirmfabrikant Hühnerfeldt und der Forstmeister von Gnadental. Der Kreisstorch war überrascht, vielleicht ein wenig verlegen wie jemand, der sich nicht gerne antreffen lassen wollte bei Schmaus und Jagdgeselligkeit von einem, der stadtbekannt war dafür, daß er für drei schuftete. Da war er dankbar, hinter dem Doktor die schöne Lamm-Chefin zu entdecken, zu der er mit kumpanenhaftem Einverständnis hinlächeln konnte: Also doch auch nicht abgeneigt der Waldeslust, nicht wahr, der Herr Doktor. Er wies mit einem Kopfschwenken auf den freien Nebentisch, ganz der Patron und Gastgeber hier, wir sind keine Unmenschen, Herr Doktor, jetzt sehen Sie doch einmal, leben und leben lassen, in gewissen Grenzen natürlich, an einem Sommerabend wie diesem. Es war nicht angenehm. Sie hätten wieder gehen müssen, sahen sich an, und Abel, noch nicht ganz entronnen dem Zauber von Flußbad und Zwielicht, überließ sich Irene, die mit gnädigem Kopfneigen, als habe ein Domestik sie hereingebeten, an dem Jägertisch vorüberschritt in die hinterste Ecke, wo unter Geweihen und einem fletschenden Keilerkopf eigens für sie gedeckt werden mußte. Sie saßen nicht lange, da tappte barfüßig eine Elfjährige mit dicken Zöpfen an und stellte mit Ernsthaftigkeit, um keinen Tropfen zu verschütten, zwei Viertel Wein vor sie hin, ließ sich nicht ein auf die üblich gewordene Bittstellerei in Gasthöfen, ob vielleicht ein bißchen Speckwurst und Brot zu bekommen sei oder gar ein Wellfleisch, erteilte die Weisung, man solle sich nur gedulden, es komme schon alles – »Sie wern scho säh!« –, sie brachte dann Räucherforelle, Rehragout und Salate, war erfüllt von ihrer Nützlichkeit, die leise ferngesteuert wurde von der Wirtin, welche sich um den Jägertisch kümmerte. Von dort nickte Storch als Gönner herüber, hob das Glas. Abel machte eine Handbewegung, sie konnte als Antwort oder Dank gedeutet werden.

Dies sind also die kleinen Dinge, sagte er sich, die werden später einmal noch schwerer zu erklären sein als die großen. Werden wir dann erzählen, wir haben uns unter Drohungen bewirten lassen am Tisch der Macht? Werden wir sagen, der Bissen sei uns sauer geworden, der Wein zu Essig? Dies wäre nicht wahr.

Wahr ist, wir haben es uns schmecken lassen, und es kann nicht erklärt werden, und fragt man uns, ob da wenigstens eine Spur von Scham war über den Verrat an der Gesinnung, die wir doch hatten, auch an diesem Sommerabend, im sechsten Monat des totalen Krieges, ein halbes Jahr, wie wir wußten, nachdem eine Blume geblüht hatte und zertreten worden war, eine weiße Rose, ein ganz junges Mädchen, ein paar Jünglinge, hingerichtet von denen, deren lokaler Unterstatthalter uns da Wohlwollen zeigte mit erhobenem Glas – fragt man uns danach, was sagen wir dann.

Irene nahm seine Hand und sagte:

»Nein, Abel. Es gilt nicht. Denn heut Abend ist unsere Verlobung.«

»Das hast du grade beschlossen?«

»Mir ist den ganzen Abend schon wie verlobt. Ganz wie ein braves Bürgermädchen, endlich verlobt. So ist mir.«

»Am Fluß unten, da war es, nicht?«

»Ja.«

»Wie kann das sein? Wir sind ja nicht eins, wir sind verteilt auf zwei Körper, und doch hat es jeder gespürt.«

»Nun ja, landläufig könnte man sagen –«

»Dann sag es! Sag nicht, man könnte, sag es ein einziges Mal!«

»Ich sage, es ist die Liebe.«

»Gelobt sei Gott. Du hast es tatsächlich einmal gesagt, nach sechs Jahren, fast auf den Tag. Und dies ist eine Verlobung. Ich glaub' zwar nicht unbedingt daran, daß du mich heiratest, aber dies ist unsere Verlobung, daran lass' ich nicht rütteln, und wenn uns so ein Bonze dazu ein Essen spendiert, so soll es mir recht sein, und ich verlange, daß es dir schmeckt.«

»Es schmeckt mir, und ich werde dich heiraten, Fräulein Nessel.«

»Ach, das weiß man nicht. Aber sag es noch einmal, sag es wie im Kino.«

»Ich liebe dich. Du bist schön. Manchmal ist dein Gesicht wie auf alten Bildern.«

»Botticelli?«

»Nein. Nicht so preziös. Eher Leonardo.«

»Da danken wir aber sehr. Da nehmen wir ohne Murren Durchschnittsnoten für die Figur hin.«

»Warum? Ich liebe sie. Das nicht Zierliche daran. Das Bäuerliche. Und deine Bewegungen. Jede ist immer vom ganzen Körper gemeint, von der ganzen Person. Wenn du gehst, begreift man: das ist Gehen, wenn du dich niederläßt, denkt man: so sieht das aus, wenn eine Frau sich setzt. Man sieht's wie zum ersten Mal und hat's für alle Zeiten begriffen. Das ist Anmut.«

»Sag was über die Sprünge.«

»Was für Sprünge?«

»Auf alten Bildern sind Sprünge.«

»Ja, feine Sprünge, wir sehen sie längst als Kunst an, sie steigern die Schönheit. So ist es mit den haarfeinen Fältchen um deinen Mund, um deine Augen, wir möchten nicht eines missen.«

»Abel, hör auf, denn ich habe einen Schwips von dir, und ich will mich nicht weiter betrinken in Gegenwart dieses überflüssigen Kreisleiters.«

Sie saßen über Eck an dem kleinen Tisch, sprachen leise, sahen nicht mehr hin, wenn der Storch seinen Gönnerblick herüberschickte, und Abel hatte zum

Schluß draußen im Vorraum, der eine alte Tenne war, einen freundlich verbissenen Streit mit der Gastwirtin, einer ehemaligen und jetzt kropfhalsigen Dorfschönheit, die nicht einsehen wollte, daß der Doktor Wert darauf legte, wenigstens Geld zu bezahlen für eine Mahlzeit, die im vierten Kriegsjahr gegen Geld allein niemand mehr bekommen hätte im Solstetter Land. Es sei ja alles ohnehin dagewesen, hätte nicht angeschafft und zubereitet werden müssen für sie. Der Herr Doktor habe für nichts zu danken außer halt fürs Geschirr und das Ansehen, das er bei den hohen Herrn genieße. Dafür wollte Abel aber nicht ausführlicher dankbar sein als durch ein höfliches Kopfnicken in die Gaststube hinein, und sie fuhren in der hellen Nacht durch das nebelfreie Muhrtal nach Solstett zurück, wo sie wohnten, jeder in einem Haus an entgegengesetzten Enden, und Abel schlug für den weiteren Verbleib an dem denkwürdigen Abend die Wohnung im alten Zollhaus vor. Der Junge war in Ferien, Frau Penzberger war am Morgen zu ihrer Schwägerin nach München gereist. Die Damen planten Bergtouren im Watzmanngebiet. Seit es mit Dengler so jammerwürdig niedergegangen war im letzten Herbst, drängte es Tante Traudich, die als junges Mädchen viel im Gebirge gewesen war, neu zur Bewährung im alpinen Gelände. Die Täler der Liebe glaubte sie durchschritten.

Irene meinte, die Wohnung im alten Zollhaus stehe ja nicht zum ersten Mal zur Verfügung, er habe aber in sechs Jahren nie vorgeschlagen, dort einzukehren für die Nacht.

»Ich habe keinen Grundsatz gehabt darin. Es war nur einfach bequemer für dich.«

»Bequemer für mich?«

Sie mußten von den Rädern steigen, denn von einem Streit im Fahren hatte keiner was.

»Wer sagt, daß ich nicht gerne mit dir im Bett gelegen hätte in deinen vier Wänden, Abel? Wer sagt, es war mir immer recht, daß du zu mir ins Hotel gekommen bist wie in ein Hotel?«

»Du hast es nie gesagt.«

»Du hast es nie angeboten, und ich hab's gut sein lassen, denn es mußte nach deiner bürgerlichen Bequemlichkeit gehen. Es ist kurios mit uns, Abel, denn du kommst von weit her und hältst dir etwas zugute auf deinen Weltmeergeruch, und ich bin hierorts geboren und aufgewachsen, aber von uns beiden bist du der bessere Solstetter.«

»Erkläre mir den. Ich weiß nichts von ihm.«

»Als was hättest du mich denn bezeichnen wollen, wenn die Mitbewohner mich einmal im Treppenhaus gesehen hätten, nachts oder morgens? Die Glücks, die Frau Dr. Authenried, die Siglochs, die Guggenbachs, alles freundliche Solstetter Leute, freundlich genug für ein unschuldiges: ›Sie haben aber arg netten Besuch, Herr Doktor‹, welcher Titel wäre dir für mich eingefallen? Meine Freundin, Bekannte, mein Fräulein Braut? Oder ganz trotzig: ›Das Fräulein Nessel, welches tagsüber eine Hotelchefin ist, nachts aber bei mir, wenn die Luft rein ist‹ –, mir hätte das alles nichts gemacht, aber auf mich schaut ja die Stadt nicht wie auf einen verdienten Arzt und Mann von Respekt. Mir liegt nichts an Wertschätzung.«

»Mir muß daran liegen in meiner Lage. Wirfst du mir das vor?«

»Keinen Augenblick, solange du anerkennst, daß es nach deiner Bequemlichkeit gegangen ist sechs Jahre lang. Es war dir doch leichter, du kommst zu mir und gehst, wann du willst, als ein, sagen wir, Hotelgast mit besonderen Vorrechten, und es ist nicht deine Sorge, ob Blicke vom Personal hinter der Chefin hergehen.«

Sie standen, jeder sein Fahrrad haltend, auf der Landstraße ungefähr zwischen Berlebach und Göglingen, und es ging um nichts, außer daß Irene Abel auf der Stelle einmal sagen mußte, wie sehr ihr in den letzten Jahren die Liebe doch manchmal gegen den Stolz gegangen sei. Es sei nicht seine Schuld, aber daß er es noch nicht einmal gemerkt habe, dies sei eine Seelenträgheit der Männer gegen die Frauen, und das nenne sie das Solstettische an Abel: Die Selbstgefälligkeit, mit der er es auf sich beruhen lasse, daß es zu seinen Bedingungen ging in der Liebe, nur weil er ein Mann sei. Die Aufteilung der Menschen in Männer und Frauen sei ja seltsam genug ausgefallen in der Welt, nämlich herrenmäßig und ganz so, als ob der liebe Gott ein Solstetter Honoratiorenkopf sei. Abel geriet das Ritterbild etwas durcheinander, das er gerne von sich hatte, aber nicht genug, als daß er fürs erste mehr davongetragen hätte als eine gekränkte Nachdenklichkeit.

Sie fuhren wieder ein Stück, mußten aber kurz vor Mössen, als man die Solstetter Stadtuhren schon zehn schlagen hörte, erneut absteigen, um die Frage zu erörtern, ob denn, angenommen, man verbinde sich wirklich im Angesicht der Solstetter als Mann und Frau, Abel mit seinem Sohn ins Hotel ziehen solle oder die Hotelchefin zu den Männern und wie denn überhaupt eine Frau, gewohnt zu herrschen über ein Reich mit fünfundvierzig Betten, Speisesaal und Gesellschaftsräumen, inwieweit sie also künftig überhaupt als eine Arztfrau und Stiefmutter sich verstehen könnte. Sie kamen da nicht weiter, und Irene meinte schließlich, die Rechnung sei sowieso ohne den Krieg gemacht, denn über kurz oder lang werde das »Lamm« ja doch von der Wehrmacht beschlagnahmt oder zumindest mit Bombengeschädigten aus den Großstädten belegt, wie schon in vergleichbaren Orten geschehen.

Sie fuhren nach Solstett hinein und hatten sich auf dem Marktplatz noch nicht einmal darüber geeinigt, wo sie diese Nacht verbringen wollten. Vom Zeughausdach heulte die Sirene Fliegeralarm, was fürs Solstetter Land noch keine Gefahr bedeutete, wohl aber in Abel den Gedanken hervorrief, wie luxuriös es sei, das Problem zu diskutieren, wo er sein Haupt hinbetten solle, in den Privaträumen eines Patrizierhotels oder in einer ebenfalls nicht unbehaglichen Vierzimmerwohnung. In dieser Zeit waren allein in Hamburg schon 295 650 Wohnungen zerstört durch Brand- und Sprengbomben.

Im Treppenhaus trafen sie, unvermutet um diese Zeit, die Damen Authenried und Guggenbach an beim Gespräch in der milchigtrüben Luftschutzbeleuchtung, die sonderlich Frauengesichtern immer einen Flor von Verhärmung gab. Da weder die Altjungfer Guggenbach ein Augenfunkeln bekam, noch sich die stets entrüstungsbereiten Augenbrauen der Rektorin diskret hoben, als Abel das Fräulein Nessel vom »Lamm« zu seiner Wohnungstür geleitete, konnte aber der Ernst ihrer Mienen nicht nur an den Lichtverhältnissen liegen. Wie es ist, wenn das Schicksal aus Hausfrauen in Treppenhäusern Botinnen des Verhängnisses macht: die Damen jagten sich die Erzählungsstücke gegenseitig ab, jede im Widerstreit zwischen Rhapsodenlust und der Gemessenheit, die der Anlaß forderte. Sogar Irene war ihnen als Zuhörerin willkommen. Sie hatten dringend und in angenehm tragischer Erhöhung zu berichten, daß also das Ehepaar Glück im Oberparterre um zehn an diesem Abend beim Einstellen der Rundfunknachrichten sich um ein weniges verirrt hätte auf der Senderskala und in gewisse andere Meldungen hineingeraten sei, genauer gesagt in ein Verlesen von Namen, Dienstgraden, Waffengattungen, Einheiten, darunter plötzlich ein Gefreiter Werner Sigloch, 15. Panzergrenadierdivision auf Sizilien, gefallen vor drei Tagen im Kampf um die nördliche Küstenstraße nach Messina – da erst sei dem Feinkost-Glück bewußt geworden, daß er eine Sendung der BBC höre, die, das wisse man ja vom Hörensagen, es sich immer angelegen sein lasse, die Namen gefallener deutscher Soldaten noch vor der Benachrichtigung der Angehörigen durch deutsche Behörden bekanntzugeben. Da sei der Herr Glück sehr erschrocken wegen ungewollten Schwarzhörens und weil es sich da doch nur um den jüngeren Sohn der Siglochs im zweiten Stock handeln konnte, der ein netter Bub gewesen sei, dem Vater bis zuletzt geholfen habe, das Muhrtal umzugraben nach den verrückten keltischen Einbäumen. Die Glücksche sei also schluchzend hinauf zu den nichtsahnenden Siglochs und habe es gemeldet, und der Glück gleich hinterher, um sie zurückzuhalten, damit das Schwarzhören nicht rauskommen solle, und nun weinten die beiden Frauen miteinander im Siglochschen Schlafzimmer, während der Stadtarchivar Sigloch sich vor Gram eingeschlossen habe, es sei aber der Feinkost-Glück später noch einmal hinauf mit einer Flasche aus Friedensbeständen und seitdem nicht mehr heruntergekommen, und so sei insgesamt wieder einmal zu ersehen, schloß Frau Dr. Authenried, wie der Tod einem doch ein scheinbar entferntes Geschehen mit einem Schlag ganz in die Nähe rückte.

Irene und Abel saßen noch eine Weile, bedachten die Zeit und was sie tat mit den Menschen und wie es diese Nacht dem armen Sigloch gehen mochte, dem so viele Jahre kein größerer Kummer vorstellbar gewesen war als seine frühgeschichtlichen Einbaumschiffe, die ihm ein hartherziger Experte zu Backtrögen gemacht hatte.

Piratenglück

Der Sommer lungerte langwierig über dem Ramsbacher Winkel. Die Wälder knisterten vor Trockenheit. Vom mittleren Abschnitt der Ostfront meldete das Radio die planmäßige Räumung der Stadt Orel als eine gelungene Operation. Der Erfolg lag im Planmäßigen. Auf Sizilien war die Stadt Catania von den Alliierten eingenommen worden, aber unter schweren Verlusten, auch dies ein deutscher Sieg. Nachts im »Schwanen« sagte der Apotheker: »Das ist das Elend mit den schlechten Angewohnheiten. Sie können das Prahlen nicht lassen, noch nicht einmal jetzt, wo sie zurück müssen, und sie werden das Maul noch aufreißen, wenn der Russ' über die Elbe kommt und der Amerikaner über den Brenner, denket an mi!«

Das konnte sich aber keiner am Tisch vorstellen. Der Krieg war irgendwo dort drüben oder droben oder drunten. Vor den Fenstern der Ramsbacher aber stand der Hafer, der geschnitten werden mußte, und war erst beim Weizen. Die zur Erntehilfe zugesagte HJ aus Solstett traf nicht ein, die war auf Reisen, teils in Heilbronn oder Karlsruhe bei der Flak, teils in vormilitärischen Schulungslagern, und die Lehrlinge in Betrieben. Philipps Name war im Durcheinander der verschiedenen Erfassungslisten, die im Jungbann geführt wurden, wohl untergegangen. Aus dem Jungvolk war er, da zu keiner höheren Charge avanciert, jahrgangsgemäß entlassen, von der HJ aber nicht übernommen, jedenfalls bisher zum Dienst nicht aufgefordert worden. Sah man von den Gefallenenanzeigen im »Hohenloher Tagblatt« ab, war in Ramsbach vom Krieg nichts zu spüren. Nur der Apotheker sagte zu vorgerückter Stunde, wenn ein paar Viertel Heuholzer Roter ihm die Innensicht illuminiert hatten: »Abwarten. Ich hör' sie schon kommen...«

»Was willst du denn schon wieder gehört haben?« wollte dann der Forstmann Schlatter wissen.

»Die Gäul'...« flüsterte der Apotheker und hob lauschend den Kopf, als ob draußen schon Hufgetrappel sei. Da war Heiterkeit in der Runde, denn daß weder die Russen noch die Amerikaner heutzutage mit Kavallerie anrücken würden, wenn denn jemals überhaupt, das war wohl ausgemacht. Nur der Schwanenwirt blickte in solchen Momenten hinauf zum Kreuz über der Tür, denn er war katholisch. Er kannte den

Apotheker von ausgedehnten Zweiersitzungen in Winternächten besser als alle hierorts. Er wußte, welche Reiter der Apotheker schon kommen hörte. Die waren bleich und von weiterher unterwegs. Der Apotheker war gemeinhin kein Bibelmann. Von den Wundern des Herrn glaubte er nicht eines. Die Bilder der Apokalypse aber leuchteten ihm ein.

Der Weg zum See zog sich wider alle Erwartung hin. Wenn das zweite Heu gemacht war, konnte man zwar hinter der Kastanienallee am Ortsende quer über die Wiesen, versprach sich aber jedesmal zu viel von der Abkürzung. Das letzte Stück bis zum Waldrand dehnte sich dann um so länger. Philipp hatte sich etwas vorgenommen für den Nachmittag. Sie hatte so nett gelacht »na klar!«, als er sie mit viel Mut und vorgeprobter Beiläufigkeit wieder gefragt hatte, ob sie mitkomme zum See. Sie hatten sich mühelos in den alten Gleichschritt gefunden, Tante Charlotts Einkaufsnetz aus dünngescheuerten Stricken schaukelte zwischen ihnen im alten Rhythmus, vollgestopft mit dem Badezeug. Die Wärme aus den Hagebuttenhecken. Der säuerliche Silogeruch, wenn man am Kergershof vorbeikam, und Gerda immer ein wenig voraus, die kurze Nase sehr hoch, so war sie immer gegangen: auf gleicher Höhe leicht voraus.

»Ach Mensch, Fontane«, sagte er, »haben wir gelesen, ›Schach von Wuthenow‹, kapiert ja keiner, warum der Idiot sich da erschießt.«

»Dann lies mal ›Effi Briest‹. Wunderschön. Der Film mit Marianne Hoppe, Hartmann, Marian, ganz toll. Die Hoppe, Mensch, die Hoppe – tragisch.«

»Ist in Solstett natürlich noch nicht gelaufen –«

»Ist sowieso Jugendverbot –«

»Für dich vielleicht nicht mehr?«

»Tjach, wer paßt denn bei uns noch auf so was auf?!«

Der Waldrand war zu weit. Was hatte er sich von einem Nachmittag am See versprochen, wenn schon der Weg zum See nicht zu schaffen war? Am nördlichen Horizont rumorte die Messerschmitt, man sah sie ein paarmal überraschend tief vor dem flachen Wall der Waldberge schwimmen.

Über den Umgang mit Klassefrauen wußte Philipp eine Menge. Hatte denen aus der Sechs b mit dem Ernst eines Lehrgangsteilnehmers zugehört. Das war, als die Sechs b noch zur Geschützausbildung im Schlossenrieder Horst lag. Ein paar von denen hatten es immer geschafft, gegen Abend in die Stadt hereinzukommen. Mulle war regelmäßig dabei, auch Lockfranz und Nehrer, genannt Nero, mit seinen Hans-Albers-Augen, fast so blau wie Gerdas, aber wäßriger. Treffpunkt war Linsenbühlgasse, Ecke Hindenburgstraße, zentral, die Drehscheibe, man sah alles, was von der Muhrvorstadt über die Brücke herüberkam, man hatte unter Kontrolle, was sich an Frauen vom Marktplatz herunterbewegte. Frauen waren Mädchen, die in Frage kamen, auch Fünfzehnjährige. Nur Mädchen, die nicht in Frage kamen, hießen noch Mädchen, Klassefrauen wurden diejenigen genannt, über deren In-Frage-Kommen sich alle einig waren. Hochklassefrauen waren die Ausnahmeerscheinungen, solche, deren Unerreichbarkeit auch Mulle, Lockfranz und Nero ohne weiteres einräumten. Es gab in Solstett zu dieser Zeit nur drei, höchstens vier. Da waren die

Fähnriche dran, wußte man. In Solstetter Fachkreisen, wesentlich repräsentiert eben von Mulle, Lockfranz und Nero, hätte Gerda Zürschke vermutlich als Klassefrau rangiert, lohnend, einen Anlauf wert, nicht unerreichbar. Nicht für Mulle, Lockfranz und Nero. Die hatten die richtige Art, den Bogen raus, den rechten Schlag drauf. Es war Philipp nicht ganz klar, wie sie es machten. Ihre Berichte gaben keinen genauen Aufschluß, die waren ja auch äußerst knapp, zudem verschlüsselt: »– ich peile kurz – Zielansprache und stur Heil ran an den Brummer – war da was los, jede Menge Barcelona – gingen ihr natürlich die Scheinwerfer aus – bums, Aufschlagbrand.« Sie mußten einen Trick haben, denn es klappte immer, nie wurden sie abgewiesen. An netter Konversation oder gar Überredungskunst konnte es nicht liegen. Er kannte schließlich die Burschen, die da mit straffgezurrten Lippen und Stahlaugen unter kunstvoll schief geknautschten Mützenschirmen weibliche Aufschlagbrände meldeten. Mulle war nie in der Lage gewesen, zwei Sätze fließend hintereinanderweg zu erzählen, ohne sich einen Fallstrick daraus zu flechten. Lockfranz konnte kein S sprechen, er sagte Scheife statt Seife. Nero war gewandter, hatte aber von klein auf einen starken Fäulnisgeruch aus dem Mund gehabt und nie weggebracht, beim Reden hielt er den Kopf stets in seitlicher Verkantung, um den Atemstrom an einem vorbeizulenken, es nützte aber so wenig wie die Veilchenpastillen, von denen er irgendwo ein Bergwerk an Vorräten haben mußte. In jeder Art Anbahnungsgespräch, da war Philipp sich sicher gewesen, würde er besser abschneiden als diese drei Flak-Casanovas zusammen. Jetzt aber auf dem

Wiesenweg gegen den Wald hin – es fiel ihm nichts ein, nichts, das man zu einer Klassefrau auf dem Weg zu einem Badesee sagen würde.

Die Me 262 zog näher herein, hielt sich ungleichmäßig dröhnend in wechselnden Höhen über dem Felder- und Wiesenteppich östlich des Orts, brach dann in eine weite Schleife südlich aus und entschloß sich wie in einer Art Anfall zu einem Angriff auf nichts, es sei denn Ramsbach. Plötzlich war das Drachenmaul über dem Waldrand heran, ohne einen Wipfel zu knikken, war gleich darauf niedriger als der Waldrand, riß die Luft auf über ihnen und war schon weit, während in den klaffenden Himmelsriß das Heulen einschoß, im Wundkanal mitgezogen wurde und dann herabfiel auf die betäubte Landschaft.

Gerda war nach unten abgeknickt, die Arme um seine Hüften geklammert, den Kopf in seinen Magen gedrückt. Er hatte Mund und Nase in ihrer neuen Frisur, umschloß sie mit den Armen, es mögen ihre Schultern, es mag ihr Hals gewesen sein. Gerda Zürschke, in seinen Armen zitternd, so hat er immer an sie zurückgedacht. Nur langsam kam sie jetzt hervor aus dem Unterstand, den sie aus ihm gemacht hatte.

»Entschuldige. Bin so erschrocken.«

»Tiefangriffe fliegt der Idiot. Hat doch im Ernstfall ganz andere Aufgaben.«

»Das hat getan wie 'ne Luftmine kurz vorm Einschlag.«

»Der Idiot übt Tiefangriffe zum Spaß. Im Ernstfall muß der doch hoch, die Pulks übersteigen und die Viermots von oben pflücken.«

»Wenn du im Keller hockst, und in der Nähe kommt 'ne Luftmine runter, genauso tut das Ding.«

»Klar. Stell' ich mir vor.«

»Da schnappst du dir den nächsten besten und hängst dich an ihn. Entschuldige.«

»Gern, Fräulein. Beehren Sie mich wieder.«

Da hat sie natürlich »So weit kommt's noch!« gesagt, aber gegrinst dabei, und vielleicht war ihr Gesicht für einen Moment so merkwürdig beleuchtet wie schon einmal.

Endlich der Wald. Die gestaute Hitze im Laubtunnel des Hohlwegs. Die Mückenüberfälle aus den Himbeerstauden. Die Senke, in der auch im trockensten Sommer das Wasser stand. Am Gegenhang wurde der Pfad unsichtbar zwischen mannshohen Farnen. Man mußte hintereinander gehen. Klar, daß der Mann vorausgeht auf solch einem Weg, wo einer nicht sieht, wohin er tritt. Wo schaute sie nun hin hinter ihm? Auf seinen Rücken, wo ihm das Hemd anklebte? Ins Gewölbe der Eichenkronen hinauf, von wo ihnen der Häher nachschrie? Vielleicht am See, beim Schwimmen würde sich eine Nähe ergeben. Die alten Tauch- und Tunkspiele. Wenn sie sich gegenseitig tief unter Wasser gezogen hatten, die meiste Luft schon vergeudet war, aber jeder noch eine Reserve hatte: Da stellten sie alles Ringen und Strampeln ein, hielten sich ganz still an den Händen und starrten einander an als Gespenster in der grünen Dämmerung, so lange sie es aushielten, dann, meist im selben Augenblick, schossen sie senkrecht nach oben, japsend, glücklich. Was hat sie immer gedacht bei diesem stummen, schwebenden Gegenüber? Ich immer nur das.

Der Wald wurde allmählich lichter, dann neigte er sich auch schon unmerklich zum See hin, man spürte es immer erst auf dem Rückweg als Steigung. Nun kam die Schlangengrube, die kleine bärlappüberwucherte Mulde, die so hieß, weil Philipp dort einmal barfüßig auf eine Blindschleiche getreten war. Es war die Ewigkeit von zwei Jahren her, er zwölf, Gerda noch nicht ganz vierzehn. Beharrlich hatte er behauptet, es sei eine Kreuzotter gewesen, und er habe ihren Biß auch gespürt und müsse nun sterben, unweigerlich, und ganz sinnlos sei es, noch Hilfe herbeiholen zu wollen. Gerda aber hatte ohne jedes Zeichen von Besorgnis mit der Sachlichkeit einer um zehn Jahre zu jung ausgefallenen Ärztin den Fuß nach einer Bißstelle abgesucht, auf dem Boden kauernd, seinen Fuß in ihrem Schoß. Den einen blauen Blick hinauf in sein Gesicht würde er nicht vergessen, das hat er damals schon gewußt.

»Hast du einen letzten Wunsch?«

»Wieso?«

»Wenn man sterben muß, hat man einen letzten Wunsch frei, und den muß der andere erfüllen, ganz egal, was es ist.«

So gefragt, hatte er keinen Wunsch gehabt damals, es sei denn: neben ihr liegen im Farndickicht, dicht bei ihr bis zur feinsten Grenze einer Berührung, ihre Haut riechen, den kleinen Dunst aus Seife und Schweiß, und die Welt spüren nur als einen Gerdageruch und ein Laubrauschen. Dies wäre im Sommer 1941 – Rommel vor Tobruk, die Ostarmee auf dem Vormarsch nach Moskau – sein Wunsch gewesen, den er natürlich nicht aussprechen konnte, von dem er am besten gar nicht Kenntnis nahm, so memmenhaft war das, und so hockte er denn mit jagendem Herzen beharrlich todgeweiht durch Schlangenbiß im Farnkraut, aber Gerda hatte es abgesehen auf einen Wunsch von ihm und verlegte sich, da er nichts sagte, aufs Raten und kam mit einer schrecklichen Genauigkeit auf etwas, wovon er nicht einmal geträumt hatte – oder doch nur ein einziges Mal! –, und sorgte plötzlich für einen unvergleichlichen Zusammenstoß ihrer Gesichter, der Nasen, der Lippen, der Zähne, für etwas, das alles zusammen ein Kuß sein sollte, wohl auch war, denn Gerda, eingeweihter ins Leben, mußte es wissen, saß dann still vor ihm in der Mulde, goldumrandet vom Schräganflug einer Mückenformation im Sonnenlicht, und ihr Gesicht war merkwürdig beleuchtet vom Rindenglanz der Föhrenstämme. Und da war Philipp zu der Ansicht gelangt, daß es richtiger wäre, noch ein wenig weiterzuleben, und hatte beschlossen, daß es wohl doch eine Blindschleiche, keine Kreuzotter gewesen war.

Jetzt gingen sie an der Stelle vorbei, rechts drei Meter vom Weg lag die Mulde eingelassen in den Hang, stärker überwachsen, aber unverkennbar. Wie drehte man sich zufällig um? Wie schaute man, wenn man sich zufällig umdrehte? Es gelang, aber es war umsonst. Gerda hatte den Kopf in der anderen Richtung.

Dann lief der Wald nieder und buschig aus. Die Kuppe fiel steil, zum Mühlsee hin ab. Blieben noch die gemeinsamen Sprünge hinunter zum Ufer. Immer war es ihr Ehrgeiz gewesen, fast senkrecht hinabzukommen, mit möglichst wenig Zickzack, Galopp mit Bocksprüngen, er voraus, sie so dichtauf, daß er ihre Atemstöße hören konnte, und ihre Sprünge teilte sie noch so ein wie er, so daß sie fast gemeinsam absprangen und aufsetzten. Das sah noch ganz nach dem alten Übermut aus.

Sie nahm ihr Badezeug aus dem Netz, ging in die Weidenbüsche. Das hatte sie im Sommer '40 angefangen an dem Tag, als abends der zwanzigste Luftsieg des Fliegerhelden Galland gemeldet wurde, und so war für Philipp mit Pauken und Fanfaren der Beginn der neuen Epoche bezeichnet, in der Gerda zum Umziehen eine Laubkabine brauchte. Jetzt suchte sie sorgsamer denn je nach einer sichtgeschützten Stelle. Er sah nur ihr Haar durch die Blätter scheinen. Dann trat aus den Weiden eine Sechzehnjährige in einem Kinderbadeanzug, was natürlich nicht sein konnte, sondern das graublauwollene Ding war ihr an allen Enden so knapp geworden, daß sich für Philipps Augen ein unerwarteter Eindruck dürftig bedeckter Weiblichkeit ergab, dem er nicht trauen mochte. Oder war es neulich auf dem Dachboden nur zu dunkel gewesen, er zu verschlafen? Sie war wohl doch eine Frau. Die kniete sich nun sehr aufrecht nieder, so daß ihr Hintern senkrecht blieb und nicht achtern hochkam in seiner knappen Bespannung. Die wußte jetzt also, was nicht ging vor Männeraugen, und wenn das nun das Erwachsene an Gerda Zürschke war, dann war es ärgerlich und beleidigend. Woher nahm sie das Recht, ihn so zu einem Fremden zu machen, vor dessen Blick sie sich angestrengt schützen mußte? Dann hatte sie ein Gekrame in dem Tragenetz, zog endlich die grünkartonierte Feldpostausgabe von »Viktoria« hervor, alles sehr langsam, anstößig, Abläufe aus einem Leben, das ihn nichts anging. Warum mußte das so deutlich sein in der schattenlosen Hitze. Weder der Wind war jetzt zu hören noch ein Vogellaut, der frühe Nachmittag stand viel zu hart ausgeleuchtet im See. Wenn die Welt einmal wirklich still ist für eine Sekunde, ist sie gleich nicht zu ertragen. Und wie das magere, aber in dem zu engen Badeanzug doch zu dicke Wesen sich jetzt aufrichtete, wie die freie Hand die dünne, filzige Wolle nach unten zerrte, dann aufwärts irrte, das Brustteil über die kleinen Hautwülste hochpellte, sofort aber wieder hinunter fuhr, um die Härchen in den Beinschlüssen zu bedecken, ein lächerlicher Zweifrontenkrieg, an keiner Front zu gewinnen, jedenfalls nicht mit einer Hand, die andere hielt aber ein Buch, in dem stand, daß die Liebe ein Wind sei, der in den Rosen rauscht und so weiter.

»Tjach – schau nicht so.«

»Ich schau überhaupt nicht.«

»Wenn dir was nicht paßt – war ja nicht meine Idee, herzukommen.«

Ihre Oberlippe zog sich schon hoch. Sie suchte Streit. Vielleicht hatte sie recht. Vielleicht war alles leichter im Streit. Fern rumorte die Messerschmitt. Wenn sie noch einen Angriff flöge, hereinbräche über den See, die Frau da noch einmal sich an ihn werfen würde, es wäre nicht auszuhalten.

»Ist ja viel Platz hier Gott sei Dank, man muß sich nicht auf der Pelle sitzen.«

»Mensch, hau doch ab, wer will denn dir schon an die Pelle.«

Da warf sie den Arm aus zum Schlag, brachte ihn aber nicht nach vorn. Ihre Zähne waren jetzt völlig entblößt zu einem makellosen Blecken. Sie stand hochaufgereckt vor ihm, ein flammendes, blondes Kaninchen, bereit zu Angriff oder Flucht, zu etwas Schnellem jedenfalls, das aber nicht in Gang kam. So ging sie langsam weg von ihm zum Wasser, immer noch x-beinig wie als Kind. Mit Hamsuns »Viktoria« rudernd, lief sie nun schneller ins Flimmern des Ufers hinein, verlangsamte nur noch einmal, um sich den Badeanzug aus der Poritze zu ziehen. Seitdem, lächerlicherweise, ist dieses diskrete, vergebliche Zupfen der Frauen an Badeanzügen an allen Badestränden der Welt etwas Trauriges für ihn gewesen.

In die Ostbucht schob sich schon der Waldschatten vor. Das ging ja nicht: man konnte nicht einfach in die Ostbucht laufen und sich ein Stück von der Zeit zurückholen, als es noch schön war. Dennoch lag da der Kahn, der die »Seekönigin« gewesen war, im Brackwasser des Binsenwalds. Man konnte nicht verlangen, daß Namenszug, Krone und Zepter noch zu sehen waren. Ein Wasserbrei aus Tang und faulendem Laub stand zwei Handbreit hoch im Heck und drückte es in den Schlamm. Die Bohnenstange, an der sie die Korsarenflagge hatten wehen lassen, schwamm in Stücken darin, die Ruder lagen weiter vorne im Rumpf, morsch wie damals schon. Er zog den Kahn ins Wasser und kletterte hinein. Das Boot lag hecklastig im Wasser, aber es sank nicht. Er nahm ein Ruder und stocherte durch den Seerosenteppich hinaus. Hinter ihm brüllten plötzlich die Frösche los, was Gerda immer zu langwierigen Überlegungen veranlaßt hatte, wie die so zuverlässig und in Massen den genauen Einsatz finden mochten.

Sie lag lesend oder schlafend drüben auf dem alten Bootssteg, der immer noch auf seinen verfaulten Holzbeinen stand. Das Bretterschild BETRETEN AUF EIGENE GEFAHR aber war vor zwei Jahren in die Binsen gesunken. Gerdas Haar war der hellste Punkt in der Landschaft. Jedes Jahr war das so. Kaum war sie am See, schien ihr Haar weiß, und am Abend im Apothekerhaus merkte man, daß es wirklich fast weiß geworden war. Gerda Zürschke – wie sie im Winter aussah, wußte er nicht. Es gab sie nur sommers. Es war theoretisch möglich, daß es eine Gerda Zürschke im Winter gab, aber was war sie außerhalb dessen, was er von ihr wußte: Name, Alter, Größe, Gewicht, Blutgruppe, Schuhnummer – was sagte das, wenn man beispielsweise nicht wußte: sie hat einmal zwei Ferienwochen darauf verwandt, den Kalender zu vergessen? Sie hatte die Theorie, man würde einer Landschaft ansehen, welcher Wochentag sei. Mied jeden Blick auf eine Zeitung, hörte weg, wenn das Radio lief, sah auf keine Uhr, nach zehn Tagen hatte sie keine Ahnung mehr, schaute an einem Nachmittag vom Schafberg zum See hinunter und sagte: »Er sieht nach einem Mittwoch aus.« Das stimmte. Da war sie selig. Wie würde einer mit ihr umgehen können, der das nicht von ihr wußte?

Jetzt war sie auf dem Steg aufgestanden. Sie spähte nach allen Seiten über das Wasser, konnte ihn nicht sehen in der schattigen Bucht, die doch schon verschwamm mit dem Wald dahinter.

Das Boot trieb langsam in der ewigen Ostweströmung zur Seemitte hin. Er starrte in den Himmel, der weiß geflockt im Wasser schwamm. Das Heck sackte plötzlich unter, und Gerda lachte ganz in der Nähe, zog sich schon achtern ins Boot. »Nimm mich gefälligst mit, Captain Flint!«

Der Kahn sank langsam in ganzer Länge bis unter die Wasserlinie, aber nicht weiter, schwamm knapp unter Wasser als eine Art U-Boot kurz vor dem Auftauchen. Sie saßen einträchtig darin und fanden es sehr zum Lachen. Dann sank das Ding natürlich doch. Wassertretend bedachten sie den Untergang der »Seekönigin«. Schwammen dann die zweihundert Meter zur Hungerinsel hinüber. Es wurde kein Rennen daraus. Das war neu.

Die Hungerinsel hieß so, weil vor zweihundert Jahren ein Wilddieb sich vor den Stöckendorffer Forstgehilfen dorthin geflüchtet hatte. Die hatten sich nicht die Mühe gemacht, ihn zu holen, sondern gewartet, bis er vor Hunger herüberschwimmen wollte. Dabei war er vor Schwäche ertrunken. Ob er im Stöckendorffschen Kerker besser aufgehoben gewesen wäre, haben die Leute damals bezweifelt. Sie haben ihm später auf der westlichen Inselspitze eine Kapelle gebaut. Davon standen noch Reste der Außenmauern und gaben einen guten Schutz gegen den Wind, der auf dem See immer auffrischte mit dem sinkenden Tag. Hier, hieß es, schrien in der ersten Dunkelheit die Waldkäuze besonders schaurig, und wer es höre, für den träfe auch etwas ein. Captain Flint und Mary Bell waren zum Zweck des Gruselns einmal bis spät hier geblieben und eingeschlafen. Sie hatten keinen Kauz gehört, eingetroffen waren aber gewaltige Ohrfeigen von Apothekerhand, denn Tante Scharlott war halb wahnsinnig vor Angst gewesen.

Davon sprachen sie jetzt wie von einer abgeschlossenen Geschichte, in der sie einmal vorgekommen waren. Sie hockten, Rücken gegen die alte Mauer, auf der Leeseite, die nach Westen ging. Dort schmolz rot der See unter Entenflügen. Vom derzeitigen Stand ihrer Lebenserfahrung aus entwickelte Gerda die Theorie, es habe nicht klappen können damals mit dem Käuzchenschrei, weil sie eigens geblieben waren, um ihn zu hören. Dann gelinge nichts. Was man unbedingt wolle, trete nicht ein. Wünsche gingen in Erfüllung, wenn man sie vergessen habe. Die Kunst sei aber, Wünsche zu vergessen, das sei nicht leicht. Philipp meinte, es sei dann am besten, sich erst gar nichts zu wünschen, dann, wenn ihre Theorie stimmte, bekomme man ja alles. Darüber dachte sie ernsthaft nach. Dann konnte sie es nicht gelten lassen. »Nee«, sagte sie, »im Gegenteil, ich glaub', dann stirbt man.«

Jetzt, da die Sonne hinter den Kuppen stand, kam die Zeit der Wasserfarbe, Gerda zufolge. Nur dann könne man die richtige Farbe des Sees erkennen, so wie das Wasser jetzt aussehe, so sei es in Wirklichkeit, ein schönes Metallgrau auf ein Moosgrün lasiert, das schwach durchschimmerte, dies, objektiv, sei die Farbe des Wassers. Das wollte sie in einem Sommer unbedingt aus der Nähe sehen und paddelte darin herum, schöpfte immer aufgeregter Händevoll, steckte die Nasenspitze hinein, ruderte weiter, probierte wieder, bis es dunkel war. Sie gab in diesem Sommer die Farblosigkeit von Wasser nicht mehr zu, nicht die von Mühlseewasser. Im nächsten Sommer aber hatte sie das Problem vergessen. Ihre vielen Theorien und Wahrheiten von Sommer zu Sommer. Sie wußte im nächsten Jahr nie mehr etwas davon, es war wie nicht gewesen in ihrem Kopf. Aber in seinem für immer. Das fand er ungerecht. Ihre ganzen verrückten Ideen – sie war sie los, er aber würde als eine Art Archiv Gerdascher Theorien herumlaufen, wie kam er dazu?

»Stimmt es, daß dein Vater ein halber Kommunist oder so was ist?«

»Bist du verrückt?«

»Hat mein Alter mal zu Mutti gesagt – war aber nicht böse gemeint.«

»Der spinnt. Was weiß der denn?«

»Hat es irgendwie von Tante Scharlott oder so –«

»Diese Schraube! 'ne richtige Hundertfünfzigprozentige!«

»Schrecklich. Bei uns im Rheinland würde die ausgelacht. Glauben alle nicht mehr dran.«

»Ist dein Alter in der Partei?«

»Na ja, so eben. Gehört ja irgendwie dazu.«

»Meiner ist nirgends drin.«

»Ich glaub', es ist egal, ob die drin sind oder nicht.«

»Wieso?«

»Tjach – weil – was wollen sie machen? Deiner ist dagegen, was macht er? Nix. Meiner sagt, der Krieg ist verloren – was macht er? Stahl. Würde er aber auch machen, wenn er nicht in der Partei wäre.«

»Verstehst du das?«

»Ist nix zum Verstehen. Ich glaub', das läuft einfach ab. Wie der Heß nach England ist – man hat gemunkelt, der wollte Frieden machen, aber in der Zeitung stand, er ist verrückt geworden. Man sieht nicht rein. Man weiß nicht, wer ist jetzt verrückt: der Heß mit dem Frieden oder Goebbels mit dem totalen Krieg?«

»Mensch, irgendwer muß sich doch auskennen.«

»Was weiß ich. Mag sein, es gibt welche, die strekken den Kopf noch oben raus aus der Waschküche. Aber die kennen wir nicht. Wir sind ganz unten in der Suppe.«

»Ich werde konfirmiert nächstes Jahr.«

»Hab' ich hinter mir. Hab' ich Schwein gehabt. Kurz bevor das stattfand, daß du da der Kirche was versprechen mußt, kam Alarm. Mußten wir alle in den Bunker. Hinterher hatten sich alle verkrümelt.«

»Die Chance ist in Solstett nicht groß, und wenn die Me 262 kommt, können die mit ihren Pulks sowieso nicht mehr rüber, wie's ihnen paßt.«

»Sagt Göring.«

»Mensch, Gerda, ich will endlich mal wissen, was ich glauben soll.«

»Möchte jeder, ist aber nicht.«

»Und überhaupt, manchmal was glauben wollen, hast du das auch?«

»Du meinst mit Gott oder so? Nee. Vielleicht, wenn ich katholisch wäre. Die tun ja 'ne Menge, daß du fromm bist undsoweiter. Aber wenn man evangelisch ist, die lassen einen ziemlich hängen. Mußt du immer alles alleine machen mit dem lieben Gott. Das ist mir zu anstrengend – scht!«

Sie hatte den Kopf gehoben, drehte ihn lauschend über die rechte Schulter, nach Osten also – und von dort rief der Kauz und vergrößerte die Stille, so daß Gerda flüstern mußte:

»Siehst du, das ist, weil wir nicht drauf gewartet haben, jetzt haben wir's geschenkt gekriegt.«

Schon später an diesem Abend, als er sich darauf besinnen wollte, hat er nicht mehr zusammengebracht, wie es war. Ob er sie plötzlich im Arm hatte oder sie ihn. Er wußte aber noch, daß ihre Haut überraschend warm war. Ihre Lippen hatten einen Falz zwischen der harten, rissigen Außenwölbung und der weichen Innenseite. Zum ersten Mal war er in einer solchen Nacht. Im See hielt der letzte Streif des Tages aus, nur um zu zeigen, daß die Welt noch da war.

Als sie hinüberschwammen zur Stöckendorffer Seite, juchzten sie, weil sie auf halbem Weg in einen Golfstrom warmen Wassers kamen. Vor dem Ufer lag eine Dunstbank, die dichter Dampf wurde, als sie hineinstießen, und sie verloren bald die Richtung. Das hatten sie in keinem Sommer erlebt: wohlig in der warmen Strömung zu schwimmen, nahe am Ufer und doch in einem unabsehbaren Niemandsreich. Zweimal navigierten sie in die Irre und fanden sich auf der Seeseite wieder im Klaren. Beim dritten Versuch sah Philipp zwischen den Schwaden geisterhaft nah und hoch die Eichen der Ostbucht.

Von der Roßkuppe aus, bevor es in den Wald ging, schauten sie zurück. Die Seemulde drunten war randvoll mit Nebel.

»Mensch«, sagte Gerda, »das war knäppchen, da wären wir nicht mehr herausgekommen.«

Sie gingen waldwärts. Vielleicht, dachte Philipp, vielleicht sieht uns doch wer. Kann das sein, daß wir immer gesehen werden? Da mußte er vorsorglich, für den Fall, daß Gerda sogar solch einen Gedanken erraten könnte, trotzig zurücklachen zum See:

»Lächerlich. Die Teetasse da –«

Von da ab blieben sie still, und sie hakte sich bei ihm ein. Wer wen führte auf dem finsteren Holperweg im

Wald, war nicht ausgemacht. So, letztmalig im Gefühl, behütet zu sein, der eine vom andern, gingen die Nebelkinder nach Hause.

In dieser Nacht lag ihm die unbewegte Baldrianluft in der Dachkammer wie eine schwere Decke auf dem Schlaf. Hoch anrollende Wogen begruben ihn immer aufs neue, da sah er in einem Wellental Gerda treiben. Sie rief etwas, aber er verstand kein Wort, sah nur, wie ihr Mund sich bewegte, er kämpfte, konnte nicht an gegen die nächste Woge, die ihn weiter weg riß von ihr.

Als er früh am Morgen nach unten kam, stand Gerda im Biedermeiererker schon vom Frühstück auf. Sie trug das beige, etwas tantenhafte Kostüm, in dem sie angereist war. Dazu sah ihr helles Haar nicht nach Sonne und Wasser aus. An Winterliches mußte Philipp denken, an Verblichenes in dämmrigen Räumen. Gerda hatte schon gepackt. Spät abends hatte ihr Vater angerufen. Ein Angriff auf Duisburg. Eine ausgebrannte Villa. Eine Mutter, die bei einem unsinnigen Löschversuch Phosphorspritzer abbekommen hatte. Ein fast sechzehnjähriges Mädchen konnte man nun dringend brauchen zu Hause. Dr. Leidig, der dicke Tierarzt, würde sie im Wagen nach Heilbronn bringen. Dort ging gegen Mittag ein D-Zug über Mannheim – Köln. Mit Glück konnte sie irgendwann gegen morgen in Duisburg sein. Tante Scharlott schlich elend herum. Der Apotheker war fern, nicht antreffbar hinter seinen Brillengläsern. Es hatte einen fürchterlichen Auftritt gegeben, als Scharlott es nicht hatte lassen können, das ihre zu der Nachricht aus Duisburg zu bemerken, etwas von Opfern, die zu bringen seien. Da hatte der Apotheker gebrüllt wie letztmals bei Kriegsausbruch aus ähnlichem Anlaß.

So schnell gingen dann diese Sachen immer. Man kam mit Augen und Ohren nicht nach, mit dem Herzen versuchte man es ja erst gar nicht. Da stand schon der Vorkriegsopel des Tierarztes vor der Apotheke, schleppte schon der kleine Apotheker den Koffer heraus und ließ ihn sich von Philipp nicht abnehmen, da flatterte schon Scharlott mit zwei Marmeladengläsern, die sie der Nichte noch mitgeben wollte ins Hungerland, da packte schon Doktor Leidig Mädchen und Gepäck in den im Leerlauf schütternden Kasten. Es lief alles ab wie einstudiert, nur Philipp war nicht eingeweiht worden. Er stand lümmelhaft herum, die Hände tief in den Hosentaschen, zwinkerte verdrossen in die Morgensonne, die schon stach, und lächerlicherweise fror er. Der Apotheker stützte sich mit dem ganzen Oberkörper ins Fahrerfenster, redete auf den Bauch des Viehdoktors ein, meinte aber Gerda. Scharlott hing am Beifahrerfenster, zupfte, strich, streichelte an dem hellen Haar drinnen herum. Das letzte, was Philipp von Gerda sah, würden also die paar Haarfransen im Wagenfenster sein, nein, da kam noch ein Arm, der etwas wollte, winkte, und irgendwie gelang es Philipp, den störrischen Hintern von Scharlott wegzudrängen, endlich die Fensteröffnung zu erobern in dem Augenblick, als der Wagen schon ungeduldiger zitterte, sich anschob, während Scharlott zwitscherte:

»Mach's gut, Gerdale, und halt dich wacker, und schreib auch bald.«

Ein Augenblick zum Nichtmehrvergessenkönnen

wie alle großen Ungerechtigkeiten in der Welt: ein Autofenster, das weggezogen wurde, ein Mädchen darin, das bleiben wollte, das sah man ja jetzt, das war doch klar, alle Leichtigkeit des Abschieds vorhin war die reine Verstellung gewesen. Was zählte, war nur ein tapferer, sehr blauer Blick – »Grüß das Käuzchen noch mal von mir.«

Dann hatte alles, was weg wollte, schon gesiegt. Das Fenster, das sich wegriß, der Wagen, der Sommer und die winkenden Arme besiegelten es, ein zu kurzer Apothekerskittelärmel, ein schlaffer Tantenarm, ein Mädchenarm im Kastanienschatten der Allee, ein letztes Sichrühren von Gerda Zürschke, von Mary Bell, von einem Ferienkind, das einmal die Farbe des Wassers erforscht hatte.

Einmal wird es sein wie früher und ganz neu, Gerda. Da werden wir uns an den Händen halten und uns schwindlig drehen, bis die Zeit zurückkommt, immer wieder, die uns jetzt entflieht, Mary Bell. Dann wird es Rosen schneien. Ein Rosenschneegestöber, in dem wir aufschweben über See und Wälder, bis wir an den Himmel stoßen, in dem wir immer waren.

Der Stern von Rio

Wer's nicht wußte, hielt es für Geschützdonner von einer nicht allzu weit entfernten Front: die Luftwaffe hatte ihren Kegelabend. Auf Wunsch der Flughafenkommandantur hatte der Schwanenwirt im Mai seine Kegelbahn wieder geöffnet, die durch Verfügung der Partei bei Kriegsbeginn geschlossen worden war. Die

Techniker und Wartungstrupps, die Tag und Nacht an dem Wunderjäger bastelten, mußten bei Laune gehalten werden. Ihnen war nicht beizukommen mit Zwang und Schinderei. Sie waren Tüftler, kleine Genies, die einen Anspruch auf Zerstreuung hatten in der menschenarmen Gegend des Ramsbacher Winkels. So mußten zweimal die Woche die Kugeln rollen für den Sieg im Schwanengarten, der im Sommer lückenlos und luftschutzgemäß überwölbt war vom Kastanienlaub. Dazu gab es zwei Glas Friedensbier pro Mann, das der Schwanenwirt als »kriegswichtiger Betrieb« von der Solstetter Hirschbrauerei beziehen durfte.

Bis halb elf donnerten die Kugeln in der morschen, mit Zement ausgegossenen Bretterrinne. Das war der sportliche Teil mit Meisterschaft und einem von der Kommandantur gestifteten Preis. Anschließend kam das, was sich der »kameradschaftliche Ausklang« nannte. Da saß die Luftwaffe in warmen Nächten noch lange unter den blinden Lampen der früheren Biergartenbeleuchtung und sang, wo sie lieber gewesen wäre als im Ramsbacher »Schwanen«: »Träume von der Südsee«, »Eine Insel, aus Träumen geboren, ist Hawaii« und »Stern von Rio«. »Rio« war aber auch der Name eines Getränks, mit dem die Flugzeugmechaniker einstweilen vorliebnehmen wollten bis zum Eintreten reisefreundlicherer Zeiten. Es bestand aus zwei Teilen Africola und einem Teil Cognac. Die braune, klebrige Limonade, Imitat eines amerikanischen Produkts, hatte sich der Schwanenwirt um Kriegsbeginn von einem Lieferanten aufschwätzen lassen als eine Revolution auf dem Getränkemarkt. Die Ramsbacher hatten aber die Revolution nicht mitgemacht, und der

Wirt war darauf sitzengeblieben, bis ihm auf unübersichtlichen Wegen eine Lieferung mit französischem Cognac zugegangen war. Da hatte wohl ein Flakoffizier die Hand im Spiel gehabt, der lange in Frankreich, dann im Osten stationiert gewesen war und jetzt den Luftraum über dem Ramsbacher Wunderjäger bewachte. Dem war stets ein gewisses Sortiment von annehmlichen Dingen nachgereist per Wehrmachtsfracht, Geistiges, auch Weibliches. Der Schwanenwirt nahm das alles in Kommission und wirtschaftete nicht schlecht damit. Aus Limonade und Cognac machte er »Rio« und schenkte es aus zu einem menschlichen Preis. Das Zeug war aber süffig, und wollte einer mehr haben oder gar zu Cognac pur übergehen, wurde er mit Zuvorkommenheit bedient – gegen Fallschirmseide oder Schokolade aus der Luftwaffensonderverpflegung. Der Handel ging flott und diskret, wurde aber trotzdem beobachtet und gemeldet von einem empörten Ortsgruppenleiter Schöberle, der in solchen Nächten wie eine Hyäne den Schwanengarten umschlich. Es wurde aber nur milde eingeschritten von seiten der Kommandantur, die Ortsgruppe ebenfalls milde darüber belehrt, truppenbetreuerische Maßnahmen im Verfolg kriegswichtiger Angelegenheiten seien auch bezüglich mancher Randerscheinungen mit einer gewissen Großzügigkeit zu betrachten. Im übrigen hat sich der NS-Amtswalter in einer vertraulichen Unterredung zur Nachtzeit im Hinterzimmer des »Schwanen« doch beruhigen lassen. Gegen Morgen, hieß es, sei er mehr als beruhigt gewesen.

Als vielleicht wesentlichste truppenbetreuerische Maßnahme im »Schwanen« muß eine Sophie Poniat erwähnt werden, seit Mai Bedienung dort. Ihr Weg aus einer Gegend östlich der Oder in den Ramsbacher Winkel war noch unübersichtlicher als der Cognactransport, wenngleich in manchen Stationen diesem ähnlich, was in der Person des Flakoffiziers begründet war. Sophie Poniat war noch keine zwanzig, aber weit herumgekommen sowohl in der Geographie als auch im Leben. Zuerst schaute jeder gern in ihre flußgrauen Augen, aber gelegentlich hatten die so einen Ausdruck, da sah man, daß sie wohl Bilder erblickt hatten – die wollte man von Mädchenaugen doch nicht so genau wissen. Ihre Familie hatte in der Gegend von Kattowitz gesessen, eine weit verzweigte, oberschlesisch-polnische Sippe, die sich, dem altehrwürdigen Überlebensbrauch aller Grenzvölker folgend, den Namen nach den jeweiligen Machtverhältnissen gab und ich einmal Poniattowski, das andere Mal Poniat nannte. Als 1939 die Wehrmacht einmarschiert war, hatte es die deutsch nur radebrechende Mutter der damals Sechzehnjährigen für richtig gehalten, daß aus der fließend deutsch sprechenden Sofia Poniattowski eine Sophie Poniat wurde. Sie sollte auch lieber nicht mehr so stolz erzählen, daß ihr Familienname – bis auf das Doppel-T, das niemand hörte – identisch war mit dem des letzten polnischen Königs Stanislaw-August. Bald darauf hatte eine BDM-Führerin, die den Wasserpollaken zwecks Umerziehung deutsches Liedgut nahebringen sollte, Grund, sich beide Schienbeine zu bandagieren. Sie hatte diese Sophie Poniat eine Beutegermanin genannt. Für solch volksdeutsche Jugendliche aber, welche sich Tritte erlaubten gegen die Beine des Bundes Deutscher Mädchen, hatte die im Lagerbau bekannt tüchtige Besatzungsmacht natürlich schon ein Umerziehungslager errichtet. Da kam man als Junge wieder heraus, wenn man sich zur Waffen-SS meldete. Als Mädchen mußte man niedriger zu Kreuze kriechen, es sei denn, man war so hübsch wie eine Sophie Poniat und hatte beim Arbeitseinsatz einen deutschen Flakoffizier kennengelernt, einen Mann, der eine Ehefrau in Heidelberg besaß, eine Verlobte in Prag und ein Organisationstalent, das er gerne an der Aufgabe erprobt hätte, mit drei Frauen zurechtzukommen. In seinem Marschgepäck kam Sophie nach Frankreich, ein Jahr später nach Ostpolen und Westrußland, jeweils in Kriegsflughäfen: Wehrmachtsgefolge.

Matratzennachhut war ein anderes Wort dafür. Manche sagten: Nuttendivision. Damit waren die erledigt. Die Beschränktheit hat ja das Unmoralische vorzugsweise immer nur im Geschlechtlichen wahrgenommen, da mochten Geister wie Dengler dem Raubkrieg muntere Liedchen gedichtet haben, sie standen doch hoch auf dem Podest über dem Heer dieser jungen Frauen, die in den eroberten Ländern zwischen den Fallrechen der Front und den Besatzungsbehörden hin und her geschwemmt wurden, entwurzelt vom Krieg, getrieben von der Sehnsucht, wenigstens ein Stück von dem zu retten, was sie sich einmal als Leben, gar als Luxus vorgestellt hatten, bevor es zu Ende ging mit ihnen, so oder so. Im Unterschied zu den Lobrednern, Heldenliedschreibern und Verschönerungsmalern des Krieges besaßen sie aber doch nützliche Fähigkeiten von der Massage bis zum Stepptanz in Feldlagern und Kantinen.

So eine nützliche Frau war Sophie Poniat. Weil sie aber vor sich selbst durchaus noch gelten wollte als Sofia Poniattowski und Trägerin eines Königsnamens, hatte sie Mühe darauf verwandt, nicht ein pures Anhängsel des Flakoffiziers zu bleiben: Heeresschneiderei, Feldbackstuben, Schildermalerei, Fronttheatertänzerin, Kasinochansonette – gemessen an den Umständen, die dem manierlichen Fortkommen einer auf sich gestellten jungen Dame widrig waren, hatte sie sich bisher auf leidliche Art aus ihrer Affäre mit der deutschen Wehrmacht gezogen. Herrenmenschen, die glaubten, mit der halben Polin leichtes Spiel zu haben, staunten, wie unangenehm deutsch sie werden konnte, dabei war gerade die Fähigkeit, sich als der Unterlegene doch Respekt zu verschaffen, das Polnische in ihr. Daß ihr das Polnische nur als Heimweh bleiben würde, daran litt sie, denn früher als manchem Militär wurde ihr klar, daß der deutsche Rückzug vom Donez nicht in Kiew enden würde, sondern in Thüringen. Es war ihr recht, als der Flakmensch bei seiner Verlegung in den Erprobungsflughafen Schlossenried tatsächlich wieder einen Bedarf nach einer Frauensperson von ihren Qualitäten organisieren konnte. Ihr schien der Ramsbacher Winkel, verglichen mit einem Umerziehungslager der polnischen Nationalisten oder der Roten Armee, die wohnlichere Möglichkeit.

Nach dem ersten Vierteljahr im Hohenloher Land beschloß sie, diese Gegend an Heimatstatt anzunehmen. Sie fühlte sich hier erinnert an das waldige Hügelland der Oder zu, sie hatte ein Zutrauen zu den hiesigen Menschen, zu den kleinen Bauern mehr als zu den Solstetter Bürgern, sie dachte, sie könnte sich ansiedeln in der Nähe solch querköpfiger, hintersinniger Einfalt, die eine Unschuld besaß sogar, wenn sie als Durchtriebenheit daherkam wie beim Schwanenwirt. Mit dem war sie bald einig geworden, zweimal die Woche zum Bedienen zu kommen, nicht viel später bezog sie als Hilfe in Haus, Garten, Landwirtschaft und Gastbetrieb Logis im Rückgebäude des »Schwanen«. Die Loslösung vom Wehrmachtsgefolge war nun geglückt, und der Flakoffizier mußte zufrieden sein, denn seit er wieder im Reichsgebiet stationiert war, machte die Heidelberger Ehefrau sich häufiger bemerkbar.

Sophie, wenn sie im nationalen Sinn schon nichts Besseres geworden war als eine Beutedeutsche und verunglückte Polin, wollte nun nichts mehr sein als ein Mädchen der Gegend hier, freilich mit einer Sprache sehr aus der Ferne. Der Schwanenwirt liebte sie vom ersten Tag an als eine ihm wundersam heimgekehrte verlorene Tochter. Die Frau war ihm gestorben im Herbst, der Sohn bei Rommels Rückzug aus der Cyrenaika in Gefangenschaft geraten. Daß er sich Hoffnungen gemacht hätte auf sie, war nie bewiesen. Daß der Apotheker noch häufiger den »Schwanen« frequentierte, seit Sophie dort war, daß seine Augen da einen sogar durch die ungeheure Brille bemerkbaren Ausdruck von Verträumtheit bekamen, war Gerede. Wem die Ramsbacher Sophie im Geheimgemach des Schwanenhinterhauses angehörte, ob überhaupt einem, kam nicht heraus, es war nicht einmal bekannt, wen sie überhaupt erhören würde. Offiziere wohl nicht mehr. Die Herren waren ihr zu »junkärlich«. Sie zeigte sich fürsorglich den Plackern und Kulis, den

Mannschaften und Unteroffizieren, ließ für die auch fünfe gerade sein beim Bemessen des Friedensbiers und des beliebten Getränks »Rio«. Sie war der Stern von Rio, die Männer sangen ihr den sentimentalen Schlager wie einen Choral.

Ihren ärmeren Landsleuten, den Zwangsarbeitern im Polenlager, half sie im verborgenen. Was sie durch einen verschwiegenen Obergefreiten der Funker hinausschaffen ließ an Rauchwaren und Freßpaketen, war beträchtlich. Zu erkennen gab sie sich denen nicht. Sie fürchtete Verachtung. Sie hatte das aufgenähte O für Ostarbeiter nicht auf der Bluse. Sie besaß den blauen Ausweis der »Volksdeutschen«, ein Stück Papier, das sie trennte von den »slawischen Untermenschen«. Dafür schämte sie sich. Sonst lachte sie gern und hörte sich noch lieber singen, am liebsten wie Zarah Leander. Sie war knapp zwanzig damals und holte in Ramsbach eine Art Jugend nach mit Mädchenträumen. Dazu gehörte, daß sie eine Soubrette mit enger Schleppe und »Kann denn Liebe Sünde sein« gern gewesen wäre.

Von hinter der alten Kuglerschen Malzfabrik, wo meterdick Wein und Klematis wuchsen, sah man bequem zu ihrem Fenster. Dort war gegen Abend der Treffpunkt der männlichen Ramsbacher Dorfjugend, soweit sie noch nicht zu den Fahnen geeilt war. Man rauchte, tauschte sich aus über die Dorffehden und Liebessachen der Gegend, man kam aber, seit eine Sophie Poniat am Orte weilte, hauptsächlich, um das Fenster im Blick zu haben, hinter dem sich der Stern von Rio um diese Zeit für den Abend umzuziehen pflegte, wie sich herumgesprochen hatte. Der und jener hatte erzählt, sie gehe gelegentlich sorglos um mit Vorhang und Fensternähe, und selbst solch kurze Bildausschnitte seien sehenswerter als alles, was man je im Solstetter Kino geschaut habe in Filmen mit Jugendverbot nach stundenlangem Anstehen, Alterheraufmogeln, eventuell zum Schluß noch Prügel vom HJ-Streifendienst.

Auch Philipp hatte davon gehört. Zwei Wochen nach Gerdas Abreise schlenderte er hinüber wie ohne ein Ziel, das dann aber doch die Rückmauer der Kuglerschen Malzfabrik war. Da stand er herum zwischen den Burschen, maulfaul, hörte beispielsweise reden von reisenden Waffen-SS-Werbekommandos auf den Dörfern, die ließen die Katholischen laufen und drängten die Evangelischen zur Unterschrift mit allen Mitteln, den Bahnwärterssohn von Brillenbach hätten sie sogar geschlagen, zu Hause habe den aber sein Alter noch mal verdroschen, weil er unterschrieben habe. Es machte Philipp Angst, obwohl es noch nicht seinen Jahrgang betraf. Die Burschen sahen sich nicht an beim Erzählen. Keiner ließ das Fenster aus dem Blick, es sei denn beim Anzünden der Kippen aus der Schlossenrieder Pilotenkantine. Die Brüder, die die Zwozwoundsechzge einflogen, hatten zu qualmen, kaum angerauchte Zigaretten schmissen die weg. Man sprach mit knappen Wendungen, das Wortkarg-Männliche, Lässige war in Mode. Dabei blickten sie mit einem träumerischen Ausdruck zum Fenster, in dem aber nichts zu sehen war. Ein ahnungsloser Passant hätte sie für eine Versammlung von merkwürdig gleichartig Gestörten gehalten. Im Fenster drüben tat sich nichts. Als das Abendlicht auf der Hauswand schon grau wurde, war plötzlich Sophies Stimme zu hören. Singend teilte sie mit, der Wind habe ihr ein Lied erzählt. Sie blieb aber unsichtbar.

Später trieb er sich im Wirtsgarten herum wie schon das letzte Mal, als die Luftwaffe da war. Stand dort mehrfach im Weg, verzog sich an die hintere Umrandungshecke aus Jasmin, glotzte in das Treiben der Windlichter an der Kegelbahn. Dort, wo sich alle drängten, stand auch das Koffergrammophon mit unvermeidlich »Rosamundee« und »Am Abend auf der Heidä«. Es war der Luftwaffe ein Vergnügen, sich mit Entschlossenheit kindisch zu benehmen. Sie jubelten hoch auf, klatschten in die Hände, hüpften auf Zehen, wenn ein guter Wurf gelungen war. Sie gingen in die Knie, machten Rumpfbeugen, verbargen dabei die Gesichter in den Händen bei Fehlwürfen. Mit Bitterkeit stritten sie über falsche Buchführung auf der Holztafel am Kastanienstamm. Männer, in der Mehrzahl zwischen dreißig und vierzig, viele Brillenträger darunter, die meisten hatten Luftwaffenausgehuniform mit Schlips an, den zogen sie dann ab, rollten ihn sorgfältig über der Hand auf, strichen ihn glatt, steckten ihn ein, mustergültig, man konnte daran sehen, wie gewissenhaft sie basteln mochten an dem Fluggerät, das zweihundert Stundenkilometer schneller werden mußte als die amerikanischen Jäger. Wenn Pedanterie und Geduld eine Rolle spielten beim Wunderwaffenbau, standen der alliierten Luftwaffe vernichtende Schläge bevor. Solch akkurat vom Schlips befreite Bastler durften sich wahrhaftig zwei Stunden Kinderlustbarkeit gönnen. Philipp hockte im Halbdunkel und feixte in sich hinein.

Alle waren aufdringlich frisch gewaschen. Das roch man. Es fehlten Männermief und Bierdunst, ein Hauch von Kernseife, Rasierwasser, Körperpuder hing in der warmen Luft. Kam Sophie zwischen den Tischen entlang, jetzt schon mit einem silbernen Tablett voller dunkel gefüllter Wassergläser in jeder Hand, entstand im Rauschen ihres Kunstseidenkleids ein Luftzug mit Nelkengeruch. Jeder wollte sich in diesem Duft aufhalten, jeder neben sich einen Platz freihalten für diesen Duft, jeder hätte ihm gern nachgeschnuppert bis zu seiner Quelle, die sich in Sophies Ausschnitt, vielleicht auch unter ihren Achseln befinden mußte, folgte man der Peilrichtung aller Bastlernasen. Die Kunst der Truppenbetreuung. Sophie ließ keinen leer ausgehen, der kavaliersmäßig die Augen zu ihr aufschlug. Es konnte jeder sich ein Lächeln bei ihr abholen und es in die Flugplatzbaracke mitnehmen in der Gewißheit, er sei gemeint gewesen, nur er. Ein Feldwebel fiel Philipp auf, der hamsterte es, der wollte es in Serie, stellte sich dauernd an, drängte sich auch vor. Das bekam ihm nicht. Für den Sekundensplitter, den das Lächeln über ihn hinschwenkte, wurde es spöttisch. Der massige Mann wurde schwer am Biertisch, es war, als sei der Baumschatten über ihm ein Stück tiefer gerutscht. Sein linker Arm konnte nur drei Bewegungen, der Greifdaumen an der schwarzen Lederhand war zum Verstellen. Dann sangen sie, manche hakten sich dabei unter, schoben sich hin und her, manche mochten sich mehr für sich haben beim Singen, das ihnen eine Kunstausübung war. Ein paar Bastler sangen wirklich gut. Wenn ihnen zu »Heimat, deine Sterne« eine zweite Stimme in der oberen Terz gelang, waren sie so gerührt, der Blick verschwamm ihnen. Der Feldwebel hatte ein Bedürfnis, den Abend noch für sich zu retten, kletterte auf eine Bank, dirigierte den Chor, in der gesunden Hand das Glas mit »Rio«, die Kunsthand war unmusikalisch, krallte sich nur in die Luft, als hielte sich der Mann mit diesem Arm an der Kante eines Abgrunds.

Zum Schluß verlor er das Gleichgewicht, wurde aufgefangen mit brüllendem Gelächter. So erholten sich die Bastler von der Mühsal an einem Ding aus Stahlblech und elektrischen Kontakten, das den Krieg gewinnen sollte. Philipp hatte an diesem Abend seine ersten Zweifel über den wünschenswerten Kriegsausgang. Er hätte gerne den einen oder anderen Bastler gefragt, ob der auch Zweifel hätte ab und an. Er sah aber ein, daß dazu jetzt keine Zeit war. Die Männer mußten singen, schunkeln, trinken, sich Sophies Nähe abjagen, und morgen mußten sie wieder basteln.

Nach Mitternacht befand sich Philipp hinter der Malzfabrik im Stehlogenplatz für Knabenträume, den Rücken an der Ziegelmauer. Das Singen drüben hatte aufgehört. Ein Mannschaftsbus hatte die Luftwaffe zum größten Teil schon abgeholt in die Quartiere. Wer Urlaub hatte bis zum Wecken, hatte sich und sein Mädchen entweder einem Heuschober anvertraut oder dem Schwanenwirt, der Zimmer und reichlich Frühstück abgab und die Rechnung dafür in einer Währung stellte, die vom Weitblick bestimmt war. Man wird sagen können, in dem Einfall, alte Flugzeugreifen zu sammeln, aus denen dann massenhaft Schuhsohlen wurden, lag der Ursprung seines späteren Reichtums.

Ramsbach war in eine Stille zurückgefallen, wie sie sich für eine Dorfsommernacht gehörte. Vieh klirrte noch an Ketten, Austausch letzter Meldungen zwischen zwei Hofhunden an entgegengesetzten Ortsenden. Im Apothekerhaus oben ging ein Laden hart zu. Es lag aber über allem der Grillenklang aus den Wiesen, die alte Vortäuschung, dies bliebe, Zeit würde nicht vergehen.

Er stand auf anrüchigem Lauschposten, dachte an Bubu und Milli, die Lächerlichkeit ihres nicht nachlassenden Eifers, sich an vorgestellten Bildern zu erregen, die in der Wirklichkeit nicht entfernt so anzutreffen waren, abgesehen von einer Brandnacht im Juli damals. Man belauerte ja immer nur die eigene Phantasie. Das war es nicht, was ihn hergetrieben hatte. Nicht die Neugier, den Stern von Rio entblößt hinter einem Fenster zu sehen. Es ging um Verzauberung. Und was ihn bezaubert hatte, wußte er nicht genau, aber doch so viel: Da war eine Frau, die konnte machen, was sie wollte: kokettieren, mit schwarzer Seide rauschen, sich von fünfunddreißig trinkenden Männern anstarren lassen auf Schenkel, Hintern, Busen, die mußte nicht vortäuschen, daß sie dies in Kauf zu nehmen gewillt war als einen unvermeidlichen Nebenumstand ihres Berufes, sondern die gestand frech ein, dies sei die Hauptsache, zu diesem Zweck sei sie erschienen zwischen den Biertischen, und das Herbeischaffen von Getränken sei nichts als ein Vorwand, weil die Sache einen Namen brauche: Bedienung im schwarzen Seidenkleid mit weißem Schürzchen – lächerlich! Darin lag eine trotzige Anmut. Man durfte sie anschauen und sich dabei vorstellen, man schaue nicht nur. Das schenkte sie einem ohne Kleinlichkeit, schränkte das Geschenk auch nicht ein, indem sie ihrem Lächeln eine Spur von Hohn oder Verächtlichkeit beimischte. Sie mußte das nicht. Sie konnte einfach gewähren. Das war das Geheimnis. Keiner mußte sich etwas klauen, es war ihm alles gegönnt an Schaulust und begehrlichen Gedanken, es gelangte um so sicherer niemand hinein in die Zone freundlicher Unberührbarkeit, in der sie sich bewegte.

Philipp war im Wirtsgarten so hingerissen gewesen, daß ihm die ausdauernde Sangeslust der Luftwaffe zunehmend weh tat. Die waren angelangt bei »... mit dem Knie, lieber Hans« und beim »Fräulein Helen«, das sie baden, ihre Waden steh'n seh'n hatten, da hielt er es nicht mehr aus und floh hierher in den Schutz der Mauer, von wo er sie vielleicht noch einmal würde sehen können, ganz allein, später, wenn alles still war.

Es ging auf eins, da trat das Fenster drüben als rotseiden schimmerndes Rechteck aus dem Dunkel mit Sophie darin. Sie stand genau in Bildmitte, sehr in Gedanken, schien es, hob langsam die Arme in den Nacken, wohl um dort die Schließe an der Halskette zu öffnen. Es sah aber so aus, als wolle sie sich ergeben. So stand sie dort, für niemand als für ihn beleuchtet. Er lehnte entrückt in seiner Weinlaubnische, als er jäh aus dem Versteck gerissen wurde, vorwärts taumelte, im Stürzen den ersten Schlag ins Genick empfing mit etwas Hartem, Glattem.

»Dir helf' ich, du Wichser –«

An dem gedämpften Bellen der Männerstimme erkannte er den Feldwebel, von dem er nichts sah als eine sich bewegende Masse, aus der schwang ein Arm heraus, das war der künstliche, das war es also, den hatte er zum Schlagen, und er schlug sachkundig Sterne aus Augen, bis Philipp sich losreißen konnte und entsetzt die Dorfstraße hinunter jagte. Hinter dem Kriegerdenkmal verhielt er lauschend, kehrte dann im Bogen zum Apothekerhaus zurück und gelangte auf dem gewohnten Schleichweg über das Waschküchenvordach und ein vorsorglich geöffnetes Fenster in das alte heilkräuterduftende Haus.

Er fand den Schlaf nicht vor Bedrängung durch Bilder. Ein Ferienlager an der Nordsee sah er in irgendeinem Kindersommer, in dem sie ihn wohl bei einer Verwandtschaft nicht hatten abstellen können. Graugrüner Schlafsaal, graugrüne Decken, breitgebaute Erzieherinnen in graugrünen Röcken und Leinenblusen, tagelang vergebliche Ballspiele im zu starken Wind, erzwungener Mittagschlaf, dann aber ohne jede Vorbereitung ein leuchtender Abend, in dem der Siebenjährige besinnungslos am Strand irrte. Die See schob von Westen Silbergebirge herein, eines nach dem anderen, rasch fließende Gletscherlandschaften, unvergeßlich jede noch im Augenblick ihres Zerbrechens und Begrabenseins unter dem Herfluten der nächsten. Eine kam weit herein, riß ihn auf den Rücken und schleifte ihn über Muschelsplitt, bis ein graugrüner Rock sich über ihn spannte zur Bergung. Die endete in Schlägen auf das salzwassergetränkte Unterzeug. Dies ist ihm unfaßlich geblieben an der Welt.

Am nächsten Tag, als er Post für den Apotheker aufzugeben hatte, stand Sophie in dem niederen, staubigen Zimmer, an eins der beiden wackligen Schreibpulte gelehnt, rauchte, plauderte mit der Posthalterin über das »wunderhibsche Wätterchän« in diesem Sommer. Sie betrachtete mit zurückhaltender Sympathie seine zu einem blauen Wulst geschwollene Unterlippe. Der Stern von Rio trug eine Hose, nach unten weit ausschwingend, marineartig. Philipp hatte Hosen an einer Frau noch nie gesehen, wußte aber aus Illustrierten, daß das jetzt aufkam in den Großstädten. Das aschenblonde Haar trug sie als Entwarnungsfrisur, alles nach oben, in ein Seidentuch eingebunden. Man würde diese Frau, jetzt doch am Tage überraschend jung, so nicht anstarren wie im Wirtsgarten gestern nacht. Man sah hin. Dann ging man seiner Tätigkeit nach, zum Beispiel schob man der Posthalterin ein Päckchen hinüber über die abgewetzte Blechdecke des Schalters. Dann sah man noch mal hin. Da wurde sie schön. Man hatte aber eine Adresse von des Apothekers Klaue, die der Welt nicht zugemutet werden konnte, zu verdeutlichen mit einem stumpfen Tintenblei. Man war nicht gewärtig, angesprochen zu werden.

»Ich kenn' dich doch –«

»Ich weiß nicht –«

»Du bist der Apothekärsnäffe, ja? Spielst du so hibsch Klavier dort?«

»Nee, das war die Gerda, aber die ist wieder weg.«

»Aber gestern nachmittag – ›Maske in Blau‹?«

»Ja, das war ich, probier das halt so –«

»Hibsch, mußt mehr Klavier spielen, mußt dich nicht priegeln.«

»Och, das war nix.«

Sie fuhr mit der Hand ganz leise und rasch über seine Wange herunter.

»Jungchän ...«

Damit ging sie hinaus. Die Marinehose hatte einen gewaltigen Schlag.

Eine Stunde lang nur zuschauen, was das Licht mit dem Wasser macht. Auf den gebleichten Planken des Bootsstegs wußte er nicht mehr, wo unten und oben war, starrte hinauf in den See, in dem die Wolken schwammen. Als er aufstehen wollte, schlug ihn die Hitze wieder auf die Bretter. Der Schlaf löschte ihn aus, kein Bild, kein Geräusch von draußen, kein Traum. Beim Erwachen fand er, es hätte länger sein sollen. Dann eine Bubenstimme sehr fern am Ostufer. Endlich geigte auf zu großem Damenrad der kleine Steegmeier vom Nachbarhaus daher auf dem Knüppelweg. Scharlott hatte ihn ausgeschickt, um Philipp zu suchen. Der Kleine wußte nicht, warum.

»Se plärrt.«

Plärren hieß heulen in diesem Fall, ein Weinen in Jammertönen. Philipp nahm den Abkürzungsweg über den Berg und die Senke. Scharlott lag eingeschlossen im Damenzimmer, vielleicht auf dem Bett, vielleicht vor dem Bild des Höchsten. Ihr Schluchzen war auf dem Flur zu hören. Am Erkertisch im Wohnzimmer saß ein Fremder, sah unbewegt auf seine Hände. Er hatte kaum Ähnlichkeit mit dem Apotheker. Sein Gesicht war so vermindert ohne die Brille.

»Philipp – bist du's?«

»Was ist passiert?«

»Wolfgang Zürschke aus Duisburg hat angerufen.«

»Gerda? Ist was mit Gerda? War ein Angriff auf Duisburg?«

»Nicht Duisburg. Es ist in Köln passiert. Gestern abend.«

»Sie ist tot –«

»Volltreffer. Luftmineneinschlag bis durch in den Keller.«

»Wieso in Köln? Wieso ist sie in Köln im Keller? Warum denn Köln?«

»Eine Freundin. Die hat Geburtstag gehabt. Da wollte sie bleiben über Nacht. Sie war sofort tot, Philipp. Die waren alle gleich tot. Einfach weg. Wenn es passiert, wenn es sein muß, ist es so noch am besten.«

»Es mußte aber nicht sein, es hat gar nicht sein müssen. Wieso ist sie in Köln, sie kann doch nicht einfach nach Köln –«

»Philipp –«

»Wann war es?«

»Der Alarm kam um neun, um zehn war Entwarnung.«

Er glaubte es noch nicht, er tat nur so, sicher war es die Wahrheit, aber wer sagte, daß er sie zu glauben hatte. Es war in Köln, es war ja gar nicht dort, wo er sich unruhig hingedacht hatte Tag für Tag seit ihrer Abreise, er konnte sich so lachhafte Gedanken erlauben wie diesen, der ihm sofort gekommen war: das Käuzchen, der Totenvogel, sein Rufen auf der Hungerinsel zwischen neun und zehn an jenem Abend, ein Gruselgedanke, ein Kinderspuk, der so einem Kindskopf wie ihm einen schlimmen Traum beschert hatte von Wogen, die Gerda von ihm weggerissen hatten ins offene Meer – Kinderkram, Aberglaube. Nicht die Wahrheit, wenn er sie nicht glaubte.

Gegen Abend fing er an, es zu glauben. Streunte

durchs Dorf, denn die Apothekersleute telefonierten in der Verwandtschaft herum. Wißt ihr schon? Ein schrecklicher Schlag. Der elende Krieg. Der arme Wolfgang, die arme Ingrid, sie haben das Kind so geliebt.

Ihm war wohler auf der Dorfstraße, in der dunklen Allee, diesem hohen Kanal, in dem ein Rauschen zum Kriegerdenkmal strömte, leichter Ostwind. Eine zerfließende Mondsichel, so herum, wie man ein Z anfängt: zunehmend. Vom Rhein ausgesehen, der ja auf der anderen Seite lag, war es aber der Anfangsbogen eines A. Das war doch ganz logisch wie links und rechts von verschiedenen Seiten aus, für die Duisburger nimmt der Mond ab, wenn er in Ramsbach zunimmt – eine sehr frühe Theorie von Gerda.

Er floh wieder ins Haus. Der Apotheker hatte seinen Bruder in Solstett in der Leitung.

»Da kommt er, ich geb' ihn dir.«

Philipp stürmte schon die Treppe hinauf bis unters Dach. Sie waren ein Paar. Das hatte gegolten, hatte nicht einmal ausgesprochen werden müssen, so klar war das. Und wenn ein Paar ein Paar war, konnte nicht der eine plötzlich weggehen ohne den anderen. Und wenn es trotzdem geschah, war nicht ein Todesfall passiert, wo einer von draußen sagen konnte: »Philipp, es tut mir leid«, oder »Kopf hoch, Philipp«, oder »Ihr wart ja als Kinder ein Herz und eine Seele«, das ging nicht, das konnte man ihm nicht sagen. Wenn aus einem Paar der eine ausschied durch Tod, ging der Tod durch zwei, und eine Hälfte des Todes blieb übrig für den Übriggebliebenen. Was machte er damit? War darüber zu reden mit einem Vater, einem Onkel, einer Tante, irgendeiner Person?

Gegen zehn schlich er sich noch einmal nach unten, wollte sich eines von Scharlotts belegten Broten holen, die er unberührt gelassen hatte. Vom letzten Treppenabsatz aus hörte er den Apotheker immer noch telefonieren. Er sprach wieder mit Duisburg. Natürlich die Frage, die sich schnell einstellte, wenn Nachricht kam von einem Bombenvolltreffer – bleibt etwas übrig von einem Menschen? Hatte man da noch was zu beerdigen?

»Nichts? Gar nichts gefunden? Ja – jaja –« Jetzt schwieg der Apotheker lange in den Hörer, und Philipp stieg die Treppe wieder lautlos hinauf. Er grub sich den Eisenriegel des Dachfensterchens in die Stirn und spürte es nicht unter dem Schmerz, nichts zu besitzen von ihr und so dringend etwas zum Anfassen zu brauchen, und sei es ein einzelnes Haar, das er halten konnte gegen eine so unsinnige Auskunft, von Gerda sei nichts mehr da, nie mehr die Augen, den löschpapierblauen Blick nie mehr.

Die Bastler hatten keinen Ausgang an diesem Abend. Der Stern von Rio brauchte nicht aufzugehen. Sophie Poniat hatte den Abend Gäste an zwei Tischen gehabt. In der gewohnten Ecke unterm Ölbild mit der Schwanenfamilie den Forstmeister Schlatter, den Gemeindesekretär Kruhm, die Landwirte Linhardt und Zeidler. Der Apotheker fehlte. Am anderen Tisch hielt der Schwanenwirt einen Zahlmeister und einen Fahrer vom Flugplatz frei. Die hatten nach Einbruch der Dunkelheit einen LKW im Hof abgestellt, aus dem der Schwanenwirt mit dem Fahrer ein paar Kisten geladen und in den Keller geschleppt hatte, im Auftrag eines Hauptmanns der Fliegerabwehr, dem Sophie einmal nahe gestanden hatte. Die kannte sich in dessen Geschäften mit dem Schwanenwirt längst nicht mehr aus. Sie machte die Küche, dabei fiel ihr ein, sie hatte noch Wäsche draußen hängen.

Auf dem Weg vom Küchenhof zum Trockenplatz kam sie an der niederen Hecke vorbei, über die man hinüber sah ins Laubgewölbe des Biergartens. Dort entdeckte sie den Jungen auf der Blechtruhe, in der Gerät für den Wirtsgartenbetrieb lagerte, Sitzkissen, Tischtuchklammern, Schirme.

Ein Traumwandler, der erwacht war. Er wußte, wo er sich befand, auch klang, was er sagte, nicht unvernünftig. Aber er war auf eine erschreckende Weise fern. Ihr wurde unheimlich. Das war ein viel zu stiller, viel zu höflicher Junge für das, was das Leben mit ihm getan haben mußte, seit sie ihm gestern begegnet war auf der Posthalterei. Da ging einer in die Brüche ohne jedes Geräusch. So nahm sie ihn mit.

Tief in der Nacht fühlte sie, wie der magere Körper neben ihr sich endlich erwärmte. Es schlug eins von der Kirche. Aus der Flughafengegend schütterte eine Detonation her. Denen war vielleicht eine Flakgranate losgegangen. Rundum in den westlichen Gehöften empörten sich Hunde im Halbschlaf.

Später begann der Junge laut gegen den Schlaf anzusprechen. Die Erinnerung an das Mädchen, das war für ihn kein Album mit hübschen Bildern, Dokumenten von Nettigkeiten. Wie ein Mensch wirklich gewesen war, dafür gab es kein Album, das alle anschauen konnten. Immer nur ein Mensch kannte den andern ganz, und der mußte das dann erledigen.

»Ärlädigen? Was denn ärlädigen?«

»Na, der dafür sorgt.«

»Daß sie noch da ist, hm?«

»Ja, so. Sie ist noch da. Solang ich leb', ist sie noch da. Da geht was weiter von ihr.«

»Ja, das versteh' ich. Nu schlaf, Jungchän, dobranoc mójmały.«

Noch vor Tageslicht fand sie in der inneren Reißverschlußtasche seiner Windjacke das Glasröhrchen. Veronal, zwanzig Stück. Sie schaute zum Bett hin, wo der Junge schlief, aufgedeckt bis zu den Knien, den Kopf seitlich auf dem Kissen. Die zarte Linie vom Backenknochen zum Kinnbogen, sanft eingefallen in völliger Entspannung, war unmerklich bewegt vom Atem. Sophie hielt das Röhrchen lange in der Hand. Dann tat sie es zurück in die Jacke.

Familienverhältnisse

An diesem Morgen half dem Jungen der alte Schleichweg über Gartenzaun, Waschküchendach, durchs obere Flurfenster in den Wohnbau des Apothekerhauses nichts. Er hatte sich die Falle selbst gestellt. Der unberührte Teller mit den Broten war Scharlott am Vorabend, als sie gegen Mitternacht zu Bett gehen wollte, doch ein zu jämmerlicher Anblick gewesen. Der Neffe mochte trauern um sein Bäsle, das war nicht mehr als recht, es mußte doch aber gegessen sein. So war sie hinaufgestiegen auf den Dachboden, hatte die Kammer leer gefunden, im ganzen Haus gesucht in wachsender Beunruhigung, lockend, katzenmutterhaft maunzend, zuletzt hysterisch, bis der Apotheker aus dem ersten Schlaf hinter seiner Zeitung hervorgefahren war und schweigend die Suche ausdehnte auf die Apothekenräume, schließlich den Garten. Um zwei holte er, vielleicht nur, um sich dem Jammern seiner Frau ein wenig zu entrücken, den Gendarmeriemeister Kühnast aus dem Bett, der aber nichts vom Ausrücken eines Suchtrupps wissen wollte vor Tagesanbruch, denn auch ein junger Kater, das wisse doch die Frau Apotheker am besten, fange eines Nachts das Streunen an, kehre aber heim am frühen Morgen, und so war's, und so sah sich der Kater, als er auf leisen Pfoten vom Hinterhaus in die Diele kam, einer Tante gegenüber, die dort weiß, aber wach im Ohrensessel saß und jetzt die Schulmädchenfigur mit dem Matronenhaupt aufrichtete. Daß ein Junge mit erst vierzehn sich die Nacht herumtreibe bis in den hellen Tag, sei bedenklich genug in diesen schweren Zeiten. Daß er aber mit solch schlimmen Moden anfange, wenn man in der Familie Trauer habe um ein so schreckliches Kriegsopfer –

»Es ist dein Krieg!«

Der Satz war heraus, und natürlich begriff ihn die Tante nicht, die kistenweise Wollsocken gestrickt hatte für unsere Feldgrauen, täglich gebetet für die Waffen, mit den Siegesmeldungen gejubelt über die brennenden Städte der anderen, diesen Satz verstand sie nicht, wollte die richtige Trauer für sich gepachtet haben um ein Mädchen, das in Fetzen gegangen war in diesem Krieg, stand da als Leidtragende mit zitternden Lippen, eine unschuldige, gekränkte, leidende Tante, die nicht fassen konnte, was ihr da von ihrem kleinen Neffen widerfuhr.

»Jawohl, deinem Führer sein Krieg, nun spar' dir das Geflenne.«

»Philipp!«

Da begriff er: ganz schnell müsse er sich aus der Nähe dieser Person bringen, er würde sonst mit Fäusten auf sie losgehen. So rannte er aus dem Stand davon, so daß der Apotheker, der in einer Halbmaske von Seifenschaum aus dem Badezimmer getreten war, nur noch ein Gewirbel von hellem Haar, Schlenkerarmen, Polterbeinen wahrnahm in der dunklen Diele. Er hörte das Klatschen von Bubensandalen die Eichentreppe hinunter, das Knirschen von Kies im Vorgarten, weiter drüben schrien die Angeln der Schuppentür, das klingende Wegspringen und Niederregnen von Splittsteinchen unter Fahrradreifen, dann Stille, in der dem Apotheker dämmerte, es sei dies wohl das letzte Mal gewesen, daß Schulkinderferien die Ramsbacher Einsamkeit unterbrochen hatten.

Die steile Steige durch den Roterwald hinauf stand Philipp keuchend in den Pedalen, der Zorn trug ihn durch die Schneise im fallenden Frühnebel empor in die Hochebene. Dort war eine Stelle am Hang, von der aus der letzte Blick auf die Ramsbacher Mulde sich öffnete. So viele Jahre die Kinderabschiede vom Ferienland, vom Piratenmeer des Mühlsees, der Kannibaleninsel, von Mary Bell, und jedesmal hatte das Kind keinen Trost gefunden in den Versicherungen, es warte ja dies alles, bleibe unverändert aufbewahrt bis zu den nächsten Ferien. Das altkluge Kind hatte immer gewußt, daß es keinen Trost gab gegen das Vorbeigehen auch nur eines einzigen Sommers. Nichts Geliebtes konnte wieder in Besitz genommen werden, nicht einmal beschrieben. Nun stand das erwachsenere Kind Philipp da im sich erwärmenden Dunst, versuchte die Stellen auszumachen, wo sich bei klarer Sicht die Kirchtürme von Ramsbach, Erkheim, Nergersheim aus dem Horizont meldeten mit ordentlich gestreckten Schulkindfingern, und war froh, daß der Morgen noch den Vorhang aus gleichmäßig lichtem Grau geschlossen hielt, auch den See verbarg. So war alles wie nicht gewesen. Ein Wind, der in den Rosen rauschte und wieder erstarb, mehr war es nicht. Als er davonfuhr in die Ebene hinein, hatte Philipp Abel eine erste Ahnung bekommen von dem seltsamen Menschengesetz, daß das Geliebte verloren sein muß, um geliebt zu bleiben, daß es vielleicht von Anbeginn an nur geliebt wird in der Vorahnung des Verlusts.

An diesem Morgen wurde gemeldet, die Stadt Charkow, welche die Russen schon lange unbedingt zurückhaben wollten – sie hätten sie nun. An diesem Morgen saß Abel mit Irene Nessel in seiner Wohnung bei einem späten Frühstück, das sie ihm unbarmherzig nicht vor zehn bereitet hatte, weil er bis vier Uhr in der Frühe im Lazarett gewesen war. Mitten in diesem Frühstück geschah es, daß Dr. Abel seinen Sohn zurück erhielt, drei Wochen vor Ende der Sommerferien. Es läutete, und da stand er im Hausflur, sehr erhitzt, die Haare ineinander gewebt vom Fahrtwind.

»Dreieinhalb Stunden, ist Rekord mit dem Rad.«

»Mit welchem Rad?«

»Hab ich mir gepumpt –«

»Verkehrt denn der Mittagsbus nicht mehr?«

»Doch, erklär' ich dir später mal.«

Den Mund, diesen großen Verräter des Gemüts, hatten sie als Gemeinsamstes, dachte Irene. Wie beide bemüht waren, die Teetasse möglichst oft oben zu haben als eine Art Visier vor dem Gesicht, das Zucken der Mundwinkel, das Versenken der Blicke im Teetassenspiegel. Als Abel mit einer Bewegung fast von Kapitulation die Arme ausbreitete, lag der Sohn auch schon drin und hatte den Kopf an seiner Schulter, die braungebrannten Arme um seinen Nacken, der schmale Körper hob und senkte sich mit Abels Atem, der langsam und schwer ging. So mag man die beiden öfter gesehen haben in früherer Zeit. Irene machte die ärgerliche Erfahrung, daß nicht nur im Kino solche Szenen sie zu Tränen brachten. Sie mußte dringend noch einmal Teewasser aufstellen.

In der Küche hielt sie sich länger auf, als sie für die paar Handgriffe brauchte. Die beiden Abels sollten Zeit haben, manches zu klären. Der Junge hatte ihre selbstverständliche Anwesenheit beim Frühstück ohne sichtbares Erstaunen hingenommen, und sein Vater würde diesen Augenblick nützen, einem vierzehnjährigen Jungen endlich die Familienumstände zu erklären, in denen er seit acht Jahren lebte. Schon lange begriff sie nicht mehr Abels Scheu, mit seinem Kind in säuberlichen Wahrheitsverhältnissen zu leben, sollte es am Ende von schwatzhaften Verwandten erfahren, daß nicht der Krieg und der Atlantik seine Eltern getrennt hatten, sondern ein Zivilgericht in Berlin? Befürchtete Abel von dem Kind die Frage, wer denn der Schuldige gewesen sei? Dann kannte er seinen Sohn nicht gut. Der Junge wußte schon viel von Menschen. Er würde ein schwarzes und ein weißes Schaf nicht brauchen, um sich von seinen Eltern ein Bild zu machen, mit dem er künftig zurecht käme.

»Bleibst du jetzt hier?«

Da stand er, ein Bub von leisen, behenden Bewegungen immer noch wie damals, als er ihr an einem windigen Abend mit seinem Vater hereingeschneit war ins Hotel am Markt.

»Soll ich denn, Philipp?«

»Weiß nicht, ich glaub', ihr müßtet irgendwann heiraten.«

»Wahrscheinlich, aber das geht ja nicht so einfach.«

»Wegen mir?«

»Du müßtest einverstanden sein.«

»Meinetwegen. Ist mir jedenfalls lieber als eine andere.«

»Danke, Philipp, wenn das ein Kompliment ist.«

»Ihr könntet doch heiraten, oder gibt's da sonst noch Probleme?«

»Hat dein Vater mit dir gesprochen über früher?«

»Nein.«

»Da gäbe es doch das Problem, daß da noch deine Mutter ist.«

»Die kommt nicht mehr. Ich glaube, daß die schon lange geschieden sind.«

»Das sind sie, Philipp. Und dein Vater plagt sich schrecklich damit herum, es dir zu sagen.«

»Pa ist altmodisch in solchen Sachen.«

»Ein bißchen, ja.«

»Er meint, ich könnt' ihnen das übelnehmen. Ich meine aber, es war ihre Sache. Ich meine, ein Kind muß halt irgendwie klarkommen.«

»Hast du Heimweh nach deiner Mutter?«

»Nein. Früher vielleicht. Das weiß ich nicht mehr. Es gibt ja Sachen, die man vergißt, nicht?«

»Du bist groß geworden, Philipp.«

»Du tätst ihn heiraten?«

»Schon, Philipp, schon damit ich dich kriege!«

»Ich bin dein Typ, nicht?«

»Das muß ich zugeben, du Halunke.«

»Das war mir immer klar.«

Abel kam herein, tat ungehalten über eine Geheimkonferenz in der Küche. Er hatte die Zeitung mitgebracht, hatte entdeckt, daß laut Anzeige des Filmtheaters Solstett nun endlich auch hier eine »Romanze in Moll« zu sehen war, ein Lichtspiel, dem der Ruf voraus ging, es bilde in würdiger Weise nach die »Effi Briest« des geschätzten Dichters Fontane, und er, Abel, gebe sich die Ehre, den Herrn Filius und das verehrte Fräulein Nessel einzuladen heute abend mit ihm –

»Da kann ich nicht mit, Pa, ist Jugendverbot.«

»Lächerlich. Ihre grauenhaften Kriegsfilme sind nicht jugendgefährdend, Fontane ja! Die sollen sich bloß trauen, dich nicht mit uns reinzulassen.«

Da stand der Junge in Tränen da.

»Ich will nicht rein in diesen Film« – und stürmte in sein Zimmer und begrub sich unter Kissen.

Später saß Abel an seinem Bett, es war fast wie früher, wenn das Kind vom Fieber unruhige Nächte gehabt hatte. An staubverflockten Fäden hing noch das Sturzkampfflugzeug von der Decke, das Philipp im ersten Kriegswinter aus einem Schnittbogen gebastelt hatte. Irene war einkaufen gegangen. Es war sehr still. Mit einer in solchen Sachen ungeschickt gewordenen Hand suchte Abel den Bubenkopf in den Kissen. Der Doktor wußte kein anderes Mittel gegen den Schmerz, der auftritt im Menschen, wenn er noch so jung ist.

Am letzten Sonntag vor Schulbeginn nahm Philipp frühmorgens das Rad, das immer noch im Treppenhaus stand, und fuhr es nach Ramsbach, wo es hingehörte. Es war ihm lieb, an diesem Tag im Zollhaus aus dem Weg zu sein, denn es wurde Tante Traudich zurück erwartet, es würde ein Gespräch geben müssen zwischen ihr und Abel, vielleicht eine Szene, sicherlich etwas mit am Ende viel Brahms oder Beethoven aus ihrem Zimmer, Wagner nicht mehr, seit Tante Traudich und Dengler kein Paar mehr waren.

Er hatte sich vorgenommen, Scharlotts Rad nur heimlich in den Schuppen zu stellen, ging dann aber doch ins Haus. Im oberen Flur roch es nach Sauerbraten, Scharlott bog um die Ecke von der Küche her, verharrte verblüfft, breitete die Arme aus, es half nichts, er mußte hinein, und natürlich hatte sie die Brosche an, deren Verschluß ihn wieder in die Wange stach. Er mußte zum Essen bleiben, und als es knapp wurde mit dem Bus, dem einzigen, der damals zwischen dem Winkel und dem Muhrtal verkehrte, mußte der Apotheker mit dem dicken Tierarzt telefonieren. Der wollte zu seiner Heilbronner Schwägerin am Nachmittag, und von dort kam man immer noch mit dem Abendzug nach Solstett, es sei viel besser so, denn auch ein Paket mit Eiern, Geräuchertem, Eingemachtem käme auf diese Weise sicherer nach Solstett als mit der Post, mit deren Zuverlässigkeit es arg geworden sei. Es war wie immer: Scharlott im uneinnehmbaren Bollwerk ihrer Güte und Borniertheit, aus dem heraus es zwitscherte, der schweigende Apotheker, der ihr treu war in verächtlicher Geduld – Philipp liebte sie beide, und in diesem Bild behielt er sie. Es war sein letztes Essen im Apothekerhaus.

Der Onkel hatte nachts im »Schwanen« von einem Schlossenrieder Techniker gehört, der Wunderjäger, die Krachmaschine, das Drachenmaul habe die längste Zeit getobt über dem Winkel. An höchster Stelle in Berlin sei ein Bedürfnis entstanden, das Ding von Grund auf neu zu konstruieren, als Bomber, den der oberste Kriegsherr sich über Englands Städten wünschte.

»Typisch, am Hinmachen hat er halt doch die größere Freud', ja no.«

Er stellte schon die Augengläser auf Undurchdringlichkeit, die Tante bereitete schon Tränen vor, die nächste Bemerkung würde ihre Flucht ins Damenzimmer auslösen, ein wunderliches Paar in einträchtiger Zerstrittenheit. Es war das letzte Mal, daß er die beiden zusammen gesehen hat, es sei denn zehn Jahre später dann auf einem Foto vom April 1945, das als Beweisstück im Knöhrerprozeß diente. Da hingen sie zur Abschreckung für andere Ramsbacher, die vielleicht voreilig umzugehen gedachten mit einer weißen Fahne, von einem Lindenast im Apothekersgarten.

Im späten Herbst starb der alte Nessel in Gesellschaft einer Rotsponflasche und hatte einen leichten Tod im Dahindämmern seiner milden alkoholischen Existenz. Irene war der Ansicht, er habe nie den frühen Tod ihrer Mutter verwunden, die zugrunde gegangen sei an der Übersiedelung vom Comer See ins Solstetter

Nebeltal. Er starb aber zur rechten Zeit, denn kaum war er unter dem Boden, ging der Lammchefin ein Schreiben von der Wehrmacht zu, die das Hotel zu beschlagnahmen wünschte, um darin eine Schulungsstätte einzurichten. Hier sollten mit dem rechten Geist und Werkzeug ausgerichtet werden die Frontberichterstatter der Propagandakompanien, denn wo ein Krieg total geworden war, da mußte seine Schilderung wohl auch gesteigert sein zum Heldenlied.

Die Wehrmachtsverwaltung meinte, die Beschlagnahme für die Hotelbesitzerin zu mildern, indem sie ihr anbot, den hauswirtschaftlichen Bereich zu übernehmen gegen angemessenes Gehalt. Das erwog sie nicht lange.

Es reiste nämlich ein Dr. Arminius Fleck aus Berlin an, ein Mensch von faden Farben – Haut, Haar, Augen, es war alles eins, man vergaß immer schon, wie er aussah, während er noch vor einem stand, was einem blieb, war nur ein unbestimmter Eindruck von Falschheit. Dr. Fleck beanspruchte, ein Journalist und Verleger zu sein, ein Schriftsteller und Poet aus Berufung, er trug aber, gültig für alle seine Eignungen, den Hoheitsadler der NSDAP am Revers, ein Sudetendeutscher aus dem Riesengebirge, ein Henlein-Mann wohl, der heim ins Reich gewollt hatte, und da war er nun: mitten im Altreich, wo es noch staufisch-reichsstädtisch war, saß unter dem Bildnis des Kaisers Maximilian und der Solstetter Ratsherren, betrachtete wohlgefällig das gediegene Hotel, die schöne Chefin, gab sich fast demütig zu erkennen als der Mann, den Dr. Goebbels dazu auserwählt hatte, »unsere publizistischen Frontsoldaten« fachlich-ideologisch auszubilden. Und er freue sich besonders, daß nun gerade hier die Stätte seines Wirkens sei. Die Lammchefin freute sich aber nicht und verbarg dies allenfalls in den engsten Grenzen der Gastfreundlichkeit. Das tat dem böhmischen Gemüt des Dr. Arminius Fleck weh. Er hätte gerne etwas von Mensch zu Mensch gehabt, brachte dies auch in Vorschlag nach dem Abendessen bei einer Flasche Wein, stieß aber nur auf ein höfliches Gesicht, so daß er sein Anliegen nach reichlich Weingenuß später noch einmal vortrug im schlecht beleuchteten Verbindungsgang zwischen dem Hoteltrakt und der Privatwohnung. Da stieß er nun auf eine höfliche Ohrfeige. Hiermit war der Weggang Irenes aus dem Haus ihrer Kindheit und ihres beruflichen Wirkens besiegelt, einen Tag vor ihrem vierunddreißigsten Geburtstag.

In dieser Nacht fand sie schwer ins Bett, wanderte vor dem Spiegel zwischen hohen Wänden hin und her, die Katze immer mit, in Knöchelkontakt trippelnd, buckelnd, steif sich reckend in genauen Figuren ihrer eigennützigen Zärtlichkeit. Vom Spiegel, einem alten Mailänder Stück, hohes Oval in nicht zu reichem Rahmen, hatte Irene seit langem den Eindruck, er behandle sie zuverlässig freundlich. Die Katze auch, solange jedenfalls der Grundvertrag einer Katze mit einem Menschen eingehalten wurde, es geschehe, was geschehe, zum Zwecke ihres Behagens. Spät kam Abel, wovon sich die Katze daran erinnern ließ, sie habe längst für sich sein wollen auf dem Gondelstuhl, eingerollt im Schnurren, das wegstarb im Schlaf.

»Abel, heirate mich nun. Ich bin seit einer Stunde vierunddreißig. Ich besitze ein beschlagnahmtes Hotel. Ich bekomme es wieder nach dem ›Endsieg‹. Ich bringe einen Spiegel mit und eine Katze. Wenn es dir recht ist.«

»Es ist mir recht.«

Der gestohlene Mozart

Sie hatten jetzt im Großdeutschen Rundfunk einen neuen Nachrichtensprecher, der machte aus den Meldungen Kommandos. Glaubt mir ohne Widerrede: Der Gegner – geringfügiger Bodengewinn, sinnloses Anrennen, nur örtliche Einbrüche, doch blutige Verluste. Die eigenen Truppen – erfolgreiche Abwehrschlacht, kühn geführte Gegenstöße, planmäßige Aufgabe unbedeutender Städte zum Zwecke einer aus der Tiefe geführten Offensive. Es war nicht schwer, den befohlenen Meldungen zu glauben, nur der Blick auf eine Landkarte ließ uns staunen. Setzten wir uns alle die geglückten Frontbegradigungen und unwiderstehlichen Gegenangriffe zusammen, wo standen wir dann, wo standen dann die Russen, doch nicht schon westlich der alten polnischen Ostgrenze? Wie konnte das sein bei so viel Erfolg?

Philipp hörte nicht mehr hin. Nicht so weit weg von der Einstellung auf der Drehskala, über welche die Kommandostimme Glauben befahl, befand sich eine Stelle, die man nur mit feinem Ohr finden konnte, aber es lohnte sich: dort säuselte in Saxophon- und Trompetenchören die Überredung. Dort erhob sich aus dem Springbrunnen übereinanderstürzender Glissandi und pochender Synkopen die rufende, mal schrillende, mal traumverlorene Stimme einer Klarinette, die machte es perfekt: man glaubte sich noch überredet, da war man schon verführt, man ließ sich noch verführen, da war man längst verfallen, verloren allem Befehlston und Marschierertum, man war süchtig geworden, ein Gefangener der Freiheit. Das war Benny Goodmans »Sing, sing, sing«.

Philipp mußte diese Platte haben, und ihm war klar, es ging nicht nur um Musik dabei, es ging ums Leben, so wie er's vorausgeahnt hatte. In den Swingtakten, die ihn da aus pfeifendem, blubberndem, knackendem Äther getroffen hatten, war es gewesen, das Leben. Er mußte es finden, denn es ging ihm nicht gut in diesem Februar. In der Schule stürzten täglich geometrische Gebäude über ihm ein, die man ihm auftrug, neu zu errichten. Die HJ hatte ihn wiedergefunden in ihren Listen, befahl ihn zu wehrertüchtigenden Veranstaltungen, dann zu Strafdiensten wegen unentschuldigten Ausbleibens. Er flüchtete in die vom Exerzieren befreite Musentruppe einer Spielschar, die in dreistimmigen Chorsätzen zu singen hatte von Maidlein, Blümlein und Bächlein. Nach den Proben drückte er sich in Gassen und Innenhöfen herum mit kichernden Mädchen, die schwitzten unterm Schipullover vor Neugier, wollten ihn aber erste Voraussetzungen zur Wissenserweiterung nicht schaffen lassen. Manchmal träumte er noch von Gerda, wie sie im Mühlsee plötzlich aus der Tiefe tauchte – »Ich bin noch da, hast du das nicht gewußt?« Dann merkte er, daß er es immer noch nicht glaubte. Nicht da, wo er die Dinge besser wußte: im Traum, im richtigen Leben, von dem die Klarinette sang.

Milli Vollmer, in allen schwarzgehandelten Dingen wohlbestückt, hatte die Platte nicht, wollte aber seine Lieferanten draufhetzen, swingkundige Landser in Frankreich, Belgien, Dänemark. Ein anderes Zentrum »artfremder Musik« war das ehemalige Tanzcafé Schütz. Die ältere Tochter Lilo, die sich Lilian nannte, hatte sich bei Kriegsausbruch mit einem Schlossenrieder Jagdflieger verlobt, der in Frankreich stationiert gewesen war, bevor ihn die Russen über Leningrad abschossen. Dessen hinterlassene Sammlung enthielt Kostbarkeiten von Django Reinhardt, Ellington, Fats Waller, der legendären Count-Basie-Band, graugewetzte Scheiben, nächtelang gespielt bei doppelt gehängter Verdunkelung und rosa Licht, für manchen Heimaturlauber, der wieder hinausmußte, das Totenlied, das letzte Schöne – es hieß immerhin, Lilian Schütz steppte da manchmal mit nichts als einem schwarzen Schlüpfer an.

Lilian zeigte sich von schläfriger Freundlichkeit dem jungen Abel, der mit einer Flasche Wein aus Lamm-Beständen und einem Alpenveilchen erschien mit der Bitte um Einsicht des Plattenschranks. »Du kannst alles untersuchen«, sagte sie, »und wenn du was findest, dann müssen wir halt handeln.«

Sie trank den Wein, sie offerierte etwas tantenhaft dem Jungen eine Tasse »Kaba«, den Plantagentrank, sie saßen einander gegenüber im Plüsch des Hinterzimmers. Draußen wurde es dunkel über der verlassenen, löchrigen Tanzterrasse. In ihrem Sessel lag Lilian Schütz auf eine Art, als habe sie sich damit abgefunden, nach dem Plattenschrank auch selbst durchsucht zu werden. Übrigens schielte sie auf dem linken Auge, worüber sie neuerdings nicht mehr traurig war, es galt als sinnlich in Solstetter Fachkreisen. Vom Plattenteller sang Fats Waller. Philipp fand drei Benny-Goodman-Platten, nicht aber die gesuchte »Sing, sing, sing.«

»Und sonst suchst du nix?«

Lilians Gesicht war plötzlich sehr dicht vor dem seinen. Sie sah ihn an, was bedeutete, daß ihr linkes Auge schräg an ihm vorbei in die Höhe blickte, dies aber mit verzehrendem Ausdruck. Er hätte es rüde gefunden, jetzt nicht auf die von ihr nahe gelegte Weise verlegen zu werden als ein schüchterner Junge, der natürlich ihretwegen gekommen war unter rührendem Vorwand und sich nun durchschaut sah. Geriet er in Konflikt zwischen Ehrlichkeit und Höflichkeit, entschied er sich stets guten Gewissens für die Unehrlichkeit, er war von allen Tanten und Vizemüttern früh zur Höflichkeit angehalten worden, sonderlich gegenüber Frauen. An diesem trüben Spätnachmittag – übrigens unter den Klängen von Duke Ellingtons »Creole Love Call« – hat ihn die Höflichkeit zu einer Kollision mit der Ehrlichkeit geführt, die er nicht vorhergesehen hatte. Zwischen Lilian Schütz und ihm ergab sich im Handumdrehen eine Nähe, bei der, ist sie erst einmal hergestellt, ein Mann es nicht belassen kann, ohne sich schwerwiegender Unhöflichkeit schuldig zu machen. Andererseits ist die weitere Entwicklung aber an Voraussetzungen gebunden, welche Höflichkeit allein nicht schaffen kann. Hier hätte Philipp nur die Ehrlichkeit eines starken Verlangens geholfen, das er aber auch mit Anstrengung nicht in sich erzeugen konnte.

»Ach, Kleiner«, sagte Lilian Schütz, auch jetzt nicht

unfreundlich, und holte ihren Blick ein, der beidäugig fern geworden war, das linke Auge aber blieb ein Stück weiter draußen, oben hinter Philipp auf der verschossenen Biedermeiertapete, später sah er: in dieser Gegend stand auf einer Hängevitrine im Silberrahmen ein junger Offizier in Pilotenkombination.

»Gut Ding will Weile haben«, sagte sie, und er geriet fast in Panik, durch den kalten, nach Dörrobst riechenden Vorraum hindurch etwa den Ausgang nicht zu erreichen, bevor sie sagen würde: »Es ist noch kein Meister vom Himmel gefallen.« Sie sagte aber nichts in dieser Richtung, sondern plauderte harmlos davon, daß die Stadtverwaltung beabsichtige, wegen Kohlenmangels die Oberschule zu schließen und einen Notunterricht weiterlaufen zu lassen unter Verteilung der Klassen auf die Gastwirtschaften und Cafés im Stadtgebiet. Es kam kein Sprichwort mehr von Lilians Lippen. Philipp wurde durch den Privatausgang der Schützschen Wohnung entlassen. Dort hing aber in einem Holzrähmchen etwas Passendes, das mochte eine der Schütz-Töchter in schwarzer Tusche und gotischen Lettern gemalt haben: »Deutsch sein heißt eine Sache um ihrer selbst willen tun.«

Nicht viel später hatte Milli Vollmer die Platte aufgetrieben, stark verkratzt, aber unverkennbar: »Sing-sing-sing«, auf der Rückseite war »Memories of you«. Milli verlangte drei Klassische dafür, vorzugsweise Mozart, und ließ sich nicht herunterhandeln, das liebe Milli-Kind. Die Lust an der Verführung leuchtete ihm aus den blauen Unschuldslichtern, er sah mit seinen fünfzehn Jahren immer noch aus wie alle lieben Engelein, neu war nur ein unregelmäßiger Flaumbesatz der

Oberlippe, als sei dem Krippenmaler da der Goldpinsel ausgerutscht. Das Jesulein wußte, Mozart und Vergleichbares konnte Philipp nur seiner Gouvernante aus den Plattenalben stehlen, anders war die Beschaffung solcher Tauschware im Solstett des Jahres '44 nicht möglich. Alles, was Philipp anderweitig vorschlug als Gegenwert im Vertrauen darauf, Irene Nessel werde ihm zu Hilfe kommen mit Alkoholika oder Bohnenkaffee aus Lammbeständen, brachte Milli Vollmer nicht einmal zu einem Nachdenken. Die Witwe Vollmer hatte alles und rechnete sich dies zu als wohlverdientes Resultat einer weitsichtigen Verwandtschaftsdiplomatie aus den Dörfern herum zwischen Muhr und Jagst, wo weitverzweigt ihre Sippe saß. Die hatte sie sich warmgehalten noch in guten Zeiten, da viele Städter auf die Bevölkerung des Hinterlandes gerne heruntergesehen hatten als auf die »Bauren«. Jetzt hatte sie den Vorratskeller voll, der unter der alten inneren Wehrmauer lag und ein Teilgewölbe des ehemaligen Pulverturms mit einschloß, Räucherschinken, Büchsenfleisch, Faßwein, vor allem regalweise Dosen mit dem cremigen, weißen Gold, der härtesten Währung des Warenmarktes: Schweineschmalz. Dafür war alles zu haben aus den eisernen Beständen der Solstetter Geschäftsleute, von Shetlandwolle bis zum Elektroherd. Nur nicht ohne weiteres Mozart. Den wollte Milli Vollmer sich nun gerne klauen lassen, und wenn es ihm nicht sonderlich um die Musik zu tun war, dann doch sicher um das Vergnügen an der Macht, Philipp Abel zum Dieb werden zu lassen an seiner Tante Traudich. Dem Milli-Kindlein, das doch wie die Made im Speck des mütterlichen Vorratskellers saß, hatte solch ein Seelenspaß schon lange Zeit zu seinem vollständigen Glück gefehlt, er hatte nur dünn geschlossene Wunden aus seiner Zeit als Memme und Opfer, als bleierne Ente und »Queen Victoria«, die im Freibad immer nur versenkt worden war. Jetzt hatte er einen am Zügel, dem Verachtung erspart geblieben war, einen Gewinner, der ihm sogar noch Mitleid angetan hatte, das I-Tüpfelchen der Demütigung. Das wollte er dem gerne zurückerstatten.

Zu seiner eigenen Überraschung kostete es Philipp nicht viel, am nächsten Abend, als die Traudich oben mit der Guggenbachschen musizierte, in ihr Zimmer zu gehen und ihrer Schatzkammer zu entnehmen: ein Divertimento aus »Idomeneo«, den ersten Satz der Jupitersymphonie und eine Platte mit je einem Duett aus dem »Figaro« und dem »Don Giovanni«. Die Auswahl war getroffen nach dem Gesichtspunkt der Schonung, er hatte die Traudich diese Stücke fast nie spielen hören, sie konnten ihr nicht halb so viel bedeuten wie ihm die Musik, die er sich damit erkaufen würde.

Der Plattentausch fand noch am selben Abend im Nebenzimmer des Speisehauses Witwe Vollmer statt. In dem nur spärlich beleuchteten Raum forschte Milli bei Philipp gierig nach Anzeichen von Gewissensbissen, das sah man, er hätte gerne einen Bonus in Schokolade oder Zigaretten gewährt für ein kleines Zeichen von Bedenklichkeit in Philipps Gesicht, und er wurde vollends traurig, als Philipp leichthin vorschlug, man könne gerne weiterhin Geschäfte auf dieser Basis tätigen, vielleicht mit Wagner? Milli blieb in der gewohnten Rolle des Verlierers zurück. Er verstand die Welt nicht mehr. Unter allen Jungen in der Klasse hätte er den Abel für die moralische Prinzessin auf der Erbse gehalten.

Der stapfte zwischen den naßschneebeladenen Muhranlagen nach Hause. Er wunderte sich. Er hatte fast ohne Skrupel eine Frau bestohlen, die ihm sieben Jahre lang Gutes getan hatte. Es paßte wirklich nicht zu Abel junior. Da ihn aber kein Schuldgefühl plagte, schien es doch zu passen. Ihn beschäftigte nur die Frage nach der geschicktesten Verteidigung, falls sie es merken würde, denn ihm war klar, kaltblütiges Leugnen war seine Stärke nicht. Er würde die Tat zugeben ohne viel Hin und Her. Einleuchtend begründen würde er sie wohl nicht können für Tante Traudich: rätselhafte Faszination eines doch musikalischen Jungen durch amerikanische Negermusik in dem Maß, daß er stahl und Mozartarien hingab dafür – da hörte ja alles auf, da konnte sich ihre Empörung nur steigern. Eine kriegerische Trau-dich-Armbewegung würde sie machen, Ohrfeigen vorformen in der Luft, zuschlagen aber noch weniger denn je. Sie würde endlich gebrochen in dem Sessel der Sonnenuntergänge und blauen Stunden liegen als dunkle Masse, aus der heraus bajuwarisch gefärbte Fragen gestellt werden würden an sich selbst, an Philipp, wie sie sich so habe täuschen können in dem Buben, ob sie denn das verdient habe um ihn, jetzt zum guten oder vielmehr ganz und gar bitteren Ende der gemeinsamen Zeit. Und er würde leise und bescheiden vor den Sessel treten und sagen, es sei wirklich eine schöne Zeit gewesen, aber vielleicht doch auch deshalb, weil er früh begriffen habe, daß sie bei all ihrer Hünenhaftigkeit und Trampeligkeit eine verletzbare Seele sei, eine geborene Verliererin, der er die Autorität ihrer Trau-dich-Pose keine Stunde geglaubt, sie ihr aber gelassen habe sieben Jahre lang, weil sie die so dringend gebraucht hatte, genau wie das ganze musikalische Gewese mit Wagner und Walküren, Wehmuts- und Weihestunden, die Schmerzensblicke hinter dem Vater her, all dies habe er gern ertragen, weil sie zwar eine entsetzliche Schrulle, aber doch eine ganz fabelhafte Person sei, der er sogar das verwegene Liebesglück in gewagter Stellung auf einer Anlagenbank gegönnt und nie einen Ton darüber verloren habe – sie würde dies alles niemals zu hören bekommen. Er würde sich schweigend von ihr abkanzeln lassen. Bis zu ihrem letzten Solstetter Tag würde sie sicher sein vor jedem Spreißel der Wahrheit über Frau Irmtraut Penzberger, und weil dies so war, hatte er sich erlaubt, die Kleinigkeit von drei selten gehörten Mozartplatten zu kassieren. Für Dienste, von denen sie niemals erfahren würde, ein bescheidenes Honorar, so gerechnet. Und darum ging es, letztlich war sie ihm eine Fremde, eine Rechnung mußte gestellt sein. Er fand sie in Ordnung so.

Den Plattendiebstahl hat Tante Traudich nicht entdeckt. Am letzten Abend vor ihrer Abreise rief sie Philipp aber in ihr Zimmer. Auf ihrer schönen zirbelhölzernen Wäschekommode lagen die Plattenalben. Unter Tränen strich sie mit den Händen darüber hin.

»Des is mei' Abschiedsg'schenk für dich, Bub. Halt's in Ehren.«

Das war schon nach seinem fünfzehnten Geburtstag, als er sich geschworen hatte, nie mehr im Leben zu flennen. Aber das galt ja nun nicht.

Kindersegen

Im Filmtheater lief »Der weiße Traum«, ein Lichtspiel mit einer Eisrevue und einer Liebeshandlung, die einander beeinflußten auf eine Art, daß wir lachen mußten. In der Wochenschau besichtigte der Generalfeldmarschall Rommel den Atlantikwall. Er nickte jedesmal ernst, doch zufrieden, wenn ihm wieder ein Geschütz gezeigt wurde, das sein Rohr drohend aufs Meer hinausschwenkte. Das Meer war links, manchmal aber auch im Kinosaal, dann schauten wir direkt in die Mündung der Kanonen. Und Rommel nickte. Man konnte sehen, was er dachte. So was wie in Nordafrika würde ihm nicht noch mal passieren: in knapp sechs Monaten zurückmüssen von El Alamein nach Tunis, fast zweitausend Kilometer Luftlinie. Würde das hier geschehen, das ginge gar nicht, dann stünde er mit dem Hintern am Stadtrand von Kiew. Im Hauptfilm kam dauernd ein hübsches Lied vor, das machte einem den Vorschlag, einen bunten Luftballon zu kaufen und sich zusätzlich vorzustellen, er flöge mit einem davon in ein fernes Märchenland. Da fiel uns ein, daß es in Solstett die letzten Luftballons zu kaufen gegeben hatte auf dem Jakobimarkt im August '39. Nun spielte der Film freilich in Wien, da mochte es noch solche Artikel geben. Allerdings bewegten sich achthundert Kilometer östlich von Wien die russischen Panzer nach Westen. Wenn man das wiederum verglich mit der Entfernung El Alamein–Tunis, für die Rommel nur sechs Monate gebraucht hatte: Sie waren nicht mehr so weit.

Um diese Zeit fiel in der Stadt auf: der Doktor Abel

und der Pfarrer Glockengast grüßten sich jetzt auf der Straße ausführlicher als gewohnt. Da war nie mehr gewesen als ein freundliches Nicken, oft bereichert durch das Ziehen eines schwarzen und eines grauen Huts. Beide trugen ja gerne Hut, es gab den Herren, die notorisch den Deutschen Gruß zu unterlassen beliebten, doch etwas zu tun mit dem Arm. Hier waren zwei, die niemand hat das Heil machen sehen in all den Jahren und die sich daher mit Respekt grüßten aus der Ferne, mehr war es aber nicht. Jetzt blieben sie, mehrfach zu beobachten, vertraulich voreinander stehen auf ein Wort, auf einen Austausch durchaus von ein paar Sätzen, so daß zu fragen war: Was hatten die zu reden?

Der Doktor, er war doch nicht so eng mit seiner Kirche, man sah ihn selten dort, und regelmäßiger wäre wohl auch unpassend gewesen bei einem Mann, dessen Regelmäßigstes seit Jahr und Tag die Übernachtungen im Hotel Lamm waren. An Heiligabend kam er mit dem Buben, an Ostern auch, meist erst mitten im Eingangslied, ein Festtagschrist wie viele, ein unpünktlicher noch dazu. Im März hatte er den Buben konfirmieren lassen, das schon, es war ja durchaus guter Ton im gehobenen Bürgertum, das innerlich zur Kirche hielt in dieser Zeit. Taufe, Konfirmation, Trauung, Beerdigung, die alten Formen mußten sein. Was dem die Partei an neuheidnischen Riten gegenüberzustellen hatte, war ja zum Lachen. Ein Choral, ein schönes Orgelstück, vom altersschwachen Kirchenchor was Vierstimmiges – es war doch allemal würdiger als Trommel- und Fanfarenkrach bei »Jugendweihen«, als Jungmädelgesinge bei »Julfeiern«

und was noch an Albernheiten. Das galt wohl auch für Doktor Abel. Daß ihm aber pikanterweise die Lamm-Chefin das Konfirmationsessen für den Buben ausgerichtet, daß sie in der Kirchenbank neben Abel gesessen hatte wie eine legitime Gattin, es mußte einen so konservativen Mann wie Glockengast doch arg irritiert haben wie andere Leute auch. Der Doktor war unersetzlich hier in schwerer Zeit, das mußte wahr sein, er mochte auch für sich genommen ein liebenswerter Mensch sein, doch in Fragen eines gesellschaftlichen Zusammenhangs und bürgerlichen Anstands bot er ein unglückliches Bild. Er paßte nicht herein. Was hatte also ein Glockengast eigentlich so vertraut zu tun mit ihm?

Den Anfang hatte eine Visitenkarte gemacht. Die hatte Glockengast im Briefkasten gefunden an einem Novembermorgen 1938, als über die ganze Tür des Stadtpfarramts fett und gelb ein Plakat geklebt hatte: JUDENKNECHT. Auf der Visitenkarte eines Doktor Abel, den Glockengast noch kaum kennengelernt hatte im Krankenhaus, stand aber in sorgsam gesetzten Buchstaben: »Mit Dankbarkeit und Hochachtung«, was sich nur beziehen konnte auf die Predigt, die Glockengast am Sonntag nach dem Brand der Synagoge gehalten hatte. Diese Botschaft brauchte keine Antwort, es sei denn einen Blick beim nächsten Grüßen auf der Straße. Die Herren zogen ihren Hut mit einer gewissen Bedachtheit voreinander, die besagen mochte: »Jetzt kennt man sich, und das ist gut.« Doch wurde keine Bekanntschaft daraus. Sie hatten wohl beide das Gefühl, daß sie sich schätzten, aber nicht lagen.

Vier Jahre später hat dann eine ansonsten äußerst

verschwiegene Frauensperson das alte Wort erfüllt, daß, wem das Herz voll sei, der Mund überginge. Die dicke Oberschwester Mathilde, die dem Pfarrer vertraut war in geistlichen wie kirchenpolitischen Sachen, konnte nicht anders, sie mußte jemand sagen, wie lieb sie diesen Doktor Abel nicht nur als Chef, sondern auch als Menschen hatte – die Angelegenheit Hanft, in der er mutig einen Wehrlosen schützte bei Gefahr, selbst ins Lager zu gehen, wenn es herausgekommen wäre. Da hätte Glockengast gerne die Visitenkarte von damals dem Absender zugestellt, versehen mit der eigenen Unterschrift, hatte aber natürlich davon abgesehen. Der Doktor wäre nicht froh gewesen über eine noch so zuverlässige Mitwisserschaft. Es mag ihm aber aufgefallen sein, daß der Pfarrer in dieser Zeit den Hut mit besonderer Sorgfalt vor ihm zog. Das war nun auch schon wieder zwei Jahre her.

Im Gegenwärtigen hat es für Abel damit angefangen, daß er eines Aprilmorgens zwischen Uferstraße und Pulverturm meinte, des Pfarrers Blick sei nach dem Grüßen an ihm hängen geblieben. Dieser kurz nachschweifende Schleier von Gedanken, die sich ein Mensch über einen anderen gemacht hat, und dann läuft der ihm über den Weg. Abel hatte eine Ahnung, er sei an diesem Tag auf besondere Weise vorgekommen in der Glockengastschen Nachdenklichkeit. Und richtig: Am Abend, nach dem Dunkelwerden, ein angetipptes Klingeln, da stand die gedrungene Gestalt im üblichen fast schwarzen Grau mit aufgescheuerten Hemdkragenecken beiderseits des kümmerlichen Krawattenknotens unter der abgedunkelten Treppenhauslampe. Ein Lächeln, überrascht, den Doktor schon zu Hause anzutreffen, er habe kaum Hoffnung gehabt, sei nur so um den Weg gewesen, wollte nur mal so hereinschauen.

Er lehnte ein Glas Wein und eine Zigarre nicht mehr als zweimal ab, nahm dann an, nicht ohne die nach alter hiesiger Höflichkeitsregel unerläßlichen Zusätze, es sei aber ganz bestimmt nicht nötig und er komme gewiß ganz und gar ungelegen. Solche Zerknirschung war unabdingbar im altschwäbischen Ritual, so bitter hatte sich der Gast seiner Aufdringlichkeit zu bezichtigen, daß der Gastgeber schon ein Entzücken heucheln mußte über den Besuch, um ihn halbwegs zu beruhigen. War aber das Regelwerk der Höflichkeit endlich vollbracht, Sach' und Anlaß konnten dann klar und ohne weitere Windung besprochen sein.

Sach' und Anlaß war aber an diesem Abend der Tod. Nicht die im fünften Kriegsjahr geläufig gewordene Sache eines Todes durch Luftangriff oder Kriegshandlung. Was den Pfarrer hergeführt hatte, war Tod durch Mord. Der amtliche Name, den eine im harmlosen Benennen von bösen Dingen kundige Regierung dafür erfunden hatte war: Gnadentod, genauer: Aktion Gnadentod, insofern diese Sache auf dem Wege eines Verwaltungsaktes erledigt wurde. Euthanasie, dachte der Doktor. Das Fremdwort ist Ärzten lieber. Gewissensfrage in Einzelfällen früher. Vor vier Jahren haben's die Berufsmörder entdeckt, nette Kollegen, Professoren teilweise: Anstalten und Heime ausgeräumt, weg mit unzweckmäßigem Leben in grauen Bussen zum Gaswagen, Zehntausende. Was dem Staat nicht verwertbar ist, soll doch wenigstens gratis und schmerzfrei verrecken dürfen. Ich habe Glück gehabt.

Einem »Reichsausschuß zur Erfassung von erb- und anlagebedingten schweren Leiden« konnte ich mitteilen: »Keine im Sinne Ihres Meldebogens betroffenen Patienten im Kreiskrankenhaus Solstett.« Was redet nun der Pfarrer da? Abel wußte, seine Bischöfe hatten protestiert, und es hatte geholfen, nach zwei Jahren Mord. Fünfzigtausend Kranke, vielleicht mehr, waren umgebracht worden, als die Aktion gestoppt wurde vom obersten Feldherrn, weil er keine Unruhe an der Heimatfront wollte, während er gerade Rußland überfiel.

Da war aber der Doktor nicht ganz im Bilde, das wußte der Pfarrer doch besser. Die Sache war, daß zwar einstweilen Einhalt geboten worden war durch allerhöchsten Befehl, jedoch nicht umfassend. Dort, wo weniger Erregung und Protest zu gewärtigen war, wurde weiterhin das Gnadenwerk verrichtet, nämlich an Kindern. Das wurde nicht bemerkt im Lande. Wenn Eltern oder Vormundspersonen vorhanden, hatte man angeblich deren Einverständnis oder hatte sie überfahren. So nicht vorhanden, ging es noch idealer, die armen Würmer verschwanden, es kümmerte niemanden, da war kein Geschrei, wie auch schon, bemerkte trübe lächelnd der Pfarrer, das Geschrei über den bethlehemitischen Kindermord sich durchaus in Grenzen gehalten hatte. Eine Kommission freundlicher Ärzte bereiste, erfaßte, durchkämmte die Anstalten und Heime, entschloß sich in Zweifelsfällen stets unerbittlich zur Gnade, und so hatte der Tod auch dreißig geistig behinderten Kindern einer kirchlichen Stätte im Neckarraum gedroht, deren Leiter sich mutig und vergeblich gewehrt hatte gegen die Selektion. Bevor aber die tüchtige »Gemeinnützige Krankentransportgesellschaft GmbH« einen ihrer schönen grauen Busse schicken konnte, hatte gelegentlich eines Nachtangriffs auf Stuttgart eine angeschossene viermotorige Liberator ihre Bomben im Notwurf über das Feuerbacher Tal hingestreut und auch das Pflegeheim getroffen. Von den bedrohten Kindern waren über die Hälfte umgekommen oder schwer verletzt, die anderen hatte der Anstaltsleiter, das Durcheinander nutzend, noch in der Nacht versteckt, für die Behörden vermißt oder verschüttet sein lassen. Die waren nun einzeln untergebracht, über das Land verstreut in Häusern der Kirche und bei barmherzigen Leuten, leider nur fürs erste.

Bis hierher ist es eine ziemlich allgemeine Geschichte gewesen. Jetzt nicht mehr. Jetzt wird es meine. Der Pfarrer hat sie nicht zur Unterhaltung erzählt. Sie kommt jetzt auf mich zu. Und ich kann ihr nicht ausweichen. Das weiß er. Das war in seinem Blick heute morgen. Da hat er mich eingesetzt in seine Geschichte. Ich bin schon drin. Ich habe keine Wahl, denn es gibt Sachen, die kann man tun oder lassen, wenn man darum gebeten wird, aber diese Sache ist keine solche. Daß man gebeten wird, ist schon die Entscheidung, und also bin ich drin. Wir haben einen schlauen Pfarrer.

Der Doktor war nun bereits dabei, dem Pfarrer zu erklären, er werde wohl etwas möglich machen können für ein paar Kinder, für solche, die dringend fort müßten von da, wo sie jetzt seien, und Glockengast wollte noch die Nacht mit dem Anstaltsleiter telefonieren, es ging auf zehn, und eine Flasche Wein war leer, da war ein erneutes Klingeln an der Wohnungstür, auf gleiche Weise schüchtern, dennoch saßen die Herren wie unter einem Gongschlag und schauten sich dann beschämt an, jeder über sein Erschrecken. Abel hörte den Jungen aus seinem Zimmer kommen und den Flur entlanggehen.

Philipp hatte gelesen, ohne Lust teilgenommen an Abenteuern eines Tauchers, der Hans Hass hieß, der hatte sich im Roten Meer mit Haifischen gebalgt zum Zwecke der Wissenschaft und war dabei von seiner hübschen Frau fotografiert worden. Das Radio war zu gestört, die fraglichen Sender verweigerten alle den Swing an diesem Abend, gegen Philipps Grammophonmusik nach neun hatte der Oberst Guggenbach oben protestiert. Er hatte Tante Traudichs Geige klaglos ertragen sieben Jahre, die Klarinette Benny Goodmans wollte er nicht dulden, das Abelsche Grammophon mit Handkurbel war aber von der alten Art, es hatte nur eine Lautstärke, die war stark, die war laut. Er war sehr allein in diesem April. Die Traudich über alle Berge, Irene hatte das »Lamm« abzuwickeln, ein Wort, das Philipp tatsächlich das Bild einer Winde nahelegte, an der kurbelte Irene und ließ das »Lamm« hinab in einen Brunnen. Er fraß sich durch Bücher zwischen Jugend- und Erwachsenenliteratur, die ihn nicht interessierten, nur einen Roman über den Untergang der »Titanic« las er zweimal hintereinander. Für die Schule tat er nun gar nichts mehr, er verkam auf unauffällige Art zu einem freundlichen Gespenst aus Desinteresse und unendlicher Schläfrigkeit. Und in vier Wochen eine Hochzeit, eine neue Mutter, die letzte doch wohl. Er hatte manchmal ein Gefühl, dies komme zu spät. Es komme nun auf nichts mehr an. Es sei vielleicht demnächst ohnehin alles zu Ende.

Und dann wieder so ein halbherziges Klingeln, während dieser Hass nun eben einen weißen Hai dicht auf sich zukommen sah, und da stand nun August Briese, dünn, verlegen in der blauen Treppenhausdämmerung, sein steifer Arm, der in einen dunklen Handschuh auslief, flüchtige Erinnerung an einen Feldwebel in Ramsbach, machte fahrige Bewegungen.

Seltsamer Mann immer gewesen, der August Briese. Bis zu seiner Einberufung Renommierpferd der jüngeren Lehrerschaft an der Zeppelin-Oberschule, Geschichte, Oberstufe selbstredend, in den Mittelklassen fühlte man sich mächtig geschmeichelt, wenn er eine Vertretungsstunde übernahm. Sternstunden. Der brachte ein Kapitel Ostgoten oder Staufer rein als Reißer, wurde nie fertig, man hätte gern viel mehr gewußt, aber von keinem anderen. Ein Erzähler. Dem wurden seine durchweg jugendlichen Lodenjoppen zum Ritterharnisch, zum Landsknechtkoller oder Spitzenjabot, je nach der Zeit, in der er sich bewegte. Daß das Parteiabzeichen immer dran blieb, vergaß man, daß sein Erzähltes natürlich immer irgendwie aufs deutsche Wesen hinauslief, es mußte ja sein. Auf der Krim wurde er schwer verwundet, kämpfte in zahlreichen Lazaretten mit Zähigkeit gegen die Amputation des Arms, landete im Solstetter Lazarett und behielt ihn. Jetzt war er wieder im Schuldienst, verändert, abgeschnitten von allem rhapsodischen Schwung, die Stunden dehnten sich nun wie bei anderen Lehrern, oft verlor er den Faden, mußte zurückgeholt werden durch chorisches Räuspern der Klasse aus einem bewußtlosen Starren am Fenster hinüber zu den Sandsteinquadern von St. Martin.

Briese stand da, erstaunlicherweise, kurz vor zehn in der Nacht und hätte gern den Doktor gesprochen. Abels solides, ovales Gesicht in der Arbeitszimmertür zeigte nichts als die höfliche Überraschung des Arztes, der nicht damit rechnen konnte, daß einer, den er einmal behandelt hatte, mit dem ihn aber kein privater Umgang verband, ihn nachts um zehn unangemeldet besuchen würde.

»Herr Briese?«

Er kam auf so geschickte Art aus dem Zimmer, daß der Türausschnitt eng blieb. Glockengast drinnen war nicht zu sehen. Briese, der große Erzähler, der einst mit Wörtern die Schlacht auf dem Lechfeld in einem Klassenzimmer hatte wogen lassen können, mußte drei Satzanfänge ausprobieren, bevor er ausdrücken konnte, die Ungehörigkeit seines Erscheinens sei ihm wohl bewußt, sie erkläre sich aber in der Wichtigkeit einer vertraulichen Mitteilung, die er zu machen sich entschlossen habe, weil er dem Doktor zu Dank verpflichtet sei seines geretteten Armes wegen. Er stand unglücklich da in seinem zu weiten Übergangsmantel, den er sommers wie winters trug. Sein angenehmes, noch nicht altes Gesicht hatte rote Flecken. Er war zehn Jahre jünger als Abel, hatte aber im strähnigen Haar einen stärkeren Widerschein beginnenden Ergrauens als dieser. Am seltsamsten war der Eindruck eines regelmäßigen Zitterns. In diesem Augenblick mußte Glockengast drinnen sein Gewicht in dem Jugendstilsessel verlagert haben, der krachte immer sehr laut. Briese erschrak über Gebühr.

»Ist wer da drin?«

»Ich habe einen Besuch, Herr Briese.«

»Der Herr Glockengast? Ich hab ihn ins Haus gehen sehen, ich dachte, er geht eher hinauf zu dem alten Fräulein Authenried.«

»Herr Briese, wollen wir nicht in ein anderes Zimmer gehen, und Sie sagen mir, was Sie wollen.«

»Ich bitte um Verzeihung, man muß so aufpassen heute, man ist ja auch in Solstett nicht mehr sicher.«

Ein Spitzel, der raffinierterweise Angst vor Spitzeln vortäuschte? Ein Mann, ehemals glühender Parteigänger, jetzt aus unbekannten Gründen verängstigt bis zur Hysterie? Daß er just an diesem Abend erschien, konnte Zufall sein, doch mußte er immerhin zwei Stunden vor dem Haus gewartet haben, er hätte sonst Glockengast nicht kommen sehen, und er brauchte nachher nur lange genug im Halbdunkel des Treppenhauses zu bleiben, dann wußte er auch, daß Glockengast in der Abelschen Wohnung gewesen war. Es dürfte in Solstetter Parteikreisen durchaus eine interessante Nachricht sein, daß also die Herren Glockengast und Abel bei Nacht die Köpfe zusammensteckten. In jedem Fall wäre es jetzt töricht, sie durch vergebliche Heimlichtuerei noch interessanter zu machen.

»Beruhigen Sie sich, Herr Briese. Es ist tatsächlich Herr Glockengast. Er ist Patient von mir und hat sich noch ein Medikament abgeholt. Manchmal kommen wir ins Plaudern.«

Briese nickte gutgläubig.

»Es wäre mir recht, wenn mein Besuch strikt unter uns beiden bliebe, und dem Buben natürlich, um den geht's ja.«

Da nahm ihn Abel mit ins Wohnzimmer und ließ Philipp dabeisein.

Briese saß unbequem unter Abels einzigem Kunstbesitz, einem merkwürdig ältlichen, aber ungemein lebendigen Mädchenkopf eines Niederländers der van-Dyck-Schule, und er schien die dringliche Mitteilung nun doch hinausschieben zu wollen, beklagte seine ständige Müdigkeit, eine gewisse Apathie, die ihm früher fremd gewesen sei. Die Partei, der er ja nun einmal angehöre, setzte ihn jetzt ein auf eine Weise, die ihm nicht liege, Schulungsabende, Vorträge von verschiedensten Gliederungen, Volkstum, Geschichte, er habe genug von dem ewigen Geschwätz, die Lage sei so ernst, sie werde doch vom Schwätzen nicht besser. Dann, unvermittelt und dringlich, der Bub solle auf keinen Fall einer Vorladung des Gesundheitsamts Folge leisten, die demnächst allen Angehörigen seines Jahrgangs zugehe. Was er, Briese, hier mache, sei mehr als unkorrekt, eine Art Verrat, er sei aber zu empört über die Methoden einer gewissen Organisation, von der er inzwischen seine eigene Meinung habe. Diese Reihenuntersuchung auf Tuberkulose jedenfalls sei Schwindel, diene nur der ersten Sichtung von jungem Menschenmaterial, eine geheime Musterung vor der regulären Musterung durch die Wehrmacht. Wer bestimmte Voraussetzungen erfülle, werde später einberufen zu einer Sportfreizeit mit landschaftlicher Verlockung, Sonthofen zum Beispiel, dort seien die Jungen leicht zu erfassen in Turnhallen, auf Appellplätzen, und es sei schwer, von dort wieder wegzukommen, ohne seinen Namen auf die Freiwilligenmeldeliste gesetzt zu haben, es sei aber besser, denen nicht anzugehören. Er jedenfalls, hätte er einen Sohn, er würde ihn bei denen nicht gern wissen.

Es kam alles heraus mit Hast, in wachsender Verlegenheit, als werde ihm die eigene Anwesenheit in diesem Zimmer, dann auf dem Flur, wohin Abel ihn begleitete, mit jedem Augenblick unangenehmer. So löste er sich dem ihm nachblickenden Doktor als ein Schemen im Treppenhaus auf, und dies war ein optischer Eindruck von Sinnfälligkeit: als gäbe ein Mensch, der so durcheinander geraten war mit seiner inneren Zugehörigkeit in der Welt, auch in seiner sichtbaren Erscheinung ein blasseres, diffuseres Bild ab als die soliden Gegenstände.

Glockengast war beunruhigt, mochte nicht ausschließen, daß der Mann ihm oder Abel oder beiden schon des längeren nachspioniere, was ja nicht besagen müsse, daß der ganze merkwürdige Auftritt Teil eines durch und durch falschen, in seinen Zwecken undurchschaubaren Spiels gewesen sei, eher nicht, dieser Mensch werde wohl schlimm hin und her gebeutelt zwischen seiner bisherigen Parteiloyalität und neueren Einsichten. Das mache ihn unberechenbar. Einem Amtsbruder in Stuttgart, wie er tätig in der Bekennenden Kirche, habe sich eines Nachts ein kleiner Volksschullehrer offenbart, der für den Sicherheitsdienst hin und wieder Personen beobachtet habe, ein tief gestörter, chaotischer Mensch zwischen Angst und Schuldgefühlen. Ein solcher könne wie die tanzende Münze auf Wappen oder Zahl fallen, man wisse es nicht, am wenigsten in Zeitläuften, die sich doch allmählich der Auflösung näherten.

Abels Blick fiel erschrocken auf den Jungen, der

hinten im Flur lungerte. Sie standen immer noch in der offenen Tür des Arbeitszimmers. Glockengast lächelte verlegen: »Wir sind zwei schlechte Konspirateure.«

Und drinnen im Zimmer, hinter geschlossener Tür:

»Mir ist nicht wohl, Herr Doktor, ich bin im Begriff, Sie da in was hineinzuziehen. Wir sollten das lassen.«

»Und die Kinder?«

»Ich muß sehen. Ich kenne eine Menge Leute. Bei Ihnen habe ich zuerst angefragt. Ich dachte, über das Krankenhaus – irgendwie –, aber jetzt glaube ich, Sie sollten sich da draußen halten.«

»Ich habe gutgesagt für ein paar Kinder, das ist zu schaffen.«

»Denken Sie an den Buben, und bald wollen Sie heiraten. Es ist nicht gut, ein neues Familienleben anzufangen mit so einem Hintergrund.«

»Sie haben auch Familie.«

»Ach, wissen Sie, bei mir, das ist was anderes – Berufsrisiko.«

Er hatte es mit einemmal eilig, wegzukommen. Die Müdigkeit stand in seinem bäuerlichen Gesicht, nie hatte Abel die Tränensackwülste unter seinen Augen so dick gesehen. Der Pfarrer wollte es in dieser Nacht nun nicht mehr entschieden haben. Abel solle es sich reiflich überlegen. Er leiste so viel, täglich, rette so viele, er könne es damit gut sein lassen. Er, der Pfarrer, habe keine solche Bilanz.

Abel schaute ihm lange nach. Als er sich in den Flur zurückwandte, stand dort der Junge, ein ganzes Stück größer, als er es in seinem inneren Bild von ihm verzeichnet hatte. Den Gesichtsausdruck kannte er von einem Augenblick, der fast zwei Jahre her war, auf

Burg Windisch-Bühl: Was macht ihr? Was macht ihr bloß mit der Welt?

Gegen Morgen sagte er Irene das mit den Kindern. Die Langobardin fragte ja nie. Sie erriet viel, wußte das meiste. Von dem, was sie nicht wußte, wußte sie: er würde es sagen. Von den Kindern hatte er nicht sprechen wollen. Aber da sie nicht fragte, sagte er es.

»Was soll ich tun?«

»Was du mußt, Abel.«

»Ja, ich weiß. Dann heiratest du in vier Wochen einen Mann, den kannst du jeden Tag wieder los sein.«

»Wie alle Frauen heute.«

»Nein. Das ist anders, Irene. Gestapo und Volksgerichtshof ist anders, als wenn einer fällt oder beim Fliegeralarm draufgeht. Es ist vor allem für die Frau anders, die übrigbleibt.«

»Ja. Ich heirate einen, der ist so, daß er diesen Kindern helfen muß, wenn er kann. Einen anderen hab' ich aber nicht wollen.«

Damit war das klar. Irene wollte dann ausführlich wissen, wie Abel es sich vorstellte. Der erklärte ihr etwas von einem Schwesternheim, sehr abseits im hinteren Bühltal, alte, fromme, ausgediente Karrengäule der Nächstenliebe, die meisten kenne er aus ihren letzten Krankenhausjahren, da sei unbedingter Verlaß. Dennoch könne man die Frauen nicht einweihen, zum Konspirativen taugten die nicht. Es könne nur eine Mitwisserin geben: Oberschwester Mathilde. Die könne mit einem Wagen der Krankenfahrbereitschaft die Kinder holen und zunächst ins Krankenhaus bringen. Der Plan sei, ihnen nach eingehender Untersuchung eine neue Krankengeschichte zu geben, die nicht todeswürdig sei im Sinne der Lehre vom lebensunwerten Leben. In Frage kämen: Gehirnschädigungen, traumatische Neurosen durch Schockeinwirkung im Bombenkrieg, je nach den Symptomen.

»Hast du solche Kinder schon gesehen, Abel?«

»Als Student, als junger Assistenzarzt.«

»Auch ganz schwere Fälle?«

»Ja, schwerste Mißbildungen.«

»Aber niemand kann sagen, sie seien nicht gern auf der Welt.«

»Nein, das kann niemand sagen.«

»Abel, wir müssen es tun.«

»Ja.«

»Da sind wir noch nicht verheiratet und haben schon Kinder.«

Die Einladung

Gelogen hatte Briese nicht. Im Mai teilte das Gesundheitsamt mit, es wolle besondere Fürsorge angedeihen lassen den männlichen Angehörigen des Jahrgangs 1929, so auch dem Philipp Abel, und er habe sich sauber gewaschen einzufinden im Hof der Gewerbeschule zwecks Voruntersuchung, und Nichterscheinen werde nur im Krankheitsfalle bei Vorlage eines ärztlichen Attests ungeahndet bleiben. Also schrieb der in medizinischen Fehlauskünften schon nicht mehr ganz ungeübte Doktor Abel dem Gesundheitsamt drei Zeilen, sogar mit deutschem Gruß, etwas über einen fiebrigen Infekt, und Philipp legte sich drei Tage ins Bett und las zum drittenmal die schöne Geschichte vom Untergang der »Titanic«.

Der kleine Gunther Wittle, ein ausgebombter Stuttgarter Schüler, der jetzt bei der Engelwirtin, seiner Tante, wohnte, kam herüber und berichtete. Es hatte angefangen mit einem Zählappell im Hof, der nicht zur Zufriedenheit des Jungbannführers ausgefallen war. Daß der anwesend war, das große Wort führte, als sei die Volksgesundheit hauptsächlich Hitlerjugendsache, hat manchen Jugendlichen nicht gefallen. Noch weniger leuchtete ihnen als eine Gesundheitsmaßnahme ein, daß am Tor des Schulhofs Ortspolizei postiert war und keinen mehr hinaus ließ. Da entwichen die ersten schon über die Mauer. Als sich Ärzte zeigten mit Reitstiefeln, auch schwarzen Kragenspiegeln unterm weißen Kittel, verkrümelten sich weitere Jugendliche in leeren Klassenzimmern und versteckten sich unter den Bänken. Wer entdeckt wurde, mußte zwei Stunden ohne Mucksen in Unterhosen auf einem Tisch im Turnsaal stehen inmitten listenführender BDM-Maiden und SS-Helferinnen. Man schleuste die ganze Herde durch eine Röntgenanlage, was schnell ging. Lange dauerte es, bis man sie zu ihren Kleidern ließ. Im Unterzeug standen sie wieder Appell. Ein Riesenkerl von Arzt und eine magere, verkniffene Ärztin schritten die Reihen ab. Die habe, sagte Wittle, eine Schreibmappe unter dem Arm getragen mit dem Aufdruck »SS-Rasse- und Siedlungshauptamt«, das habe er genau gesehen und sei dann froh gewesen, als sie ihn wegen Kleinwüchsigkeit aussonderten und heimschickten. Aus Neugier habe er sich aber doch noch eine Weile da herumgedrückt. Er sah, wie ein paar andere noch aus dem Haufen gezogen wurden, die ihnen zu leibarm waren, darunter auch der hohlwangige Daueronanist Bubu Neumeister. Dann hatte ein Hauptsturmführer mit EKI und Gefrierfleischorden eine Ansprache gehalten. Das Völkerringen, der Fortbestand des Abendlandes undsoweiter, Schicksalswende nur durch den Einsatz der Besten nach bester Ausbildung mit besten Waffen, bester Verpflegung, darum: komm zu uns, Kamerad. Dann ging's im Gänsemarsch durch eine Gasse zwischen Tischen. Größe, Gewicht, Augenschärfe, Intelligenz. Wer sich dümmer stellte, als er war, fing sich Maulschellen ein, und die Verkniffene schlug öfter als der Arzt. Hinter dem letzten Tisch saß wieder der Hauptsturmführer vor einer Liste, und wer Lust hatte auf ein paar Tage im Allgäu mit Sport, Bergtouren und Kleinkaliberschießen, der konnte sich dort eintragen. Wer aber keine Lust hatte, der sollte dies zwingend begründen, damit der Hauptsturmführer nicht auf die traurige Idee kommen mußte, der Kerl sei eine Memme. Das rosigdicke Millikind hat als erster unterschrieben. Das wollte endlich einmal keine Memme sein, und darum hatte es, als es dann im Sommer aus dem schönen Allgäu zurückkam, den Annahmeschein der Waffen-SS in der Tasche.

Die Witwe Vollmer hat nächtelang nicht geschlafen und tagelang geweint. Nicht nur, daß ihr angst um ihren Krippenengel war, es war ihr vornehmlich das Gerüchlein arg, mit dem man in der Solstetter Bürgerschaft herumlief, wenn man mit SS etwas zu tun hatte. Man war national und nicht ordinär, und man ließ seinen Sohn nicht zur SS, wenn man auf sich hielt, und jetzt schon gar nicht mehr, wo man doch auch seine Zweifel hatte. Von den Solstetter Oberschülern, die Waffen-SS-Freiwillige wurden, ist's keiner freiwillig geworden. Es war ein Höflichkeitsproblem. Was sagte man denen bei den sich nun mehrenden Werbeveranstaltungen, wenn sie einen fragten, warum man denn nicht zur Elite wolle? Es fiel einem kaum was ein, das die nicht kränkte, und es war nicht gut, einen hochdekorierten Elitemenschen zu kränken, der das abgeschnallte Koppel vor sich auf dem Tisch liegen hatte. Auf Anfragen erregter Eltern der besseren Kreise ließ Major Frey vom Wehrbezirkskommando inoffiziell verlauten, mit der zur Waffenfähigkeit heranwachsenden Jugend sei es nun wie mit einer Jungfrau, sie entgehe dem Werben eines unerwünschten Liebhabers am sichersten, indem sie sich mit einem anderen verlobe. So wurden alle in Philipps Klasse, die grade gewachsen und bisher der SS entronnen waren, Reserveoffiziersbewerber der Wehrmacht. Und so kam es, daß auch Philipp Abel, fünfzehn Jahre, im Kopf vorwiegend Swingmusik und ungeklärte Fragen hinsichtlich der Liebe, nach nicht sehr gründlicher Überprüfung seiner Persönlichkeit von einer Nachwuchskommission der Wehrmacht die Bescheinigung erhielt, er sei charakterlich und geistig ausgestattet mit Tugenden und Fähigkeiten, die einer haben mußte: dann wird er deutscher Offizier.

Die erste Juniwoche war noch nicht vorüber, da hatte sich der Solstetter Bürger, so er genaueren Anteil nahm am Kriegsgeschehen, einen neuen Blick anzugewöhnen. Der ging nach links auf der Landkarte. Nach Westen. Diese Richtung war einem seit dem Triumph über Frankreich vor vier Jahren ungewohnt, auch, weil es nicht zum Triumphieren war, was man sich dort, am Ufer der Normandie, vorzustellen hatte. Die waren also gekommen. Die hatten es fertiggebracht, von England herüberzuschwimmen mit Panzern und schweren Geschützen, als sei das nichts, als führe eine Rollbahn übers Meer, und weil es in dem Küstenabschnitt, den sie sich in den Kopf gesetzt hatten, keinen Hafen gab, hatten sie sich einen künstlichen Hafen mitgebracht, so praktisch waren die. Es würde ihnen natürlich nichts nützen, sie würden früher oder später zurückgeworfen werden ins Meer, das war ja von der Führung so versprochen. Es zog sich aber hin, und als der Juni zu Ende ging, waren sie immer noch da, drangen sogar nach Osten vor, so daß man nun doch meinen mußte, dies sei der schlauen deutschen Führung grade recht, sie wolle den Feind nur tief hereinlassen in die Falle, um ihn dann um so sicherer zu vernichten. So glaubte man, den Propagandameister in Berlin richtig zu verstehen, der ja gesagt hatte, das Ereignis der Invasion bedeute eine große Chance. Erst als acht Wochen später Paris fiel, verdichtete sich dem Solstetter Landkartenbetrachter der Eindruck, es könne dies nun nicht mehr Kriegslist sein.

Die Rettung der Kinder, die der Staat gerne erlöst hätte vom Leben, war so gut gegangen, daß inzwischen neun von ihnen im Schwesternheim draußen im hinteren Bühltal untergebracht waren. Irene radelte oft hinaus, verbrachte Nachmittage in dem wilhelminischen Backsteinbau, der dort mit Türmchen, Zinnen, dick eingekleidet in Efeu, an einem Waldrand stand. Das Schwesternheim hieß bei den Leuten der Gegend seit jeher nur der Bienenstall. Irene hatte schnell begriffen, warum. Das Haus schwirrte, summte vor Geschäftigkeit. Man hätte Stille, Mattigkeit, Vorfriedhofsruhe erwarten dürfen von einer letzten Heimstatt für alte, durch tätige Nächstenliebe kaputtgearbeitete Frauen. Aber ein Leben ohne Obliegenheiten, Pflichten – das konnten sie nicht, das hatten sie nicht gelernt. Die Rüstigeren machten Krankenbesuche auf den Einödhöfen des Tals, veranstalteten Abende von Besinnlichkeit und Unterweisung für Alt und Jung, die Hinfälligen wollten bis in ihre letzten Tage wenigstens nicht zu gebrechlich sein für Singen, Vorlesen, Handarbeit. Alte Frauen, die nicht ertrugen, nichts zu tun. Viele von ihnen waren unförmig geworden, hatten Wassersucht, Venenleiden, aufgequollene, durch ein Leben in Überanstrengung aus den Fugen geratene Leiber, zusammengehalten von fröhlicher Disziplin. Nicht Bienenhaus hieß darum das Schwesternheim, sondern Bienenstall, und darin war gekennzeichnet die unermüdliche Regsamkeit in der Körperlichkeit alter Karrengäule. Inmitten dieses Lebens nun die Kinder, die in drei hellen Zimmern hausten, manche von ihnen je nach Fähigkeiten einbezogen in den Tageslauf mit kleinen Pflichten, andere für sich oder in sich in Dämmerzuständen, auch in Schüben schwer deutbaren, wilden Bewegungswillens. Alle geliebt, keines von ihnen, das nicht verborgene Zeichen von sich gegeben hätte, es spüre sehr wohl dieses: Liebe.

Irene hatte herausgefunden, daß fast alle Kinder gerne malten, eine Lust hatten am Klecksen, Sudeln, manchmal Wüten in Farben. Was sie auftreiben konnte an Stiften, Malkästen, Farbtöpfen, schaffte sie hinaus. Oft staunte sie vor so viel Ausdrucksdrang und Formsehnsucht. Einem kleinen Mädchen sah sie einmal zu, das bedeckte seine Malfläche mit zerfließenden Kreisen in allen Wasserfarben, umriß das Ganze aber doch mit schwarzen Linien, die einen Kopf, Leib, Beine darstellen sollten. Ein Mensch, in dem sich bunte Kreise drehten, inmitten einer Umwelt bunter Kreise. Dann deutete die Kleine auf Irene, frohlockend. Die fand sich nicht so schlecht getroffen.

Am Abend erzählte sie Abel davon und stellte in Aussicht, sie werde ihm dies Porträt von sich zur Hochzeit schenken, die nun festgesetzt war auf Anfang August. Er hörte ihr aber nicht zu, sah von Traurigkeit erschöpft nirgendwohin. Sie hatten am Nachmittag den alten Oberst Guggenbach geholt, weggezerrt aus seinem alten Korbsessel, in dem er seit Jahren Mittagsschlaf hielt mit der regelmäßig nachfolgenden Erklärung, er habe nur nachgedacht. Nun saß er schon im Stuttgarter Hotel Silber bei der Gestapo und hatte nachhaltiges Fragen zu beantworten, wie er denn die Äußerung gemeint habe, es sei halt doch ein Zeichen des bedenklichen Zerfalls alter Offizierstugenden, wenn ein Graf Stauffenberg nicht in der Lage sei, in einem geschlossenen Raum eine Bombe so zu plazieren, daß sie auch in der gewünschten Richtung explodiere. Guggenbach hatte die Bemerkung auf dem Weg zum Salon Stüber getan, wohin die Tochter den nun auf den Beinen unsicheren alten Herrn zwecks Rasur führte. Und wer da im Vorbeigehen zugehört hatte, wußte man nicht. Man hätte meinen können, der Geist Ottokar Knöhrers sei noch gegenwärtig in der Stadt.

Ein paar Tage später, als Abel schon bei Dunkelheit vom Krankenhaus her die Straße am alten Stadtgraben entlangging, kamen zwei schmale Lichtbalken hinter ihm her, Autoscheinwerfer durch die engen Schlitze der Verdunklungskappen. Der Wagen fuhr so langsam und geduldig hinter ihm her, daß der Motor nur leise, fast behaglich schnurrte. Eine Situation aus längst verbotenen amerikanischen Gangsterfilmen. Es ging aber nicht als Film weiter. Kein plötzliches Aufheulen und Vorwärtsschießen des Automobils, kein rasendes Überholen mit seitlich herausbelfernden Maschinenpistolen. Der leise, höfliche Sturmbannführer Hein war kein Al-Capone-Gehilfe, obgleich Schlapphut und hochgestellter Mantelkragen nicht schlecht dazu gepaßt hätten. Hielt nur gemächlich auf Abels Höhe, beugte sich aus dem Fenster, war voll liebenswürdiger Bereitschaft, den Herrn Doktor, der gewiß müde sei von einem langen Krankenhaustag, nach Hause zu fahren. Das war schwer abzulehnen. Hein hatte so was im Blick, als würde ihn das persönlich verletzen. So stieg Abel ein, entdeckte zu seinem Erstaunen keinen zweiten Beamten im Fond. Man wußte doch aber, daß die Greifer stets zu zweit unterwegs waren, um Leute abzuholen. Hein lenkte den Wagen weiterhin gemächlich den Stadtgraben entlang, hielt unter den hohen, schwarzen Bäuschen der Bäume am östlichen Stadttor. Dann erst sprach Hein in einem Ton, den ein SD-Mann zur Verfügung haben mochte, wenn er besonders Heimtückisches im Schilde führte, sanft also, sehr privat, man sollte meinen, es spräche der Mensch in ihm, der dem Unmenschen dienstfrei gegeben hatte auf ein Viertelstündchen. Es war still. Motor und Licht waren abgeschaltet.

»Es geht mir richtig zu Herzen, was Sie tun für die armen Würmer.«

»Für wen?«

»Für die Kinder.«

»Welche Kinder?«

»Sie dürfen mich nicht für dumm halten, Herr Doktor. Die neun Kinder, die Sie da weggezaubert haben – sehr geschickt gemacht. Ich wäre nicht dahintergekommen, wenn ich Sie nicht im Auge behalten hätte seit der Sache mit Hanft damals.«

»Ich war wohl sehr naiv. Können wir eben noch im Hotel Lamm vorbeifahren? Ich möchte mich dort von jemand verabschieden.«

»Von Frau Nessel? Wieso verabschieden? Ich denke, Sie wollen die Dame demnächst ehelichen.«

»Das wird schwer sein, da, wo Sie mich jetzt hinbringen.«

»Was reden Sie, Herr Doktor? Ich fahre Sie nach Hause.«

»Und dann?«

»Nichts. Es gibt über diese Sache keinen Vorgang, keine Meldung auf meinem Amt.«

»Sie lassen mich laufen? Warum?«

»Ich habe nichts gegen Kinder. Ob diese kleinen Krabben da weiterleben oder nicht, es macht die Suppe nicht mehr fett. Es wäre sinnlos.«

Abel schwieg, und fast schien es, daß Hein mit seinem Schweigen das Richtige anfing, daher jetzt das leise, stoßweise Lachen:

»Sicher, sicher, mag sein, daß alles sinnlos war. Ein Jahr noch, höchstens, dann ist Feierabend. Dann sieht sich alles, was da so vorgekommen ist, ganz anders an.«

Er fuhr langsam die Muhrfelder Straße hinaus, die jetzt schon, gegen neun Uhr, so ausgestorben war, als sei es tief in der Nacht. Er ließ Abel ein Stück vor dem alten Zollhaus aussteigen.

»Ich werde versetzt ins Protektorat. Vielleicht sind die Russen vor mir dort. Leben Sie wohl, Herr Doktor, und wenn Sie meinen Rat wollen: Tauchen Sie unter, bis der Zauber vorbei ist. Mein Amt mag Sie nicht, und jetzt, nach dem Attentat, da räumt man ja immer einen ganzen Schwung andere auch mit ab.«

»Untertauchen?«

»Gehen Sie zur Wehrmacht, verschwinden Sie in einem Feldlazarett. Da kommen wir nicht so ran.«

»Ich danke Ihnen.«

»Das sparen Sie sich für später – wenn Sie mich dann noch kennen wollen, ja?«

Ein Mann von Weitblick: Die Alliierten rückten langsam zum Rhein vor, die Rote Armee stand an der ostpreußischen Grenze, das machte ihn menschlich. Abel sah hinüber zu der undeutlichen Kontur des langen Gesichts vor der matten Fläche des Seitenfensters. Hein trug wahrscheinlich den grauen Anzug, den blassen Kunstseidenschlips, und so würde er verschwinden in die Zonen anonymer Harmlosigkeit, würde, wenn »der Zauber« vorbei sein würde, kaum selber noch wissen, wer das gewesen war, der Sturmbannführer und SD-Beamte Hein. Abel stieg aus. Der Wagen schoß vorwärts, stieß hinter den Lichtbalken her in die Tiefe der Straße und benahm sich doch noch so, wie man es erwartete von einem Gangster- und Gestapoautomobil.

Am nächsten Tag fand ein Gespräch statt zwischen Dr. Abel und Major Frey, das diesem denkwürdig blieb bis in die Jahre nach dem Krieg. In seiner ganzen

Amtszeit als Chef des Wehrbezirkskommandos hatte es der Major nicht erlebt, daß ein Mann vorstellig geworden war mit der Bitte, man möge seine UK-Stellung aufheben und ihn zur Truppe einziehen. Dieser Doktor Abel, immer ein Sonderling, jetzt mußte er doch ernsthaft in Verwirrung geraten sein, wollte partout noch ein Stück vom Krieg erlebt haben, bevor er zu Ende ging. Wußte der, was er tat? Das Kriegsende würde schrecklicher werden als alle Kriegsjahre davor zusammen. Major Frey reichte den Antrag Abels, der junger Offiziersaspirant im Ersten Weltkrieg gewesen war, achselzuckend weiter ans Wehrkreiskommando in Stuttgart, empfahl, den Mann als Unterfeldarzt im Rang eines Leutnants in den Bereitstellungsraum Niederrhein zu schicken, wo eine Heeresgruppe gebildet wurde zu einer Gegenoffensive in Holland. Ein paar Tage später geriet Major Frey noch einmal ins Staunen über diesen Abel. Er entdeckte im Hohenloher Tagblatt die Anzeige seiner Vermählung mit Irene Nessel, der Lammwirtin. Was ging in dem vor? Der heiratete eine Schönheit und ein Hotel und ging an die Front zu einer Zeit, in der andere alles geopfert hätten, um nur von der Front wegzukommen.

Im goldweiß verschnörkelten Trausaal des Rathauses wirkte der Baron Windisch-Bühl als unzweifelhafte Hauptperson. Er war Abels Trauzeuge. Trotz der Hitze trug er einen Cut, Stehkragen mit abgeknickten Ecken. Neben ihm Irenes Trauzeuge, Herr Berlot, der kleine Chefkoch aus dem Lamm. Ein alter Raubvogel und ein hugenottischer Kochkünstler, ein würdiges Paar, wenngleich sie, so dicht nebeneinander stehend, der eine lang und hager, der andere winzig und rund, sehr nach einschlägigem Stummfilmamüsement aussahen. Philipp hatte den ersten herrenmäßigen Anzug seines Lebens an, hellgrauer Flanell, Friedensqualität, den hatte der Schneider Kurz angefertigt nach Maß, und was er dafür bezogen hatte aus den letzten Reserven der Vorratskammer im »Lamm«, war von Irene nicht zu erfahren. Der Standesbeamte Wagner war von der Erscheinung des Barons so beeindruckt, daß er seine Ansprache nur an Windisch richtete, der seinerseits die Langobardin nicht aus den Augen ließ, was zu verstehen war: Ein Kleid aus cremefarbener Seide, kostbar durch Einfachheit, vorsichtiges Rouge auf den Wangen, die hohen Bögen der Brauen so schwarz wie das Haar, das straff und schimmernd von Stirn und Schläfen weg nach hinten gerafft war. Abel in seinem mausgrauen Vorkriegsanzug mit unmodisch enger Hose sah neben ihr bürgerlich solide aus wie ein Mann, der ausdauernd geworben haben mußte um so viel Eleganz. Es schlug Mittag von St. Martin, als sie die Trauurkunde unterschrieben. Vor der hohen Fensterfront stellte eine Formation Turmdohlen die Schwingen gegen den Wind. Wie es seine Pflicht war, überreichte der Standesbeamte dem Brautpaar ein kunstledergebundenes Exemplar von »Mein Kampf«, es war aber, als lächle er mit den Augen, als er sagte, dies Buch sei der Grundstock eines jeden neuen Hausstands in diesem Land. Abel nahm es ohne Dank entgegen, ließ es nicht einmal absichtsvoll auf einer Fensterbank im Wandelgang des Rathauses liegen, wo er es abgelegt hatte, um dem Baron Feuer für seine Virginia zu geben. Philipp sah das Werk des Führers dort, trug es aber seinem Vater nicht nach.

Das Mittelschiff von St. Martin war erfüllt von farbigem Licht, denn die Nachmittagssonne fiel durch das bunte Mosaikfenster, das den heiligen Martin zeigte, wie er den wehenden roten Mantel um sich einfing, um ihn mit dem Bettler zu teilen. Glockengast hatte wohl verstanden, daß es von Abel nicht religiöses Bedürfnis war, sich kirchlich trauen zu lassen. Es hatte eher etwas mit einem Bekenntnis zu dem kleinen Häuflein zu tun, das sich um die Kirche sammelte in kirchenfeindlicher Zeit, und es hatte etwas mit den Männern Abel und Glockengast zu tun, die eine Freundschaft miteinander hatten, es aber nicht wahrhaben wollten. Über den Glauben hatten sie nur einmal gesprochen, in einer Nacht, als sie auf Schleichwegen ein paar Kinder hinausgeführt hatten vom Krankenhaus ins Schwesternheim. Der Pfarrer, theologisch befragt, hätte dem Doktor einen demütigen Unglauben bescheinigt. Daß die Welt der Erlösung bedürfe, leugnete er nicht. Daß sie aber einem Gott auch erlösenswürdig sei, an einen so nachsichtigen Gott konnte Abel nicht glauben. Die Frau aber, die der Doktor sich nahm, die hielt der Pfarrer für ein Sonntagskind des Glaubens. Die hatte ihn und wußte es nicht. Die war fromm in aller Unschuld. Glockengast verzichtete auf eine Traupredigt und las ein Kapitel aus dem ersten Korintherbrief, und das geschah vornehmlich im Gedanken an die Langobardin: »Und wenn ich weissagen könnte und wüßte alle Geheimnisse und alle Erkenntnis und hätte allen Glauben, so daß ich Berge versetzte, und hätte der Liebe nicht, so wäre ich nichts.«

Abel, Irene und Philipp saßen nebeneinander allein

in einer Bank. In den Reihen hinter ihnen regte sich ein Schwarm von weißen Schwesternhauben, dazwischen ein paar Ärzte aus Krankenhaus und Lazarett. Seitlich im Chorgestühl, fast verborgen zwischen den geschnitzten Ohrenlehnen, konnte man den Inspektor Grüneisen entdecken, auch die Herren vom Skeptikerstammtisch, des Stiefelbecks mildes Mondgesicht, die Siglochs. Der Feinkosthändler Glück schief und unbehaglich in einer Bank für sich, da die Rektorin Authenried beim Hereinkommen seine einladende Geste ignoriert und auf einer anderen Bank Platz genommen hatte. Sehr weit hinten, in einem Winkel zwischen einer Säule und dem alten Beichtstuhl aus vorreformatorischer Zeit, das Fräulein Guggenbach, das an einem solchen Tag mehr noch als sonst die Nähe von Personen mied wegen der Sherryfahne. Seit der Oberst in Gestapohaft saß, konnte sie die von Glück regelmäßig gelieferte Flasche schon morgens nicht mehr lassen. Schmerzlich war Abel, daß der Apothekerbruder aus Ramsbach nicht hatte herüberkommen können. Scharlotts Zustand erlaubte es nicht. Sie war immer häufiger in wirren Zuständen, geisterte im Hause, tat Dinge, von denen sie nichts wußte. Sie begriff von sich und der Welt nichts mehr, seit sich die Welt zunehmend als eine solche darstellte, in der Siege und Niederlagen zuungunsten ihres Abgotts verteilt waren.

Der alte Kantor Kahl hampelte mächtig auf seinem Orgelbänkchen, es sah immer aus, als quälten ihn schreckliche Krämpfe, was aber heute, da auf der Empore niemand saß, nur für Eva Buschwind zu bemerken war, die ihm registrierte. Dem Häuflein unten im Schiff fuhr die Toccata mächtig über die Köpfe, und da sah Philipp, wie die Langobardin in ihrem Seidentäschlein nach dem Taschentuch fingerte. Ihm war selber eng im Hals, er schämte sich, war aber gleich beruhigt, als er hinüber schielte zum großen Baron und zum kleinen Koch. Die heulten längst gemeinsam.

Das Essen fand im »Lamm« statt, und es war nicht nur ein Hochzeitsessen, sondern auch ein Abschied. Nächste Woche würde das beste Haus am Platz an die Wehrmacht übergeben werden und übergehen in die Befehlsgewalt des Dr. Arminius Fleck, damit der eine Kompanie von Kriegsberichterstattern hinreichend schulen konnte für die Beschreibung des Endkampfs.

Abends saß man in der Zollhauswohnung zusammen. Der Apotheker war doch noch hereingeschneit, der Ramsbacher Tierarzt hatte ihn hergefahren und tat sich nun gütlich an den kalten Platten des Herrn Berlot, während der Apotheker leise, mit kaum verhohlenem Stolz berichtete, er habe sich dies eine Mal dazu durchgerungen, Scharlott ein so schweres Schlafmittel in den Kamillentee zu geben, daß sie diese Nacht nicht geistern werde. Der Baron verstrickte ihn alsbald in ein Gespräch über gewisse indianische Rauschstoffe und Drogen, mit denen er auf Reisen in Südamerika Bekanntschaft gemacht hatte. Der Apotheker konnte mithalten, auch er kannte sich aus mit seltsamen Substanzen, als junger Mensch habe er dies und das – nur studienhalber, wie sich verstehe, aber nie werde er diese Bilder vergessen, die er damals geschaut habe. Er saß hinter seinem Brillenungetüm, ein Magier, den nur ein Fluch in die Ramsbacher Landapotheke zu einer Scharlott verbannt haben konnte. Philipp lauschte ihm und dem Baron, hingerissen von so viel

Geheimnis. Gegen halb elf läutete es. Späte Gäste? Abel und Irene sahen sich an, wußten beide, ein Gast würde nicht mehr kommen, wohl aber eine Einladung, und so war es. Der Einschreibbote brachte den Gestellungsbefehl für den Doktor Abel, welcher sich am übernächsten Tag einzufinden habe bei einem Ersatztruppenteil in Aachen. Die Gäste erfuhren nichts davon. Der Koch Berlot sang französische Lieder zur Gitarre.

Abels letzter Tag in Solstett war verregnet bis in den Nachmittag hinein. Was es zu erledigen gab, hatte er in den Tagen vor der Hochzeit hinter sich gebracht, und gepackt hatte man schnell für eine Reise, die zwar lange dauern konnte, aber keine andere Garderobe erforderte als das Feldgrau, das sie einem verpassen würden. Es gab nichts mehr zu tun. So ein Tag wurde lang. Das Alltäglichste, vom Lesen des »Solstetter Tagblatts« bis zum Gang ins Zigarrenhaus Weidle, wo sich die silbrig ondulierte Chefin beim Abschneiden der Raucherkarte so oft zu Abels Gunsten vertan hatte – alles wurde besonders, war das letzte Mal für lange oder immer. Zur Post gingen sie noch, eng aneinander gedrängt unter Irenes Schirm, nahmen den Rückweg über den Markt, standen unter dem Treppenberg des Münsters, schauten in den leeren Speisesaal im »Lamm« zu dem Tisch, an dem Abel und der Bub damals gesessen hatten am ersten Abend.

Auf dem Heimweg bat Abel sich aus, was in seinem Sinn zu geschehen habe, wenn der Krieg nach Solstett komme, was früher eintreten könne, als man sich jetzt noch vorstellen mochte. Abel hielt für möglich, daß die Machtinhaber eher Greise und Kinder bewaffnen als kapitulieren würden. In diesem Fall solle Irene nicht auf Befehle und Drohungen hören, sondern den Jungen, auch wenn der sich sträuben sollte, verstecken in der Feldscheuer eines Großerlbacher Bauern, dem der Doktor kürzlich die Tochter aus dem Koma einer Gehirnblutung zurückgeholt hatte.

Gegen Abend klarte es auf, und Abel hatte Lust auf einen Gang mit Philipp über die Höhen des Muhrtals. So waren sie früher oft gewandert, als der Junge stundenlang an seiner Hand getrottet, nicht müde geworden war, weil der Erzähler Abel immer noch eine Geschichte von Räuberbanden, Königssöhnen, meisterlichen Armbrustschützen gewußt hatte, Geschichten, denen Philipp später in Deutsch, Mittelstufe, wiederbegegnet war, da waren es Dramen von Schiller, er hatte sie aber als Abelgeschichten spannender gefunden. Jetzt sprachen sie wenig, blickten lange von den westlichen Hügeln hinunter auf den Flußbogen unter dem Bahnviadukt.

»Mit Irene wirst du zurecht kommen, Philipp?«

»Wir sind befreundet, Pa.«

Sie stiegen hinunter zur Talstraße. Es dämmerte. Da hätte Philipp noch gern etwas gewußt, das hatte ihn lange beschäftigt.

»Die Gerda hat mal gesagt, du seist vielleicht ein Kommunist. Stimmt das?«

»Ich hab' Freunde gehabt. Die waren Kommunisten. Manches, was die dachten, hat mir eingeleuchtet.«

»Stimmt's, daß sie das größere Übel gewesen wären?«

»Ich glaube nicht, daß wir dann Krieg hätten.«

»Aber Lager hätten sie auch eingerichtet?«

»Ich fürchte ja.«

»Dann sind sie also gleich schlimm?«

»Beide wollen eine andere Welt, aber der braune Versuch ist ganz überflüssig, von Anfang an sinnlos, nach rückwärts gerichtet, eine Art vulgäre Romantik. Der andere Versuch hätte Sinn gehabt, wenigstens als Idee.«

»Welchen?«

»Mehr Gerechtigkeit auf der Welt. Die Frage ist, wieviel Ungerechtigkeit draus wird, wenn es mit Gewalt geschieht.«

»Verdammt, daß du abhauen mußt morgen.«

Sie gingen nach Hause. Philipp wußte, daß es noch viel zu fragen gegeben hätte, nur fiel es ihm jetzt nicht ein.

Am nächsten Tag auf dem Bahnhof versuchten sich alle drei in einer heiteren Sachlichkeit, die auch gelang bis zum Schluß. Am Morgen war für Philipp die Benachrichtigung gekommen, daß seine Klasse in Kürze herangezogen werde für Schanzarbeiten am Westwall. Es war abzusehen, daß die Armee sich hinter den Rhein würde zurückziehen müssen. So lag der Wiederbeginn des Schulbetriebs nach den Sommerferien für Philipp in angenehmer Ferne. »Jetzt war ich so stolz, daß ich zwei Männer hab', und bin sie schon wieder los«, sagte Irene.

Als der Zug anruckte, auf die Minute genau, wenn es nach der altersschwachen Solstetter Bahnhofsuhr ging, streckte Irene die Hände hinauf zum Wagenfenster. Philipp schwang sich aufs unterste Trittbrett, um ein paar Meter mitzufahren, sprang dann geschickt ab, lief zu Irene zurück, die hart an der Perronkante stand, sich nicht rührte, nicht winkte. Abel sah die beiden noch eine Weile nebeneinander stehen, fast gleich groß. Er überlegte, um wie viel Philipp größer sein würde als die Langobardin, wenn er zurückkäme.

Der Zug fuhr flußaufwärts in halber Höhe des westlichen Talhangs. Drunten glänzte St. Martin im Mittagslicht über dem steilen Zeltlager der Dächer. Es war seine Stadt. So würde er sie behalten. Der Waggon glitt in den Schatten des Laubvordaches über dem Eingang des Westtunnels. Abel lehnte sich zurück vom Fenster. Gäbe es eine Rückkehr für ihn, so würde es eine Heimkehr sein. Mit einem solchen Abschied von Solstett hatte der Doktor nicht gerechnet.